[中国新文学发展史研究丛书]

U0750123

空间分立与融通
——20世纪40年代中国文学研究

吴翔宇 著

浙江工商大学出版社
ZHEJIANG GONGSHANG UNIVERSITY PRESS

·杭州·

图书在版编目（CIP）数据

空间分立与融通：20世纪40年代中国文学研究/吴翔宇著. — 杭州：浙江工商大学出版社，2020.1（2021.1重印）
（中国新文学发展史研究丛书/高玉主编）
ISBN 978-7-5178-3615-5

Ⅰ．①空… Ⅱ．①吴… Ⅲ．①中国文学－现代文学－文学研究 Ⅳ．① I206.6

中国版本图书馆 CIP 数据核字 (2019) 第 276914 号

空间分立与融通——20世纪40年代中国文学研究

KONGJIAN FENLI YU RONGTONG —— 20 SHIJI SISHI NIANDAI ZHONGGUO WENXUE YANJIU

吴翔宇 著

策划编辑	郑　建	
责任编辑	郑　建	
封面设计	王　辉　张俊妙	
责任印制	包建辉	
出版发行	浙江工商大学出版社	
	（杭州市教工路 198 号　邮政编码 310012）	
	（E-mail：zjgsupress@163.com）	
	电话：0571-88904980，88831806（传真）	
排　　版	庆春籍研室	
印　　刷	杭州高腾印务有限公司	
开　　本	710mm×1000mm　1/16	
印　　张	20.75	
字　　数	319 千	
版 印 次	2020 年 1 月第 1 版　2021 年 1 月第 2 次印刷	
书　　号	ISBN 978-7-5178-3615-5	
定　　价	59.00 元	

版权所有　翻印必究　印装差错　负责调换
浙江工商大学出版社营销部邮购电话　0571-88904970

总　序

当今文学教育主要是通过文学史来完成的，本科教育是这样，研究生教育也是如此。在学科分类和学术研究中，文学史都是文学中最重要的内容，没有之一。在某种意义上，文学史涵盖或牵涉所有的文学现象和理论问题，所以不论是学术研究还是教材编写，文学史都将是说不完的话题，文学史作为教材"常编常新"，作为学术"常研究常新"。

大约从 2008 年起，我和同事们有意编一套中国现当代文学史教材，并且希望有所突破和创新。这种突破和创新不仅体现在教材内容上，也体现在体例上。我们也希望这能对中国现当代文学的教学改革有所推进，避免各种陈陈相因。我发现，很多教材之所以陈陈相因，很重要的一个原因是编纂者缺乏对他书写内容的深入研究，因而多是人云亦云，甚至以讹传讹。我们最大的努力就是把教材编写建立在研究的基础上，以此希望能够提供一些新鲜的东西，于是就有了"中国新文学发展史研究丛书"这个项目，并于 2015 年申请浙江省高校人文社科重大攻关项目，获得通过（编号 2014GH006 ）。

需要特别说明的是关于中国现当代文学（或"新文学"）"时间段"划分及其模式的问题。虽然说中国新文学发展至今只有一百余年的历史，就时间而论其无法与古代几千年的文学史相提并论，但这百余年与古代的任何一百年都不一样，就其发展演变的复杂性、内容的丰富性（如涉及的材料、文学现象、文化背景的交融等）、矛盾的多重性（古 / 今、中 / 外、城 / 乡、传统 /

现代等）、作家作品数量上的巨大性（21 世纪以来，仅每年出版的长篇小说，就达数千部之多）等特征而论，它是全新的类型和品质，所以中国现当代文学史与古代断代文学史式的简单叙述不同，需要一种新的研究方式。

同时，百年来的新文学本具有一体性，把它简单地划分为中国现代文学与中国当代文学，在 20 世纪 80 年代是适合的，在今天则完全不合适了，最重要的原因就是内容上的严重不平衡。现当代文学史在发展上是"自由落体运动"式的，也即文学现象特别是作品在量上是以"加速度"的形式增加的，90 年代以来的中国文学"密度"很大，内容非常丰富且复杂，但在文学史的版图里却被"压缩"在非常有限的空间里。现代文学仅 30 年，而当代文学已有 70 年，且时间上还在向前延伸，这不仅在时间上不平衡，在内容上更不平衡。当代文学内部，由于内容的丰富性与复杂性，再加上巨大的差异性，笼统地研究中国现当代文学已经不可能，笼统地研究当代文学也不可能，因此，中国现当代文学研究也需要分工协作，需要分"时间段"来研究。

事实上，自晚清以来，新文学经历了多次转型，其中既有晚清以降传统向现代的新旧转型、中华人民共和国成立后"十七年"文学的当代转折，以及 70 年末 80 年代初的新时期裂变等这样具有"知识型"层面的大的转折，也有像五四时期新文学的发生发展、20—30 年代的新文学繁荣、40 年代初至 1949 年的文学发展的区域性分割、"文革"前后文学演变的反转、80 年代文学的盛世想象、90 年代文学的"大转型"等阶段性特征非常明显的时段。如此种种，使得以发展阶段为基础，对其特征进行深入、细致的"史"的研究，成为必要。中国现当代文学史研究既需要宏观的演变研究，也需要更为细致甚至琐碎的"横断面"的"解剖性"研究。

狭义的"中国现代文学"最初作为一个独立的学科有它的合理性，它意味着一种不同于过去三千年文学的新文学的开始，但随着新文学的发展，它越来越成为新文学的一个组成部分而不具有独立性，现代文学在实绩上的确具有巨大成就，伟大作家群星闪耀，但从文学史的角度来说，现代文学作为一个宏观时期越来越不合适，它甚至没有纯粹属于自己时代的作家，鲁迅、郭沫若、茅盾、巴金、老舍、曹禺等多跨两个时代，或者从晚清到民国，或者从现代到当代，没有跨越时间之外的叙述，这些作家都不可能是完整的。正是从"完整"的角度，本丛书专著"清末民初"文学一册。我相信，将百余年文学发展的自然时段作为分段的依据，这既是一种分期法和对约定俗成的文学现象的认知，也是一种新的文学史观的体现。这一体例既能有效避免在现代和当代之间人为强制地划定界限，避免对现代文学和当代文学中各自复杂性的规约，也能更为详细地梳理百年文学的纹理脉络，有利于我们更好地把握百年文学的历史走向。

高 玉

2019 年 10 月 23 日于浙江师范大学

目录

绪　论

一、40 年代文学的基本特征及民族文学观的建立

自 1937 年 7 月 7 日卢沟桥事变到 1949 年 10 月 1 日新中国成立，中华大地经历了两场旷日持久的战争：抗日战争与第二次国内战争。这一时期通常被称为中国现代文学史上的"第三个十年"（又称 40 年代文学）。在战时特殊的时代氛围下，中国新文学受政治的制约及时代的影响是不言而喻的，与前两个十年相比，40 年代文学肩负着更为艰巨的民族解放、民族新生以及民族国家建构的文学使命。

对于中国来说，抗日战争是一个重要的历史事件，它将苦难深重的中华民族卷入一种寻求民族自由、独立与解放的现代性旋涡之中。而恰恰是这一历史的大背景，它既为中国新文学提供了新的时代契机和历史机遇，又为这一时期的文学提供了基调和主色。在郭沫若看来，这种新质表现为抗战以来新文艺主流的反帝反封建思潮"很顺畅地转化成为抗日＝反法西斯的斗争"[01]，凸显了与前两个十年完全迥异的特点，充分展示了"五四"以来新文艺思潮的发展。具体而论，这种发展主要体现在如下方面：

其一，被强化的民族意识的文学表达。民族意识是人的一种文化心理现象，其提出与存在彰显着一个民族文化心理归属的价值取向。

---

[01] 郭沫若：《新文艺的使命——纪念"文协"成立五周年》，《新华日报》，1943 年 3 月 27 日。

在中国，民族意识通常是被放置在世界性与民族性的相互关联中来讨论的。从学理上看，世界化要从纵向上解决传统文学与现代文学的矛盾，极力以域外文学为参照来缩小其"时间差"；民族化则是从横向上解决域外文学与民族文学的矛盾，最大程度地继承和革新民族文学传统，以消融其"空间差"。对于中国来说，"民族"作为现代概念始终与中国近代以来的思想运动、政治运动、社会思潮联系在一起。这种自近代产生的现代民族性既不能简单地理解为一种御外的工具，也不能等同于为了团结和凝固人心而滋生的古代性或传统性。现代民族性应该容纳了中西、传统与现代等内涵。正如高玉所指出的："中国现代'民族'作为一种自我意识和身份认同，在理论上与现代性、世界性、西方性以及与此紧密相联系的传统性、中国性和本土性等问题密切相关，因而具有相关的品性。"[01] 尽管民族化与世界化的相互变奏是中国现代文学发展的双向运动规律的制导性传统，但它体现在现代文学的建构和发展过程中却是有所侧重的。即有时世界化在双向变奏运动中起主导作用，有时民族化在双向变奏运动中起主导作用。

自鸦片战争以来，中国一直饱受列强欺凌，国家命运危在旦夕，因而有爱国志士奔走呼号，矢志"救亡"，文学中的民族意识日益高涨。至 20 世纪 30 年代，随着日军的入侵，文学"救亡"达到巅峰，民族主义思想空前高涨。"救亡"成为中国现代文学中一个重要的文学主题。[02] 基于本土性与世界性两种文化的碰撞，抗战时期民族性所潜在的内涵才得以深化和彰显。例如，"左联"内部的"两个口号"之争是因日寇扩大对华侵略和国内阶级关系的新变化，为适应中国共产党关于建立抗日民族统一战线的策略要求而提出的。在论争进行得异常激烈的时刻，双方却不约而同地提出了新文学必须为民族的解放与独立而斗争的目标和任务。抗战结束了 20 世纪 30 年代的左翼文学运动（这以 1936 年初"左联"的解散为标志），以战争与救亡为主要内容的抗战文学成为主导的文学形态，文学运动的中心也迅

[01] 高玉：《论中国现代文学的民族性》，《广东社会科学》2004 年第 3 期。

[02] 20 世纪 80 年代中期的时候，李泽厚从"学生爱国反帝运动"与"新文化运动"的区分出发，认定五四运动形成了"启蒙与救亡的相互促进"的基本关系，并进而又将这种张力结构扩大到整个近代史。（参见李泽厚：《中国思想史论》下卷，安徽文艺出版社 1999 年版，第 823—866 页。）后来李新宇做了变动，改为启蒙、救亡、和翻身的三重变奏，并界定启蒙主题的基础是人的意识，救亡主题的基础是民族意识，而翻身主题的基础则是阶级意识。（参见李新宇：《中国现代文学主题的三重变奏》，《学术月刊》1999 年第 10 期。）

速地转移到了抗日救亡运动中。在"民族主义"及"爱国主义"的旗帜下，最大限度地动员文艺界的一切力量，以争取民族的自由与解放。一切不愿当亡国奴的作家都被争取到抗日统一战线的阵营里来。1938 年 3 月 27 日中华全国文艺界抗敌协会（简称文协）的成立，标志着民族主义潮流高峰的到来。"文协"在全国各地组织了数十个分会，出版了会刊《抗战文艺》，开展了"文章下乡，文章入伍"运动，鼓励和组织作家深入到农村、部队、前线，使文艺活动真正与当下时代、当下现实紧密结合起来，"一切文化都集中在抗战这一点，集中在于抗战有益这一点"[01]。文艺界的大联合扩充和团结了抗战的力量，无论是左翼作家还是自由主义作家，无论是先锋作家还是通俗作家，都集体为新的时代呼喊，为民族解放出力。郭沫若别妇抛雏，从日本归来，在武汉担任了第三厅的厅长；老舍告别妻子，放弃了齐鲁大学教授的职位，只身来到武汉，负责文协的日常工作；郁达夫为动员更多的侨胞支援抗战而远走南洋，最后客死他乡；困居上海的柳亚子、郑振铎、王统照、王任叔等人先后出版了各种文学丛刊、期刊和副刊，发表了许多颇具战斗性的作品。文学必须充当时代的号角，必须更直接地反映现实，成为众多作家的共识。每个人都在思考这样的问题："怎样使文艺在抗战上更有力量？"[02] 田汉在谈及戏剧改革时说过："建剧一如建军，必须有一个最高的目的，而随时抱定这一目的去推动、去督励、去检查。凡合于这一目的的尽量给他们以奖进提倡，凡违反这目的的给他们以纠正。这目的应当和我们今日的历史任务一致——那就是用戏剧来争取中华民族在对日抗战中的胜利。"[03] 在沦陷区，迫于日伪政权的强权控制，很多文化人选择了沉默，文艺界却依然在反思"文化人何处去"的问题，他们呼吁：

　　再没有像今天那样的大时代需要人们出来发言的了。如果让战争的炮火怒吼掩盖住一切人间的呼声，这责任实不在战争而在于我们自身。[04]

---

[01] 郭沫若：《抗战与文化问题》，载《自由中国》，1938 年 6 月 20 日第 3 号。

[02] 老舍：《三年来的文艺运动》，载《大公报》1940 年 7 月 7 日。

[03] 田汉：《关于抗战戏剧改进的报告》，载《戏剧春秋》1942 年 8 月 1 日第 2 卷第 2 期。

[04] 哲非：《文化人何处去》，《杂志》1942 年 8 月 10 日第 9 卷第 5 期。

　　路是分明的：这就是坚韧不屈地战斗。[01]

　　只要我们不降敌，只要我们还能动弹一下的时候，我们是应该尽可能给敌人一点不利。[02]

　　无疑，在抗战救亡的历史时期，高涨的民族意识是反殖民主义和反帝国主义的有效手段。集结于民族主义的旗帜下的文学成为"救亡"的重要武器。由此，民族意识成为抗战文学的核心意识。

　　40 年代中国文学的民族性追求，摆脱了"五四"时期过于依赖西方外来思潮的影响。由于中国本土没有自发产生现代性的条件，便只好从西方引进。加之西方文艺思潮中的某些精神与中国建构现代民族国家及文化转型时的启蒙要求相呼应，"五四"的文艺理论和文学创作，无论是思维模式、研究方法，还是名词术语等，都打上了外来文化的烙印。需要说明的是，这种借鉴并没有淹没中国的民族性，由于受传统、现实语境的制约以及其它种种限制，这种接受过程依然拥有民族性的过滤结构，这也使得中国新文学在很多地方有着不同于西方的、属于本民族的创新，并逐渐形成了自己的传统，即现代传统。抗战的爆发、外来情势的剧变使文学的先锋性转换为民族主义的政治激进态度，为中国文学重新思考民族性、民族化、传统文化等问题提供了时代契机。40 年代的中国文学没有因为重视传统文化而走上复古之路，而是始终把握民族解放战争的契机，把中国文学的世界化与民族化推上一个新的历史阶段。毋庸置疑，40 年代的中国文学是一种民族文学，但它是世界背景下的民族文学，民族性先于世界性，民族性因为其所具有的开放性而更具世界性。它不再是以中国传统文化和文学作为本位，不再局限于民族内部，而是以世界作为背景，因而世界性是其更鲜明的特色。

　　其二，民族政治控驭下的个人思想的式微。自 20 世纪初被介绍到中国以后，个人主义曾一度契合了"五四"作家的启蒙诉求。然而，对于内忧外患的现代中国而言，寻求民族独立实际上占据了话语的制高点，因此，对现代民族国家的想象从一开始就制驭了个人话

[01] 孔另境：《横眉集》，上海书店出版社 1985 年版，第 325 页。

[02] 孔另境：《华光剧专回忆录》，《上海"孤岛"文学回忆录》下，中国社会科学出版社 1985 年版，第 393 页。

语。"五四"文学作品中，"个体"从"家"的牢笼中走出后，最终都汇入了革命的洪流。在战争语境下，民族国家的集体叙事取代了个人叙事，成为主流的话语体系。在这种宏大叙事中，个体的声音被迫隐匿。同时，随着国际共产主义运动的影响，个人主义被蒙上一层资产阶级意识形态的反面色彩，成为社会主义革命的对头。[01] 一时间，有些提倡无产阶级意识和革命集体主义的批评家将个人主义视为资产阶级意识而将其打入另册。在日本入侵中国之时，鲁迅曾这样提醒作家要注意自己所在的时代："我以为文艺家在抗日问题上的联合是无条件的，只要他不是汉奸，愿意赞成抗日，则不论叫哥哥妹妹，之乎者也，或鸳鸯蝴蝶都无妨。"[02] 中国的抗日战争是全民族的抗战，抗战的使命促进了作家间的团结，也促进了全国人民的团结。在"统一战线"的激励下，知识分子纷纷走向前线，走向街头，以各种方式进行抗日救亡宣传。因此，个人主义话语在这种语境中的式微也就变得理所当然了。正如"文协"的《发起旨趣》中所号召的那样："全国上下，已集中目的于抗敌救亡，在最高领袖精诚领导之下，抗战形势，日益坚强，政治上的统一战线日益巩固，除了甘心媚敌出卖民族的汉奸，已无一不为亲密的战友，无一不为民族的力量。我们应该把分散的各个战友的力量，团结起来，像前线战士用他们的枪一样，用我们的笔，来发动民众，捍卫祖国，粉碎敌寇，争取胜利。"[03]

抗战改变了知识分子在中国现代化进程中的社会地位及其与中国民众的关系，战争文化规范的形成取代了知识分子的启蒙文化规范："'五四'以来知识分子精英传统独占主流的文学现象受到遏制，民间文化形态开始进入了当代文化建构。原来由启蒙传统形成的知识分子精英对庙堂统治者的批评和对'国民性'的改造同时展开的文化冲突，转向了庙堂意识形态、民间文化形态和知识分子精英传统三者有条件的妥协与沟通。"[04] 文艺为抗战的政治服务是 20 世纪 30 年代左翼文学所倡导的文艺与政治联姻的承续，左翼作家在与"新月派""第

---

[01] 刘禾：《跨语际实践：文学，民族文化与被译介的现代性（中国：1900—1937）》，宋伟杰等译，生活·读书·新知三联书店 2008 年版，第 119 页。

[02] 鲁迅：《答徐懋庸并关于抗日统一战线》，《鲁迅全集》第 6 卷，人民文学出版社 2005 年版，第 550 页。

[03] 《中华全国文艺界抗敌协会发起旨趣》，载《文艺月刊·战时特刊》1938 年 4 月 1 日，第 9 期。

[04] 陈思和：《中国新文学整体观》，上海文艺出版社 2001 年版，第 11 页。

三种人"等自由主义知识分子的论争中，强调集体主义和阶级主义，确立了政治之于文艺的地位和作用。40 年代中国文学强调文艺界和文艺要为抗战救亡这一最大的时代主题服务，考虑最多的当然还是其思想的显效性（战斗性），同时也不应违背民族性这一特定属性。抗战使作家们走出了书斋和亭子间，走向乡村和大众，向集体主义的政治靠拢，从某种程度上否定个人主义的小打小闹及自由主义的相互应和。文艺不再是少数人和文化人自赏的东西，而变成了组织和教育大众的工具。文艺由营造以个人为本位的艺术王国向追求以人民为本位的民族大众文学转变。对此，艾青明确指出诗人的人生选择与转变："好多诗人放弃了优裕的享受参加了抗战；好多诗人挣脱了温柔的羁绊，出发去工作；好多诗人绞杀了那个一直残忍地统治着他们的创作生活的，把艺术当作精神的私有财产的观念，而把自己的思想感情为这新的日子、新的事件而服役。"[01]

围绕着文艺与政治的关系，这一时期出现过几次激烈的论争，从抗战初期的"与抗战无关论"到现实主义问题讨论，再到"主观论"的论战都起源于这一中心命题。需要说明的是，在抗战这一中心任务的统摄下，"为艺术而艺术""艺术至上""与抗战无关"等文学主张不合时宜且不得民心，"虽然在初期也有少数的人倡导'与抗战无关'论，但为大势所趋，不久就销声匿迹。近来如有些人又有'反对作家从政'的见解，这在平时是不会成为什么问题的议论，但在战时却可大成问题，而且把作家努力参加动员工作认为'从政'，那也不免是超过误解范围的诬蔑"[02]。在这样的政治文化生态中，作家的个人主义思想为时代的抗战话语所替代，关心政治，为抗战而呐喊成为作家的普遍倾向。如宋之的的《祖国在呼唤》，夏衍的《法西斯细菌》就曾批判那些不问政治的人的幼稚和自私，在集体抗战的大潮中，他们耽溺于个人世界，难有前途。又如朱光潜，他曾对所谓激烈的"十字街头"表示恐惧，劝导青年回到象牙塔："可是十字街头的叫嚣，十字街头的尘粪，十字街头的挤眉弄眼，都处处引诱你汩没自我……

---

[01] 艾青：《论抗战以来的中国新诗——〈朴素的歌〉序》，《文艺阵地》1942 年 4 月 10 日第 6 卷第 4 期。

[02] 郭沫若：《抗战以来的文艺思潮——纪念"文协"成立五周年》，《抗战文艺》（"文协成立五周年纪念特刊"），1943 年 3 月 27 日。

所以站在十字街头的人们——尤其是你，我们青年——要时时戒备十字街头的危险，要时时回首瞻顾象牙之塔。"[01] 这一言论在抗战时期就受到巴金的质问和否定："我不知道以青年导师自居的朱先生要把中国青年引到什么样的象牙塔里去。"[02] 在解放区，通过文艺整风，知识分子的创作个性被纳入党的新体制中，成为革命的"齿轮和螺丝钉"，在文艺大众化的驱动下，他们改造大众、启蒙大众的精英意识让位于接受工农大众改造的政治意识。

其三，民族文化与世界文化的碰撞和交流。葛兆光在阐释近代知识分子的心理状况时指出："在中国、在中国的知识界、在几乎每一个中国士人心里，都不是非此即彼的民族主义或世界主义。尽管我们说西方的冲击在中国激起了民族存亡的忧患和民族主义热情，不过，在近代中国的民族主义背后，偏偏又可以看到非常奇特的世界主义背景。"[03] 这种游移于民族主义和世界主义之间的复杂心理，在抗战时期的知识分子身上再一次重现。从表面看来，40 年代中国文学已大步向传统文化回归，传统的爱国主义、集体主义精神充斥着文艺的各个领域，文学的民族性大大增强，而世界性却被淡忘了。然而从深层来看，这是一种误读，因为抗战的爆发为中国文学的世界化提供了新的契机。对此，有论者认为："二战时期的中国文学之所以成为 20 世纪中国文学的最重要的部分，一是因为它将五四新文学对世界文化的呼应机制转换成了'融入'机制，拉近了中国文学跟世界进步文化的'心理'距离；二是因为这一时期文学的主流形态和边缘类型在世界性和民族化上构成了一种历史的互动。"[04] 可以说，中国的民族革命战争是一个半封建、半殖民地的落后民族对抗强大的现代化国家的长期抗战，战争一方面给中华民族带来了空前的灾难，另一方面严酷的战争也唤醒了国人的民族意识，激发了反抗旧的、建构新的民族国家和文化力量的思想。

近代以来，中国遭受了严重的现代性危机，人们越来越意识到与西方文明的差距，"五四"的觉醒者承受着一种"迟到的焦灼"："在

[01] 朱光潜：《给青年的十二封信·谈十字街头》，《朱光潜全集》第 1 卷，安徽教育出版社 1993 年版，第 23 页。

[02] 巴金：《向朱光潜先生进一个忠告》，《中流》1937 年 4 月 20 日第 2 卷第 3 期。

[03] 葛兆光：《中国思想史》第 2 卷，复旦大学出版社 2000 年版，第 690 页。

[04] 黄万华：《史述和史论：战时中国文学研究》，山东大学出版社 2005 年版，第 349 页。

西方的入侵和东方民族意识觉醒这二者之间，存在着一个相当大的时间滞差。"[01] 这让其更加急迫地去寻找新的言说方式和时间思维。如何将中国的历史纳入世界文明的轨道，如何确立人的价值和意义并建构起关于中国现代性社会空间的文化想象等一系列问题，成为 20 世纪中国文学必须直面的重要问题。就 20 世纪的中国文学而论，中国民族文学与世界文学的关系构成了深层的文化背景。西方先进的文化理念和文学经验在中国的传播，促进了中国新文学的诞生和发展。在与西方文学的关系方面，"五四"新文学作家对世界文学的接受存在着难以幸免的缺憾：他们从本土文学的现代性变革出发，以实用理性来掌控其接受外来文化的全过程。只要认为其于民族的发展有益，他们就急不可耐地将其引进。一时间，自然主义、象征主义、表现主义、感觉主义、新浪漫主义等外来文学思潮在中国文坛上竞相出场。这些文学思潮一方面带来了诸多有别于过去的内涵，另一方面也带来了思潮间相互适应和生存的混乱。抗日战争的爆发再一次提供了中国文学与世界文学空间对峙和融通的舞台。

概而论之，民族文化与世界文化的碰撞和融通主要表现为民族文艺与外国文艺的相互参照并以此创造新文艺的民族形式问题。由于旧文艺或传统文艺都是民族文艺的组成部分，而自"五四"以来的新文艺则深受外国文艺的影响，因此，从旧文艺与新文艺关系问题的讨论又引发出民族文艺与外国文艺关系的讨论。早在抗战初，艾思奇就提出："我们需要更多的民族的新文艺，也即是要以我们民族的特色（生活内容方面和表现形式方面包括在一起）而能在世界上站一地位的新文艺。没有鲜明的民族特色的东西，在世界上是站不住脚的。中国的作家如果要对世界的文艺拿出成绩来，他所拿出来的如果不是中国自己的东西，那还有什么呢？"[02] 这一问题的提出，是文艺界长期以来争而未休的文艺的民族形式问题在这场民族危机到来之际的深化。同时，中国的抗日战争也是世界反法西斯战争的重要组成部分，因此，中国抗战文学和世界反法西斯文学展开联系和交流也成为时代的必然要求。"文协"在其《宣言》中指出："在增多激励与广为宣传的标准下，有我们的翻译——把国外的介绍进来，或把国内的翻译出

[01] [英] 埃里·凯杜里：《民族主义》，张明明译，中央编译出版社，2002 年版，第 15 页。
[02] 艾思奇：《旧形式运用的基本原则》，载《文艺阵地》1939 年 9 月 1 日第 3 卷第 10 期。

去。"[01] 比较典型的事例是 1939 年初成立了国际文艺宣传委员会,他们编译了多语种的《中国抗战小说选》《中国抗战诗选》《中国抗战文艺选集》等向英、美、法、匈牙利等国发行。此外,"九叶诗派"打着"新诗现代化"的旗号,学习和借鉴里尔克、奥登、艾略特等西方现代主义诗艺,反驳了 40 年代的浪漫主义和政治功利主义诗风,使得中国新诗再一次在中西文化碰撞中向前推进。在解放区,毛泽东、张闻天等中共领导人高瞻远瞩的文化开放意识,为延安文学吸收外来文化、与世界文学接轨提供了理论和政策支持。周扬、萧三、周立波等开始大力引进外来文化,大量翻译介绍马克思、恩格斯、列宁、高尔基等人关于文艺的论述。在"鲁艺"等文艺机构的宣传和实践下,延安的外国音乐、舞蹈、绘画和戏剧作品俯拾即是。正是这些碰撞和交流,不同类型文化强烈地刺激着中国民族文学的生成和发展,以双重的视域来探究和观照中国文学在战时的演变和发展历程,这对于我们认识中国现代文学的历史渊源和民族品格具有深远的意义。中国现代文学的民族性(本土性)、世界性(他者性)以及现代性等问题都可以从两种文化的"互视"和"对话"中,回到历史的现场并获致意义生成的本源。

随着抗战的爆发,"民族国家"的焦虑上升为主导性的焦虑。现代民族国家是一个"想象共同体",有论者认为:"一部现代文学史,可以说正是新的中国形象的创造史。"[02] 这种新的话语实践渗透到整个 20 世纪文学领域,这也是新文学与旧文学在时间意识方面不同的一个重要标志。王德威将 20 世纪的中国称为"小说中国",他说:"小说之类的虚构模式,往往是我们想象、叙述'中国'的开端。谈到国魂的召唤、国体的凝聚、国格的塑造,乃至国史的编纂,我们不能不说叙述之必要,想象之必要,小说(虚构)之必要。"他的意思是,作为意识形态之一的"小说"充当了想象中国的重要媒介,20 世纪中国的文人用自己的笔勾勒了一个个他们心目中想象的"中国"的形象。[03] 与"五四"新文学相似的是,抗战文艺始终以民族国家的

---

[01]《中华全国文艺界抗敌协会宣言》,载《文艺月刊·战时特刊》第 9 期 1938 年 4 月 1 日。

[02] 王一川:《现代性文学:中国文学的新传统——兼谈中国现代文学与文学研究》,《文学评论》1998 年第 2 期。

[03] 王德威:《想象中国的方法——历史·小说·叙事》,上海三联书店 1998 年版,第 1 页。

建构为出发点来思考文艺的现代化进程。在抗战之初，因为沿海大城市的失守以及文艺活动及出版业的停滞，"文艺无用论""前线主义"曾支配过相当一部分人的思想。胡绳说出了当时很多人的想法，"炮声一响，文化无用"[01]。基于此，一些作家放弃了原先的写作计划，走出亭子间，跑向热情洋溢的民众团体，奔赴战火纷飞的战场。当然也有一些知识分子迫于压力，为了生存选择沉默。然而，在战争语境中，文学的作用也不容忽视。对此周扬说过："'在战争中，谬司沉默'的说法是我们所不能同意的。"[02] 文载道也说过，面对"日本军阀残酷无比的炮火"，"枪"和"笔"没有区别，"都是焦土中愤火的闪烁"[03]。事实上，抗战给文艺带来了新的机遇，文艺可以充当书写民族和国家的"武器"和"工具"，因此文艺没有在战争中消失，相反，文艺对战争所起的作用和影响是不言而喻的。诚如郭沫若所说："在抗战尚未开始之前，曾有人为文艺担忧，以为战争一开始，爱国的作家必然投笔从戎，文艺便会遭遇重大的损失，或者甚而至于停顿。然而在抗战进行已经五年半的今天，确实地证明这种想念纯然是杞忧了。抗战以来，文艺不仅没有停止它的活动，反而增加了它的活动；不仅没有降低它的品质，反而提高了它的品质。"[04]

既然文艺在抗战过程中作用如此重要，那么文艺该如何服务于抗战，如何在抗战中发挥其作用？显然，要回答这一问题需先认识文艺服务的对象。在抗战的语境中，文艺的接受对象和服务对象发生了巨大的变化，文艺服务于"抗战"这一政治目的，将文艺与人民大众的关系置于十分突出的位置，赋予了文艺"功利性"的色彩，文艺也因此变成宣传大众、组织大众、教育大众的有力武器。既然文艺要全面地服务于抗战，就要首先致力于唤起民众的抗战热情；要唤起民众的抗战热情，就必须使艺术适应于民众。《抗战文艺》的发刊词就曾呼吁：

[01] 傅葆石：《灰色上海，1937—1945：中国文人的隐退、反抗与合作》，张霖译，刘辉校，生活·读书·新知三联书店 2012 年版，第 17 页。

[02] 周扬：《抗战时期文学》，载《自由中国》1938 年 4 月 1 日创刊号。

[03] 文载道：《枪与笔》，《横眉集》孔另境编，上海书店出版社 1985 年版，第 139 页。

[04] 郭沫若：《抗战以来的文艺思潮——纪念"文协"成立五周年》，载《抗战文艺》"文协成立五周年纪念特刊"，1943 年 3 月 27 日。

> 我们要把整个的文艺运动，作为文艺的大众化的运动，
> 使文艺的影响突破过去狭窄的知识分子的圈子，深入于广大
> 的抗战大众中去！[01]

抗战使作家与民众有了更为密切的接触和了解，也教育了作家，使他们意识到如果创作出的文艺作品不为大众所接受，就无法激励其沉积的战斗精神和革命激情，"革命的文艺须是活跃在民间的文艺，那不能被民众接受的新颖的东西是担不起革命任务的啊！"[02] 由于中国长期的历史动荡及教育落后，民众接受文艺的效果也大打折扣。实际上，任何深奥的道理、晦涩的语言和复杂的形式都难以适应民众的要求，为了适应政治宣传和军事动员的要求，作家们不得不改用短小通俗的艺术形式报导艰苦卓绝的战争。理论家则呼唤文学充分实现大众化，以创造大众能够接受的文艺。同时，文艺的大众化问题与以上所述 40 年代文学的三个基本特质都息息相关。然而，什么是文艺的大众化、大众化的呈现方式是怎样的、该如何实施大众化等一系列问题是非常复杂的，致使这一时期围绕着"文艺大众化"的问题展开了一系列的论争：关于大众化问题、民族形式问题的论争；关于"与抗战无关""抗战八股""差不多"问题的论争；关于"暴露与歌颂""光明与黑暗"问题的论争。这些论争导致了文艺的大众化运动又进入了一个新的高潮，它关联着 20 世纪 30 年代革命文学及左翼作家的"文艺大众化"，20 世纪 40 年代延安时期文学走向工农兵文学实验也是这一论题的深入和再现。当然，在"文艺大众化"和"走向工农兵"的文艺努力背后，起最重要的推动作用的，却是为反抗强大的日本帝国主义侵略，而动员一切可以动员的力量的迫切需要。

二、抗战语境中主导性的文学创作倾向

抗战爆发后，文艺活动自觉或不自觉地被纳入民族战争的总体进程中。现实主义的文学精神在于对历史、社会、时代进行现实性的呈示，在这里，抗战民族使命能得到及时反映，特定的政治诉求能加以阐发，现实主义在某种程度上成为传达抗战讯息的"信使"，文学与

---

[01]《发刊词》，载《抗战文艺》1938 年 5 月 4 日第 1 卷第 1 号。
[02] 老舍：《文章下乡，文章入伍》，载《中苏文化》1941 年 7 月 25 日第 9 卷第 1 期。

政治的关联建立起来了。

在 20 世纪中国现实主义思潮的推进过程中，政治文化思潮的渗透力和影响力无疑是巨大的。这与特定的社会政治环境以及作家的创作心态密切相关。"五四"以来的中国现实主义的文学功能除了呼吁"人"的个性解放之外，还对阶级性、群体性、民族性等与政治文化相关的内涵进行言说和阐释。正如茅盾所说："'五四'以来写实文学的真精神就在它有一定的政治思想为基础，有一定的政治目标为指针。其间虽因客观的社会政治形势之有变动而使写实主义的指针也屡易其方向，但作为基础的政治思想是始终如一的，——这就是民族的自由解放和民众的自由解放。"[01] 可以说，是中国特定的政治文化生态生成了作家忧民患世的情怀，政治理念在作家的文学创作中始终是其参与社会、建构文化理想的思想血脉。

为了战争的需要，特殊的"文艺政策"往往会导致文艺作品存在过多的夸大、隐瞒等不符合现实人生的现象。那么，中国抗战文学该用什么样的创作方法最大限度地阐释和言说这一政治事件？如何实现文学对民族危难、抗战使命的积极承担？这是当时文学界普遍关注的问题。对此，茅盾指出："我们目前的文艺大路，就是现实主义！"他呼吁，"遵循着现实主义的大路，投身于可歌可泣的现实中，尽量发挥，尽量反映——当前文艺对战事的服务，如斯而已"，"除此而外，无所谓政策"。[02] 洁孺在《论民族革命的现实主义》一文中也表达了类似的看法，"作为作家们的实践的方法论和认识的方法论"以及"表现的方法论"，现实主义几乎成为当时作家唯一的选择，"它底方法的正确性与优越性，保证了模铸中国的典型，描写中国的性格，丰富中国文学的形式，创造中国文学的风格，革新中国文学的姿态……"[03]。茅盾和洁孺所言，代表了抗战作家及文艺批评家在抗战语境中做出的既直接又趋时的心声，表达了他们对战时责任的体认。现实主义以其客观真实地再现社会人生的文学精神，在抗战时期成为了作家普遍接纳和援引的创作方法。在"救亡"成为时代政治主题的背景下，作家对抗战的书写成为作家承载和释放政治焦虑的重要渠

---

[01] 玄珠（茅盾）：《浪漫的与写实的》，载《文艺阵地》1938 年 5 月 1 日第 1 卷第 2 期。

[02] 茅盾：《还是现实主义》，载《战时联合旬刊》1937 年 9 月 21 日第 3 期。

[03] 洁孺：《论民族革命的现实主义》，载《文艺阵地》1939 年 8 月 1 日第 3 卷第 8 期。

道。"抗战第一，胜利第一"的思想主导着作家的创作行为。整个新文学迅速分化并自我调整，由此前的多元化格局向抗战时期的主导性形态凝聚。

强烈的民族使命唤起了很多作家的政治热情。尽管意识形态不同，但在认识文学的社会功能，文学与政治的关系问题上，左、中、右各派趋于一致。左翼作家毋须置言，右翼文人也附和，"文学和政治常常是分不开的"，民族主义文学运动"不单是一个文学问题"，"同时也是一个政治问题"[01]。普遍的政治意识的觉醒和思想的政治化趋向，使大量中间派作家的"中间立场"难以"中立"。曾公开反对文学功利主义的"第三种人"杜衡发表题为《纯文艺暂时让位吧》[02]一文，表明了主张文学独立性的自由主义者在抗战时期创作转型的文学立场。施蛰存就曾说过，"我一直深知政治归政治，文学归文学"，但"事实上，文学时常不知不觉的在为政治服务，一个作家是无法逃离政治氛围的"。"30年代到了后期……我们这一批人的文学，被政治的需要、抗战的需要压住了。"[03]徐迟提倡"抒情的放逐"[04]，他呼吁作家不应再沉溺于中国诗歌的抒情传统，而应强化作品的思想性，反映社会现实及人生经验。他本人也走向大众、走向街头，成为朗诵诗运动的倡导者和实践者。曾是现代派诗人的方敬的一番话也许能代表现代派诗人在抗战时期的思想转变："在我们这伟大民族革命解放斗争里，个人哀乐的讴歌与平常身边琐事的抒写，显然早已被否定，一切不良的倾向与感伤成分已为无情的风暴冲洗开去。"[05]戴望舒、卞之琳、何其芳、曹葆华等现代派作家同样放弃了原先表现自我、表达内在、朦胧与象征等艺术原则，义无反顾地依归现实主义，加入到这场齐声为抗战鼓劲的文学阵容中来。曾经执着于非功利的文艺观并一度沉迷于宗教世界的许地山，这时也成了一个非常繁忙的社会活动家，整天忙于演讲和写文章宣传抗战。一向被人们认为是"鸳鸯蝴蝶派"，精于写男欢女爱的张恨水，为神圣的抗日救亡披肝沥胆，他留下的作品中有关抗战的文字竟达800万言之多。通俗文学是与

---

[01] 陈铨：《民族文学运动》，载《大公报》的副刊《战国》1942年5月13日第24期。

[02] 杜衡：《纯文艺暂时让位吧》，载《宇宙风》1938年5月16日第68期。

[03] 施蛰存：《沙上的脚印》，辽宁教育出版社1995年版，第169页。

[04] 徐迟：《抒情的放逐》，载《顶点》1939年7月10日创刊号。

[05] 方敬：《谈诗歌》，《锻冶厂》1940年7月1日第10期。

严肃文学、雅文学相对而言的，它在内容上以传统心理机制为核心，在形式上继承中国古代小说传统为模式的文人创作或经文人加工再创造的作品，在市民中拥有广大的读者。不可否定的是，通俗文学与精英文学是中国现代文学范畴中不可或缺的"双翼"，在思想艺术上互有影响，张恨水使之达到一个新的水平，向新文学接近，表现了更为丰富的社会内容。抗战前，通俗文学因其程式性特征无法体现作家的个体创造性，荷载着过多传统伦理观念和迷信思想，与时代精神格格不入，曾一度遭到精英作家的批评。张恨水抛弃了北平舒适安逸的物质条件，辗转来到重庆，过着艰辛窘迫的生活。在抗战期间，他对通俗小说进行了相当深入的理论思考：通过下乡调查，发现"乡下文艺与都市文艺，已脱节在 50 年以上。都市文人越前进，把这些人越甩在后面"。因此他反对脱离大众的象牙塔里的"高调"，希望自己的作品"有可以赶场的一日"[01]。可以说，张恨水力图在新派小说和旧章回小说之间，踏出一条改良的新路。从 1931 年开始，他的《满城风雨》《似水流年》《锦绣前程》《美人恩》《啼笑因缘续集》等小说里的主人公，经过感情的挫折和现实的坎坷，无一例外地都走向了抗日的洪流。在沦陷区，"鸳鸯蝴蝶派"的创作尽管以"超政治观"在当时获得了生存的好时机，然而民族意识的高涨让他们也无心逃避现实。在 1943 年复刊的《紫罗兰》中，周瘦鹃发表了创作旨趣："小说虽重趣味，但也不能忘却意义"，写言情，也须顾及"这些年来，兵连祸结。天天老是在生活线下挣扎着，哪里有这闲情逸致侈谈恋爱呢"的现实。艾青在总结抗战四年中国新诗的特色时说：

> "它和象征主义，神秘主义，近似精神病患者精神的呼喊，苍白的呓语，空虚的内省，与带着颤栗的声音的独白绝缘，它更揭去了一切给世界事物以神秘的掩蔽的外衣，观念的外衣，黑色的外衣；它大胆地感受着世界，清楚地理解着世界，明确地反映着世界。"[02]

---

[01] 张恨水：《赶场的文章》，载《新民报》，1944 年 4 月 11 日。

[02] 艾青：《论抗战以来的中国新诗——〈朴素的歌〉序》，载《文艺阵地》1942 年 4 月 10 日第 6 卷第 4 期。

可以明确的是，在民族危机的历史关头，那些倡导纯艺术、纯审美的表现主义与审美主义创作方法，以及基于普遍人性论的种种理论批评形态都渐次式微或转向，逐渐向现实主义文学观念靠拢。

无疑，在普遍的政治文化心理的支配下，不同文学倾向、风格的作家顺应时代政治的召唤，创作了众多为读者接受的抗战英雄，光辉事迹鼓舞着广大民众的抗战斗志。当思想性成为一种带有鲜明政治倾向性的教化，文艺就会自觉地承担起阐释社会问题、社会现象的政治功能的责任。因此，现实主义文学创作被赋予了强烈的"民族政治"的色彩，普遍的政治文化心理和明确的政治立场成为当时文学创作的精神指向，一种带有强烈意识形态倾向的"政治化"现实主义文学应运而生。毋庸置疑，在民族危亡的历史关头，民族政治成为一个强大的权力旋涡，文学被有效地组织到全民族共同关心的主题中。换言之，凭借着强大的整合认同功能，民族政治文化整合了国家内部的各种关系，增强了民族内聚力和国人对自身文化价值观的认同。陈思和用"共名"状态来概括抗战时期文学的整体特点，对我们理解"政治化"现实主义思潮等问题大有裨益。他认为："当时代含有重大而统一的主题时，知识分子思考问题和探索问题都来自时代的主题，个人的独立性被掩盖在时代主题之下。我们不妨把这样的状态称作为'共名'，而这样状态下的文化工作和文学创造都成了'共名'的派生。"[01] 换言之，是抗战的情境塑造了"共名"。而这种"共名"的政治文化形态规约着知识分子的文学行为，规定着文学的特质及其方向。

三、身份认同与传统伦理精神的重新体认

日本侵华战争前，对于中国国民而言，其身份是既定的。他们生活在恒定的生活体系中，没有民族存亡的危机，也没有身份认同的危机。人的身份存在于他们所依赖的家族、社区或宗教等关系网络中。在没有"他者"的介入的情况下，国人虽然感受到了现代的气息，但现代民族国家的概念和思想并没有随之普及化。

日本侵略者的到来，打破了国人的原初镜像，改变了他们的家国

---

[01] 陈思和：《共名和无名》，《写在子夜》上海人民出版社 1996 年版，第 11—12 页。

观念，强化了中国人对现代民族国家的认同。认同是一种主体对自我的追问和建构 [01]，亦是人们对于自我身份的确认，而国家认同则是个人在心理上认为自己归属于一个固定的政治认同体，意识到自己具有该国家的身份资格。在侵略面前，国人除了自存的本能反应外，还有自我身份亟待确认的迫切体认：我曾经是谁，我现在是谁，他们是谁，他们将我指认为谁，我想成为谁，等等。这些疑问的提出显然是由闯入自我生活世界的"他者"造成的，因此自我认同和群体认同要在破碎的现实中重整自我记忆，在双重镜像中重构自我的角色定位。寻求身份以获得自身的存在证明，正是人不可或缺的精神品格。对于身份认同出现危机的人来说，不仅难以确证自我存在，也无法获得被共同体保护的资格。所以身份的确认是救亡的前提和基础。

这样一来，在上层知识分子和社会精英人物中进行的关于民族国家认同的理论和实践活动，已然成为当时国人必须直面的现实问题。关键在于这一次的侵略者不是一个普通的"他者"，他不仅要占领中国的国土，推广异族的文化，还要使中国人沦为亡国奴；战争不仅破坏了普通人正常的生活，扰乱了社会的秩序，而且践踏着中国即有的伦理道德，甚至改变了国人的历史、传统、文化和信仰。由此，国人习惯了的社会认同、自我认同、集体认同、个人认同将在片刻之间化为虚无。需要说明的是，这种身份认同的危机不仅是个人的，更是群体性的。战争，作为试图抵抗外来威胁的一种集体性回应，必然会形成这样一个环境，在这当中，"我们"消耗了"我"，集体吞食了一切个性。战争为传统道德集体主义的复兴打下了心理基础，使个人自愿地把自己奉献给一个更高的政治权威，相信它代表的是时代的意志。当身份迷失时，群体可以在崇高理想的激励下去寻找民族身份。诚如法国学者勒庞所说："如果我们把某些一时表现出来的品质，如舍己为人、自我牺牲、不计名利、献身精神和对平等的渴望等，也算作'道德'的内容，则群体经常会表现出很高的道德境界。" [02] 群体要想克服本身所有的非理性的激情，在历史的变迁中确证自己的身份，就必须以民族的荣誉、爱国主义为内在的驱动因素。

[01] 周宪：《文学与认同》，《文学评论》2006 年第 6 期。
[02] ［法］古斯塔夫·勒庞：《乌合之众——大众心理研究》，冯克利译，中央编译出版社 2000 年版，第 41 页。

　　中国新文学的伦理精神是以"五四"新文化运动为基准的,"打倒孔家店"宣告了中国现代知识分子与传统伦理道德的决裂,昭示出以民主和科学为基础的新伦理观念的诞生。鲁迅对传统道德伦理的批判无疑是具有开创性的,他从宗法伦理、代际伦理、性别伦理、革命伦理等方面入手,剖析了阻碍"新人"成长的传统因素。[01] 郁达夫、丁玲、巴金、萧红、曹禺等作家与鲁迅的这一批判精神不谋而合,不管是家族书写、历史书写还是自我书写,他们均以启蒙为诉求,对忠孝节义和男尊女卑等传统伦理思想予以无情的批判。

　　然而,到了抗战时期,这一文学主题却遭受到了挑战,战争语境催生了中华民族的民族意识,这种民族意识自然蕴含着中国传统的伦理精神。民族意识具有二维性,它既是一个民族维护和保卫自己的文明、国土与形象不被侵蚀与瓜分的"抵外"的意识,同时又是高扬民族精神、寻找传统文明国粹的"掘内"意识。从这种意义上说,抗战需要服从、忠诚、统一等传统伦理的支持,这与"五四"新文学所确定的现代伦理精神存在一定程度的抵牾。在抗战语境中,作为确证自我身份的一个重要途径,国人需要从中华文明的历史记忆中发掘民族精神。伏尔泰认为:"只有记忆才能建立起身份,即您个人的相同性。"[02] 应该说,当一个民族面临政治危机、文化沦丧时,集体记忆在一个民族回溯性的身份认同中起到了持久的作用。集体记忆与个体记忆的最大不同在于它是后天的习得和传承,阶层、学校、媒体、文本在其中起到很大的作用,它们对过去的观照、历史的取舍、文明的阐发都能唤起个体的共同记忆。而这种共同记忆在一定的程度上以整体的形态存在并影响每一个社会成员,让人认同这种观念、态度和意志。正如朱德发、贾振勇所说:"中国现代文学既有世界文学范围的现代性的同质性,更有特定民族、特定时空的异质性。因此,中国现代文学的性质是普遍主义的现代性和种族主义的民族性在 20 世纪中国这一特定时空相遭遇而孕育的独特个性。""中国现代文学的现代性是中国社会现代化进程中的心理折射和精神展现,民族性是它在 20 世纪的历史选择中形成的一种性格和

---

[01] 吴翔宇:《鲁迅时间意识的文学建构与嬗变》,中国社会科学出版社 2010 年版,第 71 页。

[02] [法] 阿尔弗雷德·格罗塞:《身份认同的困境》,王鲲译,社会科学文献出版社 2010 年版,第 33 页。

品质，因此，从宏观的理论角度看，20 世纪中国文学的性质是中国现代民族主义文学。"[01] 他们所指的"现代民族性"既不同于中国古代文学中单纯表现传统型的民族性，也不同于世界文学纯粹强调现代性的民族性。现代文学的民族品性与生俱来便包括了外来性和本土性。在抗战这样的文化语境中，外来性和本土性都会同时作用于中国现代文学，两者的紧张关系恰恰呈示出中国现代民族性的独特本质。

正因为如此，20 世纪 40 年代中国文学中出现了明确地回归传统的思想文化主题。它贯穿于整个抗战至新中国成立的全过程，囊括了从国统区、沦陷区到解放区几乎所有的政治地域。有论者认为，20 世纪 40 年代中国文学中表现出比较明确的回归传统主题倾向。这首先表现在其对于传统家国观念和道德伦理的肯定与宣扬上。它是战争文化强烈影响的结果，又体现出对于现代性一定的背离。[02] 这一说法比较精准地概括了抗战文学与五四文学在对待传统伦理问题上的差异。文学主题的这一嬗变自然有战争的权宜，但从某些程度上看，这一时期的文学与"五四"文学共同完成了审视中国传统伦理精神的两种不同方向。如萧乾的《刘粹刚之死》、老舍的《剑北篇》等作品，都通过对抗战英雄精神世界的挖掘，明确地表达出"家是国的一部分"和"忠孝难两全，舍孝而尽忠"的思想主题。解放区的"新英雄传奇"也表现出同样的特征，在《洋铁桶的故事》《吕梁英雄传》《新儿女英雄传》等作品中，党的领导、党的精神是统帅着英雄们的根本思想力量，英雄们精神的基本起点和最后归宿就是对党和上级的忠诚与服从。

其实，20 世纪 40 年代中国文学对传统伦理精神的重新体认最主要体现在家族小说中。鲁迅的《狂人日记》开创了"意在暴露家族制度和礼教的弊害"[03] 的主旨，在"亲权重，父权更重"的中国，"长幼有序""父为子纲""三年无改于父之道可谓孝"等家族观念盛行，长辈决定和规范着幼辈、晚辈的行为和命运，导致了"置重应在将

[01] 朱德发、贾振勇：《现代的民族性与民族的现代性——论中国现代文学的价值规范》，《福建论坛》（文史哲版）2000 年第 4 期。

[02] 贺仲明：《论 20 世纪 40 年代中国文学中的传统主题》，《江海学刊》2002 年第 1 期。

[03] 鲁迅：《〈中国新文学大系〉小说二集序》，《鲁迅全集》第 6 卷，人民文学出版社 2005 年版，第 247 页。

来，却反在过去"的反进化的结果。鲁迅的小说对这一问题进行了理性的深思。其后，巴金的《家》、张恨水的《金粉世家》延续了这一启蒙主题，小说在展现"长者本位"观对"人之子"残忍的戕害和压榨的同时，还揭露了国民对宗法精神的眷恋与维护。而这正是宗法精神对中国人具有巨大诱惑力的重点所在，同时也是反封建思想革命的难点所在。同时，"逆子"的出场开启了具有现代意义的"审父"意识。而到了 20 世纪 40 年代，《财主的儿女们》和《四世同堂》中的家长多是善良、仁厚的长者，尽管思想依然有些保守，但也是作为一支维护家族在民族危亡中生存、发展的中坚力量而存在，并不干预子女"人"的意识觉醒。家长与子女的关系则是爱与被爱的关系，是建立在血缘与家族伦理双重基础上的博大、无私的爱的关系，是荣辱与共、生命相连的血与肉的关系。

此外，在历史剧创作领域，不管是阿英、柳亚子等人的"南明史剧"，阳翰笙、欧阳予倩、陈白尘的"太平天国史剧"，还是郭沫若的"战国史剧"、杨村彬的清史剧都大力张扬忠君爱国思想和"忠孝""节义"等传统伦理思想，借古讽今，以此作为评判人物是非的标准。显然，这种历史书写与中国现代历史小说所彰显的伦理精神有很大的不同。受进化论思想的影响，"五四"作家以其深刻犀利的笔触对国民中从过去延续到现在的"丑"的东西（劣根性）予以毫不留情的揭露。儒家所推崇的"'忠孝节义'不但是中国大多数历史著作记述和评价历史人物的基本道德尺度，也是中国古代历史小说描写、表现小说人物的主要原则，而在中国现代历史小说里，这个尺度已经发生了巨大的变化。反封建的思想观念可以说是中国所有现代历史小说所贯穿的一个基本的思想观念"[01]。茅盾的《豹子头林冲》、鲁迅的《故事新编》、郑振铎的《汤铸》、李俊民的《鼠的审判》、曹聚仁的《焚草之变》、宋云彬的《隋炀帝之死》、唐弢的《晓风杨柳》、聂绀弩的《鬼谷子》、冯乃超的《傀儡美人》、端木蕻良的《步飞烟》、沈祖棻的《马嵬驿》等作品，都无一例外地将矛头直指中国封建伦理思想，揭露了这种思想对人的束缚，用启蒙的理性精神还原历史的真相。应该说，在"重新估定一切价值"的"五四"精神的倡导下，中国现代文

---

[01] 王富仁：《中国现代历史小说论》，《现代作家新论》，山西教育出版社 1998 年版，第342 页。

学以现代伦理精神为旗帜，重新思考历史与当下，开启了对中国传统文化的更为深层的反思。当然这种思考是经由战争洗礼而完成的，其民族特性在一定程度上彰显了抗战文学的审美特质和时代风尚。

四、文艺民主运动的高涨及阶级论文学观的建构

除了以上所述民族文学观念这一条主脉外，40年代中国文学还有一条线索，即阶级论文学观。在抗日战争之初，国内意识形态和审美倾向上存在的矛盾都开始转入次要地位，一切服从抗战的要求。国共两党的第二次合作及抗日统一战线的建立为民族文学观的形成提供了条件。在抗战之前，"文艺家们从来因为阶级、集团、世界观、艺术方法理论的不同，未能调合在一起。他们为民族自由的斗争，仅只是各自为战，因此而致力量的分散、步骤的参差，使文艺这个有力的战斗的武器，没有发挥出最高的功能，这是文化战线上的一个巨大的缺陷。然而这缺陷，终因政治上的抗日民族统一战线的坚决的执行，逐渐地弥补了"[01]。基于此，阶级论文学观适时退出文学的主导地位，一些无产阶级革命文学理论家如周扬、茅盾、胡风、郭沫若、冯雪峰等，都纷纷站在民族立场上去阐释文学所遭遇的现实突变，主张在抗日的旗帜下，把一切非汉奸的抗日作家团结起来，凸显出民族文学观在新的文学形势下的主导地位。

1938年10月武汉失守后，抗日战争进入相持阶段，国内政治形势也急剧逆转。在国统区，国民党顽固派正加紧强化其一党专政的独裁统治，"造成了民主凋敝、民怨沸腾、民变蜂起的严重危机"[02]。在政治上，国民党政府采取了所谓《限制异党活动办法》，并决议设立"防共委员会"，严密限制共产党和一切进步分子的思想、言论和行动，将中国共产党及一切民主党派打入地下。在军事上发动了三次大规模的"反共高潮"，分裂国内政党间来之不易的团结，震惊中外的"皖南事变"也是发生在这一时期。在文化方面，国民党顽固派对进步文化工作者实行高压和钳制政策，这主要体现在两方面：

其一，设立专制机关和颁布相关专制法规。1938年8月20日，国民党中央下令设立中央图书杂志审查委员会和各地方的同业审查

---

[01]《全国文艺界抗敌协会成立大会（社论）》，载《新华日报》1938年3月27日。

[02] 毛泽东：《论联合政府》，《毛泽东选集》第3卷，人民出版社1991年版，第1045页。

机关，并公布了图书杂志审查办法。1939 年 2 月，国民党设立"重庆市戏剧审查委员会"，查禁进步戏剧电影及演出活动。1939 年 6 月 4 日，原国民党军事委员会的新闻检查机构改组为战时新闻检查局，各省、市成立战时新闻检查所，重要市、县成立战时新闻检查室，建立了一个从中央到市、县，从报刊社、出版社到印刷所、书店的新闻出版检查的网络。1940 年，国民党正式发布《战时图书杂志原稿审查办法》，正式成立中央图书杂志审查委员会，通过这些组织和法令，全面控制抗战文化，扼杀进步文化。他们对进步文艺界采取拉拢和高压政策齐头并进的手段。1941 年 2 月，国民党成立"国民党中央文化运动委员会"（简称"文运会"），其主要任务是"规划全国文化运动之各种方案"。1943 年 5 月，国民党发布《书店印刷管理规则》，1944 年颁布《修正图书杂志剧本送审须知》，1945 年发布《出版品审查法规与禁载标准》等，作为实施文化专制的纲领和措施。据研究者统计，1938 年至 1945 年的八年间，国民党每年查禁的书刊分别为 185 种、271 种、116 种、414 种、62 种、157 种、171 种、16 种。[01]

　　其二，制定所谓的"文艺政策"。1942 年，时任国民党中央宣传部部长的张道藩在国民党中央文化运动委员会主办的《文化先锋》上先后发表长文，在长达两万多字的《我们所需要的文艺政策》中，他打着"三民主义"的旗号，鼓吹文艺的对象是"全民众"，提出"我们要彻底泯灭阶级的痕迹而创造全民性的文艺"[02]。而其所述的"六不政策"（不专写社会的黑暗、不挑拨阶级的仇恨、不带悲观的色彩、不表现浪漫的情调、不写无意义的作品、不表现不正确的意识）和"五要政策"（要创造我们的民族文艺、要为最受苦痛的平民而写作、要以民族的立场来写作、要从理智里产生作品、要用现实的形式）是用"三民主义与文艺之必然关系"要求作家必须遵循的创作上的金科玉律，坚决不能违背。在所谓"三民主义文艺""民族文艺"的幌子下，国民党实行只准歌颂国民党统治、不准暴露国民党黑暗，只准写生产共济、不准写阶级斗争的文化专制禁令，目的在于绞杀抗

[01] 苏朝纲：《抗战时期出版界反查禁纪年（1937—1945）》，《中国出版史料》第 2 卷，宋原放主编，山东教育出版社 2000 年版，第 73—86 页。
[02] 张道藩：《我们所需要的文艺政策》，载《文化先锋》1942 年 9 月 1 日第 1 卷第 1 期。

战文艺和人民文艺。老舍曾说，他此时一拿起笔来就"像个小贼似的东瞧西看，唯恐被人抓住"[01]。这一说法形象地说明了国统区文坛的政治低气压。

针对国民党的文化专制政策，文艺工作者置身于民主运动的激流中。1942 年 10 月，梁实秋撰文《关于"文艺政策"》指出，张道藩的"文艺政策"是"站在文艺范围之外而谋如何利用管理文艺的一种企图"，是用"鲜明的政策统制"文艺。[02] 这充分体现了一个自由主义知识分子对于文艺专制的反感。1944 年 6 月郭沫若在《为革命的民权而呼吁》一文中指出："为争取战争的胜利，为促进训政的完成，在革命民权允许的范围内，我们文化工作者应有权要求思想言论的自由，学术研究的自由，文艺创作的自由。"[03] 1944 年 9 月，中国共产党向国民参政会提出了立即废止国民党一党专政，成立民主联合政府的要求，深得群众拥护，将国统区的民主运动推至高潮。1945 年，郭沫若领衔起草了《文化界时局进言》，要求召开临时紧急会议，商讨战时政治纲领，组织战时全国一致政府。对此，文化人纷纷响应。在得到三百多人的签名后，《文化界时局进言》于 1945 年 2 月 22 日在《新华日报》《新蜀报》等报刊上发表，并在陪都引起轰动。在国民党严密的检查制度和只许歌颂、不许暴露的官方文艺政策的禁锢下，文艺工作者采用机智的策略来与之周旋，"与其不痛不痒反映最小限度的现实，不如干脆不写，转而写些最有现实意味，足以借古讽今的历史题材……既然对于大后方和正面战场的现实没有写作的自由，那就写敌后游击区，写沦陷区，乃至'阴阳界'……"[04]这种巧妙的技巧也达到了揭露国民党的丑恶嘴脸、讽刺其罪行的目的。1945 年 5 月，闻一多发表《人民的世纪》一文，在副标题上标出"今人只有'人民至上'才是正确的口号"。"人民至上"是相对于"国家至上"而提出的。在此之前，闻一多是信仰"中华文化的国家主义"的，因为在他看来，只有信仰"国家主义"才能保持中华的"文化安全"。然而在国民党的统治之下，他认为"国家并不等于

[01] 老舍：《病》，载重庆《大公报》，1944 年 4 月 16 日。
[02] 梁实秋：《关于"文艺政策"》，《文化先锋》1942 年 10 月 20 日第 1 卷第 8 期。
[03] 郭沫若：《为革命的民权而呼吁》，载《新华日报》，1944 年 6 月 13 日。
[04] 茅盾：《八年来文艺工作的成果及倾向》，载《文联》1946 年 1 月 5 日第 1 卷第 1 期。

人民","假如国家不能替人民谋一点利益，便失去了它的意义。老实说，国家有时候是特权阶级用以巩固并扩大他们的特权的机构"[01]。这标志了闻一多从国家主义者向民主主义者的转变。显然，闻一多的"民主""人民"意识的强化根源于其所意识到的国统区的生存现状。这一时期的知识分子用自己的笔书写了对国民党统治的不满，小说如张恨水的《八十一梦》，诗歌如袁水拍的《马凡陀山歌》，戏剧如丁西林的《三块钱国币》、陈白尘的《升官图》、宋之的的《群猴》等都从不同的角度对这一时期国民党当局黑暗的社会现实进行了讽喻和批判。尤其值得提到的是，郭沫若的历史剧《屈原》，该剧在重庆首演就产生过巨大的影响。尤其是"雷电颂"一幕中的独白，激起了无数爱国者的共鸣。

随着抗日战争的节节胜利，国民党加紧了其一党专制的独裁统治步伐，抗战初期民族意识逐渐退位于阶级论文学观。抗战前期，民族价值观念居于前台，民主价值观念隐于幕后。抗战后期及内战阶段，声势浩大的民主运动风起云涌，而民族意识则在反美反帝的风潮中延续与深化。抗战中期史鉴曾对此做过辩证的阐释，他从战时社会动员和战后文化重建两个方面论证"自然非有民主的内容不可"，"应该充实民主精神与作风"[02]。阶级论的文学观认为，在调节个人与社会关系时，要有阶级意识，维护阶级利益，在一定程度上要保持阶级成分的纯洁。"40 年代文学"中的阶级论文学观的形成与国民党的文化专制及文艺民主运动的高涨息息相关。而 1942 年毛泽东《在延安文艺座谈会上的讲话》(后称《讲话》)则是阶级论文学观确立的标志性文件，《讲话》确立了文艺为人民服务并首先为工农兵服务的方向，要求把文学事业看成"无产阶级整个革命事业的一部分"，强调了文艺的阶级和政治属性："在现在世界上，一切文化或文学艺术都是属于一定的阶级，属于一定的政治路线的。为艺术的艺术，超阶级的艺术，和政治平行或互相独立的艺术，实际上是不存在的。无产阶级的文学艺术是无产阶级整个革命事业的一部分。"[03] 从此，文艺为无产

[01] 闻一多：《人民的世纪》，载《大路周刊》创刊号 1945 年 5 月。

[02] 史鉴：《民主内容·民主形式》，载《浙江潮》1940 年第 125 期。

[03] 毛泽东：《在延安文艺座谈会上的讲话》，《毛泽东选集》第 3 卷，人民出版社 1991 年版，第 865 页。

阶级政治服务的立场得以确立。由此，阶级论的文学观在解放区重新占据主导地位，并在此基础上与民族文学观形成双轨运行的态势。同时，通过《新华日报》《群众》等报刊的介绍，刘白羽与何其芳在重庆的宣传，郭沫若等人的呼应和实践，《讲话》在国统区得以被传播与接受，它既指引着解放区文艺前进的道路，也带动了阶级论文学观在国统区的渗透和强化。

概而论之，这一时期全国大致分为国民党统治区（简称国统区）、中国共产党领导的解放区（抗战时期称敌后抗日根据地）和日本帝国主义统治下的沦陷区三部分。可以说，"区域空间"并不是一个纯粹的客观现实，它同时还意味着文化的建构。不仅是一种方位参照体系，还是一种价值反映体系；不仅是人物活动的场所，而且还作为一种文化情境参与了叙事与叙述自身。耐人深味的是：三个区域空间的文学之间并非是断裂和孤立的，相反，而是一种多维的复合系统，其所生发出的意义不等于空间单元的简单相加，而是形成一个开放的、多元的、动态的新结构。三个区域空间的文学都受战争环境的影响，承继着"五四"以来中国新文学的传统，有着同属于"40年代中国文学"的共性。对此，有论者认为："假如全面抗战不爆发，那么区域政治的分野会越来越大，各区域文学的流向也会越来越难以把握；正是民族解放战争这一强大的政治话语把各个政治区域的文学拉近或覆盖了。"[01] 同时，由于不同区域空间不同的社会制度和政治文化背景，以致各区域作家在生存状态、思想取向、情感体验、艺术追求等方面存在着很大差异，并使得各个区域的文学生态有着不同的特征。这三种不同色调的文学的并存、对峙与互补成为本时期中国文学不容忽视的重要特色。

---

[01] 朱德发：《论四十年代中国文学的世界化与民族化》，《中国社会科学》2002 年第 6 期。

第一章

抗战语境的刺激与国统区文学意识的生成

　　1937 年 7 月抗日战争的全面爆发，无疑是影响 20 世纪中国历史和中国现代文学的重大事件。抗战时期的中国文学版图受到了战时区域分化的直接影响。国统区文学主要是以国民政府陪都重庆为中心的国民党统管区文学，是由重庆文坛、昆明文坛、桂林文坛、成都文坛、西安文坛等多个小型抗战文坛构成，它与解放区文学、沦陷区文学一道以民族解放意识为思想特质，以"文协"这一外在组织形式为纽带，以"抗战需要文艺，文艺必须抗战"这一共时性内在关系为价值取向原则，整合而为中国抗战文学大厦。1945 年日军投降后，曾一度被日军控制的上海、北京、南京、武汉等沦陷区为国民党接收，转而成为了国统区。国统区不仅是抗战区文学的主要构成部分，而且最能体现出抗战时期中国文学发展特点。

　　国统区文学除了重庆文坛创造出了引入注目的成绩外，桂林文坛和西南联大诗人群所取得的文学成就也不容忽视。桂林尽管不是抗战的主区，但政治环境较为宽松，生活状况相对稳定，文化氛围浓厚。桂林作家群的创作降低了抗战之初的热烈，而侧重于反思和讽刺，并和现实拉开了一段距离。茅盾的《霜叶红似二月花》就是写成于此地，它与战时的关系并不明显。小说以"五四"前夕的江南村镇为背景，描写新兴资本家和豪绅地主勾心斗角、相互倾轧以及他们与农民的尖锐矛盾，中间穿插着几对青

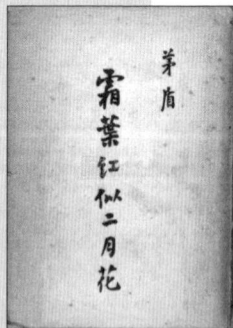

茅盾

霜葉紅似二月花

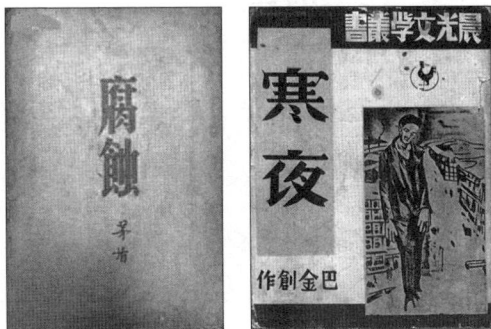

年男女的感情纠葛，广泛地反映了那个时代的社会生活。艾芜的长篇小说《山野》围绕一个山村一天中发生的事，刻画了农村各个阶级、各个阶层不同人物错综复杂的社会关系和彼此不同的生活面貌。骆宾基的代表作《北望园的春天》写了一群蛰居在北望园的各色知识分子庸俗、孤寂的生活，展示了他们晦暗颓唐的心境。作为国民党政府战时首都的重庆，则直接感受着抗战的现实，由于当局的腐朽和积弊日深，这一阶段作家的创作显得压抑，主要表现为直接对黑暗现实的暴露和反思。如茅盾的《腐蚀》这部日记体的长篇小说以"皖南事变"前后国民党政府"陪都"重庆为背景，斗争锋芒直指国民党法西斯特务统治和他们反共反人民、卖国投敌的政治路线。巴金的《寒夜》通过一个普通家庭的悲剧，控诉了黑暗的社会现实的罪恶，《第四病室》用"日记体"的形式为读者展开了一幅社会底层的众生病苦图。西南联大偏处于昆明一隅，学院风气浓厚，拥有像朱自清、闻一多、沈从文、冯至等一批著名的新文学作家为老师，英籍燕卜逊教授也在西南联大讲授西方现代新诗。这里的新生代作家承继了向西方寻找和借鉴的文化传统，自觉地在内容和形式上进行现代主义的尝试和探索，冯至的十四行诗和穆旦的创作就是 20 世纪 40 年代诗歌的重大收获。

第一节　文学视角的转换与作家的焦虑

在 1937 年"卢沟桥"事变到 1938 年 10 月武汉沦陷这一年多时间里，抗战文学在中国大地上迅速汇聚成一股不可阻挡的洪流。抗战结束了 20 世纪 30 年代的左翼文学运动，以战争与救亡为主题的抗战文学成为主导的文学形态，文学运动的中心也迅速地转移到了抗日救亡运动中来，其标志是 1938 年在武汉成立的"中华全国文艺界抗敌协会"。在成立大会上讲话的，既有周恩来、郭沫若，也有邵力子、陈立夫、冯玉祥、张道藩等国民党人士。在大会选出的理事中，自由派作家沈从文、朱光潜、施蛰存以及通俗小说家张恨水也赫然在列。可以说，"文协"的成立标志着文艺界在民族解放的旗帜下结成了广泛的统一战线，是唯一一次包括国共两党作家在内的大联合。继"文协"成立之后，戏剧界、电影界等也相继成立全国性的抗敌协会。毋庸置疑，抗战爆发给中华民族带来了巨大的灾难，但也给中国新文学的发展和演进提供了新的发展机制。同样也给中国的作家带来了新的机

遇：战争让作家走出文化小圈子的活动，向广阔的区域和大众迈进，"文艺家的视野扩大了，他从战争中可以更清楚地认识自己的祖国。文艺家的眼力更深入了。他可以一直深入中国社会的底层"[01]。这要求作家从内容和形式方面去适应这个时代发展的需求，概而言之，内容上的爱国主义、民主主义，形式方面的大众化是这一时期作家创作的思维倾向。

在这种抗战的大潮中，文艺的宣传功能、武器作用被充分发掘出来。因此，这种调整主要在文学题材和主题的变化上表现出来。昔日不同政治与艺术倾向的作家大都开始用表现抗日救亡的题材与主题，取代了以往表现个性解放和社会革命的题材与主题。用文学来声援抗战，为抗战呐喊成为新文学创作的主旋律。中国作家在抗战中没有关起门来营造自己的文学世界，而是热切地关注抗战，积极地投身抗战，书写了大量与抗战有关的文学作品。为了适应现实战斗的需要，作家们纷纷拿起了轻型文学武器。小型作品的大量涌现，成为抗战初期文学形态的一个突出现象。短小、快捷、通俗的文学样式空前兴盛，报告文学、战地通讯、街头诗、朗诵诗、活报剧等形式广受作者和民众欢迎。当然，小说及文学批评等领域的成就并没有被这些文体所淹没。当我们欣喜于战争并没有使文学灭亡的同时，我们也发现这些作品中存在着诸多毛病和不足。这当然有时代功利性的原因，同时也有作家面对这个时代、面向现实生活、面对书写对象时本身的困惑和焦虑。具体而言，主要体现在如下几个方面：

第一，"作家"与"大众"的双向隔膜。抗战前，一般的文艺工作者的文学活动多以特殊的"作家群"的形式来推动和展开，抗战的时代氛围让一些作家抛弃了所谓的"文人的本色"，主动融入于人民大众之间。但这毕竟是少数。因此，一旦让作家用笔来书写这些推动历史发展的人民大众时，作家生活范围的狭窄、生活环境的单纯，又不能依靠想当然的"想象"与"回忆"，这些都让他们陷入了言说和书写的困境之中。老舍在抗战5年后，才写出一部长篇小说《火葬》，写完后，还自评"要不得！"。至于原因，他说："我要写一个被敌人侵占了的城市，可是抗战数年来，我并没在任何沦陷过的地方住过。

---

[01] 黄药眠：《抗战文艺的任务和方向》，《文学理论史料选》，苏光文编选，四川教育出版社1988年版，第143页。

只好瞎说吧。……我写了文城，可是写完再看，连我自己也不认识了它！"因为没有战争的经验，老舍认为抗战文艺很难写，"抗战文艺，谈何容易！……战争是多么大的一件事呀！教作家从何处说起呢？他们不知道战术与军队的生活，不认识攻击和防守的方法与武器，不晓得运输与统制，而且大概也不易明白后方的一切准备与设施。他写什么呢？怎么写呢？"[01] 更为重要的是，作家很难跨越"自我"和"大众"之间的距离。自"五四"启蒙思潮兴起以来，这种审视与被审视、启蒙与被启蒙的权力关系，导致了作家与大众之间的"双向隔膜"。对此，瞿秋白曾认为，"五四"新文学是资产阶级性质的文学，这种文学适应着资产阶级的政治主张和思想感情需要，内含着资产阶级的个人主义、人道主义和民权主义的文化精神，它的"外壳"则是以文言为本位的欧化的白话文，因而"五四"新文学是不中不西、非驴非马的"绅商文学""骡子文学"。这种"新式白话文的，新的文学"，满足的是"高等华人"或"新式智识阶级"的审美趣味。[02] 然而，这种关系没有在革命文学中得到修复，抗战文学亦是如此。抗战初期，即使作家入伍参军，赴战地采访，参加战时文艺宣传等活动，身份之间的无形的墙仍会让作家很难全身心地介入到写作对象的生活之中。因此如下现象层出不穷："他们虽然参加了前线抗战军队或后方救亡群众的战斗，然而在主观的感觉上，却还保持着自己'特殊'的传统，固定着自己的'旁观'的地位。"[03] 以"参观者"或"访问者"的姿态去创作显然会限制对文学对象的了解程度和深度。在一次回答读者"作家为什么在这样宝贵的时机不上前线"的提问时，胡风这样回答道："作家上前线是应该的，但也要看他是抱着怎样的心情上前线去，在前线做一些什么。如果以为上前线去更会被人看重，去做个把秘书科长，或者做一些时官长底贵宾，和战争隔离着，和兵士隔离着，为了听到一些材料写成作品，我看是没有什么意义的。战争初期，有些作家忽然到了前线，又忽然跑回后方，不几天又跑上前线，……在前线是一个特殊的身份，回到后方来当然也变成了一个特

---

[01] 老舍：《火葬·序》，《老舍文集》第 3 卷，人民文学出版社 1999 年版，第 332-334 页。

[02] 瞿秋白：《论文学革命及语言文字问题》，《瞿秋白文集》第 2 册，人民文学出版社 1953 年版，第 614 页。

[03] 以群：《关于抗战文艺活动》，《文艺阵地》1938 年 5 月 1 日第 1 卷第 2 期。

殊的身份，对于这种情形，我曾说过极挖苦的话：他们是把上前线去当作从前的进咖啡馆了。这样的作家当然不能写出好的战争作品来。"[01] 正是如此，我们读到"不去净的欧化用语句法"，"把农民装上知识分子的声音笑貌"等脱离现实、脱离大众的文学作品，以致被人诟病的"抗战八股""差不多""公式主义""概念主义"等创作倾向也有基于此的原因。

　　第二，社会演进迅急，作家的思想难以应对。社会现实的演进为作家提供了相当丰富的资源，但也给他们带来不小的困惑。首先要处理的问题是该上前线还是坚守后方写作。当时有人提出，作家要写抗战必须要到前线去，留在后方等于和生活隔离。这主要是基于留在后方的作家要写与自己不大熟悉的文学内容存在着很多困难的考虑，的确也存在着有些人并没有去过前线，为了赶时髦，也写起前线的事情来了，当然其真实程度和挖掘的深度都要大打折扣。本来，上前线和文学创作是不矛盾的，应该说是彼此促进的，但有的人将此割裂，简单地理解抗战和创作的关系。由于各方面的原因，多数作家不能上战场，然而，在后方的作家就不能写好"前线"和"战场"这些题材吗？这也不尽然。其实，"战时文学"并不等同于"战场文学"，战场生活是战时生活中最直接的一部分，后方的非战场生活，如逃难、躲警报、失业、请愿等也是战时文学题中应有之义。其次，要转变自己的创作习惯和创作思维需要一个过程。过去的生活习惯要更改过来，需要一些时间去适应；而新的生活的开始，虽然是那么新鲜，却总令人觉得有一点陌生，必须重新整理自己的思想和方法。这恰如萧红所说："一个题材必须要跟作者的情感熟悉起来，或者跟作者起着思恋的情绪。但这多少是需要时间来把握的。"[02] 同时，由于接受者受教育水平有限，该如何将文学转化为激励民众反抗外敌的力量，也需要作家去认真思考和实践。在抗战初期，流行着"抗战高于一切"的说法，一切文学都要服务于抗战的需要，这当然有时代和现实的考虑，但对习惯了社会学视角与阶级论思维的作家（特别是左翼作家）来说，要快捷地转换成民族的视角不是一件易事，加上题材的陌生，

[01] 胡风：《关于创作发展的二三感想》，《创作月刊》第 2 卷第 1 期，1942 年 12 月 15 日。
[02] 胡风：《现实文艺活动与〈七月〉——座谈会记录》，《胡风全集》第 5 卷，湖北人民出版社1999 年版，第 357 页。

也使不少人一时失语。就连创办了《七月》、团结了不少左翼文人的胡风，也曾经有过踌躇。[01] 在抗战救亡成为主导的时代精神的时候，胡风仍然坚持"启蒙与救亡并重"的"五四"新文学理路，时时"把启蒙的效果放在心上"，这种坚持与抗争，自然会遭致他人的误解。

　　第三，文学的"大众化"给作家提出了更高的要求。对于文艺工作者来说，"由一开头直到今天横在面前的老是那两座无情的山：'看不懂'是一座，另一座是宣传性，三年来所有文艺作品与文艺讨论都是要冲过这两重山去。不冲过去即无力量可言，因为读众的读书能力的低弱、与抗战宣传的急迫，是谁也不能否认的"。另一方面，"在文艺者的心里，一向是要作品深刻伟大，是要艺术与宣传平衡。当他们看见那两重山哪，最初是要哭；后来慢慢的向前试步，一脚踩着深刻，一脚踩着俗浅；一脚踩着艺术，一脚踩着宣传，浑身难过！这困难与挣扎，不亚于当青蛙将要变为两栖动物的时节——怎能既深刻又俗浅，既是艺术的又是宣传的呢？"[02] 这是一种两难的尴尬境地，作家如何将自己头脑中的思想外化到文学创作中，并为大众接受，即如何使文艺创作被大众所喜爱成为作家的当务之急。在形式上，要为大众喜闻乐见，就不能不考虑对旧形式的利用。因此，如何利用民族旧形式就成了一个实践中急需解决的问题。由此引起的关于民族形式的论争是 20 世纪中国文学史上一件值得注意的大事。民间旧形式不可能产生现代的文学作品，这必然会伤害文学艺术水平的发展。但这种"伤害"在宣传性、鼓动性的作品中不可避免，任何人都不应该对其苛求，但为宣传而粗制滥造却不应该成为艺术的标准。

　　可以说，在战争的硝烟中，民族生存相对于文化建设而言有优先性，要求文学直接卷入现实生活，中国知识分子很难拒绝这一时代诉求；同时，对文学本身的虔诚与挚爱，使得他们不能忘情于对超越时代、超越民族的文化精神的向往。这造成了作家在文艺的"思想性"和"艺术性"之间很难抉择。然而，时代的主潮还是让思想性占了上风，我们可以从这一时期的旗手郭沫若的一席话来窥探："抗战所必须的是大众动员，在动员大众上用不着有好高深的理论，用不着有好卓越的艺术——否，理论愈高深，艺术愈卓越，反而愈和大众

[01] 季红真：《民族危难时刻的集体记忆——漫谈抗战文学》，《南方文坛》2006 年第 2 期。

[02] 老舍：《三年来的文艺运动》，重庆《大公报》1940 年 7 月 7 日。

绝缘，而减杀抗战的动力。""对于抗战理论嫌其单纯，嫌其重复的那种'反差不多'的论调或故作高深或高尚的理论以渡越流俗的那些文化人，事实上是犯着了资敌的嫌疑。"[01] 诚然，在抗战时期，哪个作家能承受得起"资敌的嫌疑"这样一个评价？同样，知识分子一贯坚守的精英立场、批判意识又让他们无法容忍艺术性的缺失，这些问题撕咬着知识分子的内心，其结果也只能是："面对大众化潮流导致的知识分子话语的失落，知识分子在言论上表示的反抗是有限的，声音是微弱的。"[02]

---

[01] 郭沫若：《抗战与文化问题》，《自由中国》1938 年 6 月 20 日第 121 卷第 3 号。

[02] 李新宇：《硝烟中的迷失——抗战时期的知识分子话语》，《中国现代文学研究丛刊》1999
年第 2 期。

第二节　文艺的功利性与艺术的缺失

在抗日战争这一特殊历史时期，战争影响和决定着一切，文艺要在救亡中发挥作用，必须宣传大众、组织大众、教育大众，于是，文艺的革命功利性和政治宣传性得以强化。抗战文学"必须负起教育责任，使人民士兵知道、感动，而肯为国家与民族尽忠尽孝。当社会需要软性与低级的闲话与趣味，文艺若去迎合，是下贱；当社会需要知识与激励，而文艺力避功利，是怠职"[01]。老舍的这句话体现了抗战对文艺的时代诉求，抗战文学不能回避激发广大民众参加到抗战中去的时代使命。当时一切文艺活动都集中于对抗战有益这一焦点上，"抗战第一，胜利第一"的思想几乎渗透到了每个作家的骨髓中。面对大众化潮流导致的知识分子话语的失落，知识分子在言论上的反抗是有限的，声音也是微弱的。这种功利性的诉求给作家带来的影响不言而喻。为了响应这种时代的号召，一部分作家将宣传价值放置在第一位，而忽略其艺术价值。于是，"差不多""抗战八股"这样的现象应运而生。有的作家从时代主题、从民族救亡的角度出发，认为这些现象的存在是不可避免的自然现象，不必为然。郁达夫的话就很有代

[01] 老舍：《三年来的文艺运动》，重庆《大公报》1940 年 7 月 7 日。

表性："抗战文艺的有'差不多'的倾向，是天公地道、万不得已的事情；除非你是汉奸，或是侵略者的帮凶，那就难说。否则，抗战文艺就决不会有鼓吹不抵抗，或主张投降议和，或劝人去吸鸦片、调戏妇女的内容。文艺倾向的一致，文艺作品内在意识的明确而不游移，并不是文艺的坏处，反而是文艺健全性的证明。所以，抗战文艺的有'差不多'的倾向，我非但不悲观，并且还很乐观。"[01] 郁达夫所言很好地阐释了文艺为抗战服务的社会功能，也正因为这种功能，使很多作家放大了文艺的宣传性而放松了对文艺自身审美价值的追求，导致抗战初期的作品中出现了如浪漫的热情过度，廉价的光明，无条件的胜利，二元对立的脸谱化人物，雷同的主题等现象，这些都是这一时期文艺缺失的种种表现。

关于抗战文艺的一些弊端，当时的评论家也意识到了这一问题。老舍早在 1938 年就使用了"抗战八股"这个词语来形容抗战文艺存在的艺术质量问题，承认"抗战以来的文艺，无论在哪一方面，都有点抗战八股的味道"，只是老舍在权衡之下，选择了为"抗战八股"辩护的立场："抗战八股总比功名八股有些用处，有些心肝。"[02] 1940 年，罗荪的《抗战文艺运动鸟瞰》[03] 一文比较系统和全面地分析了抗战文艺存在的问题，他认为当前抗战文学主要存在着"公式主义""摄影主义""典型和主题开掘不深""理论与批评活动的贫乏""关于民族形式的问题"等五个方面的问题需要克服和改进。1940 年底"文协"召集了一次题为"一九四一年文学趋向的展望"的座谈会，专门研究和探讨了这一问题。老舍、艾青、阳翰笙、郭沫若等人在检讨过去三年的抗战文艺运动时，都承认了初期抗战文艺存在取材狭隘，对抗战生活理解不够深入、流于公式化的毛病发表了诸多看法。在个人发言的基础上，姚蓬子归纳"文协"同人的意见，也承认了初期抗战文艺内容浅浮，艺术性差，"多少有点公式化，近于所谓标语口号文学"，题材相

[01] 郁达夫：《关于抗战八股的问题》，新加坡《星洲日报半月刊》1939 年 5 月 15 日第 22 期。
[02] 老舍：《制作通俗文艺的苦痛》，《抗战文艺》1938 年 10 月 15 日第 2 卷第 6 期。
[03] 罗荪：《抗战文艺运动鸟瞰》，《文学月报》1940 年 1 月 15 日创刊号。

当狭窄，"作家的目光几乎完全集中于战争的正面"的弊病。[01] 萧红在《马伯乐》中讽喻了那种为了追逐名利而炮制抗战小说的现象：

> 他买了几本世界文学名著……那书是外国小说，并没有涉及到中国的事情。但他以为也没有多大关系……总之他把外国人都改成中国人后，又加上自己最中心之主题"打日本"。现在这年头，他不写"打日本"，能有销路吗？再说你若想当一个作家，你不在前边领导着，那能被人承认吗？

抗战文人马伯乐的这种心理代表了当时很多知识分子对于"救亡"语境中文学的思考。这些问题的产生最主要的原因是作家为了过分地强调文艺的宣传性、政治性和目的性，"在抗战的现在，民族的最大仇敌是日本帝国主义者，举国团结一致的目标是抗敌，现实既是如此，当然无论理论或作品都自然无法'差得多'，假设故意要'差得'太'多'，恐怕倒有走向敌人怀抱里去的危险"[02]。当然也存在作家对现象挖掘不深、思考不够的可能。就"公式主义"而论，由于作家从既定的思想与主题来左右人物与事件的发展，文学对象的自律性被束缚了，以致出现"差不多"的现象，即文学的诸要素存在着某种趋同的倾向、定型化的模式。在所有的文学要素中，属人物塑造最引人关注，当然也最难把握。抗战文学中首先存在着重"事"轻"人"的问题，其写作过程"就是先有了固定的故事的框子，然后填进人物去，而中国人民的决心与勇敢，认识与希望，对目前牺牲之忍受与对最后胜利之确信等观念，则又分配填在人物身上"。对此茅盾认为这是"本末倒置"，因为"'人'在作家心中成熟而定型的时候，'故事'的轮廓也就构成"[03]。正因为这种既定的套路，使得抗战文学在塑造人物的时候存在着敌我二元对立的脸谱化及人物性格太单纯、缺乏个

---

[01]《一九四一年文学趋向的展望（会报座谈会）》，《抗战文艺》第7卷第1期，1941年1月1日。

[02] 李南桌：《论"差不多"和"差得多"》，《中国新文艺大系（1937—1949）：理论史料集》，徐迺翔主编，中国文联出版公司1998年版，第31页。

[03] 茅盾：《八月的感想——抗战文艺一年的回顾》，《文艺阵地》1938年8月16日第1卷第9期。

性等问题。

随着抗战文学意识形态化弊病的日趋严重，有人提出了恢复文学自身审美特性的主张。京派对于中国自由主义思潮的贡献是最为显著的，他们在文学上追求对立性、精神超越性，反对对政治的直接介入。这种追求与抗战时期的"政治功利性"有诸多冲突的地方。其实早在抗日战争全面爆发之前，沈从文与茅盾等左翼作家就进行过一场关于"差不多"的论争，这可以说是五四以来的"为人生还是为艺术"论争的承继，也是后来"与抗战无关"论争的理论背景。1936年 10 月，沈从文以"炯之"的笔名在《大公报》文艺副刊上发表《作家间需要一种新运动》，较早地看到了当时文学创作中题材、内容、风格的"差不多"现象。他认为，这个现象"说得蕴藉一点，是作者大都关心'时代'"的缘故。作家们都"记着'时代'而忘了'艺术'"。在他看来，这"差不多"的局面"若不幸而延长十年八年，社会经过某种变化后，还会变本加厉，一切文学新作品，全都会变成一种新式八股"。他因此提出"作者得把作品'差不多'看成一种羞辱，把作品'差不多'看成一种失败"[01]。沈从文的这一观点立即受到了左翼作家的批评，茅盾发表《关于"差不多"》一文指责沈从文将文学的时代性与艺术的永久性对立起来，"幸灾乐祸似的一口气咬住了新文艺发展一步时所不可避免的暂时的幼稚病"，他认为"炯之先生大声疾呼痛恨'差不多'，然而他不知道应从新文艺发展的历史过程去研究'差不多'现象之所由发生……作家们应客观的社会需要而写他们的作品——这一倾向，也是正确的"[02]。沈从文对此予以反击，他认为，要保证作家创作自由，就要保持作家的个性，不被政治家牵着鼻子走。那些"受主义统治和流行趣味支配"的作家缺失了对生活本身的体认，容易陷入雷同化的窠臼中，他指出："当朝野都有人想利用作家来争夺政权巩固政权的情势中，作家却欲免去帮助帮

[01]　炯之（沈从文）：《作家间需要一种新运动》，《大公报》1936 年 10 月 25 日。
[02]　茅盾：《关于"差不多"》，载《中流》1937 年 7 月 5 日第 2 卷第 8 期。

闲之讥，想选一条路，必选限制最少自由最多的路。"[01] 此论争并未深入地探讨下去，但其中提到的问题却有很大的理论和实践启发作用。"差不多"现象引起了自由主义和左翼作家的共同注意，说明了当时公式化、概念化倾向的严重性。到了"抗战"与"救亡"成为时代主题时，此论争引发的关于文学与时代关系的论题就又有了继续论争和探讨下去的可能和新特点。

朱光潜始终坚持"文学是一种纯粹的艺术"[02]，他的"审美的心理距离"很好地阐释了其非功利性的美学观点：人与现实距离过近，不免取实用的态度，不能处之泰然；距离太远，又难以达成主体对于审美对象的感性体验。而恰到好处的距离，才能摆脱利害的考虑，才会产生审美的感受。他批评"借文艺的美名，做呐喊的差役"是"口号教条文学"，是"文学上的低级趣味"[03]。他还明确指出当时"为大众""为革命""为阶级意识"，甚至于"为国防"，都是"文以载道"的"新奇的花样"。他提出了自己的文艺主张："自由生发，自由讨论"和文艺上的"多方面的调和的自由发展"，"不希望某一种特殊趣味和风格成为'正统'"。当然，朱光潜在保持与政治距离的同时，也否定了"为艺术而艺术"的主张，"十九世纪盛行的'为文艺而文艺'的主张是一种不健全的文艺观，……每种观都必同时是一种人生观，所以'为文艺而文艺'的信条自身就隐含着一种矛盾"[04]。沈从文和朱光潜等人的自由主义文艺观招致邵荃麟、林默涵、胡绳等左翼作家的猛烈抨击。郭沫若更是在《斥反动文艺》一文中把这些作家分别冠以不同的颜色，沈从文是桃红色的作家，不仅写性，还与时代为敌；朱光潜是"蓝"色作家，是说他站在国民党的立场说话。[05]

抗战爆发后，诗歌以其短小精悍、节奏明快等特点成为宣传抗战、激励民众的"轻武器"。在讨论诗歌大众化的问题上，诗人们也存在着种种分歧。孙毓棠在香港《大公报》副刊《文艺》上发表了一篇题为《谈抗战诗》的文章，他批评了抗战诗歌创作中题材狭窄、

[01] 沈从文：《再谈"差不多"》，《文学杂志》1937 年 8 月 1 日第 1 卷第 4 期。

[02] 朱光潜：《与梁实秋先生论"文学的美"》，《北平晨报》1937 年 2 月 22 日。

[03] 朱光潜：《文学上的低级趣味（上）：关于作品的内容》，《时与潮文艺》1944 年 7 月 15 日第 3 卷第 5 期。

[04] 朱光潜：《我对于本刊的希望》，《文学杂志》1937 年 5 月 1 日创刊号。

[05] 郭沫若：《斥反动文艺》，《大众文艺丛刊》1948 年 3 月 1 日第 2 辑。

呐喊空洞、情感泛滥等毛病，同时提出了自己的主张："因为现在有许多抗战诗被一般严格的批评家骂为'口号大全'或'抗战八股诗'者，都由于写诗的人自己太不下工夫、太随便，并且只讲宣传而不讲表现。有些诗人太热心了，写诗时心里先就打定了主意。打算这篇诗出去便可以激励许多读者的抗战情绪。我以为这种写作的心理完全错误了，因为我觉得拿诗来做宣传工具是宣传中最笨的方法。……简直是白费力，不可能。诗在今天的世界上本已走到末路，成了少数人的东西了，（我不承认诗能大众化；即使能大众化，也没有什么好处或价值，因为即使大众化了，大众也不会喜欢诗。）我不相信这些喜欢读诗的少数人，得等到读抗战诗，才能引起抗战的情绪。所以我想费工夫写抗战诗的人不如改变一下自家的心理状态，专心致力于写真正文学的诗，注重在表现时代。"[01] 孙毓棠以上所言概括起来就是抗战诗歌不属于真正文学的诗，诗不宜于宣传，诗歌不能大众化。显然，此言论与文艺的抗战主题和指导思想是不相一致的，与同时期梁实秋所谓"与抗战无关"论有一些暗合之意，其"表现"时代与"为艺术而艺术"也有诸多相似之处。作为现代诗派的批评家，孙毓棠坚信诗不仅要有美的灵魂也要有美的形式，诗不讲究艺术，就失去了其艺术的基本特性，也就丧失了艺术生命本身。其理论当然有可取之处，但在这样一个时代语境下，如何平衡艺术和时代的关系，调整和转化现代主义诗艺，保持诗歌持久的艺术魅力和生命力，是同时代作家难以调和的问题。

其实，文学的本质具有双重性，既有自主性又有社会性。关于"为艺术而艺术"的论争在二三十年代早有涉及，只是在战争背景下，文学如何承担对于这个时代的责任，为人生还是为艺术这一问题对每一个作家来说都是两难的，只是由于个人喜好不同、立场各异，又兼以时代的焦虑和危机将这一问题呈现在作者面前，他们有着不同的文化选择和姿态。需要说明的是，在战争年代，因为宣传的需要而付出艺术的代价是不可避免的，任何人都不会对战地艺术有太多的苛求。但是，有一点需要明确，并非一切宣传都是艺术，也并非一切艺术都需要服务于宣传。

---

[01] 孙毓棠：《谈抗战诗》，香港《大公报》副刊《文艺》1939 年 6 月 14 日、6 月 15 日。

第三节　启蒙与救亡制导下的文学场

　　启蒙和救亡分属思想文化和政治实践两大领域的主题，就社会结构层面来说，它们之间必然存在着内在联系和互动机制。日军的侵华战争使得"救亡"成为现实生活的首要任务，这是整个中华民族的国人及各行各业都必须面对的，文学概莫能外。此处所说的"启蒙"是指从"五四"开始并沿续下来的思想解放运动：反对封建、批判蒙昧、以人本主义思想来指导自己的思想和行动、获得现代人的权利的主题。从表面上看，启蒙和救亡似乎对立，但实际上两者却是相互渗透，彼此促进的。但在将国家和民族从日本帝国主义侵略的危亡中拯救出来，给予中国和中国人民独立、自由尊严的救亡主题面前，启蒙话语被迫退出中心位置。最早觉察到救亡将会给启蒙带来冲击的是鲁迅。1936 年他在《半夏小集》中这样写道："用笔和舌，将沦为异族的奴隶之苦告诉大家，自然是不错的，但要十分小心，不可使大家得着这样的结论：'那么，到底还不如我们似的做自己人的奴隶好。'"[01]其中，"沦为民族的奴隶之苦"指的是救亡的主题，而"做自己人的奴隶"则特指启蒙，鲁迅的言下之意是救亡正在日益占领启蒙的领

---

[01] 鲁迅：《半夏小集》，《鲁迅全集》第 6 卷，人民文学出版社 2005 年版，第 617 页。

地，他在这里是要提醒大家，在救亡的大潮中不能掩盖和遗忘了启蒙意识。然而，他的这种顾虑很快就成为现实。当然这其中有很多主客观的原因，具体而论，值得正视的要素，至少有如下两个：

第一，在迫切的"救亡"使命面前，被启蒙者无暇接受启蒙这一长期过程。启蒙是需要很多条件的，其中有社会民众基础最为首要。由于强大的历史惯性，传统封建伦理道德观念并没有随着时间的流逝而消失，而是更加深刻地留存于占大多数的愚昧民众的潜意识中。对此，鲁迅曾经说过："无教育的农民，却还未得到一点什么新的有益的东西，依然是旧日的迷信，旧日的讹传，在拼命的救死和逃死中自速其死。"[01] 自然，这种根深蒂固的国民习性并不会随着抗战的爆发而结束，于是，一个严峻的问题摆在了我们面前：一旦要给国民讲"超前"或有异于他们习惯思维的新观念时，他们自然难以理解和适应。从接受者的接受机制来看，接受习惯性的思想较为容易，接受全新的思想则至少需要一个过程，而当这个接受者是教育水平普遍落后、思想比较僵化的庸众时，阻力则更大。因此，抗战这一紧迫的历史使命能否等待大众启蒙所需要的长时间，仍然是一个巨大的疑问，与此同时，作为启蒙对象的民众一旦成为了抗战的主力军，他们就很有可能无暇去等待这一漫长的启蒙过程。

第二，启蒙者与被启蒙者的角色互换，使得启蒙陷入失语的困境之中。在大众化的内在需求下，由于所肩负使命的变迁，文学受众的身份在发生某种变化。在抗战的氛围下，原来的被启蒙者成了文化的主体力量，相反，原来的启蒙者却成了接受教育者，在严峻的军事环境下，这种新的文化规范确立起其不容置疑的权威性，知识分子先进的启蒙意识却被暂时搁浅。正如陈思和所说："战争的强制性质使知识分子不得不放弃启蒙的任务。因为启蒙只能对思想起效，不能为直接的政治斗争，甚至政权所左右，它只能成为知识分子自由思想的工具，却永远不能成为政治集团作宣传的工具。在这个时候，新文学的启蒙意识才遇到了它真正的对手：战争的文化规范。"[02] 在抗战面前，民众最关心的是如何集中全民族的力量御敌于国门之外，而启蒙运动中所强调的个人权利和个性解放倒成为次要的事情。可以说，战争的

---

[01] 鲁迅：《迎神和咬人》，《鲁迅全集》第5卷，人民文学出版社2005年版，第577页。
[02] 陈思和：《中国新文学整体观》，上海文艺出版社2001年版，第64页。

紧迫性让知识分子不得不暂时放弃其启蒙的意图。因为启蒙只能对思想负责，不能直接为政治服务，它充其量只能成为知识分子自由思想的工具，却很难成为政治集团的宣传工具。在这个时候，新文学的启蒙意识遭遇到了它的真正对手，即战争的文化规范。启蒙者所固有的批判性与当时积聚已久的民族激情间的冲突越来越凸显，随着抗战的深入，民众在潜意识中也日渐反感启蒙，越来越难以接受启蒙者的这种态度。鲁迅的一番话正说明了这一问题："我先前的攻击社会，其实也是无聊的。社会没有知道我在攻击，倘一知道，我早已死无葬身之所了。"[01] 在救亡这一主导的话语面前，文学必须围绕着抗战这一最大的政治展开，梁实秋的"与抗战无关"的约稿、沈从文的"反对作家从政论"、朱光潜的"距离审美说"等遭到批评家的猛烈批判也就不足为奇了。可见，在战争的文化背景下，启蒙知识分子受到压制成为一种不可避免的文化现象。

萧红的创作经验和遭遇有助于深化对此问题的理解。萧红小说承续了鲁迅"改造国民性"的主题，带着自己的悲怆心灵，注视黑土地上人们原始和蒙昧的生存状况。从《生死场》到《呼兰河传》，体现了萧红思想情感、叙述角度、艺术手法等诸多方面的变化。《呼兰河传》以女性话语重操乡音寻觅原乡的隐喻方式，唱起了一首"归家"之歌。她一方面借助重建精神家园的社会，力图通过返归自然本源的精神，达到医治伤痛和灵魂自救的目的；另一方面，又以"生活在别处"的精神姿态，审视小城人物的日常生存境域，超越了心灵回归而趋向了精神自醒，看到了"回家"的虚幻和自赎的无望。相对于

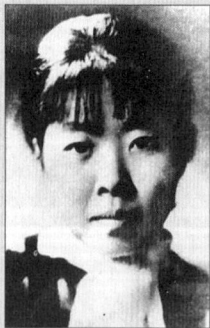

---

[01] 鲁迅：《答有恒先生》，《鲁迅全集》第 3 卷，人民文学出版社 2005 年版，第 477 页。

《生死场》刚刚问世就名噪一时，以至后来一直被看作是抗战文学的代表作而广受称道，《呼兰河传》发表后却备受冷落，被认为是远离时代的"寂寞"之作等，究其原因，茅盾一语中的："在这里我们看不见封建的剥削和压迫，也看不见日本帝国主义那种血腥的侵略。而这两重的铁枷，在呼兰河人民生活的比重上该也不会轻于他们自身的愚昧保守罢？"正是局限于自我狭小的私生活圈子，"把广阔进行着生死搏斗的大天地完全给掩隔起来了"[01]。可见，在当时的时代语境中，过分沉溺于作者内心世界而远离历史和时代的使命必然遭到批判。然而，萧红是一个随性的人，曾被鲁迅称为"越规的笔致"的文风让她成为了"异数"，在她看来，"作家不是属于某个阶级的，作家是属于人类的。现在或是过去，作家的写作的出发点是对着人类的愚昧！那么，为什么在抗战之前写了很多文章的人而现在不写呢？我的解释是：一个题材必须要跟作者的情感熟习起来，或者跟作者起着一种思变的情绪。但这多少是需要一点时间才能够把握住的"[02]。这在当时无疑是个极大胆的想法，是对"救亡"时代主题的公然质疑，对于热衷于阶级和阶级斗争学说的"左"的人士来说，自然是不符合现实逻辑的，因而惹来批判也自在情理之中。

所谓启蒙，用康德的话说就是："使人摆脱其自我原先的未成年状态。未成年状态意味着无他人指导不能运用自己的悟性。"[03] 启蒙意味着对社会和人的某些弊病和现实进行揭露和批判，以此建构出一个符合现代性要求的主体思维和生存状态。在"抗战高于一切"的时期，很多人认为暴露黑暗会破坏抗战的大好局面，会损伤国人的民族精神。难怪胡风会说："抗战爆发以后，大家都被卷进了其大无边的兴奋里面，特别是热情而纯洁的青年人，觉得自由和光明已经得到了，一切黑暗和污秽都成了过去的回忆。那时候，似乎鲁迅的斗争道路也已经过去了，因而鲁迅这个名字也似乎和沉醉在炮火声里的他们隔得非常遥远。"[04] 尽管这时也出现过周文的《救亡者》、黑丁的

[01] 茅盾：《〈呼兰河传〉序》，上海《文汇报》副刊《图书》第 24 期，1946 年 10 月 17 日。
[02] 《现实文艺活动与〈七月〉——座谈会记录》，《胡风全集》第 5 卷，湖北人民出版社 1999 年版，第 357 页。
[03] 霍克海默等：《启蒙辩证法：哲学断片》，渠敬东、曹卫东译，重庆出版社 1990 年版，第 74 页。
[04] 胡风：《如果现在他还活着——纪念鲁迅先生逝世五周年》，香港《大众生活》第 23 号，1941 年 10 月 18 日。

《痛》、陶雄的《伥》、台静农的《电报》、周正仪的《归来后》、扬波的《最后一课》、沙汀《防空——在勘察加的一角》等揭露国统区痼疾与黑暗的作品，但在"抗战高于一切"的政治原则下，这些作品揭示的问题非但未能引起人们的太多关注和理解，反而遭到很多读者的误解和不满，当然更受到国民党当局的批判和查封。我们可以以老舍的创作经历来进一步思考这一问题。老舍在抗战时期创作了多部抗战戏剧，由于他的尖锐批判性，从一开始就受到别人的批评，"老舍的剧本《残雾》上演的时候，听说观众之中颇有几位先生大摇其头，以为其中所暴露的会摇动人们的抗战信心，甚至认为破坏抗战。这是当时在场的一位朋友亲闻亲见的"[01]。老舍事后坦言，"……许多关于《残雾》的批评，十之六七是大骂特骂"。在创作《张自忠》时也碰到了类似的情形，"一谈困难与问题就牵扯到许多事，而我们的社会上是普遍的只准说人人都能成圣成贤，不准说任何人任何事微微有点缺欠"[02]。"一谈困难与问题就牵扯到许多人许多事，而我们的社会上是普遍的只准说好，不准说坏的。"[03] 作家的无奈恰恰说明了政治对于文艺的塑造和规约，体现在文学创作中就呈现出救亡主题对于启蒙主题的限制。

　　可以说，中国新文学中的启蒙思想自"五四"以来，经过抗战这一特殊时期，曾有过一些挫折，但其深藏的文化建构和人文精神却没有止步于抗战时期，而是贯穿于 20 世纪中国文学的始终。这其中，七月派作家所做的贡献尤为值得称道。抗战爆发后，七月派始终坚持"启蒙与救亡的相互促进"的"五四"新文学理路，并一如鲁迅那样以批判国民的劣根性为文学基本主题，时时"把启蒙的效果放在心上"[04]。胡风和其他七月派的理论家一直在思考，"怎样从极其纷繁复杂的光波里，射出一道鲜明强烈，确立不移的新文学的光来呢？那是

[01] 吴组缃：《一味颂扬是不够的》，重庆《新蜀报》1940 年 1 月 22 日。
[02] 老舍：《没有"戏"》，重庆《新蜀报》1940 年 8 月 6 日。
[03] 老舍：《写给导演者——"声明在案"：为剧本〈张自忠〉》，载《文艺月刊》第 5 卷第 1 期，1939 年 9 月 1 日。
[04] 晓风：《胡风、阿垅来往书信选》，载《新文学史料》1991 年第 1 期。

今后《七月》所应该努力的方向！"[01] 在他们看来，鲁迅等人开创的改造国民性的中国新文学精神不应在抗战的语境中遭受扼杀，战争更需要民族精神的改造，"在神圣的民族战争的今天，鲁迅的信念是明白地证实了：他所攻击的黑暗和愚昧是怎样地浪费了民族力量，怎样地阻碍着抗战怒潮的更广大的发展"[02]。事实上，关于救亡与启蒙关系的话题，如果只在历史中截取抗战初期这一时段来认识中国的启蒙、了解启蒙与救亡的关系未免有断章取义之嫌，因此得出"救亡压倒启蒙"的看法也是言之过早和失之偏颇，而对其深层结构的了解显然是相当片面的。如果在一个更宽广的历史脉络中了解中国的启蒙，如将其放在整个抗战文学的框架中来考察，可以得到更全面的理解。其实，救亡与启蒙并不是完全对立的概念，从思想的层面上看，救亡同样是启蒙的合理范畴，在社会实践的层面上，由于特定的时代背景，两者存在抵牾也是不可避免的，从现实考虑会有一个实践的先后秩序，但两者完全可以建立融合互促的关系，以此来推动抗战文学的发展。

[01] 胡风：《现时文艺活动与〈七月〉——座谈会记录》，《胡风全集》第5卷，湖北人民出版社1999年版，第347页。

[02] 胡风：《关于鲁迅精神的二三基点》，《胡风全集》第2卷，湖北人民出版社1999年版，第502页。

第二章

战争规约下的国统区文学的主潮

第一节   **政治显效性与文学审美性的冲突**

　　抗日战争使广大的知识分子意识到了中华民族处于生死存亡的风口浪尖，命运悬于一线。这要求抗战文学在政治意识的框架下，充分发挥文艺的现实功利主义，为抗战这一最大的政治服务。这一显效性和功利性的时代要求，使得抗战文学必须密切关注战时的现实与人生。现实主义在当时成为了作家普遍可以认可的文学创作方式。

　　在抗战现实主义文学创作的过程中，作家对战争情绪、战争理念迫不及待的抒发，对社会政治事件的快捷反应，以及深植于作家内心难以疏散的政治焦虑，迫使他们在思想内涵上表现出强烈的政治倾向，在形式上采用适应战时体制的文学体裁和传播策略。这与政治的显效性诉求密切相关，是民族的呼唤、作家的呐喊和读者的期待共同作用的结果。文学具备这种宣传的工具性，正如鲁迅所言："一切文艺，是宣传，只要你一给人看。即使个人主义的作品，一写出，就有宣传的可能，除非你不作文，不开口。那么，用于革命，作为工具的一种，自然也可以的。" [01] 然而，作为具有自律性和自主性的文学，其自身审美特性要求它不屈服于外来力量的控制。由此，现实主义要

---

[01] 鲁迅：《文艺与革命》，《鲁迅全集》第 4 卷，人民文学出版社 2005 年版，第 84 页。

客观地反映社会生活，真实地再现历史发展的轨迹，就必须解决政治的显效性与文学的审美性之间的矛盾和冲突。

政治显效性与文学审美性的冲突最直接地表现为思想性和艺术性的矛盾。显效性的政治诉求一度成为抗战文学的话语中心，与其说是现实主义文学对政治的自发顺应，毋宁说是政治在战时语境中对现实主义文学产生的强大规训力，"构成意识形态的特殊社会实践的因素就是各种文学和文化文本，其使命要么是支持、'臣服'，要么是改造（生产／再生产）作为一种不可或缺的社会实践的'意识形态'"[01]。这样一来，文学领地不可避免地要承受来自政治话语分派的非文学因素的渗透和影响。在艺术性的方面，哪些要素得以强化，哪些遭到压制，哪些需要改造，都相应地与政治或显或隐的导向密切相关。现实主义的艺术审美性通过政治话语的筛选、过滤后，呈现出与特定政治文化语境、主流文学风尚相契合的文学形态。当然，艺术性毕竟不归属于思想性，"艺术自主性的概念一般有两种走向的含义：一种是进入象牙之塔，形成逃避主义的艺术观；另一种是康德的观念，把艺术看作一个异质的宇宙（另一个世界）"[02]。言外之意，艺术的本质独立于社会政治经验之外，文学与现实政治之间是存在着审美距离的。在接受政治话语的配置时，文学是有限度的，超过某种限度，文学就会失去与现实的距离以及超越现实的能力，就会折损其艺术性。因此，当现实主义无力整饬艺术性和思想性之间的冲突时，现实主义思潮的推进将遭致阻碍，现实主义的品质也会大打折扣。当时现实主义文学中出现的遭人诟病的"差不多"现象、"抗战八股"现象，就是思想性与艺术性失范的例证。

这类现象产生的原因在于，作家在艺术表达中偏重思想性，不惜以牺牲艺术性来强化作品的政治表达。例如姚蓬子就曾指出，文艺的功利性不会导致艺术性"逐渐庸俗性、粗劣性，以致和高级艺术脱节，把民族文化拉回到原始的阶段上去"。这是因为这种功利性是文艺大众化的必然要求，因此，"差不多是无可争议的，一个作家能够在抗战的炮火中发生巨大的力量的，也就是一个历史上的最伟大的民

[01] 陈永国：《文化的政治阐释学》，中国社会科学出版社 2000 年版，第 183 页。
[02] ［英］拉曼·塞尔登：《文学批评理论——从柏拉图到现在》，刘象愚、陈永国等译，北京大学出版社 2000 年版，第 257 页。

族艺术家；一篇作品能够获得巨量的读者并收到强烈的宣传教育效果的，也就是一篇不朽的纪念碑的作品"[01]。针对有人质疑这种文学为革命、为国防是"新载道派"，有人就回应道，"中国的新文学是沿着现实主义的主流发展来的。现实主义和文学的功利性常常连结在一起"，而"文学上的现实主义，功利主义的主张，正是五四以来新文学的优秀的传统，我们今天主张文学应成为抗战中教育和推动群众的武器，这正是把这个传统在新的现实基础上发扬"[02]。这种盲目追求政治宣传效果的偏狭理论势必会以牺牲现实主义的艺术性为代价。

在人物塑造上，这类作品多表现为：模式化的敌我二元对立、人物形象的脸谱化"描写义勇军，前线的英勇将士，一定把他写成高大的身材，坚强的体魄，严肃而沉毅的面孔。几乎个个都是中世纪的骑士英雄一样；描写汉奸，一定把他写成四五十岁的年纪，穿着长衫，有两撇胡子的；描写敌人的个性，一定把他写成无理性的凶暴，脸肉横生，手上长了毛，用尽魔鬼野兽等字眼……中国的农民肌肉会像赛球员一样强壮，日本军队脸上有一张血盆大口，长着虎牙。"[03] 就文本的主题和情节而论，也存在着某种简单化、概念化的弊病。周扬提到过的"单单凭据几篇政治论文，剪接新闻上的一些消息，就写成抗战主题的作品"的情况[04]，在当时的文学创作中并不少见。茅盾也谈到战时文学写作中存在这样的套路："先有了固定的故事的框子，然后填进人物去，而中国人民的决心与勇敢，认识与希望，对目前牺牲之忍受与对最后胜利之确信等观念，则又分配填在人物身上。"[05] "光明"编者沈起予就说过他所见投来的稿子大都是"四万万五千万人如何如何"，末了是"最后胜利属于我们"的一套。[06] 又如向林冰在反思通俗读物编刊社的错误和缺陷时，说到："凡是提到敌人侵略我国的原因时，照例是'日本军阀无人性'或'东洋

---

[01] 蓬子：《文艺的"功利性"与抗战文艺的大众化》，载《抗战文艺》1938 年 6 月 11 日第 1 卷第 8 期。

[02] 周扬：《抗战时期的文学》，载《自由中国》1938 年 4 月 1 日创刊号。

[03] 祝秀侠：《现实主义的抗战文学论》，载《文艺阵地》1938 年 6 月 1 日第 1 卷第 4 期。

[04] 周扬：《略谈爱国主义》，载《自由中国》1938 年 5 月 10 日第 1 卷第 2 号。

[05] 茅盾：《八月的感想——抗战文艺一年的回顾》，载《文艺阵地》1938 年 8 月 16 日第 1 卷第 9 期。

[06] 周扬：《抗战时期的文学》，载《自由中国》1938 年 4 月 1 日创刊号。

小鬼太凶残'等空洞而错误的抽象词句。"[01] 事实上，思想性和艺术性如同现实主义创作的两翼，两者都应兼顾。当思想性成为主宰作家创作的唯一要素时，就会损害艺术性的表达和呈现；反之，有艺术缺陷的文学作品也不利于思想性的传达。"抗战八股"呈示的宿命论、粉饰现实、神秘主义、廉价的想象，不仅有损文学的艺术性，而且对人们认识抗战、宣传抗战、反思抗战也是有弊害的。

政治的显效性与文学的审美性的冲突还表现为"普及"与"提高"的两难上。迫切的救亡使命要求发动广大民众加入抗战的潮流，以普及广大民众爱国主义和民族意识为核心的文艺大众化必然成为文艺工作的核心原则。然而，文艺的大众化实践并不是一件轻而易举的事情，有很多困难，用老舍的话说，有"两座无情的山：'看不懂'是一座，另一座是'宣传性'"[02]。那种"一脚踩着深刻，一脚踩着俗浅；一脚踩着艺术，一脚踩着宣传"的尴尬，是当时很多作家复杂心理的写照。确实，怎能才能使文学既具宣传性，又为理解能力较差的大众所接受，同时还不减弱对艺术性的追求？这是一个两难命题，必须同时兼顾普及和提高两方面。

普及与提高并不是一对完全对立的概念，它们之间存在着内在联系和互动机制：普及是提高的前提，提高可以为普及提供条件。普及是指作家创作出民众喜闻乐见的文学作品，在广大民众中种植一种为抗战服务的民族意识和爱国情操。在抗战的背景下，普及是急迫的，"在战时，行动高于一切，步骤要快，时间要速，而效果要大。所以非但作者没有了推敲的闲暇，就是读者也绝没有焚香静坐，细读一部平面大小说的闲暇"[03]。与普及不同的是，提高是一个缓慢的过程，它不仅意味着艺术品味和境界的提升，还要求培养和提高民众接受文学的能力。也许可以寄希望于教育的普及、民众文化水平的提高，文学大众化能得以实践。可是当时的社会处于一个互为条件的悖论当中：民众的觉悟依赖于教育的普及，教育的普及依赖于政局的稳定，而政局的稳定又依赖于民众的觉悟的提高。显然，这将是一个艰难而漫长的过程。从现实主义的本质考虑，普及和提高都是需要的，两者不能偏

---

[01] 向林冰：《通俗读物编刊社的自我批判》，载《抗战文艺》1938 年 5 月 7 日第 2 卷第 2 号。
[02] 老舍：《三年来的文艺运动》，载《大公报》1940 年 7 月 7 日。
[03] 郁达夫：《战时的小说》，载《自由中国》1938 年 6 月 20 日第 1 卷第 3 号。

废。历史证明，迅急的普及使命无暇顾及提高这一缓慢工程。在短时间内提高无望的前提下，为了强化普及，现实主义只好舍弃艺术性的提升以求宣传的普及效应："抗战所必需的是大众的动员，在动员大众上用不着有好高深的理论，用不着有好卓越的艺术——否，理论愈高深，艺术愈卓越，反而越和大众绝缘，而减杀抗战的动力。"[01] 在艺术形式上，如果为了大众能接受高级艺术而先助其提升文化水准，将很容易陷入"等待主义"的泥淖，而外来的形式对大众来说很陌生，"正像搬一辆坦克车之类的新式重兵器送给一群农民游击队，反而会使他们手足无措的对着发呆，而且实用起来，在他们，实在也没有一把大刀，一枝土枪来得便当，有用"[02]。因此，利用旧的形式成为文学追求普及效果之一途，当时改造过的地方戏曲、故事、歌曲、民谣、连环画、壁画、木雕等形式，在动员和激发民众抗战热情方面功不可没。然而，要利用好旧形式，其难度也不容小觑。如果生硬地套用旧形式，甚至无批判地接受旧形式中落后和庸俗的因素，或者将旧形式和新内容做某种极不调和的结合，对文学的审美性而言，反而有圆枘方凿之嫌。这一时期"盲目地来采用旧形式"，结果出现了为"旧形式所利用"的"开倒车"现象[03]，实质上是作家过于追求普及而忽略提高所造成的。

作为一种被接受、被阐释的文学思潮，现实主义在不同的接受者和阐释者那里存在着认同和诠释的差异，加上政治对文学的介入，思想性和艺术性的冲突、普及和提高的两难，这些都是亟待解决的问题。因此，现实主义话语体系的建构和深化并非易事。现实主义在抗战时期得以推行，是基于其固有的干预现实的本色，在民族面临危机时能承担历史使命，也正是这种承担，使得现实主义话语具有了合法性。然而，如果不能理性地看待政治和文学的关系，对政治与文学之间既顺应又排斥的复杂关联视而不见，现实主义思潮的健康推进肯定会受影响。可以说，如果文学远离当时的政治文化潮流，缺乏现实观照，其审美境界的提升会受到限制；同样，一味地强化政治规范的训谕作用，也有可能破坏文学的审美特质，甚至导致文学品格的缺失。

---

[01] 郭沫若：《抗战与文化》，载《自由中国》1938 年 6 月 20 日第 1 卷第 3 号。

[02] 莲子：《文艺的"功利性"与抗战文艺的大众化》，载《抗战文艺》1938 年 6 月 11 日第 1 卷第 8 期。

[03] 阿协：《关于利用旧形式问题》，载《新华日报》1938 年 5 月 29 日。

空间分立与融通——20世纪40年代中国文学研究

第二节　文学与政治张力关联的辩证思维

　　长期以来，在认识文学与政治的关系上，人们存在着这样的倾向：要么割裂两者的联系，将两者看成是不可融通的对立物，看不到两者相互建构、彼此生成的关联；要么同化两者的关系，片面地强化政治的整合和统摄作用，将文学视为政治的附庸或工具。两种观点存在同样一个问题：片面、孤立地理解文学与政治的关联。实际上，文学与政治是不相析离的，现实主义创作方法更是与社会政治生活密切相联：一方面，作为背负特殊时代使命的现实主义文学，其社会功能可以很好地契合"宣传抗战""服务抗战"的政治诉求，可以以其独特的方式加入到这场挽救民族危亡的运动中来；另一方面，政治文化内涵的赋予有助于现实主义文学境界的提升。对历史命运的关注、对社会生活的参与一直是现实主义创作的本质诉求。而政治文化的深层意识就是该民族的政治文化认同意识，它支配着作家的文学构想和价值观念。它能产生强烈的自我意识和向心归属情绪，对外防范、对内认同。因此，"政治化"的现实主义具有其他现实主义无法比拟的历史深度。在文学与政治的关系问题上，无论是过分强调政治之于文学的训谕和教化功能，还是将文学超脱于政治之外，都是对两者之间深度关联的片面理解。如果能重返当时特定的历史现场，审视两者之间存在的辩证关联，进一步叩问这种关联对现实主义思潮推进产生了什么样的影响？现实主义又是如何调适这种影响，并建构自己的话语体系的？这些问题的提出可以将此话题引向深入。

与传统理解的水火难容相反，文学与政治之间表现为一种张力关系。在张力结构中，任何一方都不可能为另一方所同化，由此而产生了"非同一性"的价值取向。"非同一性"的哲学思维强调多种力作用下的历史发展趋向，颠覆了历史发展的某种"同一性"的必然规律和本质论。在常态下，文学和政治的力学结构往往表现为静态的张力，这种静态却隐含着两种力量的博弈。然而，由于峻急的政治任务，作家有强化政治功利性的倾向，其文学的审美性在一定程度上服从于政治的教化或改造，原本静态的张力结构被打破，"非同一性"的相对价值取向向"同一性"的绝对本质倾斜。甚至，文学的审美性妥协于政治功利性的训谕而实现了两极力量的和解，"和解会解散非同一的东西，会使之摆脱压抑，包括精神的压制；它打开了通向复杂的不同事物的道路，剥夺了辩证法对这些事物的权力"[01]。在抗战文学中，由于过多地强调政治性，导致"力场"的解体，最终造成现实主义内部各要素之间关系失衡，这正是文学与政治联姻给现实主义带来困局的根源所在。因此，现实主义要走出由政治显效性与文学审美性冲突而衍生的困境，首先应建构起文学与政治间的张力结构，肯定彼此存在的自主性，尔后制衡两者之间相互关联的张力。洞悉文学与政治既相互建构又相互疏离的关系，辩证性地审视如下问题，才能更好地走出困局。

现实主义创作应注重绝对性与相对性的辩证统一。如前所述，"差不多"和"抗战八股"等非现实主义作品的问世与作家过分强调政治功利性诉求息息相关，而它们遭人攻讦的一个重要原因是其中被楔入了一种绝对的价值取向，如过度的热情、绝对的光明、无条件的胜利等。绝对主义容易导向既定的理想主义，它用乌托邦的期许替代和消解了对现实的认识与反抗，反过来，这种模糊的认识与反抗又阻碍了对历史可能性的认识和追求。作家用臆想的绝对思维来左右人物与事件的发展，其结果是文学的诸要素拘服于某种趋同的倾向、定

---

[01] [德] 阿多尔诺：《否定的辩证法》，张峰译，重庆出版社 1993 年版，第 5 页。

型化的模式，文学的自主性也就丧失殆尽。针对现实主义作品中出现的宣传抗战胜利的"定命论"思想，茅盾持否定批判的态度，在他看来，最后胜利须待"争取"，而"盲目的乐观在现实的打击下往往会一变而为无条件的悲观"[01]。李南桌在《广现实主义》一文中也对公式化和摄影主义加以声讨，他认为，"我们所喜欢的是八股，韵文，老八病，公文程式大全……一句话：公式！现在'抗战文艺作法'虽然尚未出版，然我相信编辑的一定大有人在，因为我们早已找着一套新的'起承转合'了"，进而批判："这实在是浅薄的理论的蹩脚演绎，贫乏的观念的可怜具象，这是从观念出发而非现实出发的，是唯心的而非唯物的。"[02] 显然，历史发展的过程中充满曲折和变数，任何结果都是各方面条件成熟的产物。抗战也一样，是一个艰难的过程。文学的政治阐释当然不能漠视这一相对过程，毕竟任何主体意向活动和行为选择，都是在一个相对的历史阶段中进行的，都是在一个特定时空段中发挥作用、获得其意义和价值的。因此，绝对的标准、廉价和虚幻的想象不仅不符合历史现实，而且还会影响民众对斗争难度的理解。同时，绝对主义容易导致看待问题时带有片面性，容易滋生绝对化的评判标准，如绝对的好和坏、绝对的光明与黑暗。在许多抗战作品中，英雄被神化的现象比比皆是，而对其缺陷，大多隐而不述。因为在他们看来，只有高大的英雄形象才足够激起民众的抗战激情，揭露其缺点则有损抗战斗志。胡风曾谈起过，他的一个友人以"神"一般的形象来描述其笔下的抗日将领。在胡风看来，这样就丢掉了批判，不能满足对于读者的义务，认为抒情是有限度的，而友人的回答意味深长："我在写那篇文章的时候，心里就想我是不是在盲目地歌颂民族战争的英雄。他们是有缺点的，我同他们在一起生活时，他们也是平常的同我们一样的人；不过我又想到，在这激烈抗战的今日，他们在前线浴血苦斗，死的机会至少要比我们多上十倍……一想到这里，我的笔就批判不下去。人总是有感情的。"[03] 可见，这种战争中催发和想象出的英雄被赋予了绝对的意义。然而，这种绝对好的英雄并不是艺术范畴中的典型，盲视人物性格的多面性、

---

[01] 茅盾：《论加强批评工作》，载《抗战文艺》1938 年 7 月 16 日第 2 卷第 1 期。

[02] 李南桌：《广现实主义》，载《抗战文艺》1938 年 4 月 16 日创刊号。

[03] 胡风：《论战争期的一个战斗的文艺形式》，载《七月》1937 年 12 月 16 日第 1 集第 5 期。

复杂性肯定会失去艺术的真实性，这是现实主义所不取的。需要强调的是，文学的政治阐释也不能否定相对过程的绝对意义。换言之，文学也不应回避对客观的、规律性的历史发展趋向的书写。这是一种从相对中看待绝对的辩证思维，也是我们理解文学与政治关联的一种理性的思维方式。

张力结构的建构消灭了文学与政治任何一方对另一方的绝对霸权，文学性和政治性对置身其中的现实主义创作所产生的影响都是不容忽视的。从政治因素出发，现实主义担负着呈示民族意识和时代使命的任务，因而，现实主义文学需要建构起反映时代、与民族的命运攸切相关的文学价值观念体系。国家危在旦夕的现实催发了作家的爱国情怀和民族意识，激发起他们反抗旧的、建构新的民族国家和文化力量的意念，消弭了原有的阶级对立观念，这大大扩充和拓展了现实主义的内涵和品质。因此，在抗战语境中，那些远离政治，宣传"与抗战无关"的"艺术至上者"注定要受到批判。诚如夏衍所说：抗战文学"变成了组织和教育大众的工具。同意这新的定义的人正在有效地发扬这工具的功能，不同意这定义的'艺术至上主义者'在大众眼中也判定了是汉奸的一种了"[01]。从文学因素着眼，现实主义应展开一系列的讨论，开展各种批评工作，努力纠正创作中存在的违背艺术规律和本质的现象。

除了清算"差不多""抗战八股"这些公式化、概念化的错误倾向外，当时的一些批评者还着力从如下两方面进行了探寻和思考：

第一，突破狭隘的题材范围，倡导塑造典型的人和事。抗战之初，文学作品重"事"而轻"人"的现象是比较普遍的，其关注点多集中于重大事件的叙述、时代语境的隐喻、社会现实的展示、民族情绪的渲染等。针对这些问题，一些批评家已经意识到了，如胡绳在批判戏剧的一些弊病时认为："一个现实主义的戏剧家必须深刻地研究各种生活、各式各样的情绪，倘只是把枪炮声、呼杀声装点在舞台上，那其实倒只是抽象地表现了抗战生活，与现实主义的要求还相差很远的。"[02]胡绳所言及的"枪炮声""呼杀声"其实是抗战初期文学中出现频率很高的内容，它与时代息息相关，是时代和现实不容忽视

---

[01] 郭沫若、老舍等：《抗战以来文艺的展望》，载《自由中国》1938 年 5 月 10 日第 1 卷第 2 号。
[02] 胡绳：《迅速地具体地反映现实》，载《抗战戏剧》1937 年 11 月 16 日创刊号。

的文学元素。但如果单一地书写这些方面，势必会削弱文学中的主体——人的刻画。塑造"典型环境中的典型人物"一直是现实主义的基本原则，抗战为现实主义提供了典型的环境。然而由于当时文艺的功利性、政治性、宣传性，使得对"典型环境"和"典型人物"的书写出现了公式化、概念化的倾向，这正是现实主义作家和批评家应该反思的地方。

胡绳

一方面，作家和批评家认识到，典型绝不是平铺直叙、记流水账的摄影主义。造成摄影主义的原因主要在于作家对现实主义的误解，过分强调对客观现实的还原，没有把现实当作必须研究、剪裁、提炼、概括的对象。罗荪认为，所谓的"摄影主义"，它"只能使读者看到了堆积着的烦琐的素材，以及社会现实生活中的片片断断的景致" [01]。平铺直叙的写法不能扼要，也没有重点，"写慰劳伤兵就从结伴出门起写到走出医院止，写敌机袭击就一定要从怎样听到警报到警报解除后的情形……" [02]。其实这只是身边琐事在文艺上的平铺直叙，只不过将太平时的身边琐事换成战时的身边琐事罢了。这种摄影式的创作手法其实是对于现实主义的误解，很容易走向自然主义或客观主义的窠臼。如果说公式化、概念化过分注重的是主观情感，那么摄影主义则侧重纯客观现实，各走了一个极端。对于这类创作倾向，批评者认为其缺失主体精神的折射，是没有想象力组织的片断现实经验的堆积、罗列。

另一方面，作家和批评家也意识到，典型要在广阔而多面的现实生活中生成。抗战初期文学的题材范围非常狭窄，几乎将"抗战文学"缩小为"战争文学"，以为必须写前线战士的战争、战场的炮火才算抗战文学。当时文艺界有这样的顾虑：那些未曾亲历战争的作家要写出伟大的题材是不可能的，凭想象？难免空洞！专写理论？却无血肉！于是他们认为，留在后方等于和生活隔离，写不出反映抗战

[01] 罗荪：《抗战文艺运动鸟瞰》，载《文学月报》1940 年 1 月 15 日创刊号。
[02] 胡风：《论战争期的一个战斗的文艺形式》，载《七月》1937 年 12 月 16 日—1938 年 1 月 1 日第 1 集第 5、6 期。

的现实主义作品。萧红对此有自己不同的看法，她说："我看，我们并没有和生活隔离。比如躲警报，这也是战时生活，不过我们抓不到罢了，即使我们上前线——如果抓不住，也就写不出来。——譬如我们房东的姨娘，听见警报响就骇得打抖，担心她的儿子。这不就是战时生活的现象吗？"[01] 其实，前方与后方是战时整体的两面，都有同样的重要性。而对于一个生活于战火弥漫中的作家来说，其经历的日常点点滴滴的生活都与抗战这一现实发生着直接或间接的关系，只要用心观察、体验同样能写出好的现实主义作品来。关于题材所涉及的范围问题，早在抗战爆发后不久，茅盾就提出："要使我们的文艺能在抗战中尽它应尽的任务，则我以为单单把我们将士的英勇壮烈作为中心题材是不够的。我们必须把敌人灭绝人道的暴行有力地揭露出来……汉奸活动也应当作为文艺作品的主要题材。"[02] 其实，抗战的社会背景是多样而复杂的，历史发展的诸要素也是广泛而多元的，因此，突破题材的狭窄、人物的单一是现实主义抗战文学的必然要求。

第二，纠正只反映"半面"现实，以理性的眼光审视光明与黑暗。在抗战这一中心轴心面前，对于光明的呼吁及英雄的赞颂应该说是文艺的重要使命和自觉，相反，对于国统区的黑暗和弊病很多作家都隐而不写。其原因主要源于批判现实会影响抗战。当时反映前线题材的《华威先生》和后方题材的《差半车麦秸》发表以后遭到很大的争议，"不愿看见丑恶"的人指摘两部作品太谑画化，容易造成消极悲观主义，认为这些作品对读者的危害极大。有的人将暴露与讽刺小说斥之为"出气主义者"，只是发私人牢骚、制造分化罢了。对此，茅盾、胡风、罗荪、田仲济、吴组缃、戈矛等人一致认为揭露黑暗与歌颂光明一样，都是现实主义的表现层面，应看到揭露痼疾背后的良苦用心。茅盾的话也许最能代表他们的看法："所谓'深入生活的核心'，当然所包甚广，然而抉摘那些隐伏在红润的皮层下的毒痛，也是其中之一事。见一毒痛而惊惶失措，自然不对，但视而不见，亦不是忠实于现实的办法。"[03] 茅盾所言深化了文学典型的审美与审丑之间的关系，把现实主义典型化引上一条宽阔的路。显然，抗战文艺不

---

[01] 季红真：《萧红传》，十月文艺出版社 2000 年版，第 69 页。

[02] 茅盾：《展开我们的文艺战线》，载《救亡日报》1937 年 9 月 13 日。

[03] 茅盾：《八月的感想——抗战文艺一年的回顾》，载《文艺阵地》1938 年 8 月 16 日。

仅限于鼓吹宣传优点方面，同时还要指出缺点，使文艺成为教育民众、组织民众的一种武器。论争促进了抗战时期现实主义理论的发展，而且推动了文艺创作。此后，国统区曾出现了如沙汀的《在其香居茶馆里》、茅盾的《腐蚀》、巴金的《寒夜》、老舍的《四世同堂》、路翎的《财主的儿女们》等多部揭露与讽刺小说。这些作品扎根于现实土壤，用锋利的笔触揭露时弊，体现了作家理性的现实思考和社会良知。

纵观抗战时期的现实主义思潮，其推进过程既是民族政治介入文学，文学的现代性转换为重新思考民族性、民族化、传统文化的过程，又是一个不断修正不成熟的观念、在论争中逐步走向深化的过程。初期抗战文学现实主义以其肩负的文学使命和一系列的批判、论争等文学运动，逐渐奠定了主导地位。国统区对现实主义进行的讨论和论争，尽管在命名上一直未统一，如"广现实主义""民族革命的现实主义"等，但在现实主义本质的理解上，大家的看法基本上一致，那就是用现实主义的武器来为抗战服务，争取民族革命的最终胜利。而"五四"新文学中另一文学思潮浪漫主义却在抗战初期受到了遏制，淹没于这一主潮之中。随着抗战的向前推进，现实主义理论的逐渐成熟，浪漫主义再一次浮出水面，受到学界的关注。

第三节 文艺大众化的倡导与深化

在中国古代文明史中，中国文艺的精英传统和大众传统的对比相当悬殊。梁启超曾指出，中国历朝史不过是记述君臣言行的"君史"，至于记述整个国家发展的"国史"和记述民众生活变迁的"民史"，则几乎没有，以致廿四史不过是"廿四家谱"。这种记史方式，使得中国"君权日益尊，民权日益衰"[01]。抗战爆发，民族战争需要广大民众参与并推动其进程的发展，以广大民众为主体的文艺大众化必然成为文艺工作的核心原则，"'大众化'是一切文艺工作的总原则，所有的文艺工作者都必须沿着'大众化'的路线进行，在文艺工作的范围内，应该没有反大众化的文艺工作，因而，'大众化'也就不成为'特殊'的工作了"[02]。实际上，在抗战爆发前，新文艺与大众的结合并不紧密，特别是"五四"启蒙时期，尽管倡导"平民文学""人的文学"，启蒙者坚持以"化大众"为使命，但大多作家并不肯放下自己的身份，不肯舍弃特殊的作家群生活。"作家"与"大众"之间无形的壁垒无法跨越，作家与大众无法真正融合，文艺的大众化进程举

---

[01] 梁启超：《西学书目表后序》，《梁启超选集》王蘧常选注，人民文学出版社 2004 年版，第38页。

[02] 以群：《关于抗战文艺活动》，载《文艺阵地》1938 年 5 月 1 日第 1 卷第 2 期。

步维艰。茅盾发现，"五四"以来产生了不少新文艺作品，读者也一年年增多，但读者依然只是知识分子和青年学生，没有深入到大众中去，究其原因是"新文艺还未做到大众化"[01]。

抗战的爆发为文艺活动与大众生活提供了融合的条件，胡风认为这种条件主要是如下四个方面："第一，作家向各地各个领域分散了，这就脱出了狭隘的文化圈子底束缚，使他们不得不和战斗的社会集团合流；第二，文化中心崩溃了，交通线缩小而且破碎了，这就使得专以全国范围的文化水准高的读者为对象的惰性不能继续；第三，战争提高了作家底实践热情，诱起了他们各个想向特定的大众里面突进，汲取大众底生活欲求的热望；第四，战争的英雄主义将在大众里面号召出新鲜而强健的文学干部……"[02] 随着抗战的深入，推动文艺大众化不再是某一个阶级、某一群作家的任务，而是整个民族都必须为之努力的目标。"文章下乡，文章入伍"的口号正是在这一背景下应运而生的，受到抗战激情鼓舞的中国文艺界以更加积极主动的姿态投入到了"走向民间"的"大众化"运动之中。这其中，戏剧界以其独特的演绎形式和主动性取得了不菲的成绩：救亡演剧队奔赴抗战前线，集体创作了《保卫卢沟桥》《放下你的鞭子》《我们的家乡》《打回老家去》等抗战剧。正如《中华全国戏剧界抗敌协会成立宣言》中所言的那样："在形式上由于我们断然由大都会灰色的舞台，走向阳光，走向农村，走向血肉相搏的民族战场，这一舞台的转变和广大抗战观众的要求，必然使我们戏剧艺术获得新的生命。"[03] 也恰如《新华日报》为"全国文艺界抗敌协会"的成立大会所写的社论所说的那样："新时代的文艺，尤其是在这大时代的文艺，早已不是个人的名声的事业，而应该是一种群众的战斗的行动。文艺更应该是人民大众的日常生活的一部

---

[01] 茅盾：《文艺大众化问题》，《救亡日报》1938 年 3 月 9 日。

[02] 胡风：《大众化问题在今天——提付商讨的纲要》，《胡风全集》第 2 卷，湖北人民出版社 1999 年版，第 505 页。

[03]《中华全国戏剧界抗敌协会成立宣言》，载《抗战戏剧》1938 年 1 月第 1 卷第 4 期。

空间分立与融通——20世纪40年代中国文学研究

分，而不是几个专门家以及少数知识分子的私有品，恰如一切社会，自然的知识，是应该享有一样，文艺的修养也必须成为每一个大众的所有。"[01] 广大的文艺工作者走向他们先前并不熟悉的普通民众，主动承担起在尽可能广阔的范围内宣传抗战、动员民众的重任，他们积极融入人民大众，万众一心地奏响了空前豪迈的民族解放斗争交响曲。

抗战初期的国统区开展了轰轰烈烈的文艺大众化运动，同时一个重要的问题摆在了作家的面前：中国大众还没有接受文艺的条件。如果先提高大众文化水准，以使其接近高级艺术，这容易陷入"等待主义"的泥淖，因此大众化的实践必须跟上抗战的步伐，必须行动起来。外来的形式对大众来说很陌生，"正像搬一辆坦克车之类的新式重兵器送给一群农民游击队，反而会使他们手足无措的对着发呆，而且实用起来，在他们，实在也没有一把大刀，一枝土枪来得便当，有用"[02]。而重新去造一种形式也需要一个长期的过程。于是"利用旧形式"成为当时重要的选择，其中通俗文学、通俗文学理论、旧形式的提出和再认识受到了作家高度的重视。通俗文艺的集体制成性、俗鄙性、程式性特征使它在本质上与作家的个体性创作无法对话；那些荷载了过多传统伦理观念、迷信思想的积重难返的精神的落后性更是直接与新文学的启蒙意义相抵触，因此，在抗战前的通俗文学曾一度处于被挤压的尴尬境地。抗战爆发却给通俗文学提供了展示的机会：由于民众的接受水平不高，加上战争的恶劣环境、政治使命，采取主题鲜明、结构简单、篇幅短小、语言浅显的通俗形式在当时也成为了一种必要的选择。郑振铎曾要求文艺工作者"应该为英勇的前线士兵们及躺在后方的医院里的伤兵们"提供"精神上的食粮"，"刊物文字要浅，插图要多"[03]。这是一种民间立场，其出发点还是为了鼓舞大众，为抗战服务。如各地方戏曲、故事、歌曲、民谣、连环图画、壁画、木雕等成为动员和激发民众抗战热情的重要的文艺形式。然而，当时也有人有这样的疑问，通俗文学作品是否具有艺术价值？

---

[01]《全国文艺界抗战协会成为大会（社论）》，载《新华日报》1938 年 3 月 27 日。

[02] 蓬子：《文艺的"功利性"与抗战文艺的大众化》，载《抗战文艺》1938 年 6 月 11 日第 1 卷第 8 期。

[03] 郑振铎：《为士兵们做的文艺工作》，《呐喊》1937 年 8 月 29 日第 2 期。

运用通俗作品是否会把文艺拉回到庸俗化、粗劣化的原始阶段上去？利用旧形式会不会将"五四"新文学运动以来的新形式勾销？对此，茅盾等人认为，利用旧形式绝不是退回到过去，更不是"向封建艺术投降"，而是借助这种形式使民众接触文学，强调首先要从大众能否接受出发，既不能踢开旧形式，又必须对旧形式进行"翻旧改新"，在这个基础上创造出"民族的新的文艺形式"[01]。

"旧瓶装新酒"是"利用旧形式"的一种重要形式。此处的"旧瓶"真实的涵义是什么呢？何容认为："并不是已经摆在古物陈列所里去的康熙瓷瓶，乃是还在民间大量的使用的'粗瓷瓶'。"[02] 因为新瓶装新酒还没有被大众普遍接受，而且旧瓶装新酒并不妨碍新瓶的制造。"旧瓶装新酒"其目的不是保瓶，而是销酒。1938 年 5 月 11 日至 12 日，通俗读物编刊社同人举行了一个"关于'旧瓶装新酒'的创作方法"座谈会。在座谈会中，很多人就胡风关于"旧形式运用与大众启蒙运动关系"的意见发表了不同的看法，胡风认为："如果把旧形式利用和别的问题分开，抽象地提得过高，便会写一些印一些旧形式的作品，广泛的卖到全国民众里面，掩蔽根本的努力，而忘记了大众启蒙运动是大众生活改造劳动底内容之一，使启蒙运动不会收到提高民众水准的结果……这样的旧形式利用，是宣传教育工作上的狭义的功利主义，其危险是往往不能成为推进行动的真正动力。"对此，王受真指出："旧瓶装新酒的新酒就是大众生活改造运动的基本内容，而旧瓶装新酒运动也就是他们所说的启蒙运动努力形式之一。说到运用旧形式有把启蒙运动卑劣化的危机，这真是不认识这一运动所生的过虑……旧瓶装新酒创作手法的实行，恰是五四时代文学革命精神的继续。"[03] 当然，对于这一解释也有不同的声音和意见。有人就认为"旧瓶"受了旧酒浸染，如果将"新酒"贸然加入，会使新酒中毒；旧形式的限制足以限制住新内容的自由运用，因此旧瓶能否装得进新酒还有很大的疑问。如张庚就认为："'旧瓶'怎么可以装'新酒'呢？假使不是旧瓶爆裂，就是酒味变坏，二者必居其一。"[04]

[01] 仲方（茅盾）：《利用旧形式的两个意义》，载《文艺阵地》1938 年 6 月 1 日第 1 卷第 4 期。
[02] 何容：《旧瓶释疑》，载《文艺月刊》1938 年 12 月 1 日第 2 卷第 8 期。
[03] 赵象离等：《关于"旧瓶装新酒"的创作方法座谈会记录》，见《中国新文学大系 1937 — 1949》第 2 集，上海文艺出版社 1990 年版，第 94—96 页。
[04] 张庚：《话剧民族化与旧剧现代化》，《理论与现实》1939 年 6 月 15 日第 1 卷第 3 期。

其实，不管是旧瓶还是新瓶，只要能激励大众、教育大众，而又不损伤文艺本身的审美特性，都是可以援用和实践的。同时，如果能协调和处理好政治宣传和艺术创新这两方面的问题，利用旧形式还是切实可行的。在抗战初期，正因为有的作家割裂了这两者的关系，片面强调文艺的政治宣传功能，才出现了公式化、概念化的文学作品，其教训值得我们反思。

那么，该如何利用好旧形式，抑或如何"旧瓶装新酒"呢？首先要明确的是，文艺大众化不是迁就大众，"我们是一面去提高和改造大众的政治文化思想艺术的观念，一面去从大众中获得无限的力和艺术的来源"[01]。文艺大众化要求作家从大众中吸取营养，在大众中得到改造和洗礼。事实证明，抗战初期那些公式化、概念化的低劣作品盲视了深入生活、沉潜于现实的艺术原则，缺乏在大众中生根的意识，大众中生长的现实且丰富的要素，并未被作家全部吸收。同时，文艺大众化也应走上从迁就到自身提高的道路。要知道：除了革命抗战的大众政治宣传之外，我们不能忘记"文艺大众化"的另一使命，即在新的时代面前艺术应向更高阶段发展。而这种提高不仅是在外形，更是在于内质，作家不是替大众重造一种文化，而是把原有的文化质素扬弃成为新的文化质素。而这些新的文化质素的获致有赖于作家与大众生活的有机结合，在实践中消化和融通新的现实。可以说，文艺大众化不仅是去教育和影响大众，而且作家也应该在大众生活中间学习、体验和实践。其次，要处理好形式和内容的关系。利用旧形式不是盲目地照搬旧形式，将旧形式生吞活剥地拿过来，加上抗战的内容，那不是"利用"旧形式，而是拙劣地"应用"旧形式。对旧形式的利用要摒弃形式中存在的毒素，择其宝贵的民族智慧和特有的艺术表现，作为我们艺术创作上的选用。不仅要利用"旧瓶"还要想办法改进"旧瓶"，其逻辑前提为新内容对形式的要求。何容提出的改进"旧瓶"的看法值得我们思考，"改进的方法有两种：一是把旧瓶不合用的地方改得合用了，二是采取旧瓶的优点来造新的。索性再用比喻来说明比喻吧：第一种方法就像把庙宇多开几个窗户改作校舍，第二种方法就像北平协和医院参照中国旧式建筑的式样来造新

---

[01] 冯雪峰：《关于"艺术大众化"——答大风社》，见徐迺翔主编《中国新文艺大系（1937—1949）：理论史料集》，中国文联出版社1998年版，第39页。

房"[01]。同时，找到形式与内容的最合理、最理性的结合点，使得文艺大众化成为推动形变和质变的重要方式。因为"新的文艺不仅在于变形，也在于变质。新的质一出现，旧的形式（这是指一般旧的形式而言，不是专指'利用'散文'旧形式'。）便有遭遇突破的可能，将来的文艺，是由旧有的形与质扬弃而成的"[02]。反之，一味用旧形式套用新内容，其所创作的文学作品也会远离生活、远离大众。以老舍的抗战京剧为例，他的《新刺虎》《忠烈图》《王家镇》通过传统套路的自报家门、定场诗、下场诗、下场对，对抗敌进行宣讲，这既损伤了通俗文艺本身的艺术美，又使得形式与内容的统一遭到破坏，老舍对此也很遗憾，后来反省道："等到抗战的时间愈长，对于现实的认识和理解也愈清楚，愈深刻，因此也更装不进瓶里去，一装进去瓶就炸碎了。"[03] 值得注意的是，在利用"旧形式""旧瓶装新酒"的时候，我们还要反对过分迷惑于旧形式，把利用旧形式看成民族文艺唯一的路径，以至于投降了旧形式；甚至于完全否定"五四"以来的新文艺运动的成果，或者完全排斥外来资源的作用，只定格和停滞在旧文艺的阶段上，徘徊不前。这些问题也是其后关于"民族形式"论争中的重要论题。

　　民族形式问题的讨论，是"左联"时期文艺大众化运动在抗战新形势下的一个发展。其中心是要解决新文学如何与本民族的特点亦即如何与群众更好地结合起来的问题。"民族形式"作为一个口号，是1938 年毛泽东在党的六届六中全会上做《中国共产党在民族战争中的地位》报告中提出的，毛泽东指出要把"国际主义的内容和民族形式"结合起来，形成"新鲜活泼的，为中国老百姓所喜闻乐见的中国作风和中国气派"。1939 年，在延安等根据地展开了"民族形式"的学习和讨论。这场讨论不久就波及到了大后方，1939 年 9 月，巴人在《文艺阵地》上发表《中国气派与中国作风》，认为"新文学发展到今天，我们的文学的作风与气派，显然是向'全盘西化'方面突进了"，并且说这是"新文学的悲剧"[04]，由此引起了国统区关于民族

[01] 何容：《旧瓶释疑》，载《文艺月刊》1938 年 12 月 1 日第 2 卷第 8 期。
[02] 齐同：《文艺大众化提纲》，载《文艺阵地》1938 年 12 月 1 日第 2 卷第 3 期。
[03]《1941 年文学趋向的展望——汇报座谈会》，载《抗战文艺》1941 年 1 月 1 日第 7 卷第 1 期。
[04] 巴人：《中国气派与中国作风》，载《文艺阵地》1939 年 9 月 1 日第 3 卷第 10 期。

形式问题的大讨论。其中的焦点问题就是怎样理解民族形式的源泉，也就是民族形式和旧形式的关系。一种意见以向林冰为代表。他比较重视利用民间的旧形式，主张"以民间形式为民族形式的中心源泉"，对于民间文艺，采取形而上学地全盘继承的态度。与此同时，对"五四"以来的新文艺借鉴外国经验给予较多的否定，[01]认为"民间形式的批判地运用，是创造民族形式的起点，而民族形式的完成，则是运用民间形式的归宿"，"所以民间形式成为创造民族形式的'主流'"[02]。这种论点，遭到多数论争参加者的反对。然而在反对向林冰片面观点时，又出现了另一种片面的观点，代表人物是葛一虹。葛一虹在《民族形式的中心源泉是在所谓"民间形式"吗？》等文中批判了向林冰的观点，却又矫枉过正，完全否定民间旧形式，斥为封建"没落文化"，"只是历史博物馆里的陈列品"，又全盘肯定"五四"新文学，无视新文学确实存在的与人民大众脱节的弱点。认为"新文艺在普遍性上不及旧形式"，其原因不在于新文艺本身，"主要还是在于精神劳动与体力劳动长期分家以致造成一般人民大众的知识程度低下的缘故"，因此认为新文艺如果利用旧形式，就是"降低水准"[03]。围绕着"中心源泉"问题讨论的较早的一批文章，相当普遍地存在着片面性的错误：在民族遗产继承问题上，在对待"五四"新文学上，都用偏激的极端的好坏来予以评价。让人痛心的是，论争纠缠于所谓"中心源泉"之争，在一定程度上忽视了对民族形式本身的深入探讨。1940 年 6 月，《新华日报》召开民族形式座谈会，促进了讨论的深入。此后，论争不再纠缠在"中心源泉"上，而是关注民族形式的基础和内涵等理论问题以及创作实践。不久，中共中央宣传部在关于《新华日报》

巴人

向林冰

葛一虹

[01] 向林冰：《论"民族形式"的中心源泉》，载《大公报》副刊《战线》，1940 年 3 月 24 日。

[02] 方白：《民族形式的"中心源泉"不在"民间形式"吗？》，载重庆《新蜀报》副刊《蜀道》，1940 年 4 月 25 日。

[03] 葛一虹：《民族形式的中心源泉是在所谓"民间形式"吗？》，载《新蜀报》副刊《蜀道》，1940 年 4 月 10 日。

和《群众》杂志的工作问题，致南方局董必武电中明确指出："民族形式就是人民的形式，与革命内容不可分，大后方很多人正利用民族口号鼓吹儒家与其他复古独裁思想，故党的报刊与作家对此须慎重，不可牵强附和。"[01] 后来，因"皖南事变"发生，论争才停止下来。在如何造就新的"民族形式"问题上，郭沫若的意见值得注意。他认为，"凡事有经有权，我们不好杂糅起来，使自己的思路混乱"。他以抗战时纺织业的建设为例来论证。他指出，中国纺织业建设的方向本来应当是"机械化、电力化的"，但是一方面目前这种状态还没有达到，另外外敌当前容不得发展，于是"任何原始的作业都可以搬出来。例如在抗战前差不多绝迹了的手摇纺线机，自抗战以来在四处复活了，这也就是权。这种一时的现象，在抗战胜利以后，是注定仍归消灭的，我们当然不能说，将来的纺织工业形式会从这手摇纺线机再出发"。他提出要植根于"现实生活"，强调作家应当"投入大众的当中，亲历大众的生活，学习大众的言语，体验大众的要求，表扬大众的使命"[02]。胡风则认为不能离开内容去独立把握形式，民族形式应该是"从生活里面出来的"，是"反映了民族现实的新民主主义的内容所要求的、所包含的形式"[03]。茅盾认为，"新中国文艺民族形式的建立，是一件艰巨而久长的工作，要吸收过去民族文艺的优秀的传统，更要学习外国古典文艺以及新现实主义的伟大作品的典范。"[04] 这些观点纠正了论争中那些偏颇的问题，切中时弊，有很强的现实针对性。

在文艺大众化的整体氛围中，作家身份、书写对象、创作意图的转变也就成为顺应"抗战逻辑"的事了。对此，很多诗人纷纷回应。艾青主张放大诗人的概念，将其放置于内政外交的公共领域，"今天的诗应该是民主精神的大胆迈进。诗的前途和民主政治的前途结合在一起"。诗的价值依托于"抗战"这一伟大时刻，在他看来，"诗如正义指挥刀之能组织人民的步伐；诗人的笔必须为人民精神的坚固与一致而努力。诗人的行动的意义，在于把人群的愿望和意欲以及要

[01] 转引自徐光霄：《〈新华日报〉在文艺战线的斗争》，载《抗战文艺研究》1982 年第 1 期。
[02] 郭沫若：《"民族形式"商兑》，载《大公报》1940 年 6 月 9 日。
[03] 胡风：《论民族形式问题的提出和重点》，载《中苏文化》1940 年 9 月 25 日第 7 卷第 5 期。
[04] 茅盾：《旧形式、民间形式与民族形式》，载《中国文化》1940 年 9 月 25 日第 2 卷第 1 期。

求化为语言"[01]。这既是诗歌的内在诉求，也是时代的召唤。关于这一点，田间也有类似的认识。他认为，诗人应该紧跟时代及人民前进的步伐，诗歌境界的提升不能限制于诗人狭小的空间之内，应该在时代与大众的熔炉之中铸炼，"为着取得我与人民的共鸣——谨防为一朵花而耽误，谨防为一杯酒而耽误，谨防落伍，要不断改造自我"[02]。

　　实际上，有关"民族形式"的讨论，"不是一个单纯的形式问题"，而是关系整个新文学发展途径的问题。这是现代文学史上关于文艺大众化方向问题的一次大规模的论争，承接了前期关于"利用旧形式""旧瓶装新酒"等问题的论争和反思，并将这些问题深入到了对于旧形式、"五四"新文学的评价和取舍，以及民族形式的时代涵义及现代表现等问题上，澄清了思想上的混乱与认识上的模糊观点。有些文章还力图运用马列主义观点，解释民族遗产的批判继承，提高了在这个问题上的理论水平，并将这一讨论一步步引向深入。

---

[01] 艾青：《诗论》，人民文学出版社1983年版，第210页。

[02] 田间：《抗战诗抄》，新文艺出版社1955年版，第36页。

第三章

持久战与国统区文学的拓展

第一节　文艺论争与国统区文艺运动的推进

　　抗战进入相持阶段，广大文艺家的心理情绪与心理机制，较之前一阶段有了明显的变化。"战争已经由一时的兴奋生活变为持续的日常生活了"，人民的情绪由"兴奋"转入"沉炼"，由"互相吸引"转入"互相游离"[01]。作家对于抗战社会生活，由兴奋转入沉思，由热情奔放转入静默观察，由现实而追思历史，由历史而又反观现实。他们的视野向生活的纵深处突进，深入生活的里层。探讨民族性所在，探讨民族彻底解放的道路。正如老舍所总结的那样："大概是因为在抗战初期，大家既不甚明白抗战的实际，而又不肯不努力于抗战宣传，于是就拾起旧的形式，空洞的，而不无相当宣传效果的，作出些救急的宣传品。渐渐地，大家对于战时生活更习惯了，对于抗战的一切更清楚了，就自然会放弃那种空洞的宣传，而因更关切抗战的原故，乃更关切于文艺。那些宣传为主，文艺为副的通俗读品，自然还有它的效用，那么，就由专家和机关去做好了。至于抗战文艺的主流，便应跟着抗战的艰苦、生活的困难，而更加深刻，定非几句空洞

---

[01] 胡风：《文艺工作的发展及其努力方向》，《胡风全集》第 3 卷，湖北人民出版社 1999 年版，第 176 页。

的口号标语所能支持的了，我说，抗战的持久加强了文艺深度。"[01]
这种心理机制的变化和突进生活密林的思考，必然会带来文学思潮、
文学理论与文学创作的倾斜与冲突。围绕文学与生活、文学与政治、
文学与大众的关系所开展的"暴露与讽刺"论争、"与抗战无关"论
争、"民族形式"讨论、"民族文学运动"论战，便充分体现出这一阶
段里文学理论、文学思潮与文学流派多样性之间的分歧与碰撞。这些
论争对于现实主义文学的推进有着重大影响，正如主体能够通过某种
批判的姿态确立自身的完整，现实主义真实性的诉求对文化偏见的批
判也是如此。[02] 论争看似是不同文学主张的人从不同的角度用不同的
思维评判同一个文学现象，但是论争的过程和结果都会对于情感、偏
见等个人主观因素进行修正和纠偏，而恰是这种批评使得现实主义主
潮能不断突破思维的短视和局限，进而推进其健康发展。

在当时围绕着《华威先生》所引起的"暴露与讽
刺"的论争中，这一问题的思考在一步步深化。1938
年 4 月，张天翼的短篇小说《华威先生》在《文艺
阵地》创刊号上发表，该文一反抗战初期作品中颂扬
光明的文风，通过"抗战官僚"华威的丑恶形象，揭
露了抗战旗帜遮掩下的丑恶，引发了一场围绕抗战文
学如何反映光明与黑暗问题的论争。形成了上承中国
新文学传统的批判意识与自省意识的文学新思潮，并
历史性地导致了一个直接的成果——20 世纪 40 年代
"暴露讽刺"文学的兴起。《华威先生》发表后，就有人认为，这种辛
辣的讽刺有损于抗战的严肃和抗战必胜的信心，"像《华威先生》，明
眼人是知道所谴责的是什么"，但是也会有人"看过这篇小说后，把
一些真正苦干的救亡工作者也错认为作'华威先生'，取着敬而远之
的态度，甚至出言不逊，一口抹煞了组织的一切事宜"[03]。这种担心
也不无道理，要辨认清夹混于抗战队伍中的"毒瘤"需要有敏锐的眼
光，而盲目地将讽刺扩大化当然对救亡无益。由于小说以讽刺的手法

[01]《1941 年文学趋向的展望——会报座谈会》，载《抗战文艺》1941 年 1 月 1 日第 7 卷第 1 期。

[02] 安敏成：《现实主义的限制：革命时代的中国小说》，姜涛译，江苏人民出版社 2011 年版，
第 11 页。

[03] 李育中：《幽默、严肃和爱——谈张天翼的〈华威先生〉》，《救亡日报》1938 年 5 月 10 日。

揭露了抗战阵容中的弊端，被日本《改造》杂志转载并对中国抗日救亡运动做了恶意攻击。因此有批评者认为抗战文艺应该以歌颂光明为主，不宜暴露和讽刺黑暗，认为这是出家丑，是"灭自己的威风，长他人的志气"，其理由是"他出现在日本读者的面前，会使他们更把中国人瞧不起，符合法西主义的宣传，而增强他们侵略的信念"，它容易被侵略者当作"反宣传的资料"，而且在抗战时代，"颂扬光明方面，较之暴露黑暗方面，向来得占主要地位"[01]。颇为吊诡的是，当时有人发现黄药眠的《陈国瑞的一群》被汉奸报纸巧妙地转载，"敌人汉奸以为中国如许广大的抗战领土内，还大有和他们同一鼻孔出气的畜生如陈国瑞之流在，是亦假想作者或可用贿赂的圈子或迳采绑票的方式被在精神上罗打或招致在一起"[02]。一场以文学创作的题材性质为关切点的论争就此展开，并前后持续一年多。从作品的政治效果出发，即以作品在传播过程中可能出现的效应为着眼点，自然会忽视文艺批判功能背后的良苦用心。而茅盾等人则高度评价文学作品中所暴露与讽刺的意义，认为真正进步的民族绝不讳言自己的弱点，敢于暴露与戳穿自己的毒疮，恰恰说明我们民族的健康与进步。茅盾指出："对于丑恶没有强烈的憎恨的人，也不会对于美善有强烈的执著；他不能写出真正的暴露作品。同样，没有一颗温暖的心的，也不能讽刺。悲观者只能诅咒，只在生活中找寻丑恶；这不是暴露，也不是讽刺。没有使人悲观的讽刺与暴露。"[03]经过论争，双方取得基本一致的观点，即抗战既应该表现新时代曙光的典型人物，又应该写"新的黑暗"。可以说，这场论争是启蒙与救亡这两个文学主题发生冲突时衍生的，它对于抗战文学的健康发展和后来国统区文学向现实主义方向深化，起到重大作用。有助于克服抗战初期文艺界弥漫着的浮躁、过度亢奋和盲目乐观的情绪及创作题材单一、作品公式化概念化的弊病，同时也预示着抗战初期文学运动的接近尾声。

梁实秋在《中央日报》副刊《平明》上发表《编者的话》，重提了他的"为艺术而艺术"的观点，并特别提出"于抗战有关的材料，我们最为欢迎，但是与抗战无关的材料，只要真实流畅，也是好的，

[01] 林林：《谈〈华威先生〉到日本》，《救亡日报》1939年2月22日。
[02] 沙介宁：《论文艺上的消毒与肃奸工作》，《救亡日报》1939年8月22日。
[03] 茅盾：《暴露与讽刺》，《文艺阵地》1938年10月1日第1卷第12号。

梁实秋在重庆主持
《中央日报·平明副刊》

不必勉强把抗战截搭上去，至于空洞的'抗战八股'，那是对谁都没有益处的"。他认为"依附于某一种风气而撷拾一些名词敷凑成篇的'抗战八股'"[01] 容易写得好。此后不久，沈从文在《今日评论》发表《一般或特殊》一文，支持梁实秋的观点，他把文学划为"特殊"部门，把抗日工作鄙薄为"一般"工作。他认为很多人都只记得"一切文学都是宣传"这几个字，"于是社会给这些东西笼统定下一个名词，'宣传品'。这个词的内容，包含了'虚伪''浮夸''不落实''无固定性''一会儿就过去'，种种意义。"[02] 在这里，本著无意再叙述这场论争的具体过程，只想将"抗战文艺"与"艺术缺失"之间微妙复杂的关系提出来，引起我们的反思。梁实秋、沈从文忽视文学是一定时代的文学是特定历史文化背景下人的精神产品，他们所说的"抗战八股"除了道出当时文艺作品为抗战这一政治服务的特点外，却也反映了抗战初期文学作品中存在的公式化、概念化等弊端。反驳者如罗荪、宋之的、张天翼等人抗战文艺虽有不足，但对这个时代是负责的，对读者也是有益处的，两者的轻重是不一致的，认为梁实秋对"抗战八股"的批判实质是对"抗战文艺"的否定。以抗战的需要来立论批评梁实秋、沈从文的人还很多，如罗荪就认为，抹杀了"抗战八股"就是"抹杀了今日抗战的伟大力量的影响，抹杀了今日中国的抗战这个真实的存在，抹杀了今日全国爱国的文艺界在共同努力的一个目标：抗战的文艺"[03]。宋之的认为诚然抗战文艺"所写下发表的大抵是印象，是速写，没经过琢磨，也没有时间去琢磨。热情淹没了人物，叙述多过于描写，距离所谓'伟大的作品'的门槛还远得很"，但绝非对谁都没有好处，"读者确实是感到益处的。他在这些速写里认识了抗战的一面，增强

[01] 梁实秋：《"与抗战无关"》，载《中央日报·平明》，1938 年 12 月 6 日。
[02] 沈从文：《一般或特殊》，载《今日评论》1939 年 1 月 22 日第 1 卷第 4 期。
[03] 罗荪：《再论"与抗战无关"》，载重庆《大公报》，1938 年 12 月 5 日。

了抗战的决心"[01]。张天翼撰文认为"假如说到我们的写作有点'差不多',或者害了'八股'症,那完全是另外一种意义……我们自己指出这些毛病,也完全跟艺术至上主义大爷们的用意不同:我们跟他们恰正相反,我们恰正是为了要增强艺术的战争力"[02]。关于这一问题的论争,后来又出现了批判朱光潜的"距离美学说"、施蛰存的"文学贫困说"。

这次论争由国统区开端,然后波及至上海沦陷区。巴人、亢德、吉力等人撰文予以批评与论争。这其中,巴人对沈从文的批判更是尖锐和辛辣,指责他引导大家脱离抗战,他的理论"所含的毒素,却比白璧德徒子徒孙梁实秋直白的要求,更多!更毒!而且手法也更阴险了",进而指出"明白地说吧,他们要消灭的不是抗战八股而是抗战"[02]。显然,这个问题在当时具有普遍讨论的必要性。毋庸置疑,一切以民族国家命运为己任的知识分子都是反对"文艺与抗战无关"的。而从文艺的艺术性出发,反对教条式的"抗战八股"也有其合理的地方。如果能平衡文艺的思想性与艺术性的关系,并将两者有机结合,则抗战文艺的生命力将更强,影响力、战斗力将更大。通过这次论争,让很多人更好地意识到了文艺之于抗战的使命,能更大程度地整合全民族的力量开展民族独立斗争。与此同时,也让人们认识到抗战文艺问题主要是一个政治立场问题或政治倾向性问题,而不是对题材、风格、样式有什么限制,也意识到"抗战八股"之于文学的思想性及艺术性的危害,这些对于抗战文学的良性发展都是有裨益的。

"与抗战无关""人性论"反映了梁实秋一贯的文学观念,也是他20世纪40年代创作散文的基本态度。在国家、民族存亡危机的现实境域下,梁实秋的《雅舍小品》没有对社会事件做出迅即反应,有意回避社会重大矛盾,以随遇而安的心态来处世,以超然的目光审视世间万象。"雅"是相对于"俗"而言的,梁实秋以自己渊博的知识,对"俗事""俗景"进行点化和润色,往往能达到"化俗为雅"的效果。《雅舍小品》中的"雅舍"是梁实秋20世纪40年代在重庆寓居的一厝平房。此处名为"雅舍",实则是个"有窗而无玻璃""鼠蚊猖

---

[01] 宋之的:《论"抗战八股"》,载《抗战文艺》1938年12月10日第3卷第2期。

[02] 张天翼:《论"无关"抗战的题材》,载《文学月报》1940年6月15日第1卷第6期。

[02] 巴人:《展开文艺领域中反对个人主义斗争》,《文艺阵地》1939年4月16日第3卷第1期。

獗""风来则洞若凉亭，雨来则渗如滴漏"的陋室。"雅舍"条件虽简陋，有诸多不便，但梁实秋则认为："人生本来如寄，我住'雅舍'一日，'雅舍'即一日为我所有。即使此一日亦不能算是我有，至少此一日'雅舍'所能给予之苦辣酸甜，我实躬受亲尝。"他警示我们：只要品德高雅，万物都会沾上俊雅的灵气，"有个性就可爱"。除了内心的"修身养性"能发现生活中的雅趣外，"雅致"还需要优秀文化来装点。梁实秋认为，散文创作"要钻书窟，也还要从书窟里钻出来"[01]。他的散文充溢着传统文化的精髓，门类很广，涉及茶文化、酒文化、烟文化、食文化、棋文化、牌文化、礼仪……娓娓道来，但未有"掉书袋"之嫌、没有头巾气的酸，读起来有一种"雅趣"。在《喝茶》中，介绍了清茶、工夫茶的风雅和妙处，以及对普洱茶、沱茶、乌茶的见解，既向我们介绍了"茶文化"的博大精深，又颇见作家作为一位名士高雅的眼光和品位。又如《饮酒》，作家从莎士比亚到《尚书》，古今中外无所不涉，讲了关于酒的种种趣闻逸事，如酒禁难行、酒醉撒野等，作家信笔洒脱，亲切随意，仿佛与一位年长儒雅的学者聊天，有如沐春风的感觉。作家指出：菜根潭所谓"花看半开，酒饮微醺"的趣味，才是最令人低徊的境界。读之表明了作家推崇的境界。

语言精粹简洁，常常在不经意间参悟智慧人生是梁实秋散文的一大特色。他在《论散文》中提出："散文的美妙多端，然而最高理想也不过是'简单'二字而已。"什么是"简单"？他这样解释说："简单就是经过选择删艾以后的完美的状态。"梁实秋的散文经过"割爱"艺术的锤炼，褪去了繁冗雕琢的浓妆，而显出一种干净自然的美感，并沉淀出少有的深远、丰富的意蕴，显示了雅洁凝练的真功夫。如散文《老年》写道，"人生如游山"，"年轻的男男女女携着手儿陟彼高岗，沿途有无限的赏心乐事，兴会淋漓，也可能遇到一些挫沮，歧路彷徨，不过等到日云暮矣，互相扶持着走下山冈，却正别有一番情趣"。哲理、思辨在这比喻中被"悟"了出来。又如《中年》，作家也用登山为譬，对"中年"进行了分析："中年的妙处，在于相当地认识人生，认识自己，从而作自己所能作的事，享受自己所能享受的

---

[01] 梁实秋：《书》，《雅舍小品选》，人民日报出版社 1987 年版，第 44 页。

生活。"同时，梁实秋散文的语言还有很强的"幽默"性，在笑声中可以读出作家通达、适意的心境。如《女人》，在谈及女人的说谎的特点时，他说："自己上街买菜的女人，常常只承认散步和呼吸新鲜空气是她上市的唯一理由。艳羡汽车的女人常常表示她最厌恶汽油的臭味。坐在中排看戏的女人常常说前排的头等座位最不舒适。"女人心口不一的特点被诙谐地勾画出来了。又如《男人》，在论及男人懒、脏的缺点时，用夸张幽默的手法进行了描写："有些男人，西装裤尽管挺直，他的耳后脖根，土壤肥沃，常常宜于种麦！"。再如《脸谱》，作家将那些碰到上司是一副奴才相，对下属为一种板凳面的人为"帘子脸"。我们还可以在《年龄》《中年》《老年》《骂人的艺术》等作品中领略梁实秋过人的"幽默"艺术，他自觉地从枯燥、平淡、死板的日常生活中提取"趣味"，产生了"寓庄于谐"的审美效果，也发现了愉悦自身的美。"幽默"是洞察人生百态后自由心态的一种外化。试想，没有旷达的胸怀，没有雅致的情趣，没有探求生活艺术的心态，是很难发现"意趣"和运用"幽默"的。总之，梁实秋的"雅舍散文"以自然、率真的语言聆听和领受着人生的意趣，作家以恬静安详的心境于日常中做警练不俗的文章，广征博引，古今畅通，谐趣盎然，意味丛生。

　　这一时期的文学论争除了"暴露与讽刺"论争、"与抗战无关"论争外，民族形式问题的讨论也格外引人注目，这是"左联"时期文艺大众化运动在抗战新形势下的发展。其中心是要解决新文学如何与本民族的特点亦即如何与群众更好地结合起来的问题。抗日战争开始后，由于宣传抗日与动员群众的需要，文艺的大众化，利用旧形式等，受到广泛的重视。作家为了使文艺创作为群众所喜闻乐见，从内容到形式都做了新的尝试，涌现出一大批形式短小、内容通俗的抗日作品，利用旧形式的通俗文艺创作十分风行。但在利用旧形式的过程中，往往有不少作品生搬硬套，甚至无批判地接受其中落后和庸俗的东西，或者将旧形式和新内容做了极不调和的结合。"民族形式"作为一个口号，是 1938 年毛泽东在党的六届六中全会上做《中国共产党在民族战争中的地位》报告中提出的，毛泽东指出要把"国际主义的内容和民族形式"结合起来，形成"新鲜活泼的，为中国老百姓所

喜闻乐见的中国作风和中国气派"。1939 年，在延安等根据地展开了
"民族形式"的学习和讨论。这场讨论不久就波及到了大后方，1939
年 9 月，巴人在《文艺阵地》上发表《中国气派与中国作风》，认为
"新文学发展到今天，我们的文学的作风与气派，显然是向'全盘西
化'方面突进了"，并且说这是"新文学的悲剧"[01]，由此引起了大后
方关于民族形式问题的大讨论。其中的焦点问题就是怎样理解民族形
式的源泉，也就是民族形式和旧形式的关系。一种意见以向林冰为代
表。他比较重视利用民间的旧形式，主张"以民间形式为民族形式的
中心源泉"，对于民间文艺，采取形而上学地全盘继承的态度。与此
同时，对"五四"以来的新文艺借鉴外国经验给予较多的否定。[02] 这
种明显错误的论点，遭到多数论争参加者的反对。然而在反对向林冰
片面观点时，又出现了另一种片面的观点，代表人物是葛一虹。葛一
虹在《民族形式的中心源泉是在所谓"民间形式"吗？》等文中批判
了向林冰的观点，却又矫枉过正，完全否定民间旧形式，斥为封建
"没落文化"，"只是历史博物馆里的陈列品"，又全盘肯定"五四"新
文学，无视新文学确实存在的与人民大众脱节的弱点。认为"新文艺
在普遍性上不及旧形式"，其原因不在于新文艺本身，"主要还是在于
精神劳动与体力劳动长期分家以致造成一般人民大众的知识程度低下
的缘故"，因此认为新文艺如果利用旧形式，就是"降低水准"[03]。围
绕着"中心源泉"问题讨论的较早的一批文章，相当普遍地存在着片
面性的错误；在民族遗产继承问题上，采取形而上学的态度，或盲
目地崇拜，全盘接受，或不分精华与糟粕，一概否定；对待"五四"
新文学，不是一笔抹杀，就是十全十美，无视它本身存在的弱点。而
且，纠缠于所谓"中心源泉"之争，在一定程度上忽视了对民族形式
本身的深入探讨。1940 年 6 月，《新华日报》召开民族形式座谈会，
促进了讨论的深入。此后论争不再纠缠在"中心源泉"上，而是关注
民族形式的基础和内涵等理论问题以及创作实践。不久，中共中央宣
传部在关于《新华日报》和《群众》杂志的工作问题，致南方局董必

[01] 巴人：《中国气派与中国作风》，载《文艺阵地》第 3 卷第 10 期，1939 年 9 月 1 日。
[02] 向林冰：《论"民族形式"的中心源泉》，载《大公报》副刊《战线》，1940 年 3 月 24 日。
[03] 葛一虹：《民族形式的中心源泉是在所谓"民间形式"吗？》，载《新蜀报》，1940 年 4 月
10 日。

武电中，明确指出："民族形式就是人民的形式，与革命内容不可分，大后方很多人正利用民族口号鼓吹儒家与其他复古独裁思想，故党的报刊与作家对此须慎重，不可牵强附和。"后来，因"皖南事变"发生，论争才停止下来。在如何造成新的"民族形式"问题上，郭沫若的《"民族形式"商兑》、胡风的《论民族形式问题的提出和重点》、茅盾的《旧形式、民间形式与民族形式》分别从植根于"现实生活"，内容和形式的统一，汲取传统精髓和外来营养等方面来思考创造新的"民族形式"问题，认为要植根于"现实生活"。他强调作家应当"投入大众的当中，亲历大众的生活，学习大众的言语，体验大众的要求，表扬大众的使命"[01]。胡风则认为不能离开内容去独立把握形式，民族形式应该是"从生活里面出来的"，是"反映了民族现实的新民主主义的内容所要求的、所包含的形式"[02]。茅盾认为，"新中国文艺民族形式的建立，是一件艰巨而久长的工作，要吸收过去民族文艺的优秀的传统，更要学习外国古典文艺以及新现实主义的伟大作品的典范"[03]。这些观点纠正了论争中那些偏颇的问题，切中时弊，有很强的现实针对性。

几乎与以上论争同时出现的是关于"战国策"派的"民族主义文学"的论战。这次论战体现了新文学作家对民族救亡与自立的道路与方式的不同思考。"战国策派"因《战国策》杂志而得名。1940 年 4月，云南大学、西南联大的教授林同济、陈铨、雷海宗等人在昆明主编《战国策》半月刊，之后又于 1941 年 12 月在重庆《大公报》上创办《战国》副刊，并出版《民族文学》杂志，连续发表了一些宣扬法西斯主义理论的作品，以适应国民党实行专制独裁的需要。他们公开宣称当时是"战国时代"，提倡历史循环论，认为世界大战的结果，将会出现一个"一强国吞诸国，而创造出一个大一统帝国"的局面。"战国策派"在哲学思想上倡导尼采学说，推崇权力意志，崇拜支配别人的人物，把一切侵略者、压迫者称为"领袖""天才""豪杰"。在文艺上，他们提倡所谓民族文学运动，提倡"争于力"的文艺观。

---

[01] 郭沫若：《"民族形式"商兑》，载《大公报》，1940 年 6 月 9 日。

[02] 胡风：《论民族形式问题的提出和重点》，载《中苏文化》第 7 卷第 5 期，1940 年 9 月 25 日。

[03] 茅盾：《旧形式、民间形式与民族形式》，载《中国文化》第 2 卷第 1 期，1940 年 9 月 25 日。

参与论争的代表人物（分别为陈铨、林同济、汉夫）

陈铨在《指环与正义》中认为"指环就是力量"，"力就是正义"。"你且莫管正义不正义，正义在其中了。"[01] 林同济在发表《寄语中国艺术人》中，从"争于力"的观点出发，给艺术家派定三个母题："恐怖""狂欢""虔恪"[02]，认为在文艺上应提倡所谓的民族文学运动，"争于力"是文艺的基本观念。陈铨的剧本《野玫瑰》和《蓝蝴蝶》，通过歌颂特务分子和纳粹党徒，宣扬有了"力"就有一切的思想，并散布色情颓废的情调。除陈铨、林同济外，雷海宗、公孙震、吴宓等也在《战国》副刊上发表文章，宣传法西斯主义观点。对此，汉夫在《"战国"派的法西斯主义实质》中，对他们的理论进行了系统的揭露，指出他们把战国时代的特点硬套在现在的局势上，"其内容，其目的"，是"承认法西斯主义的'理所当然'，是'必经阶段'"。他们称赞"力的文化"，其目的也"就是给法西斯德国的侵略战争找'科学'的根据，使之合法化"。[03] 欧阳凡海在《什么是"战国派"的文艺》中指出，"战国派"所鼓吹的法西斯主义文艺观，是要把文学艺术从"服务抗战"，"服务民族社会这一真正的尺度脱离，而实际上帮助了（不管他们口头上说得如何漂亮）日本帝国主义对中国的剿灭"。[04] 另外，洪钟的《"战国"派文艺的改装》、戈茅的《什么是"民族文学运动"？》、杨华的《关于文学的民族性》也参与了对"战国派"论战的行列。这场同"战国策"派的斗争，不但是文艺理论上的一场重要斗争，而且是同国民党御用文人在政治上的一场严肃斗争。

[01] 陈铨：《指环与正义》，《大公报》副刊《战国》1941 年 12 月 17 日第 3 期。

[02] 林同济：《寄语中国艺术人》，《大公报》副刊《战国》1942 年 1 月 21 日第 8 期。

[03] 汉夫：《"战国"派的法西斯主义实质》，载《群众》1942 年 1 月 25 日第 7 卷第 1 期。

[04] 欧阳凡海：《什么是"战国派"的文艺》，载《群众》1942 年 4 月 15 日第 7 卷第 7 期。

它进一步宣传了马克思主义的阶级论和文化观，有力地批判和反击了国民党的抗战文化思想，对抗战文化的健康发展，具有重要的积极推动作用。

最后一次论争是发生在 20 世纪 40 年代中后期的关于现实主义和"主观"问题的论争。毛泽东的《讲话》传到大后方后，文学界对此的认识和理解都不尽相同。如在对《清明前后》《芳草天涯》两剧的讨论中，王戎等人批判了《清明前后》的公式化，并将之归于"惟政治倾向"；何其芳、邵荃麟等人用《讲话》的精神对其进行了批驳；而冯雪峰则反对将作品的"政治性"和"艺术性"割裂开来。这实际上已经显示了大后方的思想复杂状况和对《讲话》的争议。在此背景下，有关现实主义和"主观"的大论争也很自然地出现了。胡风是左翼革命文学的倡导者，但一直被视为左翼的"反对派"和"异端"，其主因是他忠贞不渝地坚持"五四"启蒙文化传统。胡风坚决抵制和反对脱离生活的主观主义和奴从于现实的客观主义。1945 年 1 月，胡风主编的《希望》杂志在重庆创刊。创刊号上发表了胡风在 1944 年写的《置身在为民主的斗争里面》和舒芜的长篇文章《论主观》。《置身在为民主的斗争里面》力图从文艺反映伟大的民主斗争这个角度，说明文艺"要为现实主义底前进和胜利而斗争"，但他不适当地夸大了主观在文艺创作中的作用。胡风认为，"文艺创造，是从对于血肉的现实人生的搏斗开始的"，他因而"要求主观力量底坚强，坚强到能够和血肉的对象搏斗，能够对血肉的对象进行批判"。胡风把作家在体现生活过程中的所谓"自我扩张"看作"艺术创造的源泉"。胡风虽然也说"与人民结合""思想改造"，但他却强调劳动人民身上的落后面，说他们"随时随地都潜伏着或扩展着几千年的精神奴役的创伤。"在《论主观》中，舒芜力

图从哲学史的角度说明主观问题，认为："今天的哲学，除了其全部基本原则当然仍旧不变而外，'主观'这一范畴已被空前的提高到最主要的决定性的地位了。"[01] 同时在文艺上提出了"主观精神""战斗要求""人格力量"三个口号，认为这三者是决定文艺创作的关键。这两篇文章在进步文艺界引起了更大的争论。乔木（乔冠华）发表《文艺创作与主观》[02] 指出，作家不是用"思想体系或人格力量"，而是用"人民主体的健康精神，来批评人民的'奴役底创伤'"。邵荃麟发表《论主观问题》[03]，指出他们的文艺思想，背离了辩证唯物论的基本原则，陷入了唯心论、唯生论的陷阱中，认为决定创作的最重要的因素是作家的思想认识，要遵照《讲话》的精神解决好作家的思想认识和立场问题。胡风在 1948 年写了《论现实主义的路》进行反驳。此外，黄药眠、冯雪峰、何其芳等人对胡风和舒芜也进行了批判，但多数文章都在反复阐明当时流行的主导性的观点，如认为生活有主流和支流、本质和非本质、光明和黑暗之分，革命作家应该表现主流、本质和光明的生活面等。这场大论战几乎贯穿了整个 20 世纪40 年代，直到建国前才停止。作为一个坚毅而又执着地构筑了自己的文学理论体系的批评家，胡风的理论价值在 20 世纪 40 年代并没有受到重视，到 80 年代后才得到了应有的客观的评价。

　　"民族"一词有着相当复杂的内涵，大体包括三个层面：一是人类学层面，二是历史文化层面，三是社会政治学层面。从人类学的角度来理解，它强调的是种族、血缘、地域意义上的独立性；从历史文化的角度来理解，它强调的是由传统、语言、风俗、宗教等文化要素组成的民族精神；而在社会政治学的层面上，它强调的是共同政治组织的整合与协作。19 世纪以前，中国的"民族""国家"意识是很薄弱的。天朝大国的自大文化心理一直植在国人心里。"古代中国人大多秉持一种天圆地方、'中华'居中、四面皆是低等'夷人'的'天下'观念，主要以文化上的优劣差异、而非种族和生理差异来区别'华'、'夷'。"[04] 古代国家的更替也仅仅是朝代国家的更替，没有"现代性的焦虑"的观念。和谐的心理基调，道德作为"润滑剂"维系着社会的稳定。"现代化""民族化"不是古代社会思考的问题。鸦片战争打破了国人自大的梦想，民族危机上升，被"瓜分"的恐惧唤起了民族意识的觉醒。"现代性"的危机使中国人开始思考"民族""国家""现代化"等问题。对此，有论者认为："对于'现代性'的想象以及渴盼社会迅速'现代化'的情感诉求，构成了 20 世纪中国文学、文化的中心内容。"[01] 抗战使得国人遭受到了空前的民族危机，也激励和生成了他们的民族意识。遭受侵略和欺辱的民族，只有寻找本民族精神的闪光点，建构新的民族自信心和认同感，才能重建民族再生的希望。

现代民族国家是一个"想象共同体"，王一川认为："一部现代文学史，可以说正是新的中国形象的创造史。"[02] 这种新的话语实践已经渗透到 20 世纪文学领域了，这也是新文学区别于旧文学的一个重要标志。其后的文学实践都围绕"民族国家"建构和想象这个话语中心开展。由于民族和国家受到日寇的入侵，出现了现代性危机，20 世纪 40 年代中国文学开启了对现代民族国家想象的道路的探索，对文化转型的思考也随即拓展。所谓文化转型，是相对于文化定型而言的，它与以稳定、有序、单一为总基调的文化定型期相比，是一个文化发生动荡变迁的时代。在文化转型期，传统话语与现代话语以及不同阶级集团、思想流派，相互碰撞、渗透，在大一统中心话语霸权的颠覆中有了各自的声音。抗战初期的文学正处于一个转型的历史关节点，在文化失范的转型期，作为民族精神之一的群体意识和生命强力，能为文学家提供创造的知识背景和想象空间。同时在转型无序、多元的话语格局中，神话资源也应该有现代性的创造和生长，成为符合现代性主流话语、推动新的文化格局形成的"合力"中的一个重要组成部分。抗日战争给中国文学带来的直接影响，"一方面是诗歌的蓬勃发达，另一方面则是报告文学的异常发达"[03]。这两类文体的兴盛主要借助于战争特殊语境，当然这一时期的中短篇小说、戏剧、散

[01] 耿传明：《"现代性"的文学诉求》，见杨春时，俞兆平主编：《现代性与 20 世纪中国文学思潮》广西师范大学出版社 2005 年版，第 160 页。

[02] 王一川：《现代性文学：中国文学的新传统——兼谈中国现代文学与文学研究》，《文学评论》1998 年第 2 期。

[03] 以群：《抗战以来的中国报告文学》，载《中苏文化》1941 年 7 月 25 日第 9 卷第 1 期。

文等也有一些闪光呈现。总之，这些作品有时代转型的表呈和隐喻，具体而论，主要是通过如下几个方面来实现的：

第一，灰色沉痛的背景的预设，暗示着一个秩序混乱、中心颠覆的"多语"格局和隐隐新生的胎动，是转型的诱因和先兆。作家们用灰色调的文学意象，如"寒冷的夜"（穆旦《在寒冷的腊月的夜里》）、"血肉交织的瓦砾场"（穆木天《月夜渡湘江》）、"黑夜"（方殷《战地散歌》）、"严寒的冬夜"（方敬《光》）、"暴风雨"（东平《暴风雨的一天》）、"千层万层的雾"（郭沫若《罪恶的金字塔》）、"茫茫夜"（曹葆华《一个礼赞》）等来隐喻战时中国的处境和危机。法国学者勒庞认为，"当我们悠久的信仰崩塌消亡之时，当古老的社会柱石一根又一根倾倒之时，群体的势力便成为唯一无可匹敌的力量，而且它的声势还会不断壮大"[01]。正是在这种民族危机深重的国度，才会激起国人沉积多年的民族意识和抗战意志。努力改变这种现状，重新建构和想象一个民族国家、思考文化转型，成为 40 年代中国文学中核心的思维命题和意义依托。

第二，英雄人格与侏儒人格对立为文化转型厘定了主体选择。20 世纪 40 年代，文艺界曾围绕着"英雄"问题展开了一场论争。1941 年，陈铨在《战国策》第 4 期上发表了《论英雄崇拜》一文，引起了不小的争议。陈铨认为，"一方面他可以代表群众的意志，发明，创造，克服一切困难，适应时代的要求。另一方面，他也可以事先认定时代的要求，启发群众的意志，努力，奋斗，展开历史的新局面。……英雄是群众意志的代表，也是唤醒群众意志的先知"[02]。批评陈铨文章的人大都是站在一种政治立场上，认为提倡英雄崇拜是为法西斯张目。不久，贺麟发表了总结性的论文《论英雄崇拜》，他指出："其实，英雄崇拜根本上是文化方面、道德方面和人格修养方面的问题，不是政治问题。站在政治立场上去提倡英雄崇拜固然不对，站在政治立场上去反对英雄崇拜亦是无的放矢……英雄概括来说，就是伟大人格，确切点说，英雄就是永恒价值的代表者或实现

---

[01] ［法］古斯塔夫·勒庞：《乌合之众——大众心理研究》，冯克利译，中央编译出版社 2000 年版，第 6 页。

[02] 陈铨：《论英雄崇拜》，载《战国策》1941 年 5 月 15 日第 4 期。

者。"[01] "战国策派"所提倡的"英雄崇拜",明显受到了卡莱尔的"英雄崇拜"和尼采的"超人学说"的影响,他们的观念尽管有为法西斯精神鼓噪的嫌疑,但在一定程度上反映了时代所造就的文化心理倾向,民族灾难需要英雄文化,拯救危难离不开英雄的事业。这种文学创作观与抗日救亡的时代精神是合拍的,它可以起到增强民族自信、注入国家活力、激励抗战建国的积极作用。

时势能淘洗和过滤人格,既可产生肩负时代使命的英雄人物,又会产生消极抵抗、退缩不前的侏儒人物。随着抗日形势的向前演进,国民党政府的腐败性,社会的黑暗面,人身上的一些弊病引起了作家的关注和思考,尽管这时出现过对"暴露与讽刺"问题的论争,但文学界还是达到了共识,即打破那些"护短"和"隐恶"的反现实主义思潮,客观真实地反映当时的社会现实。抗战改变了人,也产生了各种性格、多样立场、揣怀各种心态的"新的个人",既有"新的人民领导者,新的军人,新的人民",又有"新的'抗战官',新的'发国难财'的主战派,新的'卖狗皮膏药'的宣传家,……新的荒淫无耻,卑劣自私"[02]。在这种指导思想的指引下,大量揭露民族痼疾及国民党当局黑暗统治的作品问世。《华威先生》可谓是这方面的开山之作,张天翼幽默的笔触"像是无意中剥开了那些美丽的壳子,叫你看见那丑恶的真正的内部"[03],塑造了华威先生这样一个混迹于抗日文化阵营的虚伪、庸俗、浅薄、无赖、卑劣、媚上欺下的国民党官僚形象,从而深刻揭露了民族矛盾掩盖下的阶级矛盾,鞭挞了国民党竭力破坏抗日民族统一战线、防范人民、敌视进步势力的反动政策,并满腔热情地写出了革命群众的抗日要求和热情。华威先生以抗日之名行反人民之实,他的工作就是白天开会、讲话,晚上喝酒,而且百般阻挠人民的抗日生活,并费尽心思,到处钻营,以满足自己的权力欲。他的那种狭隘自私的性格、无孔不入的亢奋劲头、装腔作势的领导派头,使其成为中国现代文学史上典型的人物形象。黄药眠的《陈国瑞先生的一群》通过对反面人物形象的真实刻画,揭露了抗战痼疾。黄药眠在"作者附记"中道明了该文的题旨:"在国难严重的今

[01] 贺麟:《论英雄崇拜》,载《战国策》1941 年 7 月 20 日第 17 期。
[02] 茅盾:《论加强批评工作》,载《抗战文艺》1938 年 7 月 16 日第 2 卷第 1 期。
[03] 张天翼:《什么是幽默》,载《夜莺》1936 年 5 月 10 日第 1 卷第 3 期。

日，尽管有许多英勇的将士在前线流血，有许多热心的青年在后方奔走，但在某些角落里总还有一小部分的人躲在那里依旧过着腐烂的生活。这是事实。"小说主要塑造了陈国瑞这样一个靠"签名吃饭"的国民党委员的形象，他整天无所事事，最大的爱好就是去打听一些时政消息，然后再将这些消息"兜售"给身边的人，以此证明自身的价值。在生活上关心自己的体重，闲来无事就打麻将或和交际花打情骂俏。而他的同事和朋友在抗战的背景下各怀鬼胎，放浪形骸，于抗战大业并无任何作用。这些充满劣根性的人永远不可能是抗战的中流砥柱，他们的存在既隐喻了国民党统治区的黑暗窳败，又表征了他们必然被这个时代淘汰。这样的小说还很多，如周文的《救亡者》、黑丁的《痛》、陶雄的《伥》、台静农的《电报》、周正仪的《归来后》、扬波的《最后一课》、沙汀《防空——在勘察加的一角》等，所涉及的问题包括汉奸的丑恶嘴脸，官僚主义做派，后方官员发国难财、囤积居奇、中饱私囊等黑幕。在诗歌方面，王平陵在《觉醒吧！出卖祖国的奴役！》中对汉奸的丑恶行径发出义愤填膺的诘问和诅咒；当周作人公开叛变的消息传出后，艾青在《忏悔吧，周作人！》中表达了他"用灼痛的心接受这消息"时充满愤怒和惋惜的复杂心情，对以周作人为代表的背叛祖国、屈膝事敌的民族罪人发出了义愤填膺的诘问。同样，在报告文学领域也出现了如野渠的《伤兵未到以前的一个后方医院》，揭露了"后方家庭医院"打着抗战的旗号，大发国难财的内幕；唐其罗的《沙喉咙的故事》控诉了国民党当权者假借征兵抗战的名义，向农民肆意敲诈勒索的丑恶现象；萧乾的《林炎发入狱》暴露了国统区保长私卖公田、滥派爱国捐税的罪行，李乔的《饥寒褴褛的一群》展示了国统区兵役制度的黑暗。这些人的丑恶行径与其说是战争特殊语境所造成的，不如说是其劣根性和阶级属性之使然，他们在民族危难时期要么成为后方的"蛀虫"，要么成为前线的退缩者、投降者，必然在这血与火的淘洗中被历史唾弃。

那么，抗战文学中的创世英雄具有什么样的特征呢？王一川用西方现代卡里斯马的概念来解释中国20世纪小说中的英雄典型，这为我们解读抗战初期文学的英雄人格提供了启示，他认为："卡里斯马是文化内部那种能够产生或者毁灭价值体系、赋予混乱以秩序的特殊力量，使得这种文化在一个中心点上凝聚为有序的整体。"[01] 这些群体的英雄是中心秩序、话语霸权的赋予者，在与失衡、混沌的世界和失范、杂乱的话语较量中自己的主体精神被大力地书写出来。抗战爆发不久，鹿地亘就断言："新的人民的领导者的典型开始产生了，和过去完全不同的军人性格产生了，肩负着这个时代的阿脱拉斯型的人民的雄姿在开始出现。"[02] 这里所说的"阿脱拉斯型的人民"是抗战的新的典型，在他们的身上集中体现了时代新的质素，是中国巨人身上有活力的细胞。例如茅盾就认为姚雪垠笔下的"差半车麦秸"正是"肩负着这时代的'阿脱拉斯'型的人民的雄姿"[03]。抗战初期的作品中既出现了有一定劣根性的抗敌英雄，又出现了"红花的女英雄"（碧野《在获鹿》）、背着历史负荷的"富农英雄"（集体创作的三幕剧《突击》）等。这些人物是抗战初期的文学作品中的个人英雄形象，但不是最主流的典型，这一时期的典型具有如下几个方面的特点：

首先是重"群体"的集体主义情怀。如果说以鲁迅为代表的启蒙者弘扬人的强力，去对抗强大的传统势力，以此来建构真正意识上的现代的"个人"的话，那么抗战时期的作家则弘扬民族的强力，去抵御强大的外敌入侵，藉此来确证具有强大凝聚力和民族认同感的"群体"。关于这一点，我们可以通过一些抗战刊物中的发刊词来印证，这既是作家创刊的初衷，又是全民族的共识。《七月》的发刊词中写道："如果这个战争底最后胜利不能不从抖去阻碍民族活力的死的渣滓启发蕴藏在民众里面的伟大力量而得到，那么，这个战争就不能是一个简单的军事行动，它对于意识战线所提出的任务也是不少的。"[04] 在《抗战戏剧》的创刊词中有这样的话："如何来争取一个抗战的胜利呢？这一个抗战是关系全民族的生死存亡的，所以也只有动员全民族的力量，有组织有计划的与侵略者作殊死战，才有胜利的保障。"[05]《抗战文艺》的发刊词这样写道："满中国吹起进军的号声，

[01] 王一川：《中国现代卡里斯马典型：二十世纪小说人物的修辞论阐释》，云南人民出版社 1994 年版，第 7 页。
[02] 鹿地亘：《关于"艺术和宣传"的问题》，载《抗战文艺》1938 年 5 月 28 日第 1 卷第 6 期。
[03] 茅盾：《八月的感想——抗战文艺一年的回顾》，载《文艺阵地》1938 年 8 月 16 日第 1 卷第 9 期。
[04]《愿和读者一同成长（代致辞）》，载《七月》1937 年 10 月 16 日创刊号。
[05]《创刊词》，载《抗战戏剧》1937 年 11 月 16 日创刊号。

满中国沸腾战斗的血流，以血肉为长城，拼头颅作爆弹，在我们钢铁的国防线上，要并列着坚强的文艺的堡垒。"[01]……可以说，文艺对蕴含于"群体""大众"身上的"力"的肯定和弘扬是初期抗战文学的突出表现。相应地，大多数的文艺作品熔铸着全民族奋起抗争的排山倒海之力和雄伟壮美的阳刚之气，给岌岌可危的国度和伤痕累累的国民带来了一股强大的力量。

　　诗歌在抗战文艺中属于非常活跃的一支力量。由于现实生活的变化所给予的新的主题和素材，由于诗人新的思想和新的感觉的浸润，使它的内容和形式上具有时代特色的历史和审美意义。在抗战诗歌中，高扬民族强力的诗篇俯拾即是。古老土地的怒吼，吹号者的鼓舞，化为亿万民众惊天动地的斗争与反抗："无数千万的战士／在闪光的惊觉中跃出了战壕，／广大的，激剧的奔跑／威胁着敌人地向前移动……"艾青这首《吹号者》喊出了国人的愤怒，书写了全民族共同的心声。臧克家的《血的春天》发出了在抗战中去迎接春天的呐喊："在战斗中，／抖颤着一个血的春天！／抗战！抗战！／将敌人的脚跟，／从我们的国土上斩断，／那时候，我们携手踏回故园……"全诗歌颂了神圣的民族解放战争，在全民族的"合力"抗战中充满了胜利的希望和信心。田间的《给战斗者》中肯定了中华民族的觉醒和复仇："七月，／我们／起来了，／呼啸的河流呵，叛变的土地呵，暴烈的火焰呵，／和应该激动在这凄惨的殖民地上的／复活的／歌呵！／因为／我们／是生长在中国。"该诗塑造了"我们"这样一个群体的抒情主人公形象，他们充斥着怒火，心怀"战士底坟场会比奴隶底国家更温暖更明亮"的爱国情怀，在最艰苦的岁月里奋起反抗。聂绀弩的诗歌《不死的枪》号召所有的人去反抗"中国的门里头闯进的强盗"，这种群体既包括各种小生命，如乌鸦、老鼠、常春藤、飞沙、毒蛇，也包括一些残疾人，"起来，所有中国的废人：／聋子，要你去刺探敌情！／瞎子，赶快学会瞄准！／哑巴底讲演要使人人都爱听，／跛子是神性的追击兵！"这些诗歌多以复数的人称（"我们""他们""你们"），置身于抗战的热血潮流，肯定他们身上的强力意志，洋溢着爱国主义精神和战斗激情。正如艾青概括这一时期诗歌

---

[01]《发刊词》，载《抗战文艺》创刊号，1938年5月4日。

创作的特征时所言："诗人们努力着把自己的作品成为发自人民呼声，为此迫使诗人们去了解人民的痛苦，发掘蕴藏在广大群众间的无限的力量；而且是自然地对人民产生了亲切的感情，更从那被他们如此艰苦地支撑着的斗争中，提高他们的生命的价值，从他们的不可悔的反抗中，辉映他们的意志的尊严。"[01]

抗战初期的报告文学，在刀影血光中，以最深切的体验，以最严肃的态度，迅速报告了敌人的暴行及其给中国人民造成的深重祸殃，传达出了中华民族危难的时代信息，极大地激发了广大民众对民族命运的深切忧患。有论者说过："报告文学不应该像一面镜子或是一本记事册，机械地反映或记录出事实底琐末；作家必须具备那代表在成长中的大众的敏锐的感觉和深厚的感情，给被描写的事象着上鲜明的色彩……"[02] 以群的意思是，作品在反映现实生活时，主体应直接、明朗地表达出对客体的主观评价与感情取向，而发掘民族精神、关注时代现实是这种主观评判和感情取向的根据。这一时期的报告文学就对时代和民族精神进行了深入且细腻的书写，不管是战场上的战士（如丘东平的《第七连》《我们在那里打了败仗》等），还是战争中的伤兵（如骆宾基的《救护车里的血》、慧珠的《在伤兵医院中》等），无论是抛家别雏、被迫逃亡的知识青年（如刘白羽的《逃出北平》、李希达的《逃亡》等），还是奔赴前线，担负起宣传的知识分子（如姚雪垠的《战地书简》、田涛的《黄河北岸》等），他们是以"群体"的存在而被赋予意义的，尽管没有一个贯穿始终的主要人物，但他们在这片充满着热血洗礼的土地上，不计较个人得失，积攒着集体的力量，传达出了中华民族危难的时代信息，极大地激发了广大民众对民族命运的深切忧患。

其次，崇尚生命"强力"的革命意志。"强力"是人类原初生存经验的积淀，为了使生命繁衍生存，人类的经验是用自身的"强力"去对抗外在的作用力。人类用自己坚强的意志，生生不息的生存强力创造了一个个辉煌的文明史、人类史。抗战初期的文学首先为我们展示了一个伤痕累累的文化背景，这是战争留给国人共同的时代烙印与记忆。在这样的背景下，英勇不屈的中华民族中产生了很多的时代英

[01] 艾青：《论抗战以来的中国新诗》，载《文艺阵地》1942 年 4 月 10 日第 6 卷第 4 期。
[02] 以群：《报告文学底社会效用》，载《新蜀报》1940 年 10 月 23 日。

雄，他们身上充斥着生命强力，是这个混乱时代中的支柱。曾经寄情童真、精研佛理的纯情散文家丰子恺，在卢沟桥的炮火后也写下了歌词："我们四百兆人，中华民；仁义礼润之心。我们四百兆人，互相亲，团结胜于长城，以此图功，何功不成！民族可复兴。以此制敌，何敌不崩！……"中华民族的象征——黄河的怒吼，是亿万民众生命强力和抗战意识的表征："黄河，你是伟大坚强，像一个巨人，出现在亚洲莽原之上，用你那英雄的体魄，做成我们民族的屏障！"《黄河大合唱》这气吞山河的歌词，谱写出了全国人民的共同心曲，将中华民族的傲然正气和强力意志体现得淋漓尽致。丘东平的《一个连长的战斗遭遇》书写了林青史带领的第四连与强大的敌寇英雄作战的经历，在这些将士的身上有一种生命强力意志，小说中有这样一段描写："他们发挥了强大的威力，像一下子要把整个天地的容颜加以改变似的，用了最大的决心和兴趣去处理这个微小得近乎开玩笑的任务。"在这篇小说中，暴力拼杀场面大量存在，看似带有原始生命本能的肉搏已不是纯粹的一种力量较量，它放大和彰显了我军英雄人物生命里郁积的强力。生命强力是人类原初经验和记忆的一种积淀，在战场上，这种酒神意志能"淡化"战争本身的残酷性，得到一种"殴打"的暴力美感："血变成了酒，而残酷的激战跟可怕的死亡变成了欢宴，牺牲者的篝火变成了厨房炉灶。"[01]"强力快感"是在战争语境中获得的一种酒神体验。在"肉体"暴力的表演、实施过程中，个体的生命强力被宣泄、放大和尽情演绎，生命的狂放姿态得到了最大程度的展现。

---

[01] ［俄］巴赫金：《拉伯雷研究》，李兆林、夏忠宪等译，河北教育出版社 1998 年版，第241 页。

第二节　民族战争情境催生下的壮丽史诗

　　中国的民族革命战争为文学的史诗品格的出场提供了很好的条件。战争使中华民族以一个整体的形式出场，战争不是"个人"行为，而是一个民族的"集体"行为，不再是历史的某个片段，而是一个相对完整的时间过程；"历史"不仅仅是成为记忆的过去的事，它也能成为叙述的"主体"，并被推到了前台；不单纯是"人在历史中成长"，同样也是"历史与人成长的同构"。战争为文学提供了史诗所必须的各种元素，如伟大的时代、英雄人物、广阔丰富的战争情境等。当时一大批有影响力的文艺家，如茅盾、周扬、胡风、艾思奇、邵子南、穆木天、端木蕻良、田间等，都呼吁作家创作出无愧于"伟大民族解放战争"的壮丽史诗。"当作家跳跃在时代激流里的时候，他的想象作用就退居在较次要的地位，能够在事实的旋律里找到他的史诗的形态的。"[01]"伟大的民族革命时代，必须有伟大的民族革命的史诗。"[02] 胡风和穆木天肯定了时代的激流对作家的塑造作用，为作

---

[01] 胡风：《论战争期的一个战斗的文艺形式》，载《七月》第 1 集第 5、6 期，1937 年 12 月 16 日—1938 年 1 月 1 日。

[02] 穆木天：《建立民族革命的史诗的问题》，载《文艺阵地》第 3 卷第 5 期，1939 年 5 月 16 日。

家创作史诗性的作品提供了氛围和背景。抗战之初，考虑到在战斗中作家不可能有构筑宏大艺术结构的时间，同时大众的接受水平有限，一些轻型的文学样式成了必然的选择。其结果是"没有包含着大的思想力批判力的雄大史诗的出现"[01]。随着抗战形势转入持久战，越来越多的人意识到史诗性作品的问世同样对抗战是有利的，"今日我们的文艺要创造出多量的民族革命战争的史诗，从蒙昧的状态进到自觉的状态，从被虐待和屠杀的状态进到为民族自由而斗争的状态。我们的文艺不但要反映而且要推动这些状态的发展。我们的文艺不会像显克微支的灰色的怀乡病的格调一样，而是鲜明的战斗的角声"[02]。

自武汉撤退以来，"战争是长期的""战争的过程是艰苦的"渐渐成为生活的实感。作家的创作热情从初期的兴奋转向了沉炼的状态，主观的逻辑力量、综合分析、理性沉思这些方面较前期大大增强，热情开始潜伏、思想融入到了具体的现实对象之中。以 1941 年的"皖南事变"为标志，国统区的文学运动进入了一个新的历史阶段。当时，国内政治形势发生了重大变化，国内一度蓬勃兴起的抗日文艺活动受到国民党的管制与压迫。在反动的政治压迫下，大批进步作家被迫分散在重庆、桂林、昆明等几个城市，文艺活动受到了极大的限制。政治形势的变化直接引起了社会心理、时代氛围、创作情绪的变化。广大文艺家的心理情绪与心理机制，较之前一阶段有了明显的变化。对于抗战社会生活，他们由兴奋转入沉思，由热情奔放转入静默观察，由现实而追思历史，由历史而又反观现实。他们的视野向生活的纵深处突进，深入生活的里层，探讨民族性所在，探讨民族彻底解放的道路。这种思考直接地体现在他们的文学创作中，直接影响着主题的深入、开掘及题材的开拓、扩展。这时的文学形式主要是长篇小说、多幕剧、长篇叙事诗、抒情诗，"史诗性"成为普遍的追求。

一、在民族历史中寻找民族脊梁烛照当下

"皖南事变"后，国民党先后出台了一系列加强其法西斯专制的文化政策。对于以现实题材为主的话剧创作而言，这无疑为其创作与

---

[01] 胡风：《民族革命战争与文艺——对于文艺发展动态的一个考察提纲》，载《七月》1939 年 7 月 1 日第 4 集第 1 期。

[02] 辛人：《为"扫除病根"而斗争》，载《七月》1939 年 3 月 16 日第 1 集第 11 期。

空间分立与融通——20世纪七0年代中国文学研究

《屈原》剧照

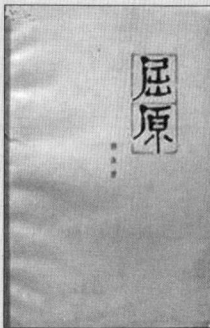

实践设置了一个难以逾越的话语禁区，逼迫作家不得不转向历史，借古人的酒杯浇今人的块垒。这一时期，戏剧家创作了一系列引人注目的历史剧，如欧阳予倩的《卧薪尝胆》《梁红玉》《桃花扇》《木兰从军》《忠王李秀成》，陈白尘的《金田村》《翼王石达开》，阳翰笙的《李秀成之死》《天国春秋》等，其中以郭沫若的《屈原》成就最高。抗战初期，曾有人将抗战的题材狭窄化了，认为只有描写血与火的战争的文艺才能算作抗战文艺，至于历史题材的作品这些人更是不屑一顾，认为与抗战没有太多联系。对此，郭沫若反驳道："现实主义所谓'现实'不是题材上的问题，而是思想认识和创作手法上的问题。尽管是眼前的题材，如以'与抗战无关'论者来写，便成为非现实；尽管是历史上的题材，如以正确的意识形态来写，便成为新现实。"[01] 围绕着史剧观产生过不同的意见，如邵荃麟认为，"写历史剧就老老实实的写历史，不要去'创造'历史，不要随自己的意欲去支使古人。……不要以古拟今，即是不要借古人事情来隐射现在。"过去的历史"终是过去的，和现在扯一起，究竟不是办法，借古人的嘴巴，来说目前的事情，尤其是不伦不类"[02]。任何对历史（过去）的描述和解释的文学创作，都离不开现在的语境。这样的作品或者从现在出发，进而"返回"到过去；或者以过去为视角，进而"反观"现在。可以说，"现在"是历史叙事的轴心和关注点，对"过去"叙述和阐释都有"现在"的理解和思考。正如克罗齐所认为的那样，"只

---

[01] 郭沫若：《抗战以来的文艺思潮——纪念"文协"成立五周年》，载《抗战文艺》1943 年 3 月 27 日。

[02] 邵荃麟：《两点意见——答戏剧春秋社》，载《戏剧春秋》？1942 年 10 月 30 日第 1 集第 11 期。

有一种对现在生活的兴趣才能够推动人们去考查过去的事实。因为这个缘故，这种过去的事实并不是为了满足一种过去的兴趣，而是为了满足一种现在的兴趣，只要它一经和现在生活的兴趣结合起来就是如此"[01]。对于历史的观照或书写总是意味着"历史视野"和"个人视野"在当下时空的相遇。这体现了伽达默尔所说的"视域融合"，"理解一种传统无疑需要一种历史视域。但这并不是说，我们是靠着把自身置入一种历史处境中而获得这种视域的。情况正好相反，我们为了能这样把自身置入一种处境里，我们总是必须已经具有一种视域"[02]。伽达默尔曾将历史传统比作是一尊古代神像，指出它不只是被供奉在神庙内、陈列在博物馆中的属于过去世界的东西，它同样也属于我们现在的世界。在它身上汇集了两个视域：一是对象原有的历史视域，二是解释者拥有的当下视域。这两者并不孤立排他，而是彼此融合、相互激发、相互彰明。具体而论，《屈原》的古今融通性和互文性主要体现在以下两方面：

其一，"过去"顺向映照"现在"。《屈原》正是站在现在时间语境的支点上打通古今的界限，并重新认定和理解"历史"。屈原所在的时代是"混乱和黑暗"的战国时代，"战国时代，整个是一个悲剧的时代"[03]，在秦人"连横"的蛊惑下，楚怀王听信谗言，粗暴地撕毁楚齐盟约，破坏了反侵略统一战线，转而依附秦国，走上妥协投降的道路。加上南后、靳尚等人的兴风作浪，楚国处于一片黑暗的境地。仅仅为了个人的荣宠，南后竟然不惜取媚侵略势力，与秦国暗相勾结，陷害屈原这样的忠良，祸国殃民，而且所采用的手段又是那么的卑鄙无耻。当阴谋得逞以后，她更加猖狂、恣肆，彻底暴露了她冷酷残忍的本性。她的自私偏狭、阴险毒辣和冷酷残忍，使读者和观众形象地认识到，统治集团中的卖国势力是怎样的一群丑类。我们通过《雷电颂》中屈原的控诉可以看出当时历史的状况："在这暗无天日的时候，一切都睡着了……这比铁还沉重的眼前的黑暗……这比铁还坚固的黑暗……。"那么，现实的境遇又是怎样的呢？《屈原》创作于 1942 年

---

[01] 田汝康、金重远：《现代西方史学流派文选》，上海人民出版社 1982 年版，第 334 页。

[02] [德] 伽达默尔：《真理与方法：哲学诠释学的基本特征》，上卷，洪汉鼎译，上海译文出版社 1992 年版，第 391 页。

[03] 郭沫若：《献给现实的蟠桃》，《郭沫若论创作》，上海文艺出版社 1983 年版，第 421 页。

1月，正是太平洋战争爆发后，日寇集中主力对抗日根据地进行大规模"扫荡"。与此同时，蒋介石则加紧反共，大搞分裂，于1941年1月制造了震惊中外的"皖南事变"，并在国统区大肆捕杀共产党人和抗日进步人士。面对着国民党消极抗日、积极反共的现实，作家采用古今参照的叙事方式，以古鉴今、据今推古。《屈原》洞悉到了过去与现在的"共同性"（"循环性""通约性""连续性"），这种"共同性"的精神本质在于历史文化传统的集体无意识延传。因此，要揭露这种古今一贯的延传特性，有必要从历史的源头入手。这种从历史（时间）源头入手的批判方法，能更有力地清算文化劣根。福柯对此理解说："这种追求企图把握事物的确切本质及其最纯粹的可能性，还有事物所具有的保存完善的一致性；因为这种追寻假定在偶然和连贯的外部世界之前，存在着一些固定的形式。这种追寻指向'已存在的东西'，即完全适合于其本质的原始真理形象。它必然要求撤去各种面具，最终揭示某种原始的一致性。"[01] 起源实际包含了后继事物的"确切本质"与"纯粹的可能"，追问起源就是企图以一种抽象的"一致性"来贯穿当下与原始，以此确证当下的合法性。现实的境遇正如郭沫若自己所说："无数的爱国青年、革命同志失踪了，关进了集中营。代表人民力量的中国共产党在陕北受到封锁，而在江南抵抗日本帝国主义的侵略最有功劳的中共所领导的八路军之外的另一支兄弟部队——新四军，遭了反动派的围剿而受到很大的损失。全中国进步的人们都感到愤怒，因而我便把这时代的愤怒复活在屈原的时代里去了。换句话说，我是借了屈原的时代来象征我们当时的时代。"[02] 总之，领悟历史意识不但要理解过去的过去性，更为重要的是要理解过去的现存性。过往的历史沿着时间之维和"现在"构成潜在的连锁关系，或者说，"过去"是"现在"的规约、借鉴和暗喻。因此，《屈原》的创作既表现了历史的精神和民族的精神，又发挥了文艺战斗武器的作用。

其二，以当下为参照点，反向重估和看待过去是历史题材文本所具有的重要特征，以此来审视和重估民族精神，用民族精神来照亮当下。这就是说，在抗战的这一时代背景中，要创建民族文化，并非割

---

[01] 江怡：《理性与启蒙——后现代经典文选》，东方出版社2004年版，第269页。

[02] 郭沫若：《序俄文译本史剧〈屈原〉》，《郭沫若论创作》，上海文艺出版社1983年版，第404页。

断原有的传统，要发扬和彰显传统文化的精髓，以此来振奋民心，批判现实。屈原就是民族精神的化身："（屈原）他是为殉国而死，并非为失意而死。屈原是永远值得后人崇拜的一位伟大的诗人，他的诗对于国族的忠烈和创作的绚烂，真真是光芒万丈。中华民族的尊重正义，抗拒强暴的优秀精神，一直到现在都被他扶植着。多造些角黍，多挂些蒲剑和藤萝，这正是抗战建国的绝好的象征。"[01] 我们可以通过他与宋玉的对话来看他的这种精神，他时时以桔树的"内容洁白""植根深固""秉性坚贞"自励并劝勉青年，要他们"志趣坚定"，"心胸开阔"，气度"从容""谨慎""至诚"，特别是要"不挠不屈，为真理斗到尽头！"他是一个伟大的政治家兼诗人的典型，深切的爱国爱民思想和英勇无畏的斗争精神，是郭沫若赋予屈原的主要人格特征。基于对祖国和人民深沉的爱，使他对一些人的卖国行径恨之入骨，而且这也使得他敢于冲破一切障碍去控诉和批判。他之所以愤怒斥责南后，是恨她的行为危害了祖国："你陷害了的不是我，是我们整个儿的楚国啊！我是问心无愧，我是视死如归，曲直忠邪，自有千秋的判断。你陷害了的不是我……是我们整个儿的赤县神州呀！"他的战斗精神集中地体现在《雷电颂》的诗意中：他呼唤着咆哮的风，去"吹掉这比铁还沉重的眼前的黑暗"；他呼唤着轰隆隆的雷，把他载到"那没有阴谋，没有污秽，没有自私自利"的地方去；他呼唤着闪电，要把闪电作为他心中无形的长剑，"把这比铁还坚固的黑暗，劈开，劈开，劈开！"他呼唤着在黑暗中咆哮着、闪耀着的一切的一切，"发挥出无边无际的怒火把这黑暗的宇宙，阴惨的宇宙，爆炸了吧，爆炸了吧！"正如郭沫若所说："战国时代是以仁义的思想来打破旧束缚的时代……是人的牛马时代的结束。大家要求着人的生存权。"[02] 在这里，作家的主观情感复活到了屈原的时代中去了，而屈原的爱国情怀和反抗意识是整个民族的精神象征，也分明播撒到了现实的境遇之中。

总之，这种古今的双向融合不是一味地通过篡改古代故事，钻入历史的故纸堆里，而是以强烈的现代精神实现"现在"与"过去"的渗透，并且指向其思考的当下现实语境，因此也具有了某种史诗性的

[01] 郭沫若：《关于屈原》，载重庆《大公报》1940 年 6 月 9 日。
[02] 郭沫若：《献给现实的蟠桃》，《郭沫若论创作》，上海文艺出版社 1983 年版，第 421 页。

特质，将中华民族的传统精神进行了升华，在古今的时空中蔓延。

二、在时代演进的背景中呈示家族成长史诗

家族与国家的关系是紧密联系的，家族的成长和变迁是一个民族和国家发展和演进的缩影，正是这种家族的成长命运史诗性地构成了民族的现代历程。"家族的兴衰荣损可以使人透视整个国家或文化的兴衰荣损。"[01] 可以说，从社会学、文化学、历史学等角度看，家族身上完整地镌刻着中国社会发展的脉络和形态，也直观地呈示着中国社会在不同阶段的特征以及与之相应的社会政治、经济、文化、心理的种种规范、倾向、状貌，具有极大的价值。在这方面，巴金的《寒夜》和老舍的《四世同堂》是这一时期的重要收获。

巴金在抗战前期开始创作的《火》，把日本侵华战争比拟为一场大火，把中华民族比拟为凤凰，表现了中华民族必将在苦难中赢得新生的主题。出于"我想写一本宣传的东西"，"不仅想发散我的热情，宣泄我的悲愤，并且想鼓励别人的勇气，巩固别人的信仰"，甚至"为了宣传，我不敢掩饰自己的的浅陋"，"倘使我再有两倍的时间，我或许会把它写成一部比较站得稳的东西"。结果，为了宣传抗战而失落了艺术真实，表面上的纪实性与宣传性之间难以平衡而导致小说的失败——"《火》一共三部，全是失败之作"，而主要原因就是"只看到生活的表面，而且写我自己不熟悉的生活"。于是，巴金在亲身体验战时生活的同时，通过《憩园》《第四病室》的个人书写，重新

巴金与《寒夜》

---

[01] 王一川：《中国形象诗学》，上海三联书店 1998 年版，第 318 页。

回到自己熟悉的生活。他是擅长写家族小说的，他的《家》反映的是"一个正在崩溃中的封建大家庭的全部悲欢离合的历史"[01]。它集中展现了高家这个封建大家庭的典型形态和三代人的命运沉浮。《家》的成功，在思想主题上主要表现在通过"家"的变迁来反映社会的动态讯息。它延续了鲁迅《狂人日记》"意在暴露家族制度和礼教的弊害"[02]的"吃人"主题，并且深化了对这一题材和思想的思考。《家》是一部中国旧日大家族溃败的历史，作家揭露了封建礼教在家庭中制造的一幕幕悲剧，他要"来向一个垂死的制度叫出我的J'accuse（我控诉）"[03]。巴金后期的作品《憩园》《第四病室》《寒夜》可以说描写的都是生活在"寒夜"中的一些"小人小事"。这其实反映了他创作的变化，即由生命激流的单纯宣泄转向对生活的诗意反思；由热衷于"主义""思想"的主观张扬转向对人物命运的客观审视；不再由主观思想出发控制甚至遣派"英雄"人物，而是将审美目光犀利地投向"小人物"的心灵深处并细致入微地揭示人物心灵深层的精神内核。

巴金在谈到《寒夜》的创作时说过："我连做梦也不敢妄想写史诗……我只写了一些耳闻目睹的小事，我只写了一个肺病患者的血痰，我只写了一个渺小的读书人的生与死。"[04]这种写"渺小的读书人的生与死"从表面上与其《火》中高扬"中国人是杀不尽的"的英雄史诗是有区别的，但也从"小人物"家庭的命运变迁书写了属于巴金个人的"平民史诗"。小说通过一个普通家庭的悲剧，控诉了黑暗的社会现实的罪恶，从"小人物"的性格、价值取向、文化心理的内在矛盾来剖析和反思悲剧产生的原因。

首先，悲剧的产生与越来越糟的国家形势、社会制度不无关系。巴金说过："要是换一个社会，换一个制度，他们会过得很好。使他们如此受苦的是那个不合理的旧社会制度。生活这样苦，环境这样

---

[01] 巴金：《关于〈家〉（十版代序）——给我的一个表哥》，《巴金全集》第1卷，人民文学出版社1986年版，第442页。

[02] 鲁迅：《〈中国新文学大系〉小说二集序》，《鲁迅全集》第6卷，人民文学出版社2005年版，第247页。

[03] 巴金：《关于〈家〉（十版代序）——给我的一个表哥》，《巴金全集》第1卷，人民文学出版社1986年版，第442页。

[04] 巴金：《〈寒夜〉后记》，《巴金全集》第8卷，人民文学出版社1989年版，第703—704页。

坏，纠纷就多起来了。"[01] 每天在城市上空呼啸的刺耳警报声使每一个家庭遭受恐惧甚至绝望的打击，日本侵略军的紧逼攻势使他们一直笼罩在亡国的噩梦中，正走向死亡的泥潭，正如汪文宣始终感觉有一种说不清的重压使他透不过气。可以说，战争风雨消蚀着他们生存的勇气与信心，这是悲剧产生的社会原因。

其次，不断出现的婆媳纠纷也加剧了悲剧的产生。在黑暗的现实生活中，汪母的关爱和曾树生的爱并不能抚慰汪文宣日趋干涸的灵魂。婆媳之间的争执和矛盾将汪文宣扯向两个方向，满脑子旧意识的母亲看不惯儿媳的俏丽更看不起儿媳充当的"花瓶"角色。除此之外，她还妒忌媳妇给汪文宣的爱。而曾树生一如既往地追求着幸福，向往着自由，她没有逆来顺受的容忍。无力消弭她们之间矛盾的汪文宣始终处于痛苦的夹缝间，在冲动之下，他竟然向母亲承诺不再让妻子回来。

再次，汪曾的夫妻感情矛盾也是悲剧产生的重要原因。他们都曾受过高等教育，都有过远大的抱负，这些曾使他们激动并为之奋斗过，然而现实却是被黑暗和虚无包围的"一片创痍"，一切都在变化中，在他们共同生活 14 年后，"不单是生活，我觉得连我们的心也变了"。生活的重负使二人产生了情感上的缝隙，曾树生不断"追求自由和幸福"，汪文宣则保守、敷衍地活着，一个生气蓬勃，一个暮气沉沉。由"爱"黏合的夫妻关系，也就已经失去了感情基础。

一直以来，家族始终是伦理文化的重要内涵。不同代的人各自具有以自身群体为中心的价值观，他们对同一现象或一系列社会现象会有不同的看法。代际关系既可发生于家庭中，又可以是在社会范围之内。家庭范围之内的代际交换是家庭代际关系的重要规律，即父母一代给予子女一代以经济或服务性帮助，而子女则给予父母一代以感情上的慰藉和尊重。社会范围之内的代际隔阂的消除或弥合，往往表现为新意识代替或变革旧观念。小说以汪文宣这样一个"小人物"为中心，通过三代人——汪母（汪父角色的承担者）、汪文宣、汪小宣男性化角色的弱化，互文性地书写了一个普通家庭的悲剧，控诉了黑暗的社会现实的罪恶，从"小人物"的性格、价值取向、文化心理等矛

---

[01] 巴金：《关于〈寒夜〉》，见《巴金全集》第 20 卷，北京：人民文学出版社 1993 年版，第696 页。

盾来反思这个家庭最终分崩离析的根由。

在《寒夜》中，汪父的角色形同虚设。他从未在作品中真正出现过，甚至连一些回忆性的片段描写也不曾出现。小说第一次提到汪父是在汪文宣喝醉之后汪母脱口而出的一句："你不记得你父亲就是醉死的。"然而，汪父的缺席恰是造成汪家悲剧命运的一个重要诱因。对于汪文宣来说，父亲角色的缺失对他的童年生活，甚至成年的家庭生活都是有影响的。在精神分析学中，"父"是一个特别重要的意象，因为他所代表的行为及其准则，即"父之法""父之名"是"自我"成长过程中必须面对的强大的"他者"存在。由于缺少一个能够参照和模拟的对象，加上母亲平时说话所透露出来的是汪父是一个不值得他学习和模仿的对象，这些都促使汪文宣对"父亲"这一身份的体认有了某些心理的暗示。其懦弱、老好人、没有主见等性格的生成也与此有着某种心理的关联。对于汪母来说，这也是导致她命运改变的关键。汪母早年曾是名噪一时的昆明才女，本应过着舒适的才子佳人般幸福的生活，但是汪父的早逝使得一切化为泡影。于是，一位年轻的少妇开始肩负起养家的重任，她既又当爹又当娘地养育儿子。她不可能从丈夫那儿得到充足的爱，对异性渴求但没有得到满足的汪母便将自己的全部感情转移到儿子身上。同时，她也取代了汪父"父亲"的身份，成为汪父身份的代言人，但这并没有恢复汪父的男性角色，相反导致其男性化角色的缺席。

那么，成年的汪文宣的男性化角色又是怎样展示的呢？在中国传统文化中，"父"不仅是"子"的自然生命的来源，而且也是"子"的文化生命乃至价值生命的来源。"在宗法社会里，'父'对'子'而言，绝不是'养育'与'依赖'这样的关系，更进一步的，它可以说是'根源'与'生长'这样的关系。"[01]由于汪父的缺失，使得汪文宣的记忆中也没有父亲，对不起母亲的负罪感一直蚕食着汪文宣的内心，认为自己没有给母亲创造一个良好的生活环境（这本应是自己父亲角色的责任）。这种负罪感很自然地转为对母亲毫无理由的孝顺。"他在母亲的面前还是一个温顺的孩子"，在家里一切听从母亲，包括孩子的抚养问题、对待妻子的态度等等，即使某一瞬间有对母亲不满

---

[01] 牟宗三：《中国哲学的特质》，上海古籍出版社 1997 年版，第 28 页。

也表现得相当微弱，只是在心里不平。在母亲面前，他或许还只是停留在幼儿阶段，对母亲怀有无限的依恋，所以即使在梦中面对威胁要离开自己的妻子和儿子，汪文宣还是毅然选择去接母亲。由于单亲家庭长期的心理阴影和中国文化绝对的伦理取向，强调子对父（母）的"从""肖"与"孝"，使得父（母）子冲突在文学创作中被弱化了，或者说，子的弑父（母）冲动被压抑弱化了。这是他男性化特征缺失的表现之一。

对于妻子曾树生，汪文宣更多的则是感激和愧疚。在汪家这样一个单亲家庭中，汪文宣受够了母亲关于生活琐事的唠叨，那是一种生命濒临枯竭的的挣扎，于是渴望新生，他在上海的大学认识了现在的妻子曾树生，也终于从曾树生身上找回了青春的印记，所以他牢牢地抓住这丝活力，一旦这丝活力消逝，自己的生命也就一生黯淡了。他以自己的一腔抱负感动了她，起初他们期待能够共同从事教育事业，但是一切都事与愿违。当然这与越来越糟的国家形势、社会制度不无关系。巴金说过："要是换一个社会，换一个制度，他们会过得很好。使他们如此受苦的是那个不合理的旧社会制度。生活这样苦，环境这样坏，纠纷就多起来了。"[01] "家族"始终是一个历史的存在物，"家族附隶于所应当生存和能够生存之各种制度"[02]，而随着它所依附的制度的合理性的消失，它的灭亡也就是必然的了。每天在城市上空呼啸的刺耳警报声使每一个家庭遭受恐惧甚至绝望的暗示和打击，日本侵略军的紧逼攻势使他们一直笼罩在亡国的噩梦中，正走向死亡的泥潭，正如汪文宣始终感觉有一种说不清的重压使他透不过气。可以说，战争风雨消蚀着他们生存的勇气与信心。回到正常家庭中的汪文宣渐渐为生活的庸常所困，也淡忘了学生时代的远大理想，而曾树生又是一个敢说敢想的新时代女性，两者存在不可调和的矛盾。面对强势的要追求幸福生活的妻子，汪文宣放弃了自己的治疗，甚至于放弃了儿子对母爱的享有。在曾树生面前，汪文宣更像是一个"妻子"的角色，补贴家用的钱大部分都是妻子提供的，儿子小宣的学费也全权由妻子供应，而且在文宣得病之后，曾树生还尽心尽力地照顾他。作为一个丈夫，汪文宣没有能力给予妻子足够的关爱，他的大部分人生

[01] 巴金：《关于〈寒夜〉》，《巴金全集》第 20 卷，人民文学出版社 1993 年版，第 696 页。
[02] 沙尔·费勒克：《家族进化论》，许楚生译，上海文艺出版社 1990 年版，第 300 页。

已经奉献给了母亲。作为丈夫，他却没有挽留妻子的勇气，更没有保护妻子和提供妻子安定生活的能力，连家庭一半的经济支出也难以承担。在黑暗的现实生活中，汪母的关爱和曾树生的爱并不能抚慰汪文宣日趋干涸的灵魂。

汪小宣是汪家男性中最小的一代，他是汪家整体的希望所在。作为一个十三岁的孩子，小宣没有父母的温暖，没有天真无邪的童年，没有健康的体魄，更丧失了作为汪家后继希望的男儿性格，他是一个"不多余的'多余形象'"[01]。他与汪文宣在很多方面有相似的地方，母亲曾树生觉得小宣就像丈夫的翻版，"怎么，他笑都不笑一声，动作这样慢，他完全不是一个孩子，他就像他父亲"。小宣性格中的懦弱、胆怯、早熟、老成都与其父亲有惊人的相似，这也是汪母隔代溺爱汪小宣的重要原因。汪小宣身上男性化角色的弱化与汪文宣、汪父最大的不同在于：汪父属于实体性的缺失，他的男性化角色被汪母的母性权威所替代；汪文宣男性角色的缺失来自于他无力平和两个强势的母性角色之间的矛盾和冲突；而汪小宣男性角色的缺失则是在其成长过程中，对汪母的过分依赖和与自己父母的隔膜吞噬了其家庭身份和社会身份。

在研读《寒夜》中三代男性角色弱化时，如果我们跳出单个人命运的孤立细读，将人物形象置之于丰富多彩的文本内外的语义场中，能将遮蔽了的文本内部、文本间、文本和文化语境的"语言形象"重新激活起来。由于文本间"互渗"和"越界"，文本之间的"互文性"拓殖空间就产生了。"互文性"（intertextulity）概念，法国学者克里斯特瓦在《封闭的文本》中有精辟的定义："我们把产生在同一个文本内部的这种文本互动作用叫作互文性。对于认识主体而言，互文性概念将提示一个文本阅读历史、嵌入历史的方式，互文性的具体实现模式将提供一种文本结构的基本特征（'社会的''审美的'特征）。"[02]可见，任何文本都是不自足的，在文本"置换""套用""暗示""印证"等互动中，文本拓展的想象空间更阔大、对社会历史阐释的意义也就更加深广。

---

[01] 王兆胜：《少者形象与中国旧文化的老化——兼论〈寒夜〉中的小宣形象》，《山东社会科学》，1990 年第 4 期。

[02] 转引自秦海鹰：《互文性理论的缘起与流变》，《外国文学评论》2004 年第 3 期。

文本中这三代人的男性化角色弱化构成了互文性的循环。如前所述，男性化角色弱化这一文化现象是通过汪父、汪文宣、汪小宣命运重复而产生的多个个体文本互文、指涉来完成的。汪文宣身上有汪父的影子，汪小宣身上也有汪文宣的印记，三代人无论是性格还是命运都在循环和再现。重复循环的叙事功能主要是强调，用米兰·昆德拉的话来说："如果重复一个词，那是因为这个词重要，因为要让人在一个段落、一页的空间里，感受到它的音质和它的意义。"[01] 巴金为我们展示这个家庭三代人重复的"男性弱化"现象，其目的一方面是要控诉如"寒夜"般的现实社会，另一方面是批判那些无力整饬社会和家庭的矛盾而只能走向悲剧命运的"小人物"。需要注意的是：在书写男性角色弱化的同时，巴金却从另一角度对女性角色强化（如曾树生的女性意识和人生选择）进行了观照和思考。从整体构思来看，汪父、汪文宣和汪小宣构成了"巴金式小人物"整体人生的三个阶段，他们的组合就是这一类型人物完整的一生：汪小宣代表这类人物前期的形象，由于种种复杂的原因过早地承担家庭和社会的压力，性格畸变、处事冷漠、身体孱弱、过分依赖女性，汪小宣的幼年就是对汪父和汪文宣幼年的暗示和补充；汪文宣所代表的是这类人的成年形象，在不健康的童年中成长会造成他后天的种种不足，懦弱胆小，体弱多病，不善交际，因为幼年对女性的依赖而缺失独立人格，即使生理上长成成人，心理上仍是需要保护的孩童，他就是小宣成人后的人生以及年轻时的父亲的生活状态的具体展示；汪父则是这类人最终结局的代表，逃避责任，用早逝的方式来解脱自己，汪文宣在小说结尾处已经践行了这个结局，汪小宣也不外乎是这个结局。小宣在很大程度上比汪文宣更加淡漠，男性角色的适应性较之汪文宣更加弱化，他在成长的过程中更加难以融入这个社会，对于他人的仇恨也更加强烈，所以我们不得不悲观地认为，汪家的悲剧还没有结束，这种痛苦会在汪小宣身上延续甚至加重。

带着"什么比战争更大呢？""写失败一本书事小，让世界上最大的事溜过去才是大事"的创作动机，老舍在抗战后期写成了《火葬》，老舍对这部小说不是很满意，他自下判语："要不得。"其失败

---

[01] 米兰·昆德拉：《被背叛的遗嘱》，孟湄译，上海人民出版社 1995 年版，第 106 页。

的根源重要的一点是"故事的地方背景文城","它并不存在,而是我心里钻出来的。我要写一个被敌人侵占了的城市,可是抗战数年来,我并没有在任何沦陷区住过"[01]。"应当写自己的确知道的人与事"成了老舍写抗战小说的重要经验,这在他写《四世同堂》时得到了应证。胡絜青来到重庆后,不少文化界的朋友纷纷前来打听北平的情况。她总是不厌其烦地把自己在北平四五年间生活中的所见所闻和自己的感想和愤慨,一股脑儿地讲给来访的朋友们听。此时的老舍就点着一根烟,皱着眉头,静静地坐在一边陪着听,时间长达两三个月。妻子的叙述触动了老舍梦牵魂绕的北平记忆,长期漂泊异乡,心中积满了故土情结。他总是认真地向妻子打听日本侵略者在北平的所作所为,市民的反应如何,北平亲友和一切熟人的详细情况。每当妻子谈起某人某事时,他就仿佛身临其境地补充一些细节。老舍对北平的了解,使胡絜青钦佩不已。有一天老舍对胡絜青说:"谢谢你,你这次九死一生地从北平来,给我带来了一部长篇小说,我从未写过的大部头。"[02]

《四世同堂》分为三部,第一部《惶惑》(1944年11月10日起在《扫荡报》上连载)、第二部《偷生》(写于1945年,同时在《世界日报》上连载)、第三部《饥荒》(1946年在美国写成,1950年5月在《小说月报》上连载)。它是老舍正面描写抗日战争,揭露、控诉日本军国主义的残暴罪行,讴歌、弘扬中国人民伟大爱国精神的不朽之作。小说对中国传统文化进行了理性的批判,千百年来中国传统文化造就了规矩、容忍、安分守己的"顺民",这些顺民习惯于含愤忍让、屈己下人,"哪怕是起了逆风,他们也要本着一成不变的处世哲学活下去"。抗战为作家审视国人生存境域和精神品格提供了条件,"在抗战中,我们认识了固有文化的力量,也可看见了我们的缺欠——抗战给文化照了'爱克斯光'。在生死关头,我们决不能讳疾忌医!""一个文化的生存,必赖它有自我的批判,时时矫正自己,充实自己,以老牌号自夸自傲,固执的拒绝更进一步,是自取

[01] 老舍:《我怎样写〈火葬〉》,载《收获》1979年第2期。
[02] 胡絜青:《谈老舍》,《名人的妻子忆丈夫》(A卷),凡夫,阿亭选编,珠海出版社2002年版,第259页。

老舍与《四世同堂》

灭亡。"[01] 老舍借《四世同堂》中一位在敌伪统治下从事抗日活动的
志士之口，陈述这样的愿望："这次的抗战应当是中华民族的大扫除，
一方面须赶走敌人，一方面也该扫除清了自己的垃圾。"老舍毫不留
情地鞭挞了国民"自己的垃圾"，尤其是对其身上存在的"文化过熟"
进行了着力地反思。他借瑞丰之口发出了这样的思考："当一个文化
熟到了稀烂的时候，人们会麻木不仁的把惊魂夺魄的事情与刺激放在
一旁，而专注意到吃喝拉撒中的小节目上去。"又借瑞宣的自言自语，
表达了类似的看法："中国确实有深远的文化，可惜它已有点发霉发
烂了，当文化霉烂的时候，一位绝对良善的 70 多岁的老翁是会向
'便衣'大量的发笑、鞠躬的。"当日本人侵占了北平时，这种"文化
过熟"集中地体现在国民的日常生活中。概而言之，主要体现在如下
两方面：

首先，逆来顺受的天命思想植根于国民心中，在危难面前用"忍"
的精神去消弭困境。当日本侵略者的炮火映红古老都城之时，北平人
迷惘惶惑，苟且偷生。北平城沦陷后，"小羊圈"的居民们含悲忍痛
地过活，很多人奉行着"好死不如赖活着"的苟且状态，"北平人倒
有百分之九十九是不抵抗的"。瑞丰的人生姿态是永远不和现实为敌，
亡国就是亡国，他须在亡了国的时候设法去吃、喝、玩与看热闹。即
使吃完就杀头也没有什么不可以的。祁家长孙媳妇韵梅天真地认为，
"反正咱们姓祁的人没得罪东洋人，他们一定不能欺侮到咱们头上
来！"马老寡妇和李四妈是小羊圈胡同两位饱经忧患的老太太，她们
在漫长的人生岁月里逐渐形成了坚定不移的"忍"字经，"反正天下

[01] 老舍：《大地龙蛇序》，《老舍文集》第 10 卷，人民文学出版社 1982 年版，第 289 页。

总会有太平了的时候！日本人厉害呀，架不住咱们能忍啊！"李四妈的老头子被日本人打死了，悲痛之中听说邻家新生了婴儿，她的祝愿竟是："好，你们杀人吧，我们会生娃。"钱默吟在实现彻底的"脱胎换骨"前两耳不闻窗外事，"钱先生始终像一棵树，你不招呼他，他不理你"，一心只忙着他的吟诗、作画、赏菊、喝茶，闭门谢客，即使偶有客人来访也只是把门拉开一道小缝，清高居傲，不关心政治和现实，"一想诗，他的心灵便化在一种什么抽象的宇宙里"，人和世界的对立消失了，因对立而获得的力量也消失了，人于是变得苍白而美丽。小文"专心一致的要为若霞创作个新腔，他心中没有中国，也没有日本，只知道宇宙有美妙的琴声和婉转的歌调"，战争无法阻止他们夫妻的吊嗓和拉琴。在祁老太爷的意识中，只要插上门栓，"用装满石头的破缸顶上大门"便足以"消灾避难"。他并不把战争当回事，坚持认为，"咱们这是宝地，多大的乱子也过不去三个月"。在他心里，"只要日本人不妨碍他自己的生活，他就想不起恨恶他们"，虽很早就知道八国联军对北京的烧杀抢掠，但不清楚帝国主义的侵略所为何事。对卢沟桥事变，当作是日本人爱占小便宜，看上了桥上的石狮子。

其次，封闭狭仄的家族伦理观念阻碍了人的反抗。鲁迅在论及中国人安土恋家心理的强固时说："我们的古今人，对于现状，实在也愿意有变化，承认其是变化的。变鬼无法，成仙更佳，然而对于老家，却总是死也不肯放。"因而他极深沉地感慨说："家是我们的生处，也是我们的死所。"[01] 在以家庭为基本单位的社会中，代际关系始终是伦理文化的重要内涵。不同代的人各自具有以自身群体为中心的价值观，他们对同一现象或一系列社会现象会有不同的看法。代际关系既可发生于家庭中，也可以是社会范围之内。家庭范围之内的代际交换是家庭代际关系的重要规律，即父母一代给予子女一代以经济或服务性帮助，而子女则给予父母一代以感情上的慰藉和尊重。社会范围之内的代际隔阂的消除或弥合，往往表现为新意识代替或变革旧观念。《四世同堂》里的人文空间也显得十分封闭，祁老太爷说："胡同口是那么不惹人注意，但他觉到安全。"这里的"安全"是一种心理

---

[01] 鲁迅：《家庭为中国之基本》，《鲁迅全集》第 4 卷，人民文学出版社 2005 年版，第 637 页。

空间分立与融通——20世纪40年代中国文学研究

层面的"安全"，在祁老太爷的意识中，"家"的完整以及家族观念的合乎伦常是人获得安全感的重要保证。毕竟，以血缘关系为基础的宗法家庭观念是中国普遍存在、根深蒂固的社会意识。很多人只有"家庭"的实体，而没有"国家"的影子。他们意识不到"家庭"和"国家"之间的关联，割裂了两者的精神联系。小崔对因日本侵略所造成的生存困境非常气愤，便产生了要从军的想法，四大妈听到后马上教训他，"你这小子，放下老婆不管，当兵去？真有你的！把老婆交给我看着吗？赶快回家睡个觉去，等铺子开了门，再好好的去拉车！"他在太阳旗下苟且偷生非但没能尽到养家糊口的责任，反而最后被日本鬼子糊里糊涂砍了头。作为长房长孙的祁瑞宣，"他的声音似乎专为吟咏用的"，他明白自己在家中的身份与职责，"在行动上他总是求全盘的体谅"。他尤其尊重、顺从父母长辈的意愿。深知"忠""孝"不能两全的他陷入了无法排解的痛苦，"假若他是单身一人，那该多么好呢？没有四世同堂的锁镣，他必会把他的那一点点血洒在最伟大的时代中，够多么体面呢？"瑞宣知道应该奔赴国难，但是"全民族的传统的孝悌之道使他自己过分的多情——甚至于可以不管国家的危亡！他没法一狠心把人伦中的情义斩断，可是也知道家庭之累使他，或者还有许多人，耽误了报国的大事！他难过，可是没有矫正自己的办法；一个手指怎能拨转的动几千年的文化呢？"最终还是鼓励三弟离家去加入抵抗运动，自己留下来苦苦地支撑生计日艰的家。当瑞全要求他一同逃出北平去做抗日工作，他说："我怎么走？难道叫一家老小都……"，"只好你去尽忠，我来尽孝了！"他没有别的野心，只求让老人们快乐。他想"体贴父亲，教父亲享几年晚福"。他"不能任凭老人们挨冷受冻而不动心"。特殊的时代环境使"忠"与"孝"、"家"与"国"的对立在他内心产生了激烈的矛盾。"从表面上看他好像是抱定逆来顺受的道理，不声不响地度着苦难的日子。在他心里，却没有一刻的宁静。"他关心国家的命运，愿意去奔赴国难，为保卫国土做点事情。然而，"一家大小的累赘，像一块巨石压在他的背上，……；尽管他想飞腾，可是，连动也动不得"。他不忍心看着老人和孩子们挨冻受饿而无动于衷。尽孝，便尽不了忠；养家，就报不了国。在帝国主义肆虐的时代，祁老太爷只担心庆不了八十大寿，他的最高理想，就是"四世同堂"，"他最发愁的是家人四散，把他亲手建筑起来的四世同堂的堡垒拆毁"。面对他的重孙小顺子，他说，"只要咱俩能活下去，打仗不打仗的，有什么要紧！即使我死了，你也得活到我这把年纪，当你那个四世同堂的老祖宗"。

这些长期生活于帝王之都的北平人，其生活方式、文化与社会心理、习惯，以及与之相适应的情趣追求主要体现在讲究体面、排场、礼节、苟安、懦弱……老舍欣赏北平文化所特有的博大、雍容、淡雅、精美，却又为表现在他们身上的文化过熟现象而忧心忡忡。祁瑞宣的两段心理独白，很能代表作者这方面的思想："一朵花，一座城，一个文化，恐怕都是如此！玫瑰的智慧不仅在乎它有色有香，而也在乎它有刺！刺与香美的联合才会使玫瑰安全，久远，繁荣！中国人都好，只是缺少自卫的刺！""这个文化也许很不错，但是它有个显然的缺陷，就是：它很容易受暴徒的蹂躏，以至于灭亡。"老舍先生在这里深刻地指出了过熟文化将遭到的厄运，以引起世人的警醒。老舍笔下的这些人的存在方式堪比海德格尔所谓的"常人自己"的非本真沉沦方式。海氏他把沉沦于日常非本真生存的自己称为"常人自己"，正是"常人自己"使主体成为他人的影子和化身，并自然衍生出一种逃避自由、责任、选择及生存的精神倾向。可以说，非本真生存所导致的是"自我疏离"与"自我异化"[01]。"文化是应当用筛子筛一下的，筛了以后，就可以看见下面的是土与渣滓，而剩下的是几块真金。"在老舍这里，文化与人一样是有好坏之分的，北平人在外敌入侵时，他们被抛到血雨腥风的荒原上，失去平衡的心在恐怖的威胁下战栗。肉体虽然存活精神却陷入了虚无，生命也缺乏意义支撑，缺失自审意识。老舍认识到文化之于人的重要影响，他借陈野求之口道出了问题的实质："我们的文化或者只能产生我这样因循苟且的家伙，而不能产生壮怀激烈的好汉！我自己惭愧，同时我也为我们的文化担忧！"

老舍在《四世同堂》中说过，"生在某一种文化中的人，未必知道那个文化是什么，像水中的鱼似的，他不能跳出水外去看清楚那是什么水。"老舍对国民文化心理的批判是通过"他者"（日本人、英国人和美国人）做参照系来实现的。"他者"的参照效果有如萨特所说："他人是我和我本身之间不可缺少的中介，我对我自己感到羞

---

[01] 海德格尔：《存在与时间》，陈嘉映、王庆节译，生活·读书·新知三联书店 2006 年版，第 169—172 页。

耻，因为我向他人显现。而且，通过他人的显现本身，我才能像对一个对象做判断那样对我本身做判断，因为我正是作为对象对他人显现的。"[01] 居住在小羊圈胡同的日本人，在送子参军，接受亲人骨灰盒时默默无语，连小孩也没流泪，山木教官的儿子在河南阵亡，山木的"眼始终是干的，没有一点泪意"，在他看来，一个日本人是不该为英雄的殉职而落泪的；而小羊圈胡同的中国人面对亲友的死亡，个个哭得死去活来。住在小羊圈的两个日本孩子每天七点钟就背着书包，"像箭头似的往街上跑，由人们的腿中拼命往电车上挤……无论车上与车下有多少人，他们必须挤上去"。他们好像生下来就是主人，当他们把小顺儿撞到，而后骑在他身上，抓住他的头发当做缰绳时，"小顺儿，一个中国孩子，遇到危险只会喊妈！"颇有意味的是，老舍在《四世同堂》中还刻画了一个与祁瑞宣有着交往的英国人的形象——富善先生。富善先生是一个典型的英国人，"对什么事，他总有他自己的意见，除非被人驳得体无完肤，他决不轻易的放弃自己的主张与看法……不论他批评英国也罢，替英国辩护也罢，他的行为，气度，以至于一举一动，没有一点不是英国人的"。他和祁瑞宣的交往体现了中英两国不同的文化性格，当北平陷落富善先生写信给瑞宣表示愿意帮助他时，瑞宣回答了一封极客气的信，可是没有找富善先生去。他怕富善老人责难中国人。他想像得到富善会一方面诅咒日本人的侵略，而一方面也会责备中国人不能保卫北平。当富善不断把中国军队失败的消息告诉瑞宣时，他"不敢再大大方方的正眼看富善先生"，同时又在心里想着如何向富善先生解释中国仍有希望。从这位英国老先生为北平被占领而吃不下饭、设法营救祁瑞宣等行为中可以看出，中英文化性格之间的差异。老舍还在《四世同堂》中感叹道："中国人聪明，什么都一学就会，可是没有学会怎么强硬与反抗。"这正如祁瑞宣感叹他和瑞丰缺乏"那种新兴民族的（像美国人）英武好动，说打就打，说笑就笑，敢为一件事，（不论是为保护国家，还是为试验飞机或汽车的速度，）而去牺牲了性命"的勇武精神。

在批判国民的逆来顺受和甘当奴隶的同时，《四世同堂》也书写了一些觉醒和反抗。离家之前的夜里，瑞宣和瑞全兄弟俩"才真感到

---

[01] 萨特：《存在与虚无》，陈宣良等译，生活·读书·新知三联书店 1997 年版，第 292、338 页。

国家，战争，与自己的关系，他们必须把一切父子兄弟朋友的亲热与感情都放到一旁，而且只有摆脱了这些最难割舍的关系，他们才能肩起更大的责任"。瑞全在民族危亡的时刻，他做出了正确的回应，选择了离家出走投身革命为国尽忠。"他把中国几千年来视为最神圣的家庭，只当作一种生活的关系。到国家在呼救的时候，没有任何障碍能阻挡得住他应声而至；像个羽毛已成的小鸟，他会毫无眷恋的离巢飞去。"钱默吟以前"一想诗，他的心灵便化在一种什么抽象的宇宙里"，家庭和自身的不幸让他看到了那个文化的毒性，终于从一个缥缈的诗人变成了一名坚强的战士。"假若从前他要化入宇宙的甘泉里去，现在他需化成了血，化成忠义之气。"这种通过自身与宇宙的合一而实现自我消融、自我肯定到通过与外部世界的对抗而坚持自我、诉诸行动，这代表了老舍的文化方向。诗人钱默吟的转变，给祁瑞宣以强烈的震撼，钱默吟的"猎人文化"理论是其反抗意识的体现："我们须暂时都变成猎人，敢冒险，敢放枪，因为面对面的我们遇见了野兽。诗人与猎户合并在一处，我们才会产生一种新的文化，它既爱好和平，而在必要的时候又会英勇刚毅，肯为和平与真理去牺牲。我们必须像一座山，既满生着芳草香花，又有极坚硬的石头。"钱默吟否定了过去与国家、社会无关的诗酒生活而第一次感到"有了生命"。祁老人对儿子天佑因受日本人的侮辱而含恨自杀深表愤怒，"他万想象不到天佑会死，而且死得这么惨！老天是无知，无情，无一点心肝的，会夺走这最要紧，最老成的人：'我有什么用呢？老天爷，为什么不教我替了天佑呢？'老人跳着脚儿质问老天爷。然后，他诅咒日本人。他忘了规矩，忘了恐惧，而破口大骂起来。一边骂，一边哭，直哭得不能再出声儿"。白发人送黑发人，自然是老太爷最难以承受的痛苦。另一方面，祁老太爷从儿子的不幸自然就联想到自己的死亡，心理上更增添了几分悲哀和恐惧。在北平沦陷的日子里，祁家遭受的不光是祁天佑的投水而亡，还有长孙祁瑞宣的无故被捕下狱，祁瑞丰先被胖太太抛弃，后又被日本人弄死，祁瑞全离家出走，还有孙女小妞妞被饥饿夺去幼小的生命，等等，这一些遭遇都让祁老人义愤填膺，他在忍无可忍之际终于站起来向日本人发出愤怒的呐喊，他抱着已经死去的妞妞要去找日本人讨个说法。"我要让三号那些日本鬼子们瞧瞧。是他们抢走了我们的粮食，他们的孩子吃的饱饱的，我的孙女可饿死了。我要让他们看看，站一边去！"

三、直面自我探寻知识分子的历史道路

作家面向自己，在抗日战争的广阔背景下，描写爱国知识分子的苦难历程，探讨知识分子的历史道路，于是，出现了中国现代文学史上又一个以知识分子为题材作品的创作高潮。正如钱理群所指出的那样，"二十世纪中国知识分子的历史命运，本质上就是关系着中华民族生死存亡的中国现代化的事业的历史命运"[01]。近代以来，中国知识分子扮演着精英和先锋的角色，他们始终与时代的精华、启蒙的力量、思想的先驱等等联系在一起。因此，审视中国现代知识分子的形象史是我们探寻社会、时代、历史、文化的重要着力点。"五四"文学中的"知识分子"形象无疑是值得关注的，在"辟人荒"的文学努力中，作家首先发现了知识分子，在他们的身上可以看见人的情感、人的价值、人的个性、对人的尊严的捍卫。"五四运动最大的成功第一要算'个人'的发现。"[02]如果"个人"置身于"群体"或"他人"强权意识的价值构建之中，那么就"人"的概念而言，"个人"的主体就成了问题。原因是其思维形态是计划的、有目的的，它内在于既定历史的逻辑及本体的价值之中，被预先设定。从"非人"体系中走出的知识分子对自己的人格价值和社会角色的评定，是以一种具有现代意识和人格精神的当下担当为前提。当他们意识到自我的主体精神和生命意志无力冲破生存空间对人的社会承担的障碍和控制时，他们不得不开始承受无从获致自我价值的精神危机。鲁迅笔下的"孤独者""还乡者"，郁达夫笔下的"零余者"，郭沫若、成仿吾、王以仁等人笔下的"漂泊者"多以"独异"的姿态存在的，拥有"群体"或"他人"所难达到的反抗和叛逆特征。他们在不同程度上挣脱了封建枷锁的束缚，愤世嫉俗、卓然不群、反抗传统，不与世俗合流，因而也就成了社会的弃儿。这使他们感到孤寂、痛苦、感伤甚至消沉、颓唐。

抗战的历史语境为知识分子题材的发展准备了条件，产生了像骆宾基《北望园的春天》中的沉郁灰暗、看不到希望的知识者，更有像

---

[01] 钱理群：《展示知识分子心灵历程的史诗》，《抗战文艺研究》1983 年第 4 期。

[02] 郁达夫：《中国新文学大系·散文二集·导言》，上海良友图书公司 1934 年版，第 5 页。

张天翼《华威先生》、巴金《寒夜》，师陀《结婚》、李劼人《天魔舞》、张恨水《魍魉世界》、王西彦《在沼池里》等中丧失人格、经不起诱惑，甚至投机钻营、不择手段的知识者。的确，由于战争，知识分子重新跌到了"九儒十丐"的社会地位，他们在失去优越的物质条件的同时，也失去了凭依尊师重教营造起来的他们赖以生存的精神环境，他们的道德操守和精神气节在唯利是图的社会面前溃不成军。艾芜的《故乡》、王西彦的《古屋》《寻梦者》和《人生道路》也都是表现知识分子在大时代探索人生道路的作品。尤其是王西彦的《古屋》中以洪翰真为代表的新式教育者，为抗日救国、教育落难儿童而奉行独身主义，在古屋中撬开了一线光明。夏衍的《春寒》和李广田的《引力》都以知识女性为主角，前者中的吴佩兰，后者中的黄梦华，作品都展现了她们逐步抛弃幻想，认识现实，追求光明，走向革命的心路历程。除此之外，茅盾的《第一阶段的故事》、齐同的《新生代》、靳以的《前夕》、丁易的《过渡》、沙汀的《磁力》也书写了一系列知识青年，这些小说中的知识分子都似乎处于一种"激情状态"、一种过渡状态，作家无一例外地想在作品中抒发自己的情怀和愿望，但理性不足，稍显浮躁，"这里几乎没有'杰作'。它们以'总体'胜。其中的每一部，都不足以标志这一时期的文学成就。但它们的总和仍然构成一种特色，足以与其他时期类似题材的作品相区别"[01]。

舒芜认为，"人生战斗"是"理解路翎的关键"[02]。被胡风称赞为"中国新文学史上最壮观的史诗"的《财主底儿女们》弥补了以上单靠"整体"来反映知识分子的缺憾，构建了一部"以青年知识分子为辐射中心点的现代中国历史的动态"[03]。这部巨著长达八十多万字，时间跨越"一·二八"上海抗战到苏德战争十年间。地点涉及苏州、上海、南京、江南原野、九江、武汉，以至重庆、四川农村等。小说分上、下两部，上部描写苏州头等富户蒋捷三一家的分崩离析，从横

《财主底儿女们》

---

[01] 赵园：《艰难的选择》，上海文艺出版社 1986 年版，第 227 页。

[02] 舒芜：《什么是人生战斗·理解路翎的关键》，《呼吸》1946 年 11 月 1 日第 1 期。

[03] 胡风：《青春底诗——路翎著长篇小说〈财主底儿女们〉序》，载《文艺杂志》1945 年 9 月 15 日第 1 卷第 3 期。

向展开广阔的社会画面，层次复杂。第二部集中描写蒋家的小儿子蒋纯祖在大动荡中经历的曲折生活道路，也穿插描写蒋家其他儿女逃亡异地，过着平庸麻木的生活。苏州富户蒋捷三的这三个儿子代表了知识分子的三条不同的道路。[01] 长子蒋蔚祖因袭传统，懦弱无能，受制于意在霸占蒋家财产的妻子金素痕。在与金素痕的婚姻中，他一直处于单恋的位置，一次次因妻子不贞而离开，却一次次地向妻子投降。他在感情折磨中变成疯子，并在极度偏执的妄想症里逐渐枯败下去，只能在苏州和南京之间反复逃跑。金素痕利用蒋蔚祖对她的感情抢走蒋家的田契，气死蒋捷三，并与一个年轻的律师结了婚。蒋蔚祖得知这一消息后跳入长江自杀。

　　次子蒋少祖曾经是蒋家的第一个叛逆者，他崇拜过伏尔泰和卢梭，崇拜过席勒的强盗们、尼采的超人和拜伦的绝望的英雄们。他感到自己与周围的人之间有着本质上的区分，他认为权力不能代表人民。权力和人民永不相容，要么遵从，要么反抗。但是在现实面前，少祖感到心灰意冷，非常怀恋他当初激烈反对过的中国文化。当他向亲朋表现出"可悲悯的安慰"时，这就放弃了先前激进的个人主义。这个曾大量接触过那些极具个性、自由的人，以个人的个性为最高旨归的青年，在父亲的召唤下，重新回到蒋家与父亲握手言和。他原来潜伏在意识深处的家族情感开始复活，他为父亲晚年寂寞地呆在苏州，因儿女们离别而去的痛苦感到心灵的颤抖，心甘情愿将自己曾经骚动不安的心灵沉浸在滋生封建家族的阴魂之中。他颇似鲁迅笔下的魏连殳。有着独异性格和反抗思想的魏连殳最终"躬行先前所憎恶，所反对的一切，拒斥先前所崇仰，所主张的一切"。不同的是，蒋少祖的"退回"是在没有外在压力下进行的自觉行动，而魏连殳在外界的压力面前采取了由内而外的妥协态度，一边是自我社会角色意识的丧失和分裂，一边是感情上的自怜自悯和理性上的自鄙自责，在不断滋生、蔓延的虚弱无力的自我体认下，夹在被动的现实选择和不自主的情思反应之间，其精神危机就不可避免。[02] 应该说，他们有独异气质，是孤独者，他们在向"外突"的过程中受挫，最后自我否定自

---

[01] 秦弓：《〈财主底儿女们〉：苦吟知识分子的心灵史》，《中国现代文学研究丛刊》2001年第2期。

[02] 吴翔宇：《鲁迅时间意识的文学建构与嬗变》，中国社会科学出版社2010年版，第44页。

我，他们走的是一条循环或退化的人生道路。

三子蒋纯祖是蒋家儿女在离经叛道的路上走得最远的一个，也是作者最倾注心血塑造的一个，同时也是最复杂难解的一个。也许在《财主的儿女们》中，蒋纯祖更接近路翎本人，正如路翎在《〈财主的儿女们〉题记》中说，"我不想隐瞒，我所设想为我底对象的，是那些蒋纯祖们"。蒋纯祖的出走不是顺利的，这阻力不但来自底层的愚昧麻木的人民，更来自与他一起的同道者。从精神的成长来说，他是从封建家族中走出来，走向民族救亡的巨大洪流中。蒋纯祖在追求走向人民的过程中，经历了现实生活的百般磨难，经历了内心无数次的狂风暴雨，甚至是思想与情感的混乱，他的追求与毁灭不仅是个人的，也是整个民族的。

在《知识分子的流亡》一文中，萨义德指出："流亡是最悲惨的命运之一。在古代，流放是特别恐怖的惩罚，因为不只意味着远离家庭和熟悉的地方，多年漫无目的的流荡，而且意味着成为永远的流浪人，永远离乡背井，一直与环境冲突，对于过去难以释怀，对于现在和未来满怀悲苦。"[01] 无论是生活的漂流还是精神的漂泊，都是从对当下现实的惶惑与失望开始的，都有其特定的社会历史背景。既有失去"大家"即国家依托的恐慌，也有对"小家"即自己的家乡或家庭破碎的失望。《财主的儿女们》是这样描述其流亡生活及体验的："在恐惧和失望中所经过的那些沉默的村庄、丘陵、河流，人们永远记得。人们不再感到它们是村庄、丘陵、河流，人们觉得，他们是被天意安排在毁灭的道路上的可怕的符号。人们常觉得自己必会在这座村落、或在这条河流后面灭亡。……人们是带着各自底思想奔向他们所想象的那个终点。这个终点，是迫近来了；又迫近来了；于是人们可怕地希望它迫近来。"这部小说把庞大的蒋氏家族同时放在几个大城市来写，交叉进行，正如路翎在 1942 年 8 月 8 日写给胡风的信中说，让人物在"南京、上海、苏州之间乱跑"[02]。当蒋纯祖对这个世界感觉越来越陌生的时候，他转向了自己的内心，寻找外部世界无法再提供给他的东西：自我流亡。流亡的过程意味着自我放逐，是伴

[01] ［美］爱德华·W.萨义德：《知识分子论》，单德兴译，生活·读书·新知三联书店 2002 年版，第 44 页。

[02] 朱珩青：《路翎》，中国华侨出版社 1997 年版，第 70 页。

随着"社交孤独"和"与可感世界失去联系"的感觉的。[01] 然而也意味着自由及自我实现的探寻。路翎这样描述了像蒋纯祖这样的"流亡者"的情感体验:"逃亡到这样的荒野里,他们这一群是和世界隔绝了——他们觉得是如此。……他们是走在可怕的路程上,不知道自己是什么地方来,也不知道要到什么地方去。"战争毁灭了一切,人在战争中失去了一切,成了绝对孤独的个体存在。于是,人的记忆失去了,没有什么过去,同时也没有了未来,唯一值得关心的是,他们必须生活,人此时成了绝对孤独的,几乎是绝缘状态下的生命存在。或者,也如石华贵所说,人成了"影子","一个人,没有家,没有归宿,没有朋友,就像影子一样啊!……我们是在黑夜里面啊!"

抗战爆发后,蒋纯祖投入到了为民族解放而斗争的历史洪流中,以个人主义的奋斗姿态,企图"在自己内心里找到一条雄壮的出路"。他在"五四"过后近二十年,重提"五四"时代的历史命题,强调"我们中国也许到了现在,更需要个性解放吧,但是压死了,压死了!一直到现在,在中国没有人觉醒,至少我是找不到"。蒋纯祖进过学校,读过"关于这个民族战争的哲学的、政治的著作",有过"信仰人民"的认知。他不顾家人的阻拦,投入上海战线后方工作。他要前进,他常问自己:"这是什么时代?我,一个青年,负着怎样的使命?"他想有所作为,但一行动起来经常不自觉地走向反面。因为从小地主家庭的生活已经把虚荣、幻想种到他骨头里,要摆脱它是何等困难呀。他感到他"所希望的东西"都是他"正在反抗的"。他试图对抗世间的一切,但总是事前有宏大的计划,实践时却犹豫、懦弱,事后又憎恨自己无能。他感到了空虚,他想到"在这个世界上,我有什么?我没有什么!"他心里没有一刻停止过矛盾和斗争。他忍受着人格的分裂。在早晨,"他觉得生活美好。人的创造力无穷",到了晚上,"他就怯懦起来,随后又勇敢起来,向他自己底虚伪,向那骇人的一切挑战了"。他患得患失,不知道自己是怎么样的人,感到自己"已经追求到极深的海底和极高的峰坡去了"。他折磨自己,睡在最硬、最难受的不舒服的地方,因为内在的自我分裂导致他产生了非理性倾向。上海失陷后,他被卷入了逃亡的行列,经南京而走向了

---

[01] 邓腾克:《路翎笔下的蒋纯祖与浪漫个人主义话语》,《南京师范大学文学院学报》2010年第4期。

那片给他的人格以锤炼与重构的旷野。

　　对于蒋纯祖而言，"离家"也就割裂了"在家"那套儒家的伦理观念。没有了旧道德的束缚和局限，他也就可以去自由地呼吸外界的空气，用全新的眼光打量世界，去质疑、探寻。然而，刚从家中逃离出来，社会立刻又建立起另一套规则和理论，来捆困他刚刚获得的自由。这使得"流亡者"再一次承受着虚无的体验。这种虚无体验的获致的原因正如胡风所说，"走向和人民深刻结合的真正的个性解放，不但要和封建主义做残酷的搏战，而且要和身内的残留的个人主义的成份以及身外的伪装的个人主义的压力做残酷的搏战"[01]。小说中的"旷野""演剧队里""乡场"三个空间构成了蒋纯祖人生心路历程的三个相对独立的情境。这三个空间位置不是简单的物理地域，而是一种具有颇深文化意蕴的价值、伦理秩序，是隐喻和制约人们行为和思想的空间意识话语。耐人深味的是：三个生活空间之间不是断裂和孤立的，而是一种多维的复合系统，其所生发出的意义不等于空间单元的简单相加，而是形成一个开放的、多元的、动态的新结构。因而，小说的时序性让位于空间的密集性和广延性，读者的阅读视野和重心由时间性的故事内容转为空间意义的文化探询。"旷野"展现了一幅"人类孤独地生活在旷野中"的景象。在踏入旷野之前，蒋纯祖"像一切具有强暴的，未经琢磨的感情的青年"，而走出旷野之后，他的软弱和逃避消失殆尽，成为"由冷酷的自我意志而找到了自己所渴望的，成为被当代认为比疯人还要危险的激烈人物"。"演剧队里"的冲突表面上演绎了个人自由的热情生活与"最高命令"（集体原则）的矛盾的观念性冲突，由于对演剧队里的"带有权威底神秘色彩的小的集团"的不敬，甚至以"个人底傲岸的内心"蔑视这个小团体的权威，蒋纯祖成了被重点打击的对象。但是对于"时代的理论和热情"有着真诚信仰的他，很快就起而反抗了，先是不能忍受感情生活中的虚伪、堕落，结束了一场恋情，接下来就抛弃了这座昏沉的城市，去往中国的乡间。在"乡场"，蒋纯祖遭遇了乡间平庸日常的生活真相，他蔑视乡间的平庸、迂腐、保守的生活，在与同事、学生的交往中，他把人的启蒙与个性的启蒙带给中国最底层的民众，希望他们走向

[01] 胡风：《青春底诗——路翎著长篇小说〈财主底儿女们〉序》，载《文艺杂志》1945年9月15日第1卷第3期。

"人底完成"，然而结果却令他失望。在成为小学的校长之后，他雷厉风行地对小学校进行了整顿，不惜触犯乡场要人们的利益；为了使一个十六岁的女学生免于成为泄欲工具，他甚至煽动了一场暴动，最终，却使这所学校更快地瓦解了。

现代小说获得空间意识的手段是多样的，如主题重复、章节交替、多重故事和夸大的反讽等，而"并置"是其中最常用的一种。"并置"作为美国学者约瑟夫·弗兰克空间形式理论的一个重要的概念，强调的是打破叙述的时间流，并列地放置或大或小的意义单位和片段，这些意义单元和片段组成一个相互作用和参照的整体，质言之，就是"对意象和短语的空间编织"[01]。三个并置的空间不仅体现了在行为逻辑上的方位转移，而且更为重要的是它体现了具体空间范围内的文化意义的再现。三个物理空间编织了三种情景生态，各自生发出不同的话语声音，形成了可供反应参照的空间形态。空间文化整体意义通过分解三种空间要素的文化特征而体现。我们可以对上述的三个物理空间进行意义生成的"反应参照"。所谓"反应参照"，简单地说就是"把事实和推想拼合在一起的尝试"，其前提则是"反应阅读"或曰"重复阅读"[02]。这就是说每个单元的意义并不仅仅在于它自身，而且也在于它与其他单元的联系，并置的个体空间部分与空间整体之间是相互作用，彼此参照的，读者在重复阅读中通过反思记住各个意象与暗示，把彼此关联的各个参照片段有机熔接起来，并以此重构文本的背景，在连成一体的参照系的整体中同时理解每个参照系的意义。从整体论的形态来看，小说中的三个文化空间是一个典型的"构成性整体"，共同完成了蒋纯祖成长历程的阶段性构架。相对于部分（三个文化空间），整体具有派生性，整体的功能可以分解为要素而获得解释，在不同的空间境域中，蒋纯祖经历了个人主义突入外部空间时的彷徨、矛盾和痛苦。在这些阶段中，我们可以发现一个规律：蒋纯祖在每一个阶段开始时都带着某种先入之见，然而这些先入之见在蒋纯祖加深经验的过程中最终显示出它们的错误性。随着事实一一击碎他

[01] [美]约瑟夫·弗兰克：《现代小说中的空间形式》，周宪主编、秦林芳编译，北京大学出版社 1991 年版，第 49 页。
[02] [美]约瑟夫·弗兰克：《现代小说中的空间形式》，周宪主编、秦林芳编译，北京大学出版社 1991 年版，第 8 页。

的先入之见，他逐步加深了他对中国社会的不同侧面的了解，但他从来没有完全满足于自己的发现，相反，他一直在寻求更多和更深的真理。[01] 也即是说，源于一种不定型的内在力量的驱动，蒋纯祖的个人主义历程始终处于一个成长的发展状态中，"未完成性"是其重要的心理特质，三个空间成为调适其自我探寻的重要阶段。

在这里，"知识分子"的概念并非泛指一切有知识的人，他还是"公共性"的知识分子，即关注民族、国家及人类命运，发挥着社会批判和推动人类价值实现的功能。正如鲍曼所强调的："'成为一个知识分子'的意向性意义在于，超越对自身所属专业或所属艺术门类的局部性关怀，参与到对真理、判断和时代之趣味等这样一些全球性问题的探讨中来。是否决定参与到这种特定的实践模式中，永远是判断'知识分子'与'非知识分子'的尺度。"[02] 在小说方面，产生了如路翎的《财主的儿女们》，沙汀的《困兽记》等作品。《财主的儿女们》刻画了蒋蔚祖、蒋少祖、蒋纯祖三人不同的思想历程，旨在为当时知识分子所走的人生道路提供不同参照，并对现代中国的动态进行探索和思考。《困兽记》描写了抗战后方一群乡村小学教师的苦闷、纠葛，对知识分子所存在的精神弊病进行了揭露和批判。在戏剧方面，夏衍的《法西斯细菌》、陈白尘的《岁寒图》、袁俊的《万世师表》等则是这一问题的实践者。《法西斯细菌》描写了一个抱着"科学至上主义"，不问政治，只想全心从事科研的医学博士俞实夫，希望通过自己的专业为国家、人类服务，然而，中外法西斯扼杀了知识分子善良的愿望。在俞实夫的身上，一方面闪耀着知识分子特有的英雄主义精神，如为理想而献身的精神，坚忍、执着的气度以及实事求是的科学研究精神，另一方面也反映了知识分子的某些局限，如将科学与政治对立起来，不晓人世艰辛的理想主义，不通世故的天真稚气。《岁寒图》的主人公黎竹荪是一个忠于科学事业、忠于理想的知识分子，他有着坚定和忘我的献身精神和"一条道走向黑"的犟脾气。剧本通过病人求医，黎竹荪废寝忘食为

沙汀的《困兽记》

---

[01]　[美]舒允中：《内线号手：七月派的战时文学活动》，上海三联书店 2010 年版，第 158—159 页。

[02]　[英]齐格蒙·鲍曼：《立法者与阐释者》，上海人民出版社 2000 年版，第 2 页。

病人诊治的一连串感人细节，对黎竹荪全心全意为病人服务的美好心灵做了细腻的刻画。在投机发财之风侵袭下，"医生却在一天天的减少"，"医生去了，丢下了病人"，连他最信任的助手也为了生活另谋出路。黎竹荪终于认识到"这是一个整个社会问题，整个社会问题没解决，我的计划从哪从去实现呢？"剧本热情地歌颂了挺拔如松柏的科学文化工作者，也猛烈地抨击了寒冷如严冬的旧社会。《万世师表》集中笔墨塑造了大学教授林桐的形象，他经历了种种事变和磨难，尽管现实如此残酷无情，但他依然坚守教育岗位，拒绝了弃教从商、另谋出路的建议。除林桐的形象外，剧本还刻画了老一辈的方义逵和年青一代的管声洪以及林桐的妻子方尔柔的形象，对林桐形象起烘托作用；而用郑楚雄、娄国栋、施远嘉这类以教育为跳板、意在升官发财的教授，对忠诚教育事业的林桐起反衬作用。可以肯定的是：在鬼魅横行、污秽遍地的大后方，像林桐这样坚苦自守的知识分子值得人们尊敬。

空间分立与融通——20世纪七〇年代中国文学研究

第三节 "七月派"：拥抱现实的精神搏斗

抗日战争爆发后，胡风长期担任"文协"的领导工作，与周恩来等党在后方的领导人保持紧密的联系。他先后主编《七月》《希望》杂志和《七月诗丛》《七月文丛》等杂志，写下大量文艺理论、评论文章，推出和评价了大量国统区进步青年作家和解放区作家的作品，一批青年作家在他的指导和帮助下崛起于文坛，在他的带动下形成了著名的文学流派"七月派"。"七月派"因文学刊物《七月》而得名，1937 年 9 月 11 日，胡风主编的《七月》在上海问世，上海沦陷后，被迫停刊，后于 1937 年 10 月 16 日在武汉复刊。《七月》创刊时团结了一批"倾向上能够共鸣的作家"，如艾青、田间、丘东平、曹白、吴奚如、阿垅、彭柏山等，他们是"基本撰稿人"，后来又有冀汸、鲁藜、天蓝、路翎、绿原等加入。

"七月派"将时代的需求和自己的文学理想融入于现实主义文学中。在胡风影响下，"五四"文化精神和鲁迅文学传统成就了七月派的独特精神品格和潜在文化

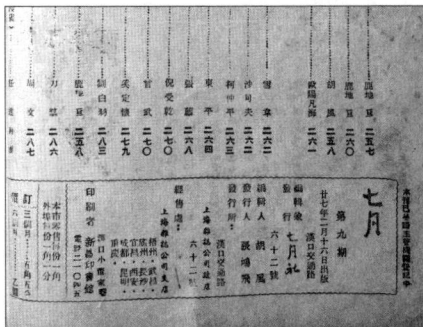

《七月》第九期

结构。胡风在正式出版的《七月》创刊号中，强调了要坚持以文艺投身抗战的主张，他不认同新月诗派的"形式的制约"和现代诗派"以形式来挽救内容的空虚"，认为"这些，在战前是存在的，但战后大半消失了。因为是无法表现今天的情绪与现实生活"。同时，他又表示反对新诗创作的概念化倾向，"在神圣的火线后面，文艺作家不应只是空洞地狂叫，也不应作淡漠的细描，他得用坚实的爱憎真切地反映出蠢动着的生活形象。在这反映里提高民众的情绪和认识，趋向民族解放的总的路线"[01]。胡风认为，要创造出好的作品，作家必须以真诚的心意，高度的热情，全身心地投入到作为客体的现实生活里面，拥抱客观对象，肉搏现实人生，即为"主观战斗精神"，它也因此成为"七月派"现实主义的生命内核。胡风认为，诗人不是被动地反映着客观世界，而是在艺术创作过程中，由诗人的主体意识面对客观世界的反应（即"迎合、选择、抵抗"的过程）以及客观世界对诗人主体意识的进一步制约（即"促进、修改、甚至推翻"的过程）的相互作用下，来获得历史对象的真实性。即体现为"相生相克的搏斗过程"[02]。七月派的另一个思想家舒芜集中探讨了现代知识分子思想改造的途径，指出只有全身心拥抱现实，投入社会改革、思想斗争实践，深入体认和提升人民的思想感情和意志愿望，知识分子才能追随历史的脚步前进。[03] 从《七月》的版面内容看，主体是报告文学（特写、速写、通讯、报告）和诗歌。这与宣传抗战的办刊宗旨有关，报告和诗歌更有利于"向献给祖国的神圣的战场敬礼"和"启发蕴藏在民众里面的伟大力量"。后来胡风决定"扩大篇幅，容纳较长的创作"，小说得到加强。[04]

在诗歌创作方面，形成了中国新诗史上重要的一个流派——"七月诗派"。"七月诗派"的形成，首先是历史和时代选择的必然结果。在抗战这一时代背景下，《七月》《希望》等刊物设定了明确的文学立场，坚守着不肯让位的文学精神。文学立场的设定与"五四"所开创

---

[01] 胡风：《愿和读者一同成长——〈七月〉代致辞》，载《七月》1937 年 10 月 16 日第 1 集第 1 期。

[02] 胡风：《人道主义和现实主义的道路》，《胡风全集》第 3 卷，湖北人民出版社 1999 年版，第 238 页。

[03] 舒芜《思想建设与思想斗争的途径》，载《希望》1945 年 5 月第 1 卷 2 期。

[04] 朱华阳、陈国恩：《还原历史的真相——关于舒芜与七月派的几个问题》，《西南师范大学学报》（人文社会科学版）2005 年第 5 期。

的"启蒙的文学"道路双向并进，在救亡的浓厚氛围之中贯注了深沉的启蒙力量，呈现出独具一格的文化色彩。由此，文学的功利性追求与定位获得了合法性与合理性。他们强调只有先做"向前突击的精神战士"，才能做一个真正的诗人，强调诗人只有"跳跃在时代的激流里"，才"能够在事实的旋律里找到他的史诗形态的"[01]。其次是胡风的扶持以及其现实主义文艺理论的规范作用。绿原说过，"'七月诗派'是同胡风的刊物和他作为文艺理论家的审美观分不开的。胡风的审美除了反映在他的选稿标准上，更系统地表现在他的一些诗论中"[02]。牛汉也说过，胡风"通过办刊物，选稿贯彻自己的美学观点、理论主张，通过刊物上的作品影响了读者"[03]。胡风是个诗人，从上个世纪20年代中期开始写诗，抗战前结集出版过一本《野花与箭》，是一部有较高才情和艺术成就的诗集。抗战爆发以后，为祖国而歌，为人民而歌，他亲手编的《七月诗丛》中就有自己的一本《为祖国而歌》。"七月诗派"最早的两个诗人艾青、田间一出现，马上引起了他的注意，对他们二人的创作及艺术道路进行了及时准确的评价。《七月》创刊，这两位诗人是主要撰稿者，他们大量有名的诗篇，如

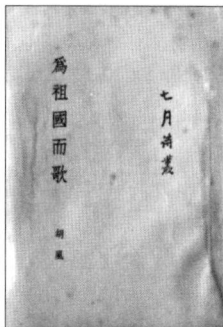

艾青的《向太阳》，田间的《给战斗者》等都发表在上面。艾青、田间以后的诗人也大都首先由胡风发现和栽培出来。他的文学思想也成了"七月诗派"创作的出发点，艺术风格的核心，美学的标准。再次，艾青、田间的诗歌创作的示范和楷模作用。艾青和田间抗战时期的很多诗歌都发表在《七月》上，一些后进的年轻诗人身受他们创作的影响。艾青的《诗论》是当年唯一的一部现实主义诗歌美学著作，对七月诗派的现实主义诗歌创作有直接的指导作用。对此，牛汉说："七月诗派从前期到后期，艾青、田间的影响始终占有重要的地位，对这个流派

[01] 胡风：《论战争期的一个战斗的文艺形式》，载《七月》1937年12月16日第1集第5期。
[02] 绿原：《温故而知新》，载《香港文艺》1986年第2期。
[03] 牛汉：《梦游人说诗》，华文出版社2001年版，第131页。

的形成起了深远的不可分割的作用。"[01] 30 年代末 40 年代中期可称为"艾青的时代",他的创作开一代诗风,是七月派诗歌的代表,也深刻影响了这一时期乃至 40 年代后期诗歌的创作。他坚持中国诗歌会"忠实于现实"的战斗传统,同时克服和扬弃了"幼稚的叫喊"的弱点,把西方诗歌技艺和传统诗歌技艺结合对现代新诗创作进行整合。"土地"和"太阳"是艾青诗歌最主要的两种意象,由此也凝练出两种主导的诗绪:忧郁与光明。艾青的忧郁不是现实生活的消沉,他忧郁悲怆的诗篇无一例外地将人引向一种庄严、崇高的境界,含蕴着振奋人心、催人奋发的巨大力量。如《吹号者》《他死在第二次》等中表现尤为强烈。诗人是站在困难的土地上追求着光明的希望和理想,忧郁中略带感伤,但又不失亮丽的色彩。如《我爱这土地》《雪落在中国的土地上》等。艾青的诗歌是现实性、理想性、现代性的有机统一。他的诗歌紧密结合现实,富于战斗精神,同时又充满了苦痛认识,感伤情绪,同时又具有引领人精神升华的崇高意识。

在诗歌的思想主题和艺术探索方面,"七月诗派"继承了 20 世纪 30 年代中国诗歌研究会的革命现实主义传统,把反映客观现实的真实性与主观抒情的真挚性高度融汇在一起,标志着我国自由体诗歌的茁壮发展和走向成熟。对此,林庚在上个世纪 40 年代曾有过探究,他指出:"从新诗运动以来,诗坛的变化约可以分为三个段落,第一个段落是摆脱旧诗的时期,那便是初期白话诗以迄《新月》诗人们的写作;第二个段落是摆脱西洋诗的时期,那便是以《现代》为中心及无数自由诗诗人们的写作;第三个段落是要求摆脱不易浅出的时期,那便是七月事变以迄现在的诗坛。这里的第一个阶段可以说是诗的解放,第二个阶段可以说是诗的建立,第三个阶段可以说是诗的走向成熟。"[02] 林庚先生所说的第三阶段,无疑包含当年有影响的几个流派,然而最有影响的还是以自由诗的繁荣为盛事的七月诗派。他们所塑造的抒情主人公形象则充分反映了经过战争血与火的考验,我们民族的趋向成熟,时代的趋向成熟。他们努力把"诗和人联系起来,把诗所体现的美学上的斗争和人的社会职责和战斗任务结合起来"。

[01] 牛汉:《关于"七月派"的几个"问题"——在一九八三年中国现代文学思潮、流派学术交流会上的发言》,见《学诗手记》,生活·读书·新知三联书店 1986 年版,第 50 页。
[02] 林庚:《再论新诗的形式》,《问路集》,北京大学出版社 1984 年版,第 202 页。

绿原　　　　　　　　　　艾青

绿原是这样来谈他们在 40 年代的创作情形的："对于四十年代的这一批文学青年，诗不可能是自我表现，不可能是唯美的追求，更不可能是消遣、娱乐以至追求名利的工具；对于他们，特别是对于那些直接生活在战斗行列中的诗人们，诗就是射向敌人的子弹，诗就是捧向人民的鲜花，诗就是激励，鞭策自己的入党志愿书。"他们强调诗人的自我意识："诗的主人公正是诗人自己，诗人自己的性格在诗中必须坚定如磐石，弹跃如心脏，一切客观素材都必须以此为基础，以此为转机，而后化为诗。"[01] 针对抗战的特殊语境，九叶诗派的一些作家甚至呼吁七月诗派与九叶诗派合流，以便形成现代诗歌大合唱。"……一个浪峰该是穆旦、杜运燮们辛勤工作组成的，一群自觉的现代主义者，T·S·艾略特与奥登、史班德们该是他们的私淑者。……/ 另一个浪峰该是由绿原他们的果敢的进击组成的，不自觉地走向了诗的现代化的道路，由生活到诗，一种自然的升华，他们私淑着鲁迅先生的尼采主义的精神风格，崇高、勇敢与自信，在生活里自觉到走向了战斗。气质很狂放，有吉诃德先生的勇敢与自信，要一把抓起自己掷进这个世界，突击到生活的深处去，不过他们却也突出地表现了孤特的个性，也有点夸大，也一样用身体的感觉与生活的'内感'（sensuality 依卞之琳的译法）思想一切。"[02] 然而，最终两个流派并未真正合成一派，它们彼此坚守着自己的创作特色和诗歌原则，用不同的声音为这个时代呐喊。与九叶诗派相比，七月诗派更注重诗歌的战斗性、史诗性，他们在诗歌创作的思想价值取向上有共同之处，明

---

[01] 绿原：《白色花·序》，见《白色花——二十人集》，北京：人民文学出版社 1981 年版，第 4 页。

[02] 唐湜：《诗的新生代》，载上海《诗创造》1948 年 2 月第 8 辑。

田间　　　　　牛汉

显地表现在以下三个方面：

第一，诗人歌颂了中华民族强大的精神力量，诗歌中洋溢着赤诚的爱国之心。艾青认为，"叫一个生活在这年代的忠实的灵魂不忧郁是……一种奢望"，在中国国土遭受外敌蹂躏的时候，诗人从忧郁和苦痛中生发出反抗的力量和火热的爱国热忱，"把忧伤与悲哀，看成一种力，把弥漫在广大土地上的渴望、不平、愤怒……集合起来，仁望暴风雨来卷带了这一切，扫荡这整个世界吧"[01]。阿垅则把这种忧郁称为"一种压抑的力流，一种更蕴藉的战斗"[02]。胡风的诗歌中常常将主体满腔的"热血"燃烧成"火的风暴"，"歌唱出郁积在心头的仇火／歌唱出郁积在心头的真爱／也歌唱出盘结在你古老的灵魂里的一切死渣和污秽"（《为祖国而歌》），他欣喜地看到"中华大地熊熊地着火了！／火在高唱／火在高唱／火在高泣"。阿垅的《纤夫》一方面从那"正面着逆吹的风，／正面着逆流的江水"的"大木船"，发现了历史前进的沉重阻力，另一方面在"佝偻着腰／匍匐着屁股"的"赤铜色"纤夫的身上，却发现了历史的强大动力。"纤夫"也成了我们民族象征性的意象，作家深刻地意识到，历史前进和民族发展的道路"并不是一里一里的／也不是一步一步的／而只是一寸一寸的"，然而正是这"以一寸的力／人的力和群的力／直迫近了一寸／那一轮赤赤地炽火飞爆的清晨的太阳！"杜谷的《写给故乡》表明，祖国东部的原野也在浴血奋战："我看到了他们的行列／为了消灭那凌辱他们和你的／顽敌／他们倔强地在你那血泊里／仆倒而又爬起。"华夏大地，到处都跃动着生命的力，抗争和复仇的力。

[01] 艾青：《诗论》，人民文学出版社 1983 年版，第 212 页。
[02] 阿垅：《人·诗·现实》，生活·读书·新知三联书店 1986 年版，第 158 页。

　　第二，诗人对加重民族灾难、制造罪恶的国民党反动派发出了强烈的谴责与反抗的呼声，有的则化为辛辣的嘲讽。绿原的《给天真的乐观主义者们》从纵深处开刀，横剖了这光怪陆离的社会："大街上，警察推销着一个国家的命运：然而严禁那些／龌龊的落难者在人行道上用粉笔诉写平凡的自传／……扑克，假面会，赛璐珞，玻璃玩具……／勋章，奖状，制服，符号，万能的Pass，鸡毛文书……／赌窟，秘密会社，娼妓馆，热闹的监狱，疯人院……／鸦片批发，灵魂收买，自行失踪，失足落水，签字，画押，走私，诱拐，祈祷和忏悔……"这是一首直面现实，无情地揭示脓疮，以打破粉饰现实的"天真的乐观主义"的诗。正是这种郁积于心的压抑，点燃了反抗和复仇的火种，他的《复仇的哲学》很能说明这一问题："起来——柴棒似的骨头们！／……起来——饥饿王！／是的！是我们，是中国底人民！／……烧吧，中国！／只留下／暴君底／那本高利贷的帐簿，／让我们给他清算！／起来，为了自由与饥饿／……厮杀去！推着柩车迎上去，／拿着志哀的白蜡烛迎上去，／唱着送葬进行曲迎上去，斗争并不／神秘，然而／状丽呀。"这些诗以犀利的笔锋、澎湃的激情揭露黑暗，强烈地表现了对黑暗统治的不满和愤怒之情。

　　第三，诗人们总是怀着理想的希冀，呼唤着光明温暖的春天。"唉，田间的油菜花快要开了／温暖的季节呀／为什么还不快来？"（杜谷《寒冷的日子》）"在冰冻的岩石"里看见了火，在沉静的"生命内部"听见了歌声，在无边的黑暗里看见了光明："没有花吗？／花在积雪的树枝和草根里成长。／没有歌吗？歌声微小吗？／声音响在生命内部。／没有火吗？／火在冰冻的岩石里。／没有热风吗？／热风正在由南向北吹来。／不是没有春天，／春天在冬天里。／冬天，还没溃退。"（牛汉《春天》）田间、艾青、天蓝、孙钿、鲁藜、胡征、阿垅等都曾先后去了延安。他们对延安产生了许多新鲜的感觉："山上／一列又一列的窑洞呵／一层又一层的窑洞呵／抬起头来／全都像摩天楼呢，／歌声／笑声／标语和漫画／学习，工作。"（阿垅《窑洞》）另外，胡征的《五月的城》，艾漠的《自己的催眠》《跃进》等，也都表现出诗人赞美光明的欣喜之情，带有鲜明的时代色彩。

　　在国统区的小说创作中，"七月派"小说有着非常重要的地位。以路翎、丘东平、彭柏山为代表的小说作家，依托其强烈的主体意识与深厚的生活体验，同时博采表现主义、新感觉派、象征主义等现代派的手法技巧，极大地丰富了现实主义的美学传流。"七月派"小说呈现出深沉、粗犷、凝重、悲怆的审美风格，最突出的审美特征在于对小说真实性的全新把握，而"七月派"小说高度的真实性，集中体现在作品再现之真与表现之真的深度融合。

"七月派"小说对人物"流浪意识"的书写是颇具特色的。毋庸置疑，流浪是现代性的重要品格。这里的流浪不限于空间状态的位移，最重要的是呈现流浪者的精神品质。基于对原有生活方式的抛弃和对未来世界的探寻，主体完成了由原始的力的自然爆发，到对自在精神、自由追求的飞跃。漂泊意识作为 20 世纪中国文学中一种比较普泛而持久的精神现象，作家以个体漂泊的生存状态为起点，突破人生的表层进入心灵的深处，在思考现代人生存处境的同时，还注入了对社会历史语境的观照。"七月派"小说家以流浪者为基点开始对现代生存文化的思索，是对"五四"启蒙文化精神的继承与发展。他们在大胆批判传统文化的同时，积极倡导的是对独立"自我"的追求。正如胡绳所说，"为什么作者以深切的同情写着的人物（不论是劳动者还是知识分子）都带有流浪者的气质呢？为什么呢？就因为被朦胧地'寻求'着的'原始强力'与'个性解放'似乎是最和流浪者气质相合了"[01]。如果说本真的"存在"因受遮蔽而处于一片黑暗、一团神秘中，如果说人在体悟"存在"这伟大神秘时，他们的意义出现背谬，那么，人该如何对与自己的本质休戚相关的神秘表达自己的存在态度和生存方式呢？七月派小说给予的答案是流浪地寻找。七月派小说家主张通过主观精神的"扩张""拥入"到客观对象中去，挖掘人的感情世界。他们执着地关注个体人格的自我实现，抗拒着外在世界对个体精神的奴役，支撑这些人流浪地寻找的精神动力本源于人身上固有的生命强力。许小东（路翎《卸煤台下》）的身上郁积着向前飞的意识，在流浪者孙其银的精神支持下，意识到"还有别样的生活，他应该去过"。在那一声声"像孩子呼喊失去的母亲"一般凄厉的"带我去吧"的叫喊声中，完成了对于传统生活模式的背弃，实现了一个流浪者本有的品格。郭素娥（路翎《饥饿的郭素娥》）是一个

---

[01] 胡绳：《评路翎的短篇小说》，见钱理群编：《二十世纪中国小说理论资料》第 4 卷，北京大学出版社 1997 年版，第 510—511 页。

美丽纯洁而又强悍的农村少女，大胆追求生理欲求和精神慰藉，"——在香烟摊子后面坐着的时候，她的脸焦灼的烧红，她的修长的青色的眼睛带着一种赤裸裸的欲望与期许，是淫荡的"。她渴望美满的家庭，身上充满了求生的本能和倔强的叛逆性格。"她是有着狂妄而渺茫的目的，而且是对于这目的敢于大胆而坚强地向自己承认的"，"整整一年来，她整个地在渴求着从情欲所达到的新生活，而且这渴求在大部分被鼓跃于一种要求叛逆，脱离错误的既往的梦想"。她的"饥饿"正是其内在的原始强力，这支撑着她在旧社会和旧习俗的重压下，成为抗争的"漂泊者"。尽管这种寻找的努力归于失败，然而在她的生命实体与外在规约力的抗争中确证了自己的价值，这正是路翎想要去追寻的人之为人的品格，"企图'浪漫'地寻找的，是人民的原始强力，个性的积极解放"[01]。何秀英（路翎《燃烧的荒地》）的赌鬼丈夫死去之后，夫家嫂嫂对其微薄财产的夺取使她失去了生存的基本条件。她没有在绝望中沉沦，相反，一种内生的反抗强力却在滋长。在先后遭到了郭子龙的强暴和大个子的威胁时，她已然不像郭素娥那样发出"有哪一个能救一个我这样的女人呀"具有疑问的呼声，惨烈的现实让她发出了响彻大地的生命绝叫："老二，你要报仇啊！"这种转变对于一个处于社会底层的妇女而言，无疑是人觉醒的信号和先兆。与郭素娥一样，小玉（冀汸的《走夜路的人们》）也是一个"饥饿"的妇女，嫁了生理有缺陷的丈夫，在欲望无法满足的情况下，将这种痛苦转嫁到丈夫身上。她热恋着银堂，并不畏惧家族的残暴的家法，面对着族长及家人的软硬兼施，始终不退缩不放弃，痛快淋漓地宣泄着自己的不满。高明芬（路翎的《青春的祝福》）的反抗主要体现在对虚妄生活的透察和对自身欲望的尊重上，她不忠实于任何男人，只忠实于自己的欲望，为着"追求青春的逸乐，让一个军官引诱了她却把她抛弃，以后便渺茫、愤怒、发疯地向这条无光的路上去了，交给了一个结过婚的公务员和一个无职业的漂亮青年……"。女性对自己被压抑的欲望的发现，无疑意味着对根深蒂固的男权文化的对抗。正是借助这种高难度的精神

---

[01] 胡风：《一个女人和一个世界》，《胡风全集》第 3 卷，湖北人民出版社 1999 年版，第 100 页。

操练和行动的意向性活动，在遭遇界限和冲破界限的既压抑又激动的游离中，迷失的主体不断分裂自我，进行自审，开启了自我对自我的找寻。尽管这种找寻不能一蹴而就，甚至充满着矛盾和艰辛，但至少表征着人对存在之魅开启了领悟之途，蔽而不显的存在也因此有了敞亮与澄明的可能性。

"七月派"是在中国新文学传统与抗战现实的碰撞中诞生的。正如胡风所说："我们非记住不可的两方面的基础：一方面，二十多年来的新文学传统，不但没有烟消云散，如一张白纸，反而是对于各个作家或强或弱地教育着指导着他们，对于整个文艺进程把住了基本的方向；另一方面，民族战争所创造的生活环境以及它所拥有的意识形态和思想远景，也或强或弱地和作家们的主观结合了，无论是生活或创作活动，都在某一方式上受着规定。"[01] 这意味着七月派在承续中国新文学的启蒙传统的同时必须兼及救亡这一时代命题。在"七月派"看来，战争形势的变化更有力地证明了"没有人民大众的自由解放，没有人民大众的力量的勃起和成长，就不可能摧毁法西斯主义的暴力，不可能争取到民族的自由解放"[02]。围绕这一主题，七月派小说家的笔触多涉及底层的劳动人民和时代巨变中知识分子的命运。人与人，人与社会的关系，以及人与命运和人性成为作者关注的焦点。七月派作家们笔下人物的"原始强力"与他们所批判的"精神奴役的创伤"是处在同一生命状态和文化心理中，形成缠绕胶着的相斥关系。按路翎的理解，这种"精神奴役的创伤"主要来自于"吃人的礼教，忠诚孝子的感情，三从四德的规范，仁义道德的温情"等等封建传统，还牢牢盘踞在人民意识深层。"真的文艺家"必须在学习人民中把握历史发展方向，"在文化斗争的任务里去学习了解人民底被压抑着的文艺要求和简单的文艺经验，在文艺创作和精神斗争底要求和任务里去学习和了解人民底生活状况，精神实质，行动力量，却并不是为了向他们简单地去学习文艺"。对此，作家必须在与人民"相生相克"的斗争中克服自身和批判人民的种种精神弱点，"在与人民共

[01] 胡风：《今天，我们的中心问题是什么》，《胡风全集》第 2 卷，湖北人民出版社 1999 年版，第 604—605 页。
[02] 胡风：《置身在为民主的斗争里面》，《胡风全集》第 3 卷，湖北人民出版社 1999 年版，第 186 页。

命运的道路上启发人民，从而和人民一道向新的道路前进"[01]。

在七月派小说家看来，不能简单地抛离一方而强调另一方。路翎曾经赞扬《王贵与李香香》"已经获得了实在的成功"，但他又从另一种思路上提出问题："试想一想，旧的家族社会出身的贫农王贵，身受地主残酷的压迫，同时也担负着旧社会、旧经济形态底人生观和感情的重担，在投向革命进而坚持革命的过程中，应该有怎样强烈的自我斗争，然而王贵却是在那么简单地一直向前了。"[02] 其实，个人主义并不总是成为国族主义的对立面，启蒙运动也并非是民族救亡的反面。[03] 因此，七月派作家对个人身上所有的"精神奴役的创伤"进行了书写。一方面，"原始的强力"是个人超越常人非本真存在的酵素，是催生"个性积极解放"的动力。应该说，要本真地去"存在"，必须学会在"常人"中孤独地行走，在与理性社会、日常逻辑、其他个体人群共在中保持灵魂的独立，必须抛弃一切先入之见，不听任闲言壅塞自己的视听。同时，不断地否定自我、超越自我，使自身永远处于流动之中，在存在的意义、依据、目标缺失的条件下主体依然要到场和行动。另一方面，个人的"精神奴役的创伤"在一定的程度上又是阻碍个人发展和未来探寻的障碍，同时纯粹的本能的反抗也无法获得个体的积极解放，无法摆脱愚弱的现状。作家认识到这一点，所以通过对"精神奴役创伤"的揭示，来启蒙愚弱的国民，唤醒麻木的生命，积极寻求思想解放。这种以人道主义切入创作的的方法，产生了巨大的时代意义和文学价值。

[01] 余林（路翎）：《论文艺创作的几个基本问题》，《泥土》1948 年 7 月 20 日第 6 期。

[02] 冰菱（路翎）：《对于大众化的理解》，《蚂蚁小集》1948 年 5 月第 2 期。

[03] 刘禾：《跨语际实践：文学，民族文化与被译介的现代性（中国：1900—1937）》，宋伟杰等译，生活·读书·新知三联书店 2008 年版，第 117 页。

第四节 "九叶派"：中国现代主义诗学的成熟

20 世纪 40 年代的西南联大，文学活动很活跃，从最早的南湖诗社，到后来的高原文学社、南荒文艺社、冬青文艺社、文聚社、耕耘社、文艺社、新诗社，以及叙永分校的布谷社、西南联大的学生文学社团在当时蔚为大观。这其中，诗歌创作活动尤其突出。"联大有过好几个诗社或文艺社，聚集着许多诗歌爱好者，都是由著名诗人当导师，对推动和鼓励诗歌写作，起了重要的作用"，"对于一个文艺爱好者，则是那种爱诗的浓郁文艺气氛，令人永生难忘。当时，确实谈诗成风，写诗成风，老师们（包括小说家沈从文）在写，学生们学写的更多"[01]。闻一多、沈从文、冯至、李广田、卞之琳、威廉·燕卜逊（英）等都担任过诗社的指导老师。写诗的学生中有穆旦、王佐良、袁可嘉、杜运燮、郑敏、沈季平、何达、杨周翰、陈时、周定一、罗寄一、赵瑞蕻、俞铭传等。西南联大诗人群在当时并非为一个有组织的群体。1981 年江苏人民出版社出版的《九叶集》曾收入西南联大诗人中的杜运燮、郑敏、穆旦、袁可嘉四位学生的诗篇，于是在文学史上，他们与其他远在上海等地的五位诗人陈敬容、王辛笛、唐祈、

---

[01] 杜运燮、张同道：《西南联大现代诗钞》，中国文学出版社 1997 年版，第 1—2 页。

唐湜、杭约赫被称为"九叶诗人"。

在谈及 40 年代后期青年诗界的创作时，唐湜认为有两个值得注意的"浪峰"："一个浪峰该是由穆旦、杜运燮们的辛勤工作组成的，一群自觉的现代主义者，T·S·艾略特与奥登、史班德们该是他们的私淑者。他们的气质是内敛又凝重的，所要表现的与贯彻的只是自己的个性，也许还有意把自己夸大，他们多多少少是现代的哈姆雷特，永远在自我与世界的平衡的寻求与破毁中熬煮……另一个浪峰应该是由绿原他们的果敢的进击组成的。不自觉地走向了诗的现代化的道路，由生活到诗，一种自然的升华，他们私淑着鲁迅先生的尼采主义的精神风格，崇高、勇敢、孤傲，在生活里自觉地走向了战斗。"尽管这两派诗人群在理念、风格等方面有较大的差异，但唐湜依然认为在当时的语境中应该融合，"在这两极之间，将会有一片广阔的波谷吧，它们会一齐向一个诗的现代化运动的方向奔流，相互激扬，相互渗透，形成一片阔大的诗的高潮吧！"他还热切呼唤："让这些钢铁似的骨干与柔光的手指，拥抱在一起吧，让崇高的山与深沉的河来一次'交铸'吧，让大家都以自觉的欢欣来组织一个大合唱吧，该鼓励这么作的，因为这两方正可以相互补充，相互救助又相互渗透呵，因为诗的新年代正要求着自然的与自觉的现代化运动的合流与开展。"[01] 在战乱频繁的 40 年代，中国现代主义思潮却一直背负着沉重的罪名，一些诗人从现实出发，从抗战出发，批判了脱离民族革命现实的现代派诗歌，他们认为，现代派诗歌"同我们的民族革命脱离了"，"现时代的诗歌，是民族解放斗争的呼声，并不是几个少数的人待在斗室中吞云吐雾的玄学的悲哀的抒情诗。那种没有现实性的个人抒情小诗，早已失掉他的存在理由，而只好同木乃伊为伍了"[02]。胡风在《民族形式问题》里，也都将"所谓象征主义、印象派、未来派、颓废派、文艺至上派等等新形式的作品"，一律斥为"反动文艺"。当然，唐湜的这种双"浪峰"融合的理想是好的，然而，当年七月派诗人未能摆脱对"现代主义"的偏见，本来七月浪漫主义也可以走向现代主义的，最终还是成了旧中国

[01] 唐湜：《诗的新生代》，《诗创造》1948 年 2 月第 1 卷第 8 辑。
[02] 穆木天《关于抗战诗歌运动》，《文艺阵地》1939 年 11 月 16 日第 4 卷第 2 期。

最后一代的"堂吉珂德"[01]。

九叶派诗人敏锐地观察到政治观念或艺术的极端化给文学带来的损害，袁可嘉将其称为"政治感伤主义"，并指出其弊害："作者在某些观念中不求甚解的长久浸淫使他对这些观念的了解带上浓厚的感伤色彩，而往往不择手段地要求他们的传达与表现，基此而生的最显著的病态便是借观念做幌子，在它们高大的身影下躲避了一个创造者所不能回避的思想与感觉的重担；一套政治观念被生吞活剥的接受，又被生吞活剥的表达，观念的壮丽被借作为作品的壮丽，观念的伟大被借作为创作者的伟大。"[02] 应该说，九叶诗派对政治功利性侵害诗歌审美特性的创作弊端是不认同的，由于政治感伤性日益扩大并具有普遍性的倾向，所以，其影响造成了"艺术价值意识的颠倒"的后果。抗战胜利后，唐湜依然认为中国诗坛的现实是"旧瓶装新酒似的形式主义者与落后的手工业式的经验主义者或技巧主义者，以结合千篇一律的文字技巧与虚浮表象的社会现实，甚至新闻主义式的革命故事为能事，并企图以此统治整个文坛"[03]。当然，九叶派诗人并不否定文学与政治的关系，对于某些批评家称他们是远离现实人生的"唯美主义"，杭约赫进行了回击，"罗赛蒂、王尔德辈竟会在今日的中国借尸还魂，凡略具文艺思潮知识的读者一定会惊异于这一无知的忧虑吧"[04]。在他们看来，文学与政治的关系是一种"平行"关系，因此，"今日诗作者如果还有摆脱任何政治生活影响的意念，则他不仅自陷于池鱼离水的虚幻祈求，及遭到一旦实现后必随之而来的窒息的威胁"[05]。在他们看来，无论是功利主义的政治工具论（将诗艺理解为政治的传声筒和工具），还是唯美主义的"纯诗"论（将诗艺理解为超然万物的自足体系），都不值得赞许，"中国新诗虽还只有短短的一二十年的历史，无形中却已经有了两个传统：就是说，两个极端。一个尽唱的是'梦呀，玫瑰呀，眼泪呀'，一个尽吼的是'愤怒呀，热血呀，光明呀'，结果是前者走出了人生，后者走出了艺术，把它

[01] 钱理群：《丰富的痛苦》，北京大学出版社 2007 年版，第 292 页。
[02] 袁可嘉：《论现代诗中的政治感伤性》，载天津《益世报·文学周刊》1946 年 10 月 27 日。
[03] 唐湜：《论〈中国新诗〉——给我们的友人与我们自己》，《华美晚报》1948 年 9 月 13 日。
[04] 杭约赫：《诗创造·编余小记》，《诗创造》1947 年第 11 辑。
[05] 袁可嘉：《新诗现代化——新传统的寻求》，载《大公报·星期文艺》1947 年 3 月 30 日。

应有的将人生和艺术综合交错起来的神圣任务，反倒搁置一旁"[01]。

　　袁可嘉在《新诗现代化——新传统的寻求》一文中关于现代诗歌的论述，历来被看作是"九叶诗派"的诗学宣言："纯粹出自内心的心理要求，最后必是现实、象征、玄学的综合的传统；现实表现于对当前世界人生的紧密把握，象征表现于暗示含蓄，玄学则表现于敏感多思、感情、意志的强烈结合及机智的不时流露。"[02] 九叶诗人既反对浪漫主义的感伤，又反对对客观现实做机械照相式的反映，在这里，"现实""象征""玄学"构成了他们诗学理论的三个关键词，而三者的"综合"其实是人生和艺术的结合，重构了中国诗歌的抒情意境和抒情形象，有力地推动了新诗的现代化进程。

　　强调"现实"，是九叶诗派的一种历史的高度自觉。因为他们深知，逃避现实是过去现代派诗歌的一个致命弱点，它大大地影响了现代派诗歌的生存与发展，所以九叶诗派首先要纠正的就是现代主义诗歌长期偏离时代与现实的倾向。1948 年，在《中国新诗》的创刊号上，刊登了由方敬、辛笛、杭约赫、陈敬容、唐祈、唐湜六人共同署名的发刊词《我们的呼唤》，提出新诗面对的是一个严肃的时代，一个严肃的考验，也是一份严肃的工作："我们现在是站在旷野上感受风云的变化。我们必须以血肉似的感情抒说我们的思想的探索。"[03] 这即是说，人无法回避历史的现实，因此必须回应现实历史的呼唤——这，实际上也就是穆旦所说的使诗和时代和谐的"新的抒情"的基点："为了表现社会或个人在历史一定发展下普遍地朝着光明面的转进，为了使诗和这时代成为一个感情的大谐和，我们需要'新的抒情'！"[04] 环顾 40 年代诗坛，由于叙事崛起导致对抒情的冷淡和放逐，九叶派诗人还对当时诗坛中过于追求空虚而苍白的外在的表现的弊病进行批判。陈敬容认识到当时的诗坛正弥漫着一片混沌和空虚的迷雾，并指责了"浮嚣"的或"虚假"的作品所形成一派惰性

[01] 默弓（陈敬容）：《真诚的声音——略论郑敏、穆旦、杜运燮》，载《诗创造》1948 年 6 月第 12 期。
[02] 袁可嘉：《新诗现代化——新传统的寻求》，载《大公报·星期文艺》1947 年 3 月 30 日。
[03] 方敬、辛笛、杭约赫、陈敬容、唐祈、唐湜：《我们的呼唤》，载《中国新诗》1948 年 6 月 15 日创刊号。
[04] 穆旦：《〈慰劳信集〉——从〈鱼目集〉说起》，载香港《大公报》1940 年 4 月 28 日。

气氛。[01] 唐湜指摘当时诗坛的种种现象：伤感与浮嚣，市侩式的"天真"与近于无知的乐观，念经的偶像与卑怯的迎合，苍白的理论与低劣的趣味，虚浮无力的高调，等等。[02] 九叶诗派强调的"现实"是融合了外在人生经验和内在生命经验的统一体，为了达到这种统一和融合，必须"绝对强调人与社会、人与人、个体生命中诸种因子的相对相成，有机综合，但绝对否定上述诸对称模型中任何一种或几种质素的独占独裁，放逐全体"[03]。他们主张对现实要有一定的透视和距离，要深入到现实的里面去，反映现实的本质。陈敬容就说过："不能只给生活画脸谱，我们还得要画它的背面和侧面，而尤其是内部"，"现代的诗，更该着重于人性和科学（包括社会科学和自然科学）的真实"[04]。

在凸显现代主义诗歌的社会责任的同时，九叶诗派还提出"人民文学"与"人的文学"的双向思考的主题。袁可嘉曾指出"放眼看三十年来的新文学运动，我们不难发现构成这个运动本体的，或隐或显的两支潮流一方面是旗帜鲜明、步伐整齐的'人民文学'，一方面是低沉中见深厚、零散中带着坚韧的'人的文学'"。他把"人民文学"看成是"人的文学"的一部分，并认为，"人民文学"以"'人民'否定了人，以'政治'否定了生命"。袁可嘉总结道："即在服役于人民的原则下我们必须坚持人的立场、生命的立场；在不歧视政治作用下必须坚持文学的立场，艺术的立场。"[05] 同时，九叶诗派也赞同"诗与政治、现实、时代、人民的结合"，但却反对将其绝对化与唯一化，反对将"人民文学""此时此地的人民是指被压迫，被统治的人民"作为"决定一切文学的唯一标准"，希望"在现实与艺术间求得平衡，不让艺术逃避现实，也不让现实扼死艺术"，"在反映现实之余还享有独立的艺术生命"，保留"广阔、自由"的想象空间。九叶诗派的诗人们敏感地注意到"人民的文学"与"人的文学"发展

[01] 陈敬容：《编辑室》，载《中国新诗》1948 年 6 月 15 日创刊号。
[02] 唐湜：《我们的呼唤（代序）》，载《中国新诗》1948 年 6 月 15 日创刊号。
[03] 袁可嘉：《新诗现代化的再分析》，载《大公报·星期文艺》1947 年 5 月 18 日。
[04] 默弓（陈敬容）：《真诚的声音——略论郑敏、穆旦、杜运燮》，载《诗创造》1948 年 6 月第 12 期。
[05] 袁可嘉：《"人的文学"与"人民的文学"——从分析比较寻修正，求和谐》，载《大公报·星期文艺》1947 年 7 月 6 日。

之间的"悖论"关系，并意识到它们的根本还在于"人民"与"人"之间的关系处理问题。

　　"象征"是现代派的诗歌艺术的核心。九叶诗派主张艺术必须与生活保持距离，不要粘滞于现实，以相对冷静的目光打量生活。通过象征这种"表现于暗示含蓄"，由此及彼，以少总多，以有限传达无限，以个别表现一般，以具象化的方式表达抽象的形而上观念，这种诗性传达方式几乎与现代派诗紧紧地结合在一起，成为现代派诗歌的一个鲜明标记。基于此，九叶派提倡"新诗戏剧化"的艺术主张。这种戏剧化的手法一个最直接的现实缘由是对新诗"说教和感伤"的弊病进行抵制和超越。针对新诗表达的感伤与形式的泛滥无形，一直有着各种纠偏的努力和尝试。闻一多以格律来纠正早期新诗不讲究艺术经营，放任感情泛滥的倾向。卞之琳进行了"戏剧性处境"创作手法的探索与实践，以"故作冷血动物"的姿态力求达到"戏剧性处境"与传统"意境"的融通。到了 40 年代九叶诗派这里，他们期冀在"表现上的客观化和间接性"的戏剧过程中，表达自己"复杂的现代经验"。袁可嘉断定，"从抒情的'运动'到戏剧的'行动'是现代诗歌发展的趋向"[01]。通过戏剧化手法的点染，诗歌就成了诗剧，在袁可嘉看来，"诗剧形式给予作者在处理题材时，空间、时间、广度、深度诸方面的自由与弹性都远比其他诗的体裁为多，以诗剧为媒介，现代诗人的社会意识才可得到充分表现，而争取现实倾向的效果；另一方面诗剧又利用历史做背景，使作者面对现实时有一不可或缺的透视或距离，使它有象征的功用，不至于粘于现实世界，而产生过度的现实写法"[02]。袁可嘉的《岁暮》《冬夜》《进城》《走近你》，郑敏的《人力车夫》《小漆匠》《金黄的稻束》，杜运燮《林中鬼夜哭》《被遗弃在路旁的死老总》《追物价的人》，穆旦的《防空洞里的抒情诗》《华参先生的疲倦》《在寒冷的腊月的夜里》《森林之魅》《神魔之争》等诗作都设置了诸多颇有戏剧意味的情境，将现时性的戏剧动作和角色化的戏剧声音都容纳其间，诗的抒情性表达获致了具体、客观的诗美效果，表征着他们对现代诗形建构的一种积极探索与推进。

　　"玄学"，乃指诗的智性（也即"知性"）与哲思特征，它体现了

---

[01] 袁可嘉：《诗与民主》，载《大公报·星期文艺》1948 年 10 月 30 日。

[02] 袁可嘉：《新诗戏剧化》，载《诗创造》第 12 期，1948 年 6 月。

现代派诗歌一个新的发展趋向。艾略特认为，英国诗歌在 17 世纪开始出现了一种情感分离现象，即诗歌的思想与感情的相互脱离，而"玄学派诗人的贡献在于他们把这些材料组合起来成为新的统一体"[01]。这种知性的品质也给诗歌语言带来了新的要求，"诗人必须变得愈来愈无所不包，愈来愈隐晦，愈来愈间接，以便迫使语言就范，必要时甚至打乱语言的正常秩序来表达意义"[02]。这种知性化的语言策略既带来一种阅读和接受上的晦涩和费解，也使西方现代诗歌在表达上与浪漫主义诗歌迥然有别。袁可嘉"现实、象征、玄学"的诗学构想中，将其归纳为："玄学则表现于敏感多思、感情、意志的强烈结合及机智的不时流露。"在 30 年代新诗的发展过程中，金克木、卞之琳、徐迟、废名、路易士等诗人于五四诗歌主情传统之外，另辟蹊径，提倡"主智"主张。其中最为突出的是与戴望舒并肩而立的卞之琳，其《断章》《圆宝盒》《白螺壳》《距离的组织》《鱼化石》等诗就是极富理智之美的。他于 1935 年出版的《鱼目集》可说是现代派的诗歌创作从主情向主智转换的标志，正如穆旦所说，"自五四以来的抒情成分，到《鱼目集》作者的手下才真正消失了"[03]。到了九叶诗派这里，他们对社会现实的冷峻解剖、理智批判，对现代人生存境遇的深切关怀和对自我深层心理的探求，成了其诗作中共同的主题意向。这种知性化的语言策略不但瓦解了传统"意象展示"的审美呈现，而且扩展了现代汉语的语言弹性与张力，也由此扩充了新诗的表达内涵。

穆旦是西南联大诗群中杰出的代表诗人。当年闻一多的《现代诗钞》中，穆旦是西南联大诗人群中选入诗篇最多的诗人。"五四"以来，中国新诗在走出传统格律诗的道路中，自觉地将国外诗学理论实践于新诗创作中，然而，西方诗学体系过于庞杂，对于西方诗学的接受有的也是浅尝辄止，盲目照搬西方诗学所落下的弊病也多有存在。因此有人指出，"何以为中国新诗受外来影响太大，其实，如果是受到真正的、好的外来影响，倒也不无帮助，可惜目前中国新诗所受的

[01] 艾略特：《安德鲁·马维尔》，《艾略特诗学文集》，王恩衷编译，国际文化出版公司 1989 年版，第 39 页。

[02] 艾略特：《玄学派诗人》，《艾略特文学论文集》，李赋宁译，百花洲文艺出版社 1994 年版，第 25 页。

[03] 穆旦：《慰劳信集》——从《鱼目集》说起，载香港《大公报》1940 年 4 月 28 日。

外来影响大都是不彻底的、间接的，而且是陈旧的。对于现代西洋诗歌主潮，有多少人注意！无怪已到了 20 世纪中叶，中国新诗还在捡拾浪漫派、象征派的渣滓"[01]。陈敬容所说代表了当时 40 年代中国新诗界的共识，中国新诗接受外国诗学这一问题需要重新总结，特别是在抗战的语境中，中国新诗如何与西方诗学建构理性的关联既是文学发展自身的要求，又是时代的必然要求。

在谈及穆旦等人的诗歌与西方现代主义的关联时，我们往往会说到在西南联大任教的英国教师燕卜逊之于他们的影响。1937 年燕卜逊著书《Seven types of Ambiguity》（一译为《朦胧七义》）提出"含混"理论，他给西南联大的学生重点推荐了里尔克、艾略特、奥登等西方现代主义作家。正如王佐良所回忆的那样，"他们跟着燕卜逊读艾略特的《普罗弗洛克》，读奥登的《西班牙》和写于中国战场的十四行，又读狄伦·托马斯的'神启式'诗，他们的眼界大开了——原来可以有这样的新题材和新写法"[02]。周珏良也说过："我也记得我们从燕卜逊先生处借到威尔逊（Edumund Wilson）的《爱克斯尔的城堡》和艾略特的文集《圣木》（The Sacred Wood），才知道什么叫现代派，大开眼界，时常一起谈论。"[03] 应该说，里尔克、艾略特、奥登之间之于西方现代主义的观念是有差异的，但有一点是共同的，即对浪漫主义诗学的反叛。谭桂林从三个方面论述了这种叛逆：首先，是诗歌作用从主观世界的倾诉转变到对客观世界的揭示。其次，是诗歌对象由情感领域向经验领域的转移。再次，是诗歌的表达方式从情感的直接流露转变到心灵敏感的控驭。[04] 这种概述很好地阐明了九叶诗派诗学的现代性特质，他们对浪漫主义的超越以及对新诗戏剧化的构建完成了 20 世纪 40 年代中国新诗与西方现代主义的接轨。这一接轨扭转了 20 世纪 40 年代中国文学朝本土文化和民间文学转向的路径，重续了与西方文学的紧密关联。这赋予了他们双重的文化身份，既是"五四"新文学传统的反叛者，又是五四新文学传

---

[01] 陈敬容：《和方敬谈诗》，载《诗创造》，1948 年 6 月第 1 卷第 12 期。

[02] 王佐良：《王佐良文集》，外语教学与研究出版社 1999 年版，第 429 页。

[03] 周珏良：《穆旦的诗和译诗》，载《一个民族已经起来：怀念诗人、翻译家穆旦》，杜运燮等编，江苏人民出版社 1987 年版，第 20 页。

[04] 谭桂林：《本土语境与西方资源——现代中西诗学关系研究》，人民文学出版社 2008 年版，第 213 页。

统在新诗方面的真正传承者。

其实，穆旦等人与西方现代主义作家结缘除了受到燕卜逊影响外，还与民族抗战以及个人精神磨难相关。西方现代主义的诞生和兴起是与艰苦的磨难、巨大的创伤，甚至深刻的危机联系在一起的。例如，艾略特"荒原"的整体意象隐喻和呈示了第一次世界大战后西方文明所面临的困境，在这里，既定的象征体系正在坍塌，神话意义也在崩溃，个体的精神价值出现异化。这不是一种内心的臆想，而是将现实与精神高度融合，阐发出让人震撼的艺术效果。因此，如果以为现代主义是一种逃避现实或者说是一种学院式的文学样式，在穆旦等人的创作中可以找到反证。郑敏曾就中国现代主义与西方现代主义的区别发表过看法："在 40 年代中国现代主义诗人与当时的西方现代主义诗人之间存在很难超越的文化鸿沟。一个民族的作家在任何时候都不可能脱离他自己思想意识中的文化基因，他永远会以自己的民族文化为中轴，放射地联系外民族的文化，除非他的民族被完全的吞蚀了，即使是那样也可能要几十个世纪的消化，才能磨去他本民族文化的轮廓。"[01] 当战争本身的痛感被强行推至作家面前时，作家难以隔着距离去评价，现实的切肤之痛与精神的经验自然对接，逼迫着他们将压抑的对于战争的感受充分地表达出来。由于时代和社会政治的特定要求，他们却采用了距离现实较远的方式来反映现实，未得到应有的重视，然而，他们的艺术努力和成就却始终让人铭记。

---

[01] 郑敏：《诗歌与哲学是近邻：结构—解构诗论》，北京大学出版社 1999 年版，第 227 页。

空间分立与融通——20世纪40年代中国文学研究

第五节　穆旦：站在不稳定点上的精神扩张

20世纪40年代，当不少在30年代取得重要成就的诗人几乎濒临"失语"时，穆旦却找到了阐发自我、历史、时代的言说方式，诗歌意蕴的深刻性、多维性并没有被过滤和简化，反而更好地彰显出来。穆旦将迥异于传统诗词的一些"异质性"（heterogeneity）的因素，融入到诗歌的本体中，呈示了现代人的生存境域。他推崇艾略特"打乱语言的正常秩序来表达意义"[01]的诗学主张，有意识地对诗歌语言加以非常规的运用。理念、知性和经验支撑的"现代感"漫肆，戏剧化手法非个人化运用的运用，都昭示了与中国古典诗歌殊异的审美指向。这种写法对一些读者来说有些晦涩和陌生，郑敏就曾提及当时有人认为穆旦的语言"不符合汉语的典范"[02]。然而，诗人自觉追

穆旦

---

[01] ［英］艾略特：《玄学派诗人》，《艾略特文学论文集》，李赋宁译，百花洲文艺出版社1994年版，第25页。

[02] 郑敏：《诗人与矛盾》，《一个民族已经起来：怀念诗人、翻译家穆旦》，杜运燮等编，江苏人民出版社1987年版，第33页。

求诗歌的现代意识与社会深刻的历史内涵相融合，却让他确实走到了"现代汉语写作的最前沿"[01]。显然，这种被隔绝或被误解的语言表述与其说是对中国传统诗歌的"断裂"，毋宁说是具有自身的文化逻辑和意义建构的价值系统；不是简单的西方现代主义的东方化移植，而是具有自身特殊规律和存在价值的有效尝试。基于此，紧扣穆旦所依循的思维路向，逼近主体存在的境域，从个人最深切处出发，洞悉这种境域与诗人的言说策略之间的关联，就可以发掘穆旦诗歌内在的思维形态和价值取向。

一、虚无经验：质询生命本源的生成机制

"经验"是现代主义诗人非常倚重的要素。在《布拉格随笔》里，里尔克提出了"诗是经验"的诗学观念："诗并不像大众所想的，徒是情感，这是我们很早就有了的，而是经验。"[02] 艾略特也认为："诗是许多经验的集中，集中后所发生的新东西。"[03] 在他们看来，人除了是一个生活于具体时空体中的有机体外，更是一个自由的、经验性的精神主体。诗歌如能将主体的现实体验和存在的精神命题相联，其本体的思维视界势必拓殖。穆旦呼唤"新的抒情"不再仅仅停留在写"风景"、写"情绪"的层面上，而是要写"经验"，写诗人以"一颗火热的心在消溶着牺牲和痛苦的经验"[04]。当然，这种内外经验的互渗并不是那么容易为人把握的，需要我们沉潜到灵魂深处去与诗人交流、对话，才能探究其内蕴的精神特质。

穆旦的诗歌中有一种很显在的生存经验：空间重压下的时间的虚无，即主体被抛置于黑暗和虚无的空间存在中，是一种"我在且不得不在"乃至"我在且不得不能在"的此在状态。"锁在荒野里"（《我》），为"沉重的现实闭紧"（《海恋》），"我默默地守着 / 这弥漫一切的，混乱的黑夜"（《漫漫长夜》）。在这样的境域里，作为时间形态的当下处境被完全抽空，导致了主体的意义体验全方位"退场"，

---

[01] 曹元勇：《走在汉语写作的最前沿》，《丰富和丰富的痛苦》，北京师范大学出版社 1997 年版，第 126 页。

[02] 冯至：《里尔克——为十周年祭日作》，《冯至全集》第 4 卷，河北教育出版社 1999 年版，第 86 页。

[03] 艾略特：《玄学派诗人》，《艾略特文学论文集》，李赋宁译，百花洲文艺出版社 1994 年版，第 30 页。

[04] 穆旦：《他死在第二次》，《大公报·综合》（香港版）1940 年 3 月 3 日。

由此体悟到了诸如孤独、迷茫、困惑、焦虑等存在经验。这与法国学者伊夫·瓦岱所说的"空洞的现时"[01] 颇为类似。"空洞的时间"是一种过渡性的时间类型，由于意义危机导致了过去和未来凌驾于空洞的现时之上。它的产生本源于目的性意义拒绝为意向性行为提供动力支撑。具体到穆旦的诗歌，这种存在经验主要通过如下两方面来呈现：

一是主体分裂遭致意义悖谬。在胡塞尔的现象学中，"悖谬性"（absurity）是一个与"明见性"（evidence）相对立的概念。它是一种对意向和拟充实之间完全争执的体验。是指一个意向在直观中完全得不到充实。[02] 现时被黑暗与虚无置换成一个空洞的外壳，当下的行为的方向性被阻塞，于是产生了一种找不到立足点而漂浮的极境经验。穆旦诗歌极致地书写了这种由意义悖谬生成的"丰富的痛苦"（《出发》）。主体"站在不稳定的点上"（《诗》），书写"我们失去的自己"（《从空虚到充实》）或者"不断分裂的个体"（《智慧的来临》）。这种对自我的探寻和思考源于诗人对当下现实的观照，也是自我意识强化的产物，"不再是一种自我的爆发或讴歌，而是强调自我的破碎和转变，显示内察的探索"[03]。穆旦排拒中国传统的平衡，扩张心理范畴中的知觉体验，以直觉方式表呈主体的存在境域。在他的诗歌王国里，生命被虚无放逐成一个"空壳"，主体在突入外界时面对的是一片"荒原"，然而在求诸自我时却陷入了自我对自我的疏离。穆旦的诗作浸透了这种经验，相当集中地出现在带有自剖性质的《我》这一首诗中。"我"从母体中分离出来，就成为一个残缺的个体——"永远是自己"，这是主体自我意识确立的开始。"我"立足有限，向"我"的能在突进，却"痛感到时流，没有什么抓住"。"我"反求诸身，试图打开自我的可能性，结果是"幻化的形象，是更深的绝望"。只能永久地体验着"锁在荒野里"的事实。《诗八首》历来被认为是诗人最具现代知性的作品，它隐喻了主体直面外在世界与自我时的双重精神困境：人一出生就陷入了残缺状态，就是不完整的自我，这

[01] 伊夫·瓦岱：《文学与现代性》，田庆生译，北京大学出版社 2001 年版，第 51 页。

[02] 倪梁康：《胡塞尔现象学概念通释》，生活·读书·新知三联书店 1999 年版，第 7 页。

[03] 梁秉钧：《穆旦与现代的"我"》，《一个民族已经起来——怀念诗人、翻译家穆旦》，杜运燮等编，江苏人民出版社 1987 年版，第 43 页。

是无可改变的命运，"水流山石间沉淀下你我，/ 而我们成长，在死底子宫里"。于是，"我留在孤独里"，人类有着无穷的痛苦："不断地寻求"，可是"求得了又必须背离"。爱情的法则、事业的法则、人类生存的法则都不过如此，都充满了痛苦和无以解脱的悖谬，"在无数的可能里一个变形的生命 / 永远不能完成他自己"。以上两篇诗作主体的自我是充分敞开的，却承受着"非诗意"的存在经验，这是一种"受折磨又折磨人"的现代经验。正如李方所概括的，"穆旦诗中剖露的，首先是严酷的现实给"新生代"青年内心带来的剧烈矛盾……敏锐的诗人率先同感到与时代脱节的"失落"，和不甘失落的心灵抉择的迫急"[01]。由于存在的本真蔽而不显，主体的存在经验只停留在当下断裂的时间点上，"在过去和未来两大黑暗间，以不断熄灭的 / 现在，举起了泥土、思想和荣耀"（《三十诞辰有感》）。过去和将来黑暗和虚妄，无所依凭的现在成了一切痛苦之源。对此，艾略特有深刻的论说，"如果时间永远是现在，所有的时间都不能得到拯救"[02]。于是，时间演变成需要等待由主体将某物填充的空虚结构，它是工具性的，而不是属己的，也不是自身实现着的。一切都充满了不确定性，一切都令人怀疑，于是人也只能在这种不确定的怀疑和焦虑中，陷入了难以自持的自我"熬煮"之中。

二是无法超越死亡的虚无境域。对生命的思考与探索是西方"向死而在"哲学传统的一个重要表现。人是唯一能意识到自身死亡的生物，而这种经验又给予人另一种本领，即对生命本体的认知。为此，英国学者福斯特认为："出生和死亡，它们令人陌生的原因是：它们同时既是经验又不是经验，我们只能从别人口中了解。……所以，我们可以认为，人的生命是伴随着一种遗忘的经验开始，又伴随着一种虽然参与但又无法了解的经验告终。"[03] 穆旦体悟到了死亡与虚无的无处不在，死亡导致时间之"无"始终给存在主体带来精神上的焦虑，也让意义出现了空前的危机。这与海德格尔所说的源于时间危机

[01] 李方：《悲怆的"受难的品格"——穆旦诗歌的审美特质》，《丰富和丰富的痛苦》，北京师范大学出版社 1997 年版，第 63 页。

[02] 艾略特：《四个四重奏》，裘小龙译，漓江出版社 1986 年版，第 182 页。

[03] 爱德华·摩根·福斯特：《小说面面观》，苏炳文译，花城出版社 1984 年版，第 41—42 页。

感而衍生的"烦"和"畏"[01]经验相通。"烦""畏"本身没有特定对象，它是一般的人生态度，人之所以"烦"是因为人总是不断追问存在的意义，以此来克服沉沦状态，面向未来，显示人的潜在性。人如不胜其烦，感到畏惧，就会滑入非本真的状态而取消自我。在"畏"的情境中，周围的一切存在都变得与主体毫不相干，一种无家可归的孤独与无望于心底突然爆发和升腾，虚无与死亡才是此在最切己的感知。穆旦意识到人们"这里跪拜，那里去寻找"，到头来"他看着自己溶进死亡里"（《赞美》），"无边的荒凉"（《哀悼》）；"而这一切只搭造了死亡之宫"（《沉没》），直到生命"已走到了幻想底尽头"（《智慧之歌》），只有"冷刺着死人的骨头，就要毁灭我们一生"（《时感四首》），唯有"不可挽救的死和不可触及的希望"（《悲观论者的画像》）。置身于此，对于主体来说，"我们活着是死，死着是生"（《神魔之争》），抑或是"那灵魂的颤动——是死也是生"（《时感四首》）。最终，主体根本就找不到一个确切的"我自己"（《自己》）。总之，在死亡的"潜隐的存在领域"中，意向行为同样失去意义构成。用现象学来解释就是，被展示的意向行为都无法被意指，因此，被意指的行为意向也就得不到展示和认同。

　　不管是自我分裂的意义悖谬还是无法超越死亡的虚无境域，对于主体而言都直接表现为方向感消失，主体似乎进入了不稳定、非持续性的时空域中，自我的行为意向和拟充实之间出现争执，意向在直观中完全得不到充实。这种感觉有如："在旷野上，在无边的肃杀里，谁知道暖风和花草飘向何方"《在旷野上》；"当一阵狂涛来了／扑打我，流卷我，淹没我，／从东北到西南我不能／支持了"（《从空虚到充实》）；"我们的周身已是现实的倾覆"（《黄昏》）；"什么都显然褪色了，一切都病恹而虚空"（《玫瑰之歌》）；"那窒息着我们的／是甜蜜的未生即死的言语／它底幽灵笼罩，使我们游离"（《诗八首》）……。在这里，目的性意义拒绝为意向性行为提供动力支撑，其结果是"意识到我们所作为的一切缺乏目的……导致了一种形而上的极度痛苦状态"[02]。对于穆旦来说，源于自我复杂深邃的存在本能的不断潜伏

[01] 海德格尔：《存在与时间》，陈嘉映、王庆节译，生活·读书·新知三联书店1999年版，第372页。

[02] [美]阿诺德·P·欣奇利夫：《论荒诞派》，李永辉译，昆仑出版社1992年版，第2页。

和积聚，催生了主体对于生命本源性问题的深刻质询。基于此，也生成了主体独立的自我意识来叩问生命本体的价值与意义。

二、领悟存在：生命实体的运思方式

如果说本真的存在因受遮蔽而处于一片虚无、一团神秘中，如果说人在体悟存在这神秘时主体遭遇意义困境，那么，人该如何对与自己的本质休戚相关的神秘表达自己的存在态度和生存方式呢？是被强大的虚无吞噬或同化，还是着力于对存在可能性的筹划？穆旦给予的答案是拒斥社会习俗的安排，从常人的包围中突围出来。突围意味着对存在可能性的策划，也是对本质之源的切近，因为"这种切近不能根据某种空间性的距离来测量，而只能根据所显示者以及与之相应的显示的敞开状态的方式来测量。本源在它的基础的回到自身之中的固定中让最遥远的切近的可能性产生出来"[01]。穆旦始终认为，社会习俗与传统是常人赖以逃避的避难所。正因为"四壁是传统，是有力的／支持一切它胜利的习惯"（《成熟》），一切都已经"就范"于成形的习惯和传统（《被围者》），所以"习惯于接受"的人们只能自私地"等待"（《退伍》），学着"前人的榜样，忍耐和爬行"的常人，最终"痛苦的头脑现在已经安分"（《线上》），在"防空洞"里却能感受到意外的"安全"（《防空洞里的抒情诗》）。然而，这些恰恰成为主体孤独、痛苦的虚无力量。"平衡，毒戕我们每一个冲动"（《控诉》），是勇士灵魂里长着的"霉锈"（《寄——》）。

不独社会习俗，常人也是阻碍主体本真存在的"他者"。他们以群体的形式存在，是日常习惯及秩序的参与者、维护者。用海德格尔的话说，他们是"非本真、沉沦的人的总称"[02]。克尔凯郭尔称这类人为"极肤浅的非个人"和"群体人"[03]，他们不需要孤独，当必须独处的时候，就会很快死去，是一种缺乏精神自我的个体。尼采则将其定义为"末人"、"平均人"[04]，他们没有创造的愿望和能力；谨小

---

[01] 海德格尔：《荷尔德林诗的阐释》，孙周兴译，商务印书馆 2002 年版，第 314 页。

[02] 海德格尔：《存在与时间》，陈嘉映、王庆节译，生活·读书·新知三联书店 1999 年版，第 127 页。

[03] 克尔凯郭尔：《致死的疾病：为了使人受教益和得醒悟而做的基督教心理学解说》，张祥龙、王建军译，中国工人出版社 1997 年版，第 57 页。

[04] 尼采：《查拉斯图拉如是说》，尹溟译，文化艺术出版社 1991 年，第 11—12 页。

慎微，浑浑噩噩地度日；其个性已经泯灭，千人一面，把尚未丧失个性的人视为疯子。由于常人在认知和行为上表现出与多数人相一致的特点，意味着人的个人性和主体性被"弱化"，甚至被"同化"："根据真实的或想像的来自他人的影响而改变自己的行为。"[01]《被围者》建构了这一命题，发人深思。诗歌营造了一个以"圆"为中心的"绝对的理念"，真正的存在者被围困于其中，在他们的周围是由"平庸""寒冷""闪电和雨"构成的"无形"群体。这里出现了"包围"与"被包围"的位置差异，位置感的追求隐含着主体在空间方面的诉求以及在时间中对自我归宿的寻找和反思。两个不同的位置关系构成了具有权力关系的"场域"，它们的相互作用揭橥了现实文化空间背后的整体形态和"权力机制"。可以说，这种空间位置的僭越是有界线的，僭越和界线相互依存，界线如果无法僭越，那界线的意义就不存在了；同理，僭越如果毫无阻力，那它也毫无意义可言。因此，我们可以将以上两种空间僭越看成是一个双向结合、明暗互现的叙述空间模式：在常人的围剿下，主体最终不过完成一个平庸的圆，令人绝望的完整，"相结起来是这平庸的永远"。然而，既然常人可以对主体为所欲为视为合法，那么主体何尝不可以对现实为所欲为而使一切现实规则秩序失效？主体通过"毁坏它"，让"我们自己就是它的残缺"的决绝方式，给沉沦的常人以致命的打击。在其它篇什里，诗人同样以"碾过他"（《线上》）、（《被围者》）、"把你们击倒"（《打出去》）、"向泥土扩张"（《反攻基地》）、"迸涌出坚强的骨干"（《合唱二章》）、"踏出这芜杂的门径"（《园》）、"他的颈项用力伸直，瞭望着夕阳"（《古墙》）等"突围"意向，获致了存在的意义和价值。"围困"与"突围"的双向抵牾与究诘，意向在空间中的纠合和参照，使得各自的视阈发生交叉、重叠，从而构成了立体开放的叙述空间。这两条双向的意向线路是在不同的时间向度上以不同的速度、节奏和频率进行的，"包围"的行为所展示的是外在社会历史时间内涵，带有很强的社会历史批评色彩，它体现的是有转换但没有发展的社会状况；"突围"的行为所显示的是内在主体间时间的价值取向，它体现了主体的生命意识和反抗精神。在这个互文空间里，意义都从多语

---

[01]［美］埃利奥特·阿伦森：《社会性动物》，郑日昌、张珠江等译，新华出版社 2001 年版，第 454 页。

义、多层面予以观照、生成、展现，我们对事物的理解和把握更加合理和深刻。

对于强大虚无的重压而言，空间位置的僭越趋向确证了主体的"在场"。要使受遮蔽的存在真正敞亮，主体还必须要开启对未来时间和历史运动的可能性探索。这种存在的可能性的开启，彰显出主体的精神品格，也扩充和获致了常人所不能得到的对存在意义的质询。穆旦肯定寻找对见证主体存在的重要意义，他欣喜于"那尚未灰灭的火焰，斑斑点点的灼炭，闪闪的、散播在吞蚀一切的黑暗中"[01]。这正是他"那颗不甘变冷的心"存活和充实的价值。当然，常人和社会习俗所把持的价值体系不可能为主体提供意义支撑，主体不屑于成为常人的影子和化身，而是从日常沉沦中超拔出来，以独立个体的姿态去受难。这与克尔凯郭尔所谓"与其寻求帮助，他宁可（如果必要的话）带着全部地狱的痛苦成为他自身"[02]的精神颇为类似。正是借助这种高难度的精神操练和行动的意向性活动，在遭遇界限和冲破界限的既压抑又激动的游离中，主体不断进行自审，开启了自我对自我的找寻。"必须一再地选择死亡和蜕变，/ 一条条求生的源流，寻觅着自己向大海欢聚！"（《诗四首》）；"跋涉着经验，失迷的灵魂 / 再不能安于一个角度"（《控诉》）；"我已经疲倦了，我要去寻找异方的梦"（《玫瑰之歌》）；"他们终于哭泣了，自动离去了"（《潮汐》）；"我将，/ 永远凝视着目标 / 追寻，前进—— / 拿生命铺平这无边的路途"（《前夕》）……。尽管这种寻找不能一蹴而就，甚至充满着矛盾和艰辛，但至少表征着人对存在之魅开启了领悟之途，蔽而不显的存在也因此有了敞亮与澄明的可能性。

要穿透存在物的遮蔽，让本真的"存在"到场、显现，要求探询者的主体精神介入存在物的内部，开始领会。"假如关于存在的领会没有发生，人就会永远没有能力作为他所是的存在者而存在，哪怕他已具备了多么奇妙的功能。"[03]领会是主体与客体建立关联的产物，它建构在对存在的全方位的洞悉和思考上，是对存在形而上的认

---

[01] 穆旦：《关于〈探险队〉的自述》，《文聚》1945年1月1日第2卷第2期。

[02] 克尔凯郭尔：《致死的疾病：为了使人受教益和得醒悟而做的基督教心理学解说》，张祥龙、王建军译，中国工人出版社1997年版，第64页。

[03] 海德格尔：《康德和形而上学问题》，《海德格尔选集》（上），孙周兴选编，上海三联书店1996年版，第117页。

知和感悟。可以这样理解，既然作为人的"此在"是既抛向外部世界也抛向他人的"共在"，那么有领会的发现和感知，是主体开启"生存之筹划"的重要途径和条件。值得一提的是，穆旦从虚无中洞悉到了抵抗沉沦的肯定性力量，虚无被理解成激活潜在力量的酵素。"稍一沉思会听见失去生命，落在时间的激流里，向他呼救"（《智慧的来临》）；"那里看出了变形的枉然，开始学习着在地上走步"（《还原作用》）；"不不，当可能还在不可能的时候，我仅存的血正毒恶地澎湃"（《我向自己说》）；"我们为了补救，自动地流放"（《控诉》）；"'我是活着吗？我活着吗？我活着／为什么？'"（《蛇的诱惑》）……。凡此等等都表征了主体的自我定位，成为实现其价值信仰重建的历史过程。

领悟存在途中，除了寻找，主体的自由选择更是重要的环节。自由选择是人从"自在的存在"向"自为的存在"转变，是实现"能在"和"自为的存在"的主要途径，正如萨特所言，"人的存在首先是一种自由，这种自由的核心内容是自我选择"[01]。穆旦深谙此道，他说过："要实现'崇高的理想'，不能不通过'辛酸的劳苦'；有了'灾难'，才更激发'希望'；'自由'是必须从战斗里取得的。"[02] 他所说的自由不是来世的自由，而是当下此刻的自由，不是幻想中的自由，而是现世中的自由。自由存在于世界中，因而对于人，选择就不可避免地成为他走向世界的第一步，成为自由的题中应有之义，它使自由与选择建立了内在联系。于是，我们在他的诗歌中能找到主体的自我救赎的方式，如出走、漫游和跋涉等。这些都是主体自由选择的表现。正如《蛇的诱惑》中所阐释的人生选择，"虽然生活是疲惫的，我必须追求，虽然观念的丛林缠绕着我，善恶的光亮在我的心里明灭"。主体"用嗅觉摸索一定的途径"（《鼠穴》），"它拧起全身的力。射出那可怕的复仇的光芒"（《野兽》），"在漫长的梦魇惊破的地方，一切不幸汇合，像汹涌的海浪，洗去人间多年的山峦的图案"（《不幸的人们》）。在穆旦这里，人没有预先的规定性，人必然在不断变化的时间进程中进行着自己的选择，而人的所谓本质，就在这种自由选择中生成。

---

[01] 萨特：《存在与虚无》，陈宣良等译，生活·读书·新知三联书店1987年版，第708页。

[02] 穆旦：《普希金的〈寄西伯利亚〉》，《语文学习》1957年7月号。

三、拯救之途：暴力拴缚的精神张力

"张力"（tension）作为诗学概念，是 20 世纪的俄国形式主义和英美新批评派对康德"二律背反"命题在文学批评中的一次创造性运用。作为一种艺术思维与批评手段，它主要得益于辩证性思维方法的运用。西方现代主义充分肯定张力之于诗歌创作的建构意义，艾略特高度评价十六、十七世纪玄学派诗人（The Metaphysical Poets）"用暴力将最异质的意念拴缚在一起"[01] 的表现手法；理查兹肯定了诗歌知性"相互干扰、相互冲突、相互对立、相互排斥的冲动"[02] 的意义。理查兹的学生燕卜逊"冲突的诗"对穆旦的影响是不言而喻的，穆旦肯定"脑神经的运用"之于诗歌的作用，他不喜欢"太平静"的诗作，主张"它更应该跳出来，再指向一条感情的洪流里，激荡起人们的血液来"[03]。穆旦诗歌容纳了大量对立性要素，给人的直觉就是充满了挣扎、矛盾与痛苦，集中体现为一系列富含张力的隐喻的运用："告诉我们和平又必需杀戮，而那可厌的我们先得去喜欢"（《出发》）；"微风不断地扑面，但我已和它渐远"（《寄——》）；"凶残摧毁凶残，如同你和我都渐渐强壮了却又死去"（《活下去》）；"当可能还在不可能的时候，我仅存的血正毒恶地澎湃"（《我向自己说》）；"虽然他们现在是死了，虽然他们从没有活过，却已留下了不死的记忆"（《鼠穴》）；"我们生活着却没有中心 / 我们有很多中心 / 我们的很多中心不断地冲突"（《隐现》）……。同时，穆旦运用了"扩张人的精神"的特殊句式，如"虽然""倘若""自然""但""然而""却""又"等转折性的关联词，这并不是一种折中的思维态势，而是一种"非同一性"哲学在诗歌中发生的作用。在这里，我们能读到语言的挣扎和震荡。这些因素既对立、冲突，又统一于"当下"这一静态时间中，成为独特的张力艺术结构。

自我与他者在引力的作用下成为矛盾的统一体，在僵持的状态中，二者不停地发生作用。《防空洞里的抒情诗》中"我"被一分为二，一个是等待命运安排和被动给予的"非本真自我"，一个则是不甘

[01] 艾略特：《玄学派诗人》，《艾略特文学论文集》，李赋宁译，百花洲文艺出版社 1994 年版，第 31 页。
[02] 赵毅衡：《"新批评"文集》，中国社会科学出版社 1988 年版，第 44 页。
[03] 穆旦：《〈慰劳信集〉——从〈鱼目集〉说起》，《大公报·综合》（香港版）1940 年 4 月 28 日。

于沉沦的"本真自我"，主体精神裂变的自我拷问被诗人书写得极具张力。张力的存在取消了两者之间"和解"与"缓和"的可能性，因为"和解会解散非同一的东西，会使之摆脱压抑，包括精神的压制；它打开了通向复杂的不同事物的道路，剥夺了辩证法对这些事物的权力。和解将是关于不再是敌意的诸事物的思想"[01]。"非同一性"的因素之间在相互否定之中，形成相互的抵抗力，在永远的对抗中主体的精神力量和品格才能凸显。郑敏曾这样评价道："穆旦的诗，或不如说穆旦的精神世界是建立在矛盾的张力上没有得到解决的和谐的情况上。"[02] 这涉及到穆旦张力思维中的一个重要命题：以否定的精神观照当下的生存状态。这种否定意识深嵌于穆旦关于自我及其归宿的认识中，沉淀在其关于个人在历史运动中的地位和作用的寻找中。显在表现是穆旦的"自我"及其心灵世界在当下的生存状态，其基本结构却是个人与历史、个人作用与历史运动等问题，主体是在这一结构中形成的，也只有借助这一结构才能得以说明。穆旦对于主体的当下审视是完全个人化的，却包含着深刻沉厚的历史性和现实性内容，主体思维的任何一次调整，都源于对历史文化和社会现实全面而深刻的体认。在他看来，指向过去、现在和未来的盲目肯定是一种顺从、妥协的思维短视；预成的肯定之中隐含着一种臆想，一味肯定和认同的过程正是消磨斗志和个性的过程，削减多样性和特殊性的过程。他看透了历史与真理的谎言，绝对理念的虚妄性，"呵上帝！／在犬牙的甬道中让我们反复／行进，让我们相信你句句的紊乱／是一个真理"（《出发》），"庄严的神殿原不过是一种猜想"（《潮汐》），"希望，系住我们。希望／在没有希望，没有怀疑／的力量里"（《中国在哪里》）。在倾覆的现实的废墟上，他塑就了强大主体精神的自我神话。王佐良的概括很好地说明了这一点，"穆旦对于中国新写作的最大贡献，照我看，还是在他的创造了一个上帝"[03]。

　　张力结构由于取消了一方吞噬另一方而确立的"本质"，使其历史运动呈现出多元性和开放性。穆旦反复在诗歌中渴求着毁灭之后

[01] 阿多尔诺：《否定的辩证法》，张峰译，重庆出版社1993年版，第5页。

[02] 郑敏：《诗人与矛盾》，《一个民族已经起来：怀念诗人、翻译家穆旦》，杜运燮等编，江苏人民出版社1987年版，第32页。

[03] 王佐良：《一个中国诗人》，《蛇的诱惑》，曹元勇编，珠海出版社1997年版，第8页。

的"二次的诞生"(《五月》),因为"它们能给我绝望后的快乐"。"二次的诞生"实际上就是在毁灭、死亡、虚无、绝望等临界点上精神的飞腾。关于这种"临界处境",德国哲学家雅斯贝尔斯认为,它是人面对痛苦、绝境和死亡时的一种意识状况,是必然的、最后的和绝对的状况。在他看来,正是由于这种绝对的存在处境才使人们有体己的震惊,因为"在我们的实存的边缘上被感受到、被体验到、被思维了的处境,把实存的内在矛盾、二律背反统统展现出来了"[01]。安内马丽·彼珀在解释尼采的哲学时认为,只有当主体企图超越自己时创造出瞬间,"有门的通道才成为过去和未来的连接点"[02]。尼采的这种"眼下瞬间"意味着"伟大的解脱"瞬间,意味着所有能量的自由横溢,有一种不断增强、能够导致谵妄的力量。主体在这种极端瞬间中,一方面超越了意义悖谬带给主体的精神分裂性,另一方面将自我精神包含在新的创造中。由此,穆旦诗歌的本体意义恰恰蕴含于主体与虚无对峙的张力强度中,虚无的力量越大,生命不可遏制的律动也越大。难怪穆旦强调"从绝望的心里拔出花,拔出草"(《从空虚到充实》),赞赏"一团猛烈的火焰,是对死亡蕴积的野性的凶残"(《野兽》);在"他的身子倒在绿色的原野上"的瞬间,"最高的意志,在欢快中解放"(《奉献》);正是诗人这种"拧起全身的力"(《野兽》),"不断地迸裂,翻转,燃烧"(《在旷野上》),不计后果的追求与反抗,收获了"丰富,和丰富的痛苦"(《出发》),"一个民族已经起来"(《赞美》),而且"把未完成的痛苦留给他们的子孙"(《先导》)。

当然,这里的意义生成与转换并不是没有条件的,它获致于主体对客体的意向性立义。穆旦始终站在世俗和精神的中间地带,在精神对虚无的扩张和突进中确证主体的意义。"生命的肉搏者"穆旦似乎"残酷"地深入到"诗人的自我分析与人格分裂的抒悦",进行"最深入最细致的人性的抒情"[03],展示了人在存在困境中奔突的情形。在这一过程中,郁积的生的欲望和强力在奔流,生命本体得以彰显,意义被生成。

[01] 雅斯贝尔斯:《当代的精神处境》,黄藿译,生活·读书·新知三联书店1992年版,第175页。

[02] 安内马丽·彼珀:《动物与超人之维——对尼采〈查拉图斯特拉〉第一卷的哲学解释》,李洁译,华夏出版社2001年版,第341页。

[03] 唐湜:《诗的新生代》,《诗创造》1848年第1卷第8辑。

第四章　民族政治的边缘姿态：

主流话语的另一种声音

　　在知识分子用文学的笔来写"抗战"的大潮之外，40 年代的国统区文艺界依然存在着另一种声音，他们的文学创作相对远离民族政治的主流话语，而是在个人世界里书写着属于个人的生命体验。无论是新浪漫派的文学书写、梁实秋的散文创作，还是沈从文的抒情小说，均与现实保持着一定的距离，这自然也遭致了一些批评家的批判。抛开思想意识形态的迷雾，他们的边缘书写却在艺术的拓新中获取了不小的艺术功绩，这也是不争的事实。这个曾经被批判和忘却的角落，需要我们重新检视。因为它提供了与主流不一样的声音话语，其顽强的创作姿态和执着的艺术精神或许能有效地汇入我们对于抗战文学主潮的思考之中。

空间分立与融通——20世纪40年代中国文学研究

第一节　现实主义的裂隙：新浪漫派的文学书写

在 20 世纪 30、40 年代现实主义主潮的裂隙中，国统区的徐訏、无名氏创作了一种全新的浪漫主义小说样式。与前期浪漫主义小说浓郁的自叙传色彩、感伤的情调、强烈的情感自由不同的是，他们的小说渲染异国情调和神秘色彩，讲述奇情、奇恋、艳遇、传奇，借助奇异的幻想达到精神的自由。然而，他们的创作并没有被现实主义主潮淹没，其新颖别致的风格标示着浪漫主义思潮的一种新的走向。正如严家炎所说，"在三四十年代现实主义主潮十分盛行的时候，后期浪漫派小说的出现，打破了艺术上的一统天下，开创了小说创作的一种新的境界，促进了小说领域的多样化局面的到来" [01]。

徐訏反对赤裸裸的文艺功利主义，他指出，"有志之士想借于文艺以校正社会的风尚，其用意未始不是好的。但是可惜文艺是一样有生命的树木，它依靠这阳光而生存，一砍下来

徐訏

---

[01]　严家炎：《中国现代小说流派史》，人民文学出版社 1988 年版，第 319 页。

制成木具，它的本身也就死了"[01]。在此基础上，他强调感受、表达和传达三位一体，主张把"娱乐"置于文艺之中。

徐讦《鬼恋》

《鬼恋》写"我"在冬夜的上海街头偶遇一位自称为"鬼"的冷艳美女。"我"被她的美丽、聪敏、博学、冷静深深吸引，但交往一年之久，她始终以人鬼不能恋爱为由，拒绝与"我"恋爱，使"我"陷入万分痛苦。直到"我"发现她确实是人不是鬼后，她才承认自己曾经做过秘密工作，暗杀敌人 18 次，流亡国外数年，最终爱人被害，现在已经看穿人世，情愿做鬼而不愿做人了。当"我"劝她一同做个享乐的人时，她离开了"我"。"我"大病一场，痊愈后去住到她曾住过的房间，"幻想过去，幻想将来，真不知道做了多少梦"。小说情节扑朔迷离，气氛幽艳诡谲，人物的命运和归宿令人久久难以释怀。

《阿剌伯海的女神》写"我"在阿剌伯海的船上与一位阿剌伯女巫谈论人生经历和与阿剌伯海女神的奇遇，而后与女巫的女儿恋爱。但伊斯兰教不允许与异教徒婚恋，于是一对恋人双双跃入大海。结果最后是"哪儿有巫女？哪儿有海神？哪儿有少女？"，原来"我一个人在地中海里做梦"。小说打破了现实与虚幻的界限，表现了人与神、实在与虚幻、死与生的困惑，弥漫着一种虚无缥缈的感觉，既有奇异的故事，又有哲理的气息。《荒谬的英法海峡》写"我"在英法海峡的渡轮上，感叹资本主义国家把大量金钱用于军备和战争，突然轮船被海盗劫持。在海盗居住的岛上，没有种族、阶级和官民之分，人人平等，首领也要在工厂上班，没有商店和货币，一切按需分配。"我"在岛上经历了一场奇异的爱情，最后发现又是南柯一梦，不禁叹息："真是荒谬的英法海峡！"小说以梦境和现实的对照，表达了对现代文明的批判和反省，并显露出对梦幻艺术的偏爱和依恋。《吉布赛的诱惑》写"我"与潘蕊的奇遇，由于文化心态的不同，使得这对恋人出现了文化的不适应：潘蕊与"我"的家人和中国的环境格格不入，日渐寂寞和憔悴，当"我"与潘蕊重返马赛，潘蕊担任广告模特后如鱼得水、容光焕发时，"我"却陷入孤独和妒忌之中。这时，吉布赛

---

[01]　徐讦：《个人的觉醒与民主自由》，台北文星书店 1976 年版，第 125 页。

人乐观朴素的生命哲学启发了他们，他们与一群吉布赛人一道远航南美，以流浪和歌舞享受着大自然的蓝天明月，感受着人世间的喜怒哀乐。所谓吉布赛的诱惑，就是自由的诱惑，自然人性的疑惑。《精神病患者的悲歌》写的是一个三角恋爱的故事，"我"应聘去护理一位精神变态的富商小姐梯司朗。梯司朗受家庭沉闷的气氛所压抑，不相信人与人之间有无私的爱，常常出入下等舞厅酒馆以求发泄。"我"在帮助治疗梯司朗时，与侍女海兰产生了爱情。不料梯司朗也爱上了"我"，海兰为成全他人，在与"我"一夕欢爱之后服毒自尽。最终梯司朗做了修女，"我"也矢志不婚。小说情节波澜起伏，宗教式的人格升华出一种净化的艺术氛围，作者在解剖人物心灵方面也颇见功力。

　　长篇小说《风萧萧》是徐訏的代表作，1943 年，在重庆《扫荡报》上连载，风靡一时，"重庆江轮上，几乎人手一纸"[01]。加上这一年徐訏的作品名列畅销书榜首，故而 1943 年被称为"徐訏年"。"我"是生活在上海孤岛的一位哲学研究者，在上流交际圈里结识了白苹、梅瀛子、海伦三位各具风采的女性：白苹是姿态高雅又豪爽沉着的舞女，具有一种银色的凄清韵味，好像"海底的星光"；梅瀛子是中美混血的国际交际花，机敏干练，具有一种红色的热情和令人"不敢逼视的特殊魅力"；海伦是天真单纯的少女，酷爱音乐，像洁白的水莲，又像柔和的灯光。"我"与几位女性产生了复杂的感情纠葛，诡谲的人物关系和激烈的内心冲突使小说悬念迭起。而小说的后半部忽又别开洞天。原来白苹和梅瀛子分别是中国和美国方面的秘密情报人员，她们几经误会猜疑，弄清了彼此身份，遂化干戈为玉帛，联手与日本间谍斗智斗勇，获取了宝贵的军事机密，白苹为此还献出了生命。"我"和海伦也加入到抗日的情报队伍中，在梅瀛子为白苹复仇后，"我"毅然奔向大后方，去从事民族解放的神圣工作。这部小说在艺术方面也是颇有特色的，将爱

徐訏《风萧萧》

情与间谍战糅合在一起，设置了一连串的误解、猜疑、悬念，使读者跟随着"我"如坠云里雾里，到最后才揭开谜团，真相大白。作者对人物潜意识的挖掘非常深刻，擅长于对梦境进行书写。全书中主人公"我"的种种感觉印象，无不涂有浓郁的悲痛感伤色彩；还有"我"的种种反省、忏悔、苦闷、矛盾心理的郁结搅动，无不是根源于民族的屈辱和忧患。这种深重的民族忧患意识和爱国意识，构成了小说的基本色调，也造成了叙述者对人生、人性等抽象问题给予现实思考的强大动力。总之，浪漫、神秘、惊险种种因素叠加，既能满足读者的好奇，又能启发读者的思考；抒情而典雅的语言，飞动而奇丽的想象，使这部小说产生了长久的艺术魅力。

无名氏的创作比较接近西方现代主义，他曾声明"绝不接受现实主义，永远皈依未来派"[01]。西方现代主义重视对人内心世界的探求，特别精于对人潜意识的深层开掘。

青年时代的无名氏

《北极风情画》写"我"在华山落雁峰疗养，听一个怪客在酒后讲述了一段凄惨哀艳的痛史。原来怪客本是一位韩国军官，十年前是抗日名将马占山的上校参谋，随东北义勇军撤退到西伯利亚的托木斯克，意外结识了奥蕾利亚。二人相互倾慕对方的气质和才华，产生了热烈的爱情。但上校突然接到命令，部队要调回中国，在离别前的四天中，他们把每小时当作一年，疯狂而又凄绝地享受和发泄着生命。当上校途经意大利回国时，接到奥蕾利亚母亲的信，告知奥蕾利亚已引刀自杀。信中附有奥蕾利亚伤惨的遗书，要求上校"在我们相识第十年的除夕，爬一座高山，在午夜同一时候，你必须站在峰顶向极北方瞭望，同时唱那首韩国'离别曲'"。"我"听到的"受伤野兽的悲鸣"般的歌唱正是他十年后对这个约定的履行。上校讲完了他的十年痛史后，就不辞而别了。小说在戏剧化的情节布局中融入了反抗侵略压迫的民族意识，描绘了奇寒异荒的西伯利亚风光，探究了天地万物的哲理，因此具有一种立体的综合的艺术魅力。

《北极风情画》问世不久，无名氏接着推出号称"续北极风情画"

[01]　无名氏：《绿色的回声》，花城出版社 1995 年版，第 8 页。

无名氏《北极风情画》　　无名氏《塔里的女人》

的《塔里的女人》，"我"在华山排遣郁闷和孤独时，发现道士觉空气宇不凡，觉空知道"我"对他产生了兴趣，在经过一番对"我"的考察后，将一包手稿交给"我"，手稿中觉空自述的身世就构成了小说的主体。觉空原名罗圣提，十六年前曾是南京最著名的提琴大师和医务检验专家，在出席一场晚会演奏时，认识了南京最美丽的女郎黎薇。后来黎薇跟罗圣提学琴，三年之后，黎薇再也压抑不住对罗圣提深深的爱慕，她把记录自己内心秘密的四册日记交给罗圣提，于是，两人的情感汹涌决堤了。但罗圣提在家乡已有妻室，他既不忍心抛弃家乡的妻子，又不忍心让黎薇为自己牺牲。于是，三年后，罗圣提把一个"无论就家世，门第，财产，资格，地位，政治前途，相貌风度，这个人都比我强得多"的方某介绍给黎薇。黎薇为了成全罗圣提，毅然答应了与方某结婚。然而对方却是个粗俗跋扈之人，最终遗弃了黎薇。罗圣提痛苦漂泊了十年，好不容易在西康一个山间小学找到了黎薇，而此时的黎薇已经容貌苍老、言行迟滞，连说："迟了！……迟了！……过去的已经过去了。"罗圣提从此过起粗简的生活，"变卖了一切，来到华山，准备把我残余的生命交给大自然"。小说通过多层次的结构和变幻的视角，增加了对人物心理的透视力以及对荣辱悲欢的梦幻感。悔恨交加的叙述方式，把对旧式婚姻的反省和人物心灵的拷问结合起来，写出了美和善、福和祸的变化无常。而"我"也在月夜神秘的提琴声中得到了启示："女人永远在塔里，这塔或许由别人造成，或许由她自己造成，或许由人所不知道的力量造成！"

《无名书稿》计划写七卷，但作者在 1949 年前完成仅三卷，即《野兽·野兽·野兽》《海艳》《金色的蛇夜》。这三部小说的共同之处是在写浪漫爱情故事时对生命进行了哲理思考，在异域情调的传奇书写中凸显出时代氛围。《野兽·野兽·野兽》的主人公印蒂为了探索人生，参加了革命斗争，在经历了革命的失败后，产生了强烈的幻灭感。他参加革命并不是为了社会解放，而是为了"探索生命、找寻生命"，渗透了主体个人主义和对生命强力的渴望之情。《海艳》写印蒂退出革命后对爱情的追求，他与白衣少女瞿莹相遇，一见钟情，苦苦追求，但目标实现后反而失望，终于出逃。《金色的蛇夜》将道德败坏和人性歧异写得入木三分，印蒂的追求不但没有成功，反而堕入了欲望的洞穴，他人性沉沦、走私、吸毒、淫乱，最终走向了自我毁灭。这三部小说以 20 世纪 20 到 40 年代的社会事件为背景，通过描写主人公经历的革命、爱情、欲望、信仰等磨难，表现了寻找"生命的周全"的复杂性和矛盾性。小说打破了传统小说的情节和时空观，依靠人物的情感经历和生命律动来发展故事，以立体化的印象编织起细致的声色氛围和时空网络，将生命提炼成诗，又将"诗与哲学"融合成故事，给人一种新颖独到、兴致盎然的感觉。

空间分立与融通——20世纪40年代中国文学研究

第二节　"政治无信仰"与沈从文的"重造政治"

　　任何一个国家与民族的发展与强大，都离不开具有自由和创造精神的个人。人是社会历史发展中最富于创造力的主体，是创造文明社会生机勃勃的能动力量。而人格的健全，是一个国家和民族进步的重要前提之一。只有拥有健全人格的国民，才能创造富有生机和活力的国家。沈从文追问："一个民族或一种阶级，它的逐渐堕落，是不是纯由宿命，一到某种情况下即无可挽救？会不会出现偶然事实，还可能用一种观念一种态度将它重造？我们是不是还需要些人，将这个民族的自尊心与自信心，用一些新的抽象原则重建起来？"[01] 这种"观念"和"新的抽象原则"便是自由独立的人格观念和创新进取精神。沈从文清醒地意识到，传统的"鬼魂"是这个民族难以新生的强大阻力，民族的希望只有建立在以每个"个体"组成的"群体"精神的创造中，把西方的个性意识，人的自觉解放精神注入这个失去生机的民族肌体内，完成"由个体向集体再到民族国家"的"放大与延伸"，才能使民族最终走向振兴与强盛。

　　然而，沈从文对于民族人格的"重造"并非要引导人们遁入陈旧

---

[01]　沈从文：《绿魇》，《沈从文全集》第 12 卷，北岳文艺出版社 2009 年版，第 138—139 页。

的历史时空，他深受五四新文化思潮的影响，清醒地意识到民族向前向上必须跟随世界发展的潮流，要向未来凝眸。他曾劝诫年轻人不要泥古，"不要尽看那些旧书，我们已没有义务再去担负那些过去时代过去人物所留下的趣味同观念了。在我们未老之前，看了过多由于那些老年人为一个长长的民族历史所困苦融合了向坟墓攒去的道教与佛教的隐遁避世感情，而写成的种种书籍，比回忆还更容易使你'未老先衰'"[01]。显然，这似乎和他的小说中所建构的停滞历史流动的"桃花源"世界是有差异的。事实上，沈从文的湘西世界中处处也潜藏着"走向现代"的危机隐喻，他明白历史的流动是必然的，不情愿也只是徒劳。于是，沈从文没有被动地喟叹经典的失落，而是着力于经典的重造。在《一个传奇的本事》中他对此有解释："这种人生观的基础，应当建筑在对生命作完全有效的控制，战胜自己被物欲征服的弱点，从克制中取得一个完全独立的人格，以及创造表现的绝对自主性起始。"[02] 在《小说作者和读者》中又说："生命离开一个动物人生观，向抽象发展与追求的欲望或意志，恰恰是人类一切进步的象征。"[03] 上述表达极其接近西方理论家所说的个体人格。它的基本品格就是非从众的个体意志和自我创造性。它实现的前提就是抗拒，抗拒世界奴役的统治，抗拒人对世界奴役的驯服融合，从而达到能够超越一切羁绊的、真正自由和理性的自我。如果一切从人的本性出发，不仅以人与自然契合的生命形式为存在形式，还以非从众的个体意志和自我创造性为保障，那么就可能达到人与天地之间能永存生生不息活力的理想境界。这种基于健全个性的人格自觉，在沈从文看来，无疑是将来人类文化发展的始基和一切创造力的源泉。

在《若墨医生》一文中，"我"与若墨医生谈论的国家问题很值得思考。作为一个作家的"我"认为，中国"一切中毒太深，一切太腐烂，太不适用"，若墨医生则认为，"既然中毒，应当诊断"。以中国专家自居的"我"，反问他："你相信一切容易吗？"他的回答是：

[01]　沈从文：《一周间给五个人的信摘录》，《沈从文全集》第 17 卷，北岳文艺出版社 2009 年版，第 181 页。

[02]　沈从文：《一个传奇的本事》，《沈从文全集》第 12 卷，北岳文艺出版社 2009 年版，第 230—231 页。

[03]　沈从文：《小说作者和读者》，《沈从文全集》第 12 卷，北岳文艺出版社 2009 年版，第 66 页。

"我不相信那么容易，但我有这种信仰，我们需要的就是信仰……我们要有这点信仰，才能从信仰中得救！"对此，"我"也同意，在"我"看来，"是的，我也以为要信仰的。先信仰那个旧的完全不可靠，得换一个新的，彻底换一个新的，从新的基础上，建设一个新的信仰，一切才有办法，——这是我的信仰！"在久论无果的情况下，十六个月过去后，这件事只剩下一个影子留在"我"的记忆里，对"我"而言：

> 我现在还只那么尽想象中国应当如何重新另造，很严肃的来写一本"黄人之出路"。为了如何就可以把某一些人软弱无力的生活观念改造，如何去输入一个新的强硬结实的人生观到较年青一点的朋友心胸中去。[01]

对于中国的想象，沈从文心中始终有一个"老去民族"的印记，这是他又爱又恨的文化符码。他清醒地意识到过去民族存在的精神弊病，这和五四一代知识分子的观念是相似的。他指出："一个民族已经那么敝旧了，按照过去的历史而言，则哲学的贫困与营养不足，两件事莫不影响到我们这个民族的生存态度。号称黄帝家嗣的我们，承受的既是个懒惰文化，加上三千年做臣仆的世故，思想皆浮在小小人事表面上爬行，生活皆无热无光，是一件自然而然的事情。"[02] 在这里，沈从文的话已经触及了民族文化的内核，他发现了中国遭遇现代危机的内在根由——陈旧的思维观念及生存状态。在他看来，如果再继续延续这种思想，无所作为，现代中国将无法在世界发展的大潮中立足。因而，他提出，"要把依赖性看作十分可羞，把懒惰同身心衰弱看作极不道德。要有自信心，忍劳耐苦不在乎，对一切事皆有从死里求生的精神，对精神身体两不健康的病人狂人永远取不合作态度"。沈从文认为，独立人格需要"意志力"与"怀疑"精神，良好民族精神、个人独立品质的养成是艰难、缓慢的，尤其是在当时看不

---

[01]　沈从文：《若墨医生》，《沈从文全集》第 9 卷，北岳文艺出版社 2009 年版，第 172—181 页。

[02]　沈从文：《元旦日致〈文艺〉读者》，《沈从文全集》第 17 卷，北岳文艺出版社 2009 年版，第 202 页。

到多少希望时。"用'意志'代替'命运',使'生命的使用'变成有计划而能具连续性,是一切新经典的根本。"[01] "种族延续国家存亡全在乎'意志'","让生命'转化'或'升华'","要靠'韧性'来支持","国家转好,完全出于多数人的意志"[02]。正因如此,他强烈地呼唤人的"意志力",以重建民族的自尊心与自信心。

在沈从文的意识中,战争的破坏性远大于其建设性:"我看了三十五年内战,让我更坚定这个国家的得救,不能从这个战争方式得来。"[03] 他怀疑和否定工具理性,不希望文学受制于任何形式的权力,他是这样理解时代,也是这样要求自己的。他主张作家要恢复五四时期的那种自由的品格,"让我们来重新起始,在精神上一面保留'五四'运动初期作家那点天真和勇敢,在阅历上加上这二十年来从社会变动文运得失讨得的经验,再好好来个二十年工作,看看这个民族的感情中,是不是还能撒播向上的种子,发芽和发酵,有个进步的明日"[04]。他批评抗战期间昆明的部分民主人士"在学识上既无特别贡献,为人还有些问题";认为第三面力量中很少有人"在最近三十年,真正为群众做了些什么事?当在人民印象中。又曾经用他的工作,在社会上有以自见?"[05] 批评丁玲等作家去延安是"积极参加改造","是随政治跑的"。[06] 为此,他提出"工具重造"的主张。在战争的形势下,他依然思考现代文明和战争带来的人性变异等问题,并且建议民族和民众在战争中训练自己,借抗战训练出一种精神,"建立一个标准,一种模范,由此出发,再说爱国,救国,建国"[07]。这种精神的最终目的是为了在战争结束后能够重建国家,重塑民族精神。这一点当然无法为战时语境中的批评家所理解,在他们看来,战

---

[01] 沈从文:《长庚》,《沈从文全集》第12卷,北岳文艺出版社2009年版,第40页。

[02] 沈从文:《给驻长沙一个炮队小军官》,《沈从文全集》第17卷,北岳文艺出版社2009年版,第350页。

[03] 沈从文:《文学与青年情感教育》,《沈从文全集》第17卷,北岳文艺出版社2009年版,第177页。

[04] 沈从文:《白话文问题——过去当前和未来检视》,《沈从文全集》第12卷,北岳文艺出版社2009年版,第63页。

[05] 沈从文:《从现实学习》,《沈从文全集》第13卷,北岳文艺出版社2009年版,第395页。

[06] 杨华:《论沈从文的〈从现实学习〉》,《文萃》周刊第二年第12、13期合刊,1947年1月1日。

[07] 沈从文:《给青年朋友》,《沈从文全集》第14卷,北岳文艺出版社2009年版,第125页。

青年沈从文

争是需要发挥文学工具性的，这关乎着民族国家的生存与未来。

　　在小说《宋代表》中，沈从文批判了那些打着"革命"旗号，到处招摇撞骗，进而缺失人性的社会怪相。沈从文笔下的两个主人公共同参加爱国联合会，一起领导学生游行，一同喊"打倒帝国主义的口号"。然而，这看似充满革命激情的举动却暗藏了诸多个人的私欲。革命并未改变他们先前的劣根性：游行结束后，抽烟的继续抽烟，只是将香烟牌子改成国产香烟；谈女人的继续谈女人，而且做着夺人所爱的黄金美梦。宋代表的"一根文明杖的尖端，在空气中画了好多圈子，一直画到真光电影场售包厢票处"。沈从文深刻地揭示了抗战背景下一些大学生"爱国"的浅薄，参加一两次游行，高声喊口号，满口大话空话，四处辩论，甚至在此类场合中寻找恋爱对象，就是他们全部的"革命"生活。沈从文讽刺这种大学生生命观的庸俗与低级，只知道在墙上挂满大大小小的女人裸体油画，书架上摆满数不清的洋书和各色各样的香水瓶子。[01] 沈从文的这种批判意识与40年代一些知识分子警惕那些投机革命、跟风革命现象有着一致性。如果简单地认为沈从文盲视抗战、无视文学之于全民抗战的价值是不公允的。沈从文不满的是那些由"表现真理"转成"解释政策""宣传政策"，便宜了一群投机者与莫名其妙的作家。在他看来，背景和时局是瞬息万变的，那些别有用心的人盯准了这一特点，也在不断地应变来捞取"战利品"。沈从文指出，当前有些作家始终高兴地接受政客的安排来发动文学运动，只要"上头"政策一变，他们也就即刻会变。他深感人心的善变，是无法真正地从事文学运动的，只有保持文学独立的审美空间和价值，才能不成为某种外在力量的附庸和奴隶。显然，这与迅急的抗战形势是有一定距离的，由此造成批评家及读者的误解也就不可避免了。沈从文不愿做政治集团的"家犬"，以呵护文学的纯洁性自居，而对于一些文人放弃文学原则的做法他是持批判态度的，在他看来，这种人本来目的也就只是做文人。"做文人的意义，是满足一个动物基本欲望，食与性。别无更

[01]　沈从文：《宋代表》，《沈从文全集》第5卷，北岳文艺出版社2009年版，第321页。

（竖排书脊）空间分立与融通——20世纪十年代中国文学研究

多幻想与贪心，倒像是个很知足的动物"[01]。

沈从文受到左翼主流作家的批判是必然的，他一直试图将文学从政治的权力中析离出来，强调文学的审美自足性，淡化政治意识形态对于文学的折射，"我只觉得一个作家应当如同思想家，不会和人碰杯，不会和人唱和，不算落伍。他有权利在一种较客观的立场上认识这个社会，以及做成社会的人民情绪生活的历史。从过去、目前，而推测出个未来。他也有权利和一切党派游离，如大多数专门家一样，把他的作品贡献于人民"[02]。他曾指出："若把文学附属于经济条件与政治环境之下，而为其控制，则转动时代的为经济组织与政治组织，文学无分，不必再言文学。"[03] "我们虽需要国家对于文学作用有更深刻的认识，同时还需要文学作家自己也能认识自己，尊重自己，不要把'思想'完全依赖在政治上。"[04] 这在特定的文化语境中多少有些不合时宜，毕竟不存在完成脱离社会存在的文学形态，文学生产是政治话语的一部分，作家的"撤退"被理解为缺乏社会担当的表现。沈从文的复杂性在于他一方面表示不关心政治，但另一方面却始终不忘用文学的笔来参与民众灵魂的改造。这种多元的文学创作理念也使其容易被误读。理性的态度是回到历史的现场，梳理沈从文创作心态的变动性，找寻其远离政治又曲折地回应政治的双重曲线轨迹，还原真实的沈从文，真正回到沈从文那里去。

事实上，沈从文也并非完全盲视文学与政治的关系，并非要决绝地割裂两者的深刻关联。在他看来，"把文学凝固于一定方向上，使文学成为一根杠杆，一个大雷，一阵暴风"也未尝不可，但他反对文学受到外界的影响后便即刻"投降"[05]。这里的"投降"就是切断文学与政治的张力关联，将文学视为政治的工具，这是沈从文所不愿看到的。他之所以重视文学的自足性，与他作为自由知识分子的身份认定是密切相关的，他说过："有学术自由，知识分子中的理性方能抬

---

[01] 沈从文:《新的文学运动与新的文学观》,《沈从文全集》第12卷, 北岳文艺出版社 2002 年版, 第48—49页。

[02] 沈从文:《政治与文学》,《沈从文全集》第14卷, 北岳文艺出版社 2009 年版, 第257页。

[03] 沈从文:《记丁玲续集》,《沈从文全集》第13卷, 北岳文艺出版社 2009 年版, 第207页。

[04] 沈从文:《小说与社会》,《沈从文全集》第17卷, 北岳文艺出版社 2009 年版, 第305页。

[05] 沈从文:《记丁玲》,《沈从文全集》第13卷, 北岳文艺出版社 2009 年版, 第117—118页。

头。理性抬了头，方有对社会一切不良现象怀疑否认重新检讨的精神，以及改进或修正愿望。"[01] 二十世纪三四十年代的沈从文，逐渐开始由"文体作家"向思考者角色转变。1934 年的返乡所见，在某种程度上促成了转变的一个契机，沈从文在完成《边城》的创作后，不再从文化和审美价值层面来抒写田园诗般的乡土乌托邦，而是从历史和现实层面关照一个结束了自治状态，走向混乱的湘西社会。抗日战争全面爆发，沈从文随着汹涌人潮涌向内地，重回湘西，湘西所代表的乡土社会承受外来力量的巨大冲击，进一步促使沈从文对现实的思考转向更深层次。

近二十年的漂泊所带给沈从文的，是一种双重"他者"的视角和眼光：一方面，面对三四十年代主流文学或政治化或商业化的道路，沈从文本能地忠诚于自己的经验实感，保持着一种审慎的态度，他始终不愿取悦多数，而是贴着自己笔下的世界去感受天地自然的细微曲折；在另一方面，受"五四"文化运动中"人的文学"和"国民性改造"等传统影响，沈从文在欣赏湘西自然野性的同时，跳出生活的眼光去回望熟悉的乡野，不仅清楚地意识到隐藏在民族惯性中悲哀的一面，更在特殊的历史时期敏锐感受到乡土社会在历史变革中的阵痛。这种双重"他者"的视角，在四十年代进一步表现在沈从文避开了喧嚣的时代话语，以自己的方式审视战争。此时的沈从文越过战争的现实，以远眺姿态思考历史背景之外更深邃的原则，关注"远比相斫相杀的历史更为久远恒常同时又现实逼真的生存和价值"[02]。

20 世纪 40 年代中后期，沈从文的小说创作再次返归其熟悉的乡土中国，虽然沿用了沈氏独特的抒情牧歌笔法，但在清丽文本背后却蕴含着多重张力。《雪晴》集在叙事手法上回归了作者驾轻就熟的"风景画"式的抒情牧歌，将"我"设定为十八岁的少年，"镶嵌到这个自然背景和情绪背景中"[03]。但作家屡屡在不经意处出现于小说中，打破风景画表面的平静，显露出现实世界的绰影。这样一来，"我"的所见所思便具有了勾联记忆与现实的隐喻意味。借助象征手段将作家抽象的观念化为可感知的具体形象，将难以言明的某种情绪、观念

---

[01] 沈从文：《纪念五四》，《沈从文全集》第 14 卷，北岳文艺出版社 2009 年版，第 297 页。

[02] 张新颖：《一条河与一个人》，《新文学》第 5 辑，大象出版社 2006 年版，第 131 页。

[03] 沈从文：《赤魇》，《沈从文全集》第 10 卷，北岳文艺出版社 2009 年版，第 406 页。

或情趣附之于更直观的具体意象上去。沈从文一向惯熟于此，到 40
年代，似乎更刻意追求这种表现方式："一切都近于象征。情感原出
于一种生命的象征，离奇处是它在人生偶然中的结合。以及结合后的
完整而离奇形式。"[01] 在其小说中，作家思想观念的聚集常常中断故
事情节的推衍，而这些抽象观念与隐晦的叙事手法一道淡化了现实语
境的直接折射。沈从文强调："一切离不了象征。惟其是象征，简单
仪式中即充满了牧歌朴素的抒情。"[02] 从这种意义上说，淡化显效性
的现实内涵，强化主观的抒情化倾向是沈从文 40 年代小说创作的主
要特质。

在《雪晴》中，"我"与四个相熟同乡学生一同前往乡
下过年。途中偶遇几个人带着几只狗在积雪被覆的溪涧中
追逐狐狸，此时想当画家"用一支笔来捕捉这种神奇的自
然"的"我"突然领悟到自身的局限："静寂的景物虽可从
彩绘中见出生命，至于生命本身的动，那分象征生命律动
与欢欣在寒气中发抖的角声，那派表示生命兴奋与狂热的
犬吠声，以及在这个声音交错重叠综合中，带着碎心的惶
恐，绝望的低嗥，紧迫的喘息，从微融残雪潮湿丛莽间奔
窜的狐狸与獾兔，对于忧患来临挣扎求生所抱的生命意识，可决不是
任何画家所能从事的工作！我的梦如何能不破灭，已不大像是个人可
以作主。"[03] 自然的生命律动是难以通过绘画实现的，当然也是文字
无法再现的。在上述文字中，作家提及的"兴奋""狂热""惶恐""绝
望""紧迫"等多种情绪本源于现实的沉思，而第二天清晨所见动物
被捕捉，挣扎死去，更表征了作家难以名状的内心的挣扎与矛盾，而
这一切与现实人生保持着一种距离。沈从文将人与自然的张力扩展于
自己能够感知的失语之中，在他的思维里，即使是蕴含着生命力的乡
间田猎也隐含着对自然生态破坏的危机，这与其前期极力彰显乡民生
命强力时有了差异。在深层语境中暗合当时的时代背景，实际上意欲
暗示一种"静"已是不可能的，一切都处在变动之中。这种深微的思
想观念与沈从文在 40 年代的玄想与凝思分不开，且与后面偶然的悲

[01] 沈从文：《青色魇》，《沈从文全集》第 12 卷，北岳文艺出版社 2009 年版，第 190 页。
[02] 沈从文：《雪晴》，《沈从文全集》第 10 卷，北岳文艺出版社 2009 年版，第 411 页。
[03] 沈从文：《赤魇》，《沈从文全集》第 10 卷，北岳文艺出版社 2009 年版，第 404—405 页。

剧在人事上的变动也密切关联。"我眼中被屋外积雪返光形成一朵朵紫茸茸的金黄镶边的葵花，在荡动不居情况中老是变化，想把握无从把握，希望它稍稍停顿也不能停顿。过去一切印象也因之随同这个幻美花朵而动荡，华丽，鲜明，难把握，不停顿！"[01] 时代的动荡，逼迫人不得不面对旧文明的沦落，不仅是乡土中国，整个国家的各个部分都被裹挟着应对，延续已久的各种处事方式随着时代的快速变化而显得捉襟见肘。

在抗战的语境中，沈从文所彰显的生命力显现出更为深邃的内涵。作家并不主张个人英雄主义，他所倚重的是历史远景及未来国民性格的重造。具体而论，一方面，他热切地赞颂张扬的生命力，与健康质朴的人性，及其所能带来的积极抗争的自信心和永不屈服的自尊心；而另一方面，又忍不住担忧生命力的无谓浪费。《雪晴》里巧秀的命运即是著例。十八岁青春萌动的"我"初见巧秀即被吸引，"一个年青乡下大姑娘，也好像一个火炬，俨然照着我的未来"。"十七岁年纪，一双清亮无邪的眼睛，一张两角微向上翘的小嘴，一个在发育中肿得高高的胸脯，一条乌梢蛇似的大发辫。说话时未开口即带点羞怯的微笑，关不住青春生命秘密悦乐的微笑。且似乎用这个微笑即是代表一切，生命存在的意义和价值，以及愿望的证实。"[02] 巧秀尽管不如翠翠那般具有自然性灵，却也不乏灵气，颇惹人怜爱。她命途多舛，在经历了与中砦人私奔成匪后，饱受人生的艰苦，进而成为寡妇。她的人生轨迹宿命般地重复了母亲的遭遇。在小说中，对于巧秀的际遇，十八岁的"我"吃惊且惋惜，隐含作者也跳入故事框架中予以对话，对于女性的命运付之以复杂的人文情怀："生命发展与突变，影响于黄毛丫头时代的较少，大多数却和成年前后的性青春期有关。或为传统压住，挣扎无从，即发疯自杀。或突过一切有形无形限制，独行其是，即必然是随人逃走。惟结果总不免依然在一悲剧性方式中收场。"[03] 这其中，制导着巧秀命运的因素是爱欲，在其驱动下，人的喜乐与悲苦似乎早已注定。沈从文很现实地点明了女性生命力解放后的困境：对于自身生命诉求的自觉，生命意识的启悟，难以找到

---

[01] 沈从文：《雪晴》，《沈从文全集》第 10 卷，北岳文艺出版社 2009 年版，第 408 页。

[02] 沈从文：《雪晴》，《沈从文全集》第 10 卷，北岳文艺出版社 2009 年版，第 409—410 页。

[03] 沈从文：《巧秀与冬生》，《沈从文全集》第 10 卷，北岳文艺出版社 2009 年版，第 425 页。

适宜的发泄途径，只能充满悲剧情绪地浪费在难以有光明结果的希望上。这种生命力的释放对于个人而言，是生命的无谓消耗，"因为不仅偶然被带走的东西已找不回来，即这个女人本身，那双清明无邪眼睛所蕴蓄的热情，沉默里所具有的活跃生命力，都远了，被一种新的接续而来的生活所腐蚀，遗忘在时间后，从此消失了，不见了"[01]。对于群体而言，更像一块石子投入茫茫大海，除了一丝涟漪，再无别的改变，"巧秀的逃亡正如同我的来到这个村子里，影响这个地方并不多，凡是历史上固定存在的，无不依旧存在，习惯上进行的大小事情，无不依旧进行"[02]。在这里，作家对于爱与死相邻的主题有了更深一层的理解，不再高扬超越生死的至爱，而是理性地反思爱欲的价值及可能性的危机与困苦。

值得注意的是，这一时期沈从文的小说里常出现幻想，它存在于年轻人的思维意识中，也铺陈于文本的叙事脉络之中。在巧秀大胆而天真的文化选择中，也包含了些许"幻想"，哪怕是在危机四伏的情境下也依然存活着不灭的冥想。在沈从文看来，幻想力是人具有生命力的表现方式，他尤为看重青年人精神中的这种品质，甚至认为其属于人类精神的向上部分，"至于生命的明悟，……或积极的提示人，一个人不仅仅能平安生存即已足，尚必须在生存愿望中，有些超越普通动物肉体基本的欲望，比饱食暖衣保全首领以终老更多一点的贪心或幻想，方能把生命引导向一个更崇高的理想上去发展"[03]。可以预见，一个消泯了光明或梦想的个体是不可能成为一个国家的脊梁的，缺失了民魂的生命形态是无法承担时代使命的。沈从文主张合理地疏导这种生命力和幻想力，尤其是在受压抑的情境下找到合适的形式去安放和排遣这隐藏于乡土中国的精神元气。同时，无处安放的活力积聚，无益于推进历史车轮，反而会成为地方的隐患。少女因爱而私奔，因触及乡规而落洞或沉潭，进而悲剧性地死去。这难能可贵的行为背后依然有值得喟叹的生命消耗与流逝。男子的"乡村游侠情绪和某种社会现实知识一接触"，则可能变为地方的游离分子或革命分子。

---

[01]　沈从文：《巧秀与冬生》，《沈从文全集》第 10 卷，北岳文艺出版社 2009 年版，第 417 页。
[02]　沈从文：《巧秀与冬生》，《沈从文全集》第 10 卷，北岳文艺出版社 2009 年版，第 422 页。
[03]　沈从文：《小说的作者与读者》，《沈从文全集》第 12 卷，北岳文艺出版社 2009 年版，第 66 页。

脱离了传统劳作消磨体力的方式，而"近于一个寄食者"，"会合了各种不得已而作成的堕落"。[01] 他们或变成土匪，或占据武器拥兵自重，引发家族仇杀、地方冲突，甚至于大的内战。总之这些生命的力量无一例外都被消耗在历史的悲剧之中。沈从文意识到农村社会形式的分解或已成历史必然，但无论何种形式的社会，无论哪个时代，未来的民族国家建设迫切需要解决的是：如何在保持民族个性中的活力与热情的同时，为年轻人的幻想力、生命力谋划有效的安排。无法发泄的生命力将导致人参与历史的暴力，进而把自己毁灭。这一沉重的命题不仅指涉湘西，也折射现代乡土的变迁与命运，彰显了沈从文想象乡土中国的现代意识。这就如小说《雪晴》所写的那样，想成为画家的"我"，在目睹生命的律动和自然超过画人的大胆巧思后，领悟到一支画笔的局限性，"任何一种图画，却不曾将这个近乎不可思议的生命复杂与多方，好好表现出来"。在雪晴浸晨的庄宅周围，既有风景如画的自然景致，又有悲怆凌乱的寒风袭来，隐喻了生命组成的丰富性和分层性，构成"象征生命多方的图案画"[02]。而这种对生命与天地自然调和为一的认识，构成了对生命的另一层领悟。

在文学与现实的关系问题上，沈从文始终坚守文学的独立特性。在《赤魇》中，沈从文借十八岁年轻的"我"画家梦的破灭，对文艺作品的表达限度提出怀疑；随后的《雪晴》《巧秀与冬生》和《传奇不奇》抒情隐去，叙事增强，以一场本没有必要发生的战争对国家政治强力提出质询。文学与政治强力本质上同属于人的规划与创造的产物，而"生命复杂与多方"，远超于人力的限制，更近于"道"。沈从文用一个形象比喻予以阐释："虽重叠却并不混淆，正如同一支在演奏中的乐曲，兼有细腻和壮丽，每件乐器所发出的每个音响，即使再低微也异常清晰，且若各有位置，独立存在，一一可以摄取。"他在此所强调的，是个体生命存在的价值，这是在现实面前也不应褫夺的。当然，他并没有孤立地强调个体，而是将个体放入乡村伦理图景中加以呈现，使得乡土有机性绽放出独有的价值。"那个似动实静的白发髻上的大红山茶花，似静实动的十七岁姑娘的眉目和四肢，作为

[01] 沈从文：《巧秀与冬生》，《沈从文全集》第 10 卷，北岳文艺出版社 2009 年版，第 425—426 页。

[02] 沈从文：《雪晴》，《沈从文全集》第 10 卷，北岳文艺出版社 2009 年版，第 412—413 页。

一种奇异的对比，嵌入我生命中。"[01] 与年轻人生命力同被"我"珍视的，是满家老太太白发上的那朵大红山茶花。沈从文心中的理想图景中，不仅需要跃动的血气，还需要一种"似动实静"的力量与之构成平衡，具体倾注在"三十年前老一辈贤惠能勤一家之主"的代表——满老太太身上。老太太体贴而周到，散发出母性的温暖，"为人正直而忠厚，素朴而勤俭"，"头脚都拾理得周周整整，不仅可见出老辈身分，还可见出一点典型人格。一切行为都若与书本无关，然而却处处合乎古人所悬想，尤其是属于性情温良一面，俨若与道同在"[02]。沈从文将满老太太放置到"道"的高度，就使人物的性格和行为拥有了典型性的意味。满家哥哥办喜事时，老太太前后张罗周至；冬生失踪时，她慈悯地安慰杨大娘；当儿子的大队长为争面子上报剿匪时，她有远见地预感到一场不必要的残杀；而当残杀真的发生后，她站出来安慰惊慌失措的年轻人；又在新年送匾时，借故吃斋和巧秀守在碾坊碾米。老太太的行为全按乡村古旧的仪式，长远习惯的规矩支配了大部分生活，不问如何，凡事从俗。这种忠厚虔诚的品质散发着悠远历史历练与淘洗所带来的安定气息，面对年轻血气激起的大浪也能沉稳镇定给予一定的补救。

沈从文对满老太太所代表的老辈人予以特殊的敬爱和高度评价，且进一步引向同质异构的另一个群体："生活虽穷然而为人笃实厚道，不乱取予，如一般所谓'老班人'。也信神，也信人，觉得这世界上有许多事得交把'神'，又简捷，又省事。不过有些问题神处理不了，可就得人来努力了。人肯好好的做下去，天大难事也想得出结果；办不了呢，再归还给神。如其他手足贴近土地的人民一样，处处尽人事而处处信天命，生命处处显出愚而无知，同时也处处见出接近了一个'道'字。"[03] 杨大娘类的穷而忠厚和满老太太类的富而怀仁共同构成了"道"的阴阳两面，都显出动荡中的定力。乡土中国朴素而又生动的"道"，显然在社会长久变动和向内腐化的过程中逐渐褪去了，尤其到年轻一辈的手中，不复踪影，反而产生出一套新的现实哲学。"道"的失落最终将隐藏的矛盾放大，付出血的代价。

[01] 沈从文：《雪晴》，《沈从文全集》第 10 卷，北岳文艺出版社 2009 年版，第 408—410 页。
[02] 沈从文：《传奇不奇》，《沈从文全集》第 10 卷，北岳文艺出版社 2009 年版，第 435 页。
[03] 沈从文：《巧秀与冬生》，《沈从文全集》第 10 卷，北岳文艺出版社 2009 年版，第 422 页。

　　乡土中国行进过程中的"道"的失落是如何造成的？概而言之，至少有如下三个方面的原因：一是县长所代表的国家强力的入侵；二是兼任保长的满大队长所代表的乡土社会自下而上政治轨道的断裂；三是杨大娘代表的乡里人适应现代经济模式时的情感冲突。第一点县长的强制命令为研究者广泛关注，这一时期的《长河》《芸庐纪事》等作品都不同程度涉及外来力量对本土文化的渗透，国家政治强力在《长河》保安队长身上的体现甚至让司马长风感到"无边的恐怖"。强力在动荡的时代语境下被主流地认为是"正确"的需要，并人为地加以推动。沈从文在理性上并不否认强力对于宏观战局的意义和现代民族国家建制的必要性，但对于具体实施，他却敏锐地意识到充满自发生命力的世界正一步步被侵蚀，且人们错误地"把战争当作竞争生存唯一手段"。他认为："若明白战争的原因是出于'工具进步'与'观念凝固'的不能两相调整，就必然会相信人类还可望在抽象观念上建设一种新原则，使进步与幸福在明日还可望从屠杀方式外获得。"[01]

　　正如金介甫所说："《雪晴》的现实主义色彩特别浓烈。它探索了乡村社会腐化现象和伦理道德的转变，而这是小说《长河》所没有涉及的。沈仍然在追索外来人对乡村道德败坏影响的根源。但在《雪晴》中，也没有外来人亲自渗入这个苗民地区，既没有人强迫当地人废弃传统道德，也没有树立过坏的典型。……而是腐化已经深入到社会内部，造成全民族社会经济的腐朽。"[02]此时期的沈从文不再简单地梳理乡土中国变动的根由，而是在现实与幻想之间建立起一个"中间地带"，提供反思乡土伦理与乡土变迁的有效平台。质言之，乡土中国的变迁牵连着经济、政治、文化等范畴，各类关联的因素相互作用，一步步地将乡土中国推向了无法挽回的变动轨道上。满家大少爷既是满家年青一代的领头人，且满家又是高岘地方二百户人家中的大族首户，循着约定俗成的规矩，满家大少爷自然是本村新一代的"首事人"。传统社会政治得以运行的基础，并非简单

[01]　沈从文：《小说作者和读者》，《沈从文全集》第 12 卷，北岳文艺出版社 2009 年版，第 75—76 页。

[02]　[美]金介甫：《沈从文传》，湖南文艺出版社 1992 年版，第 210 页。

地依靠自上而下的轨道运行，"政权长久的稳定即便不必赢得人民的积极支持，至少也要得到他们的容忍"[01]。在乡土中国的结构体系中，上传与下达的中介是士绅，他们是调和政府对人民的控制和人民意愿诉求的中间人，满家首事人也囊括其中。应该说，士绅基本上控制着乡民的意志，基于差序格局的控制力，乡土中国被整合成为一个文化共同体。当然，这里依然是一个权力博弈场。然而在现代国家制度传入高岅后，满家"村中一脚踢凡事承当的大队长"自兼起地方保长的角色，出于大户保全财富本能的任职，却无形中将自己置于骑虎难下的境地。"保长"身份背后的保甲制度把自上而下的政治轨道进一步向基层延伸，弱化了高度发展的地方自治机制和约定俗成的自治原则。当代表传统社群的士绅身份和现代政府权力末端的保长身份集于满家大少爷一身时，自下而上的政治轨道彻底断裂，原本的博弈空间不复存在，满大少爷再难抗拒来自上面的政令。于是，当他对形势判断失误，出于争面子的情绪将"家边人"的争斗上报县长后，就失去了控制时局的主动权，只能被动执行上层的命令。远离土地的县长对乡邻并无感情，个人升职的利益和田猎的行乐远高于被"匪"轻易定性的生命。最后的一切恶果只得由"背贴着土"的满大队长承担。

沈从文关注到下层自治空间缺失所带来的僵局，但他毕竟不是社会学家，文学的限度让他只能清晰地认知却无法真正改变固有的文化秩序，"这二十年一种农村分解形式，亦正如大社会在分解中情形一样，许多问题本若完全对立，却到处又若有个矛盾的调合，在某种情形中，还可望取得一时的平衡。一守固定的土地，和大庄院、油坊或榨坊糟坊，一上山落草；却共同用个'家边人'名词，减少了对立与磨擦，各行其是，而各得所需。这事看来离奇又十分平常，为的是整个社会的矛盾的发展与存在，即与这部分的情形完全一致。国家重造的设计，照例多疏忽了对于这个现实爬梳分析的过程，结果是一例转入悲剧，促成战争"[02]。不言而喻，乡土中国脆弱的有机性显示出激烈碰撞后的调适，而这种被动的调适再难抚平创痛。这种内在机理的失调遭遇现代文明时，"现代"并没有带来先进且适合的社会秩序的可能，反使原来的自治组织加速分解，乡土"力比多"（libido）

[01]　费孝通：《中国士绅——城乡关系论集》，外语教学与研究出版社 2011 年版，第 17 页。
[02]　沈从文：《巧秀与冬生》，《沈从文全集》第 10 卷，北岳文艺出版社 2009 年版，第 426 页。

所生成的负面效应得以凸显。

　　除了"首事人"陷入困境外，普通乡民也不得不面临现代经济模式渗透带来的乡土情感冲突。被沈从文形容为"穷得厚道贤惠的老妇人"杨大娘，为了庆祝独子冬生的生庚日，进城卖掉家里的笋壳鸡，"因为鸡在任何农村都近于那人家属之一员，顽皮处和驯善处，对于生活孤立的老妇人，更不免寄托了一点热爱，作为使生活稍有变化的可怜简单的梦。"在集市上与城里来的老鸡贩几番讨教还价后成交，"末了且像自嘲自诅，……心中混合了一点儿平时没有的怅惘，疲劳，喜悦和朦胧的期待" [01]。猝不及防的噩耗击碎了杨大娘虚幻的喜悦与期待，而仅有的笋壳鸡也已不在身边，精神再无可安慰之物，迅速衰弱成"萎悴悴的，虚怯怯的"。现代经济模式中的"商品"概念抹平了村民倾注其中的情感，实用价值之余别无他物。简单粗暴的经济逻辑必然带来与乡土情感的冲突，模式化的思维深层又与政治规划相类。

　　事实上，沈从文的乡土想象并未完全脱离现代中国的文化语境，他的小说尽管不呈现启蒙与被启蒙的叙事模式，但他纵向整合和远景凝眸的笔法还是让其文学创作具有了自己鲜明的个性。他反对的并不是合理的现代，而恰恰是一个被公式化、简单化，甚至掏空了伦理内涵的现代。他认为在救亡的高亢浪潮下，不应该忽视中国既有的弊端和问题，他们可能在抗日胜利之后形成明日的困难，影响到民族未来的发展。沈从文已然认识到现代宰制对乡土社会的改变在所难免，某些老一辈珍贵品质的消逝"无可挽回亦无可补" [02]。事实上，他对文中的老太太形象已掺入些许想象和改造："老太太对日常家事是个现实主义者，对精神生活是个象征主义者，对儿女却又是个理想主义者；一面承认当前，一面却寄托了些希望于明天。" [03] 此句或可代表作者本人的态度。纷乱的思绪中隐隐存着一个中心，就是从《边城》《长河》一脉继承下来的民族品格重建和国家未来发展的秩序。沈从文不断思索怎么把道德的、伦理的、审美的原则贯穿到我们的社会生

[01]　沈从文：《巧秀与冬生》，《沈从文全集》第 10 卷，北岳文艺出版社 2009 年版，第 428—430 页。

[02]　沈从文：《传奇不奇》，《沈从文全集》第 10 卷，北岳文艺出版社 2009 年版，第 452 页。

[03]　沈从文：《传奇不奇》，《沈从文全集》第 10 卷，北岳文艺出版社 2009 年版，第 436 页。

活中去，这与后期他对审美代宗教的推崇相延续。

　　总而言之，在 40 年代的小说创作中，沈从文将抽象的、遥远的、优美的、人性的原则集中投射在了一个永恒的瞬间 ——"我仿佛看到那只向长潭中桨去的小船，仿佛即稳坐在那只小船上，仿佛有人下了水，船已掉了头。……水天平静，什么都完事了。一切东西都不怎么坚牢，只有一样东西能真实的永远存在，即从那个小寡妇一双明亮、温柔，饶恕了一切带走了爱的眼睛中看出去，所看到的那一片温柔沉静的黄昏暮色，以及两个船桨搅碎水中的云影星光"[01]。在暮色倏忽中，小寡妇的目光包含了沈从文在历史洪流中朝向生命的宏大关怀，温柔明亮的眼睛与澄净平和的自然构成了某种稳定的原则，这原则于文学，或能"启迪少数的伟大心灵，向人性崇高处攀援而跻的勇气和希望"[02]；于社会，或能从混乱的压抑中解脱，为幻想力与生命力安排一个出口。

　　沈从文远离政治的文学观念体现了其自由主义的姿态，对于这种文学观念我们应该理性地分析，既要考虑作家的创作个性及一贯的文学姿态，又要考究其所处的历史文化语境。沈从文曾交代，自从加入教书的队伍中，生活逐渐演变成"半知识分子"，书本、环境、人等方面对他的影响是非常大的，就环境而论，"其时学校中改良主义者的民主自由思想占较大比重。这些知识分子，平时虽不和国民党妥协，但是也不对于人民革命有何认识，只觉得当前不对，内战是国家不上轨道，降低国际地位的消耗，而倾心于英美式个人民主自由。我在这种环境中熏陶下去，和新的社会现实于是日益隔开了"。就他人的影响而言，沈从文和学院派中的很多人乐意于参加写作竞赛，不参加不明白的有政治性的争论，"不免染上了一点知识分子中小资产阶级的作风，和些清华、北大的先生们喝喝茶，听他们谈谈这样那样"。同时，沈从文的性格中亦有与政治不敏感的地方，"我既缺少和恶势力决绝斗争的气概，也不能和新旧官僚完全同流，对于政治上的分合不定，更增加对政治的不理解"[03]。由此种种生成了他上述文学观念。

[01]　沈从文：《巧秀与冬生》，《沈从文全集》第 10 卷，北岳文艺出版社 2009 年版，第 431—432 页。

[02]　沈从文：《虹桥》，《沈从文全集》第 10 卷，北岳文艺出版社 2009 年版，第 391 页。

[03]　沈从文：《沈从文自传》，《沈从文全集》第 27 卷，北岳文艺出版社 2009 年版，第 150 页。

与左翼作家不一样的是，沈从文始终坚持文学的纯洁精神，主张文学的审美功用。他指出："文学是用生活作为根据，凭想象生着翅膀飞到另一个世界里去的一件事情，它不缺少最宽泛的自由，能容许感情到一切现象上去散步。什么人他愿意飞到过去的世界里休息，……还有什么人，又愿意安顿到目前的世界里：他不必为一个时代的趣味，拘束到他的行动……他有一切权利，却没有低头于一时兴味的义务。他可赞赏处只是在他自己对于那个工作的诚实同他努力的成就。"[01] 这段话可视为沈从文的文学观或政治观，他将文学与政治的关系安顿得泾渭分明，两者似乎没有太多的交集。在他看来，一个作家的文学创作可以无视社会历史的喧闹与演进，对于时代的"趣味"可以不闻不问，这就是文人"宽泛的自由"。

在《〈长河〉题记》一文中，沈从文指出："所谓政治又只是许多人混在一处，相信这个，主张那个，打倒这个，拥护那个，人多即可上台，上台即算成功……对历史社会的发展，既缺少较深刻的认识，对个人生命的意义，也缺少较深刻理解。个人出路和国家幻想都完全寄托在一种依附性的打算中，结果到社会里一滚，自然就消失了。"[02] 沈从文对"政治无信仰"的原因是多方面的，既是其乡下人的边缘心态的反映，也是其生命文学观念的必然呈现。对于抗战语境中很多作家从军以及积极参加政治运动的举动，他不以为然，他一直保持着一种"单干户"[03]和"走单帮"[04]的姿态。他认可别人批判那时赋予他的各类政治名目，如"现代评论派""新月派""小京派头头""战国策派"等等。对于政治，他始终保持着距离，并有"对政治无信仰""不懂政治""迷失方向"[05]等态度，这在20世纪风云变幻的中国的作家中是很少见的，即使在自由主义作家中也很寥寥。

当然，作为社会成员的作家是不可能与政治绝缘的，沈从文也不例外。尽管他一再声明自己与政治无缘，庆幸自己不懂政治，但他对于民族国家的关注从来没有停止过。对于战争，他主张用"抽象的抒

[01]　沈从文：《记胡也频》，《沈从文全集》第13卷，北岳文艺出版社2009年版，第31页。

[02]　沈从文：《〈长河〉题记》，《沈从文全集》第10卷，北岳文艺出版社2009年版，第4—5页。

[03]　沈从文：《复邵燕祥》，《沈从文全集》第26卷，北岳文艺出版社2009年版，第126页。

[04]　沈从文：《我》，《沈从文全集》第27卷，北岳文艺出版社2009年版，第163页。

[05]　沈从文：《复沈虎雏》，《沈从文全集》第26卷，北岳文艺出版社2009年版，第239页。

情"来代替暴力行动,他指出:"任何一种政治基础,若是建立于这种庞大武力上,我认为都容易转为军事独裁,只对少数人有利,和民主自由原则将日益离远的。"[01] 在他的意识中,战争给人心带来太多的阴影和印记,而文学可以为民众抚平创痛、慰藉心灵,由此文学不再记录战争血腥的场面和悲痛的反省,而是绕开战争本身,于人的生命及精神等方面用力,"把文学艺术作工具,进行广泛而持久的教育和启迪,形成多数人对于国家进步一种新态度、新观念,由矛盾对立到和平团结,是势所必然"[02]。沈从文对国民党残害左翼文艺进步作家的非法行径进行了严厉地批判,写下《记胡也频》《记丁玲》来控诉国民党的罪行。他赞扬胡也频为了"一个民族一个社会的翻身""在某种强健努力中与勇敢牺牲中完成他的职务"的精神品格,"这个人假若死了,他的精神雄强处,比目下许多据说活着的人,还更像一个活人",并坚信这种精神会在另一处"重新生长"[03],他批判国民党的"摧残艺术的政策",他们"对知识阶级的虐杀手段"是"全个的愚蠢,这种愚蠢只是自促灭亡,毫无其他结果"。进而警告国民党,革命者的努力,"只是为了'这个民族不甘灭亡'的努力,他们的希望,也只是'使你们不作奴隶'的希望"[04],在"全个民族非振作无以自存的时节",杀掉的只是"对现状有所不满,敢为未来有所憧憬"的自强不息的作家,"生存的,则只是剩余下来的一群庸鄙自熹之徒",这样下去,"国家前途,有何可言?"[05] 沈从文的言论多次遭到国民党控制的刊物攻击,甚至被认为是"反革命",其作品也就常常被国民党删改和被禁止出版。但这并没有更移他的立场,他始终守定着自由主义的信念。正是这种"不识时势",保住了他精神人格的独立。

　　1933年,《大公报·文艺副刊》第一期刊登了沈从文的《〈记丁玲女士〉跋》。

---

[01] 沈从文:《解放一年——学习一年》,《沈从文全集》第27卷,北岳文艺出版社2009年版,第55页。

[02] 沈从文:《政治无所不在》,《沈从文全集》第27卷,北岳文艺出版社2009年版,第38页。

[03] 沈从文:《记胡也频》,《沈从文全集》第13卷,北岳文艺出版社2009年版,第46页。

[04] 沈从文:《〈记丁玲女士〉跋》,《沈从文全集》第13卷,北岳文艺出版社2009年版,第228页。

[05] 沈从文:《丁玲女士被捕》,《沈从文全集》第13卷,北岳文艺出版社2009年版,第234页。

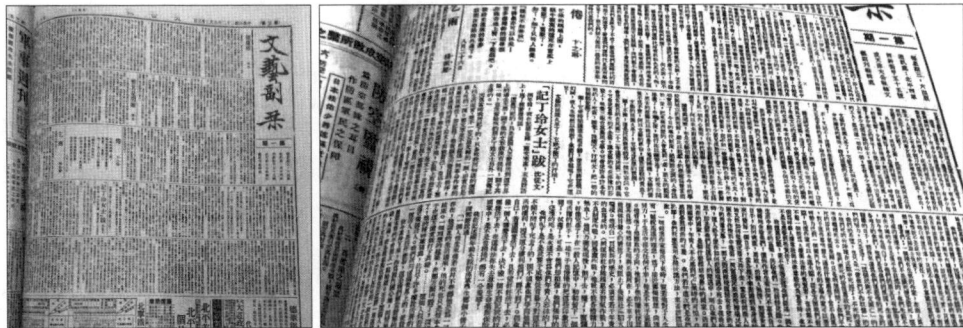

　　由于沈从文自由主义的立场，在认识文学的战斗精神层面，他难以真正认识鲁迅反抗绝望的战斗精神。在《鲁迅的战斗》一文中，他认为，鲁迅是不愧双手接受"战士"的称呼的，"虽这大胆无畏精神，若能详细加以解剖，那发动正似乎也仍然只是中国人的'任性'；而属于'名士'一流的任性，病的颓废的任性，可尊敬处并不比可嘲弄处为多。并且从另一方面去检察，也是证明那软弱不结实；因为那战斗是辱骂，是毫无危险的袭击，是很方便的法术"[01]。沈从文还判定鲁迅的战斗其结果必将在"成功的欢喜"中感到"败北的消沉"，他进而指出，"鲁迅的悲哀，是看清了一切，辱骂一切，嘲笑一切，却同时仍然为一切所困窘，陷到无从自拔的沉闷里去了的"[02]。他并不否认，战士也有战士的苦闷，鲁迅的苦闷自比一般人要大得多、深得多。"鲁迅的战斗也一度渗入了抗争如入'无物之阵'的窘迫；渗入了缘于遥深眷注而生的路漫漫的困惑。"然而，鲁迅却并未陷于苦闷而无从自拔，他"偏要向这些作绝望的抗战"，更奋然地进击人生。在这里，沈从文文学创作的出发点以及叙事策略上与鲁迅的差异，让他无法理解鲁迅的战斗精神，将鲁迅理解为辱骂的形象则更是低估了鲁迅文学的价值。

　　沈从文理想的民族人格并非个人式的英雄主义，而是人性至美的国民群体。在《读英雄崇拜》中，沈从文驳斥了陈铨的领袖崇拜论，陈铨将英雄崇拜的式微和现代社会的紊乱归结为"五四"以来提倡"民治主义"和"科学精神"的兴起，公然否定"五四"启蒙理

---

[01]　沈从文：《鲁迅的战斗》，《沈从文全集》第 16 卷，北岳文艺出版社 2009 年版，第 165 页。
[02]　沈从文：《论中国创作小说》，《沈从文全集》第 16 卷，北岳文艺出版社 2009 年版，第 165 页。

性精神，沈从文则站在民族社会的现代性立场上与之针锋相对："若真的以一个人具神性为中心，使群众由惊觉神秘而拜倒……这国家还想现代化，能现代化？"所以他极力反对政治上"无知识的垄断主义""与迷信不分的英雄主义"以及"封建性关系为中心的外戚人情主义"。而"国家要现代化，就无一事不需要条例明确实事求是的科学精神"[01]。沈从文的"向人类远景凝眸""民族品德的重造"就其实质而言是焦灼于"中国"的现在和未来，用文学设计中国的走向，以文学想象中国形象的一种方式。沈从文持守一种"抽象"的原则，试图给民族人格带来一种彻底的"生物原则"，人性向善但不保守，有生命力。在他看来，"人要抽象观念稳定生命，恐得在三十岁以后，已由人事方面证实一部分生命意义后。……自然先要每一个人如一般生物，尽种族义务，尽过这种义务后，若照一般生物原则，即将死去。……人似乎是一种介于两者之间的生物，因此活到某一时，即不免感觉生存的空虚和厌倦"[02]。要达致民族国家的新生的诉求，有必要发掘民族文化中有益的精神基因，同时接纳现代文明的合理资源。欲实现这种目标，当然文学的功用必不可少。沈从文抽象的文学手笔既营造了颇具地域特色的湘西世界，同时又借助这一片文学的圣地来想象中国，以此来确立其对现代中国的主体认同。

　　沈从文始终认为，"每个人具有一种新国民的性格"，"使他们在无论何种情形下，又总不放弃属于公民的义务与权力"。在他看来，在当下的中国培养一个人作为国民的义务感与权利意识其实迫在眉睫。每一个国民必须"明白一个'人'的权利，向社会争取这种权利，且拥护那些有勇气争取正当权利的国民行为"。同时，也需领悟"一个'人'的义务是什么，对做人的义务发生热烈的兴味，勇于去担当义务"[03]。在多年向"现实"学习的历程中，沈从文并未停止对民族国家的现代省思，他提出"美育重造政治"的主张：用"美育"与"诗教"重造政治头脑之真正进步理想政治。[04] 这与蔡元培的"美

[01]　沈从文：《读英雄崇拜》，《沈从文全集》第 14 卷，北岳文艺出版社 2002 年版，第 145 页。

[02]　沈从文：《给一个中学教员》，《沈从文全集》第 17 卷，北岳文艺出版社 2009 年版，第 325 页。

[03]　沈从文：《中国人的病》，《沈从文全集》第 14 卷，北岳文艺出版社 2009 年版，第 89 页。

[04]　沈从文：《试探艺术与文化》，《沈从文全集》第 14 卷，北岳文艺出版社 2009 年版，第 195 页。

育代宗教"相互补充。沈从文的方案是：通过"美育"锻炼民众的生命品格，并将这种生命品格吸附于民族国家向上、向前的努力之中，进而重造理想政治。在这里，沈从文的"美"并非完成虚幻而不实，他的作品中美的背后所隐藏的真实往往被人忽略，对此，他指出，"他们能欣赏我故事的清新，照例那背后隐藏的热情却被忽略了，他们能欣赏我文字的朴实，照例那作品背后隐伏的悲痛也忽略了"[01]。言外之意，这里的美与现实中发生的真实是关联在一起的，他无法营造真空于现实的文学幻境，这就是他的文学表达所包孕的社会理想。与同为自由知识分子的胡适相比，沈从文坦言，胡适等人的政治观念"和我的空想社会相隔实远"[02]。胡适等对政府是寄予一定希望的，他们所提出的民主等方案是在现有政府存在的基础上实现的。而沈从文对现实政治则是"完全绝望"，他的希望不是对国民党统治抱有"民主"幻想，而是如他所说的"完全重造"。而其他知识分子如丁西林、陈源，新月的罗隆基、潘光旦、叶公超、闻一多等，沈从文也与之并非一路，究其因乃"由于过去教育不同，当前社会地位不同，写作目标更有显明差距。大革命到来时，知识分子有了新的分化。……我所熟的教授阶层，也有分化，妥协的作了官，受英美民主自由思想熏陶较久的，就留在学校里，进行改良主义的活动"[03]。由此，他只能"孤立地追求理想，追求工作进步"。

那么怎样"重造政治"呢？在沈从文看来，过去他执着的怀疑精神应该是重要的方式。他强调："在日光之下能自由思索，培养感疑和否定的种子，这是支持我们情绪的唯一的撑柱，也是重造这个民族品德的一点转机！"[04] "明白现实并非承认现实。事恰相反，真的明白应当激起你一种否定精神。……否则将永远在'适应'上辗转。在这一点上，我们也就看得出近三十年知识分子悲剧何在。又如何分担了民族堕落的一环！"[05]这并非他遭人诟病的那种逃避现实的知识分子

[01]　沈从文：《从文小说习作选集序》，《沈从文全集》第 11 卷，北岳文艺出版社 2009 年版，第 122 页。

[02]　沈从文：《总结·思想部分》，《沈从文全集》第 27 卷，北岳文艺出版社 2009 年版，第 104 页。

[03]　沈从文：《沈从文自传》，《沈从文全集》第 27 卷，北岳文艺出版社 2009 年版，第 146 页。

[04]　沈从文：《白魇》，《沈从文全集》第 12 卷，北岳文艺出版社 2009 年版，第 160 页。

[05]　沈从文：《"否定"基于"认识"》，《沈从文全集》14 卷，北岳文艺出版社 2009 年版，第 343 页。

形象的体现，反而呈表了知识分子参与 20 世纪中国想象的精神姿态。他反对知识分子依靠"知识"身份来获取生存之本，在他看来，这种"知识"应用于社会向前、民族向上的方向。他不认同自己是"专家式的知识分子"，反对知识分子与"做人"脱节，"知识与做人气概脱了节，对国家无信仰，对战争逃避责任，这种人的知识，平时既造成了他过多的特权，战争时且作成他一种有传染的消极态度，在学校即使大学生受坏影响，在目前社会，真可说是毫无用处的！"[01] 显然，这里传达的态度与很多知识分子对其远离社会人生的批判相去甚远。其否定的精神又与很多人认为他只有"至美"情怀的评语并非一致。失望于"有形秩序和无形观念"，他期待"全面改造"。而要改造社会人生，又必须张扬知识分子不随波逐流的气概，不放任自流，不缺失本心，成为外在事物的附庸。他质疑当时一些人的言论，"不能随波逐流的，具有真正独立自主见解和工作精神的，反而名为'无中心思想的个人主义者'，遭受多方面迫害"[02]。从这个角度可以窥见，当时那些"假道学""真俗人"式的文人视沈从文为异类的原因。沈从文对知识分子的审视就是其重造政治的题中之义，文学作品对社会人心的影响是巨大的，因而，知识分子的使命是对人生命价值的重铸，进而推动社会历史的发展。他不循旧路，在自己的精神世界中寻找着塑造民族未来的动力，不倾心于喧嚣的尘世，听从自己的声音，走出了一条铭刻沈从文印记的文学道路。

---

[01]　沈从文：《给驻长沙一个炮队小军官》，《沈从文全集》第 17 卷，北岳文艺出版社 2009 年版，第 349 页。

[02]　沈从文：《纪念五四》，《沈从文全集》第 14 卷，北岳文艺出版社 2009 年版，第 299 页。

第五章

解放区文学的文化构成

　　解放区文学是 20 世纪 40 年代中国文学重要而独特的组成部分。它既是对"五四"以来现代文学思想和艺术精神的继承，也是中国现代文学在新的历史条件下的转型。钱理群在他的"40 年代大文学史"的构想中，将包括解放区文学在内的 40 年代文学视为 20 世纪中国文学史的"中间地带"，强调在文学史的研究中历史"细节"的描述与政治史和思想史的关联性 [01]。这种视野强调解放区文学所具有的历史转折时期的文学性质，这实际上涉及到的是历史观的调整。以此来审视解放区文学，将有利于全面、深入揭示其历史"转折"时期的特定内涵，从而有效地克服单纯从政治学的高度来看取文学的社会意义，为解放区文学研究提供新的学术思路和意义空间。"五四"以后，新文化和新文学取代了旧文化和旧文学，确立了自己的历史地位，但还存在着一个尚待解决的历史问题，这就是如何把新文化和新文学普及到人民大众中去，弥补被启蒙者"缺席"的缺憾，使新文化和新文学真正成为整个民族的文化和文学。左翼文学在这方面做了一些工作，如文艺大众化运动，但并没有从根本上解决这个问题。解决这个问题需要适宜的政治环境。解放区为文艺走向大众营造了一个具有历史可行性的文化语境。"工农兵方向"的确立为文艺真正走向大众提供了极大的延展舞台。在这个过程中，知识分子融入大众之中，用一种"革命白话"进行创作，书写具有特定"政治—文化"内涵的文学形式，形成了与国统区、沦陷区并立而在的解放区文学。

---

[01] 钱理群：《关于 20 世纪 40 年代大文学史研究的断想》，《中国现代文学研究丛刊》，2005 年第 1 期。

左 边 竖 排 文 字：空间分立与融通——20 世纪 40 年代中国文学研究

第一节　解放区文学的内涵及特质

　　从性质上看，解放区文学是左翼文学的继续，洪子诚认为，"中国的'左翼文学'（'革命文学'），经由 40 年代解放区文学的'改造'，它的文学形态和相应的文学规范（文学发展的方向、路线，文学创作、出版、阅读的规则等），在 50 至 70 年代，凭借其影响力，也凭借政治的力量而'体制化'，成为唯一可以合法存在的形态和规范"[01]。换一个角度看，解放区文学也可以说是一种政治化的文学，一种以政治宣传的功利追求为主导倾向的文学。这显然与当时解放区特殊的政治时局关系密切。在一个随时都有可能被敌人的军事力量消灭的生存环境中，文学的这种政治倾向也容易理解，"在中国社会，特别是在传统中国的社会体系中，革命和权力表面上是两个不同的范畴，实际上却是在一个范畴中运作。有时候，革命获取并支配权力，有时候又反过来，权力支配并要求革命。革命与权力间一直是互相支援、彼此发明，形成一种合法共谋的关系"[02]。可以说，作为 40 年代中国文学重要组成部分的解放区文学既要配合政治斗争的需要，又要

[01] 洪子诚：《中国当代文学史》，北京大学出版社 1999 年版，前言Ⅳ。
[02] 李向平：《信仰、革命与权力秩序——中国宗教社会学研究》，上海人民出版社 2006 年版，第 5 页。

担负着建设新文化和新文学的任务。

同以往的文学相比，解放区文学无论在内容还是形式上，都是一种适应"人民话语"需要的文学，其作者在新的形势下自觉不自觉地转变原有知识分子立场，将文学书写的重点放置于人民大众之中。可以说，从"五四"文学对"个人"的发现到解放区文学对"人民"话语的肯定，彰显了 20 世纪中国文学现代性话语的延展形态。"人民"一词自古有之，近代以后，其概念被广泛使用，但往往与公民、国民等词混用，泛指社会的全体成员。事实上，它是一个历史的、政治的范畴，其主体始终是从事物质资料生产的广大劳动群众，但在不同的国家、不同的历史时期，人民这个概念有不同的内容。抗战时期在解放区这片区域中通过政治一体化的规范，人民最终演变为文化民族主义的话语代表。寻求与人民话语固有的伦理意识相契合，逐渐成为当时作家共同的创作先导，并深入人心，"以革命—阶级斗争为中心的伦理话语编织起个体生命的伦理脉络，把个体紧紧团结在革命伦理的目标与要求之中，有意或者无意地放弃个体生命之中的伦理感受或价值"[01]。在这里，人民话语实践是以农村生活为主要表现内容，以农民为主要表现对象的。解放区文学对农村生活和农民的表现具有自己新的特点，这就是它所表现的是在共产党领导下的中国农村正发生着翻天覆地的变化，新时间的开启、新人的出现体现了解放区文学对于新的民族国家建构的体认和召唤。从这一点看，解放区文学是对"五四"以来新文学内容的一次扩展和升华。一方面，它继承了"五四"文学所确立的"人的文学"的根本方向，另一方面，它又给予了"人的文学"以新的时代意义和精神内涵。同时，解放区文学还表现出文学主体的转移，即知识分子走向大众，大众群体的知识分子化，由此导致大众在某种意义上成为了文学创作的主体。新文化和新文学正是通过解放区文学向广大的中国农村普及和渗透。当然，我们也应该看到解放区文学的另一维面：它对"五四"新文学传统的遮蔽与新变。以革命为宏大主题、以整体行动为基本目标的革命伦理强调个体对集体的绝对服从，因而个体自我的情感和思想被埋没于宏大的革命潮流之中，"革命的本性否定个性的价值，自由的价值最可

---

[01] 刘铁芳：《生命与教化——现代性道德教化问题审理》，湖南大学出版社 2004 年版，第 317 页。

怕的是，在革命中被镇压的和牺牲的是个性，是道德判断和行为的源泉，农村生活和农民中一些需要过滤和淘洗的思想未能得到该有的反思"[01]。由于解放区文学文学主体的转移，以往文学中所具有的启蒙者的知识分子精神立场和批判意识在一定程度上受到了压抑。

有论者认为，"不管革命的起因是什么，除非它已经渗透到群众的灵魂当中，否则，它就不会取得丰硕的成果。从这个意义上说，革命代表了大众心理的一个结果"[02]。勒庞所言切中了革命与大众的关联，解放区文学很好地契合了革命的价值和意义要在大众的心中种植的时代诉求，文学作品要为大众接受需要调适新文学的艺术形式和美学风格。这既是时代的需要，又是新文学发展的需要。如果说"五四"文学革命的主要使命就是用西方文学的思想观念取代中国传统文学的文化基因。因之新文学的艺术发展方向主要是取法于西方文学，建立民族文学的新的艺术模式。那么解放区文学由于表现对象和文学主体的转换，则更强调对中国传统文化和民间艺术的倚重，强调在艺术上对民族传统的回归，这样就形成了新文学的艺术发展方向和美学风格的转变。受知识水平的限制，决定了延安的民众普遍不能接受"五四"以来的新文学，而只能接受一些简单易懂的通俗文学文艺作品，接受与自己的生产、生活紧密相联的明白晓畅的民间文艺形式，如秧歌、民歌、说书和地方戏。当时称之为"工农兵喜闻乐见"的新形式、新风格。解放区文学对新文学的艺术发展方向和美学风格的转变，推动了民族文化的更新，并与新时代的衔接和融合，极大地丰富了新文学的艺术资源，其积极意义不容忽视。但是，民间文化虽然未曾遭到现代文明浸染，保持着原始形态和生命力，但它并非就保持纯洁性和革命性。按照陈思和的观点，"民间文化是在国家权力控制相对薄弱的领域产生的，保存了相对自由活泼的形式能够比较真实地表达出民间社会生活的面貌和下层人民的情绪世界。民主性的精华与封建性的糟粕交杂在一起，构成了独特的藏污纳垢的形态"[03]。解放区文学在这一转变过程中，过分强调了艺术形式民族化和民间化的重要性，对民

---

[01] [俄] 尼古拉·别尔嘉耶夫：《论人的使命》，张百春译，学林出版社 2000 年版，第 278 页。
[02] [法] 古斯塔夫·勒庞：《革命心理学》，佟德志、刘训练译，吉林人民出版社 2004 年版，第 76 页。
[03] 陈思和：《民间的沉浮——对抗战到文革文学史的一个尝试性解释》，《上海文学》1994 年第 1 期。

族化和群众化的理解也有着历史的局限性。这就导致它对外来艺术资源存在着一定程度的偏见。还导致了解放区文学在艺术方法和美学风格上的单调化和模式化。

当解放区成为中国共产党领导下稳定的政治区域之后，解放区文学拥有了自己独立自主的文学试验场。于是，在这片试验场上，边区的党和政府制定了体现自己政治主张的文艺政策，创办自己的文艺刊物，组织自己的文艺团体，建立培养红色文艺人才的艺术院校，开展配合各项政治运动的文艺活动，并通过各种行政手段有效地实施自己的文艺主张。对于解放区文学的研究，我们不能用一种本质主义的思维来探究，应返归历史的现场，考究解放区文人如何承担既定意识形态并对历史和现实事件所做的"经典化"话语实践。由此揭开解放区文学的生产机制和意义结构，进而观照解放区文人在文学实践中呈现出的复杂的文化心态。

在这里，毛泽东对鲁迅这一文学传统的认定，极大地影响和制约了解放区文学的进程，值得仔细思考。鲁迅以其非凡的思维方式，规约着中国新文学的走向，那超脱常规的认知触觉，将人类的智性表达提升到了一个难以企及的标高。然而，鲁迅又是一个复杂的存在，其复杂的精神实体所包孕的不确定性和复杂性，使鲁迅成为学界无法绕开却令人困惑的话题。事实上，我们难以回避鲁迅直面的精神命题和价值难题，在不断变动的历史语境中，鲁迅的精神遗响从未停休。真正对于鲁迅精神资源进行认定的人是毛泽东，他对"鲁迅方向"[01]的阐释和确认，将整个"五四"文学纳入新民主主义文学的范畴，从根本上弥合了鲁迅与左翼之间的矛盾，同时证明了鲁迅的方向就是中华民族新文化的方向。这使得鲁迅这一精神资源从纯粹的思想史、文学史的层面抽象为一种政治规定，从而确认了"鲁迅的政治学"或"政治化的鲁迅"传统。同时也为中国共产党执政的合法性提供了依据。这种政治规定简化了鲁迅思想资源的评定规则，中国现代文学的复杂性因此也明确了。可以说，鲁迅作为一种思想资源的认定是通过其之于中国现代思想革命和政治革命的伟大意义而建构起来的。然而"本质化"的鲁迅方向和思想资源的认定却简化了现代传统对当代文学影

---

[01] 毛泽东：《新民主主义论》，《毛泽东选集》第 2 卷，人民出版社 1991 年版，第 707 页。

响的复杂性。

在解放区文学审美功能收缩的同时，文学的社会效应与参与社会进程的能力却有了很大的扩展。以延安为主的解放区地理区域相对封闭，长期的交通闭塞，连年的大小战事使当地民众的教育水平和文学修养处于相当落后的状况之中。然而，战争并不拒绝文化与文学，对文化资源的整合和控制是执政者得以施展其政治权力的有效方式，这便形成了当时解放区文学所具有的时代特色。在中国共产党的领导下，解放区的人文环境日趋改善。一系列大众化的文化教育、文学艺术运动等都加入到为民族战争与解放战争鼓呼的大潮之中。当地民众也以积极的心态，融入到解放区文学建设和文学实践的进程中。这种文艺大众化的实践改变了"五四"以来知识分子作为中国新文学主体的单一化和力量的薄弱性。与此同时，文学传播范围的扩大也造成了文学阅读群、文学创作群的扩大，增强了文学对于社会的影响力，这对于中国新文学的普及和推广有着积极的贡献。1940 年 9 月 23 日，毛泽东在题为《时局与边区问题》的报告中提出，"文化运动要大大发展"，陕甘宁边区既是"抗日民族统一战线的策源地"，又是全国的"政治的文化的中心"[01]。日本的入侵使中国原有的文化中心遭到破坏，文化中心的重建便成为一个迫切需要解决的问题。毛泽东对此的态度则十分明朗："敌人已将我们过去的文化中心变为文化落后区域，而我们则要将过去的文化落后区域变为文化中心。同时，敌后广大游击区的经营也是非常之要紧的，也应把它们的各方面发展起来，也应发展其文化工作。总起来看，中国将是大块的乡村变为进步和光明的地区，而小块的敌占区，尤其是大城市，将暂时地变为落后和黑暗的地区。"[02] 当然，这里所说的"文化"是有特定指向的，它的性质和方向是新民主主义的。用毛泽东的话说，"就是人民大众反帝反封建的文化，就是新民主主义的文化，就是中华民族的新文化"[03]。这种历史上从未有过的"新文化"，正是解放区这一政治区域文化的精神内核。

---

[01] 逄先知：《毛泽东年谱：一八九三—一九四九》中卷，中央文献出版社 2005 年版，第 206—207 页。

[02] 毛泽东：《论持久战》，《毛泽东选集》第 2 卷，人民出版社 1991 年版，第 473—474 页。

[03] 毛泽东：《新民主主义论》，《毛泽东选集》第 2 卷，人民出版社 1991 年版，第 708—709 页。

第二节 创作群体的多源性与左翼作家的批判新潮

随着抗战的推进，国民党在国统区用残酷的非民主手段控制知识分子的言行，"无论校内校外，青年的一切爱国活动和议论思想自由尽被剥夺，三青团以外的一切青年组织全不能存在。甚至在反共的名义下，多少进步的书报杂志及文化机关被封闭，多少热血有为的青年被逮捕屠杀"[01]。这极大地抑制了知识分子的创作情绪，他们迫切地需要寻找新的区域来为民族而创作，这个区域就是解放区。在解放区，中国共产党在这片偏僻贫瘠的土地上实行的诸如土地革命、"三三制"民主政治、减租减息等一系列政治经济革命，使这里焕发出前所未有的生机。这个被誉为"民主圣地"的偏远区域对知识分子和青年学生具有极大的吸引力。正如美国学者费正清所说"第二次世界大战期间延安是一个人人想去的、充满阳光的、愉快和蔼的地方。那里的革命士气和热情非常令人感动，正如斯诺和其他美国记者向世界报道的那样"[02]。

据统计，文艺人才集中涌向延安有过两次高峰。第一次是1937年至1938年，"1938年上半年一直到秋天可以说是一个高潮。那时

---

[01] 胡乔木：《救救大后方的青年（社论）》，《解放日报》，1941年6月8日。

[02] 费正清：《伟大的中国革命》，刘尊棋译，世界知识出版社2000年版，第294页。

的国民党对这一情况并未引起注意，所以对边区也没有产生什么阻碍，像年夏秋之间奔赴延安的有志之士可以说是摩肩接踵，络绎不绝的。每天都有百八十人到达延安"[01]。第一次高峰中来到延安的，大多是经过长征的苏区文艺工作者，如成仿吾、李伯钊等。第二次高峰是 1939 年至 1941 年，大多是来自上海等大后方的文学艺术家，如周扬、冯雪峰、周立波、冼星海、何其芳、萧军、柳青等。比较而言，后者的背景相对复杂，来延安前他们或生活在国统区，或生活在沦陷区，或生活在其他解放区，有的是"五四"和"左联"时期已经成名的作家、艺术家，也有来到延安后才开始创作的文学青年。一时间，延安迅速成长为一个战时文化中心和文学重镇。1939 年 12 月，毛泽东为中共中央写了《大量吸收知识分子》的决定，他高瞻远瞩地指出，"在长期的与残酷的民族解放战争中，在建立新中国的伟大斗争中，共产党必须善于吸收知识分子，才能组织伟大的抗战力量，组织千百万农民群众，发展革命的文化运动和发展革命的统一战线。没有知识分子的参加，革命的胜利是不可能的"[02]。陕甘宁政府的施政纲领中规定了尊重知识分子、奖励自由研究、提倡科学知识与文艺运动等内容。1941 年，中国共产党的机关报《解放日报》发表了胡乔木撰写的社论《欢迎科学艺术人才》，该文指出："延安的古城上高竖起了崭新的光芒四射的新民主主义文化的旗帜，在这个旗帜下萃聚了不少优秀的科学艺术人才，从事着启蒙的研究和实际建设的工作。建立新民主主义文化已成了全国进步文化工作者共同努力的目标，而只有在抗日民主根据地的边区，特别是延安，他们才瞧见了他们的心灵自由大胆活动的最有利的场所。"[03] 随后，《解放日报》还接连发表了《努力开展文艺运动》《把文化工作推进一步》等社论。

在这种政策的宣传和推动下，延安的文艺事业出现了前所未有的生机和繁荣。除了中国共产党的机关报《解放日报》之外，还出版了《文艺突击》《大众文艺》《谷雨》《延安文艺》《部队文艺》《诗刊》《群众文艺》《草叶》等文艺杂志。各种文艺团体、学术研究团体也迅

[01] 杨作林：《自然科学院初期的情况》，《延安自然科学院史料》，中共党史出版社 1986 年版，第 384 页。

[02] 毛泽东：《大量吸收知识分子》，《毛泽东选集》第 2 卷，人民出版社 1991 年版，第 618 页。

[03]《欢迎科学艺术人才（社论）》，《解放日报》，1941 年 6 月 10 日。

《文艺突击》　　　1938 年 4 月 10 日鲁迅艺术学　　1938 年 4 月，毛泽东在鲁迅艺术学院演讲
　　　　　　　　　院在延安成立

速在根据地活跃起来，其中以丁玲为主任的中国文艺协会表现尤为突出，开展了一系列的文艺活动，组建人民抗日剧社，先后演出《三姐妹》《战场的婚礼》等大量戏剧和歌舞节目。为了培养文艺干部，各根据地和部队都创办了艺术学校、艺术训练班，其中最重要的是1938 年由毛泽东、周恩来等倡议，在延安成立的鲁迅艺术学院（后改名为鲁迅艺术文学院）。鲁迅艺术学院的成员很复杂，用毛泽东的话来说是"山顶上和亭子间"的结合。"山顶上"指来自井冈山等老革命根据地的文化人；"亭子间"则指从上海等地来到边区的文化人。毛泽东分析了这两部分人的弱点，"亭子间的人弄出的东西有时不大好吃，山顶上的人弄出来的东西有时不大好看"，他认为"应该把自大主义除去一点"。毛泽东强调，主要组织这两部分人，结成文艺界的抗日民族统一战线，"统一战线同时是艺术的指导方向"[01]。在民主自由的氛围中，文艺界团结一心，使文艺落后的根据地开遍了革命文艺之花。

　　汇集于延安的文艺群体成分是复杂和多元的，有从江西中央苏区和南方各红色根据地随红军长征到达陕北的苏区作家和文艺人才，如陆定一、成仿吾、李伯钊、肖华、危拱之、洪水、莫休、徐梦秋等人；也有来自国统区和沦陷区的作家，如丁玲、周扬、艾思奇、何其芳、萧军、周立波、王实味、徐懋庸、陈学昭、李初梨等人；还有从国外归来的萧三等人以及在延安做短暂停留或访问的茅盾等作家。这些"外来者"与解放区的"部艺""鲁艺"等培养的年轻作家

---

[01] 王培元：《抗战时期的延安鲁艺》，广西师范大学出版社 1999 年版，第 2 页。

如西虹、孙谦、西戎、孔厥、贺敬之、黄钢等人，以及本土的民间艺人如李卜、韩起祥等人，构成了延安文艺群体的主要成员。在这些人中，来自城市的左翼文人占有较大的比重。据周扬后来回忆，在解放区文学发展的早期，延安的作家中大部分"都是上海去的"，"而且大部分都是过去的左翼，或者是党员"[01]。这些人给延安文艺界带来了革命的理论知识、精神资源。来到解放区之后，左翼作家在政治上有一种天然的认同感，他们认为自己的社会理想与解放区主流意识形态精神相通。然而，随着生存地域的变迁，左翼作家世界观和价值观在解放区这一独特的区域中发生着微妙的转变，需要重建其知识体系以及文化心理结构。奔赴延安的知识分子，"在应付战争的外力压迫和苏联经验的引导下，形成了延安文人置身于权利外、体制里、思想中的尴尬处境"[02]。与国统区和沦陷区不同的创作环境、接受群体、特殊的政治体制，使外来知识分子面临着角色转换的问题，即写作环境从都市转向乡村，接受对象也从具有较高文化水平的青年学生、小资产阶级知识分子转向文化层次不高、或者目不识丁的更广大的民众。同时，新的读者群体迫使解放区作家在创作表现手法上也应有相应的变化。事实上，在延安整风之前，很多外来作家在社会实践中已经深刻地意识到要争取抗战的胜利，就必须向工农兵学习，必须走民族化、大众化的道路。因而这个时期左翼作家对创作的调整是一种在体制的规训下做出的自觉主动的行为，是面对实际而做出的适应性调整，文学创作的方向也便从个人走向社会，走向大众。当然，左翼作家的这种调整并未完全改变他们的立场、原则，这自然会遭致启蒙话语与革命话语之间的分歧。

左翼作家继承了"五四"启蒙主义思想，对一切阻碍人发展的蒙昧主义、封建主义进行了批判。到了延安以后，批判依然还要继续。但在解放区这个由中国共产党领导的人民新政权，"杂文的时代已经过去了，就是说，在批判对手方面，政论散文在过去已经达到了其目的，现在应该为那些歌颂自己人的文学形式所取代"[03]。批判和歌颂的对象由普遍意义上的"人"缩小为有特指的"人"，显然这与左翼

[01] 赵浩生：《周扬笑谈历史功过》，《新文学史料》1979 年第 2 期。

[02] 朱鸿召：《延安文人》，广东人民出版社 2001 年版，第 5 页。

[03] 顾彬：《二十世纪中国文学史》，华东师范大学出版社 2008 年版，第 191 页。

作家一贯的创作立场是有冲突的。以萧军为例，针对周扬在《文学与生活漫谈》中"然而太阳中也有黑点"，"延安必须成为这样一个地方，在这里作家特别地被理解，被尊重"，"对于延安，我们已经唱了我们的赞歌了，但却还没有能写出它的各方面来"等说法[01]，萧军撰文指出，"凡是到这新社会来的人，他们主要是追求光明，创造光明，另一方面对于'黑点'也不会全没想到，而且也绝没有因了这些黑点而对光明起了动摇；不忍耐地工作，不忍耐地等待着……。但若说人一定得承认黑点'合理化'，不加憎恶，不加指责，甚至容忍和歌颂，这是没道理的事"[02]。此后，萧军还写下了《纪念鲁迅：要用真正的业绩！》《也算试笔》《论同志之"爱"与"耐"》等杂文。对于"我们现在还需要杂文吗？""杂文时代是否过去了"的疑问，他的回答是，"我们不独需要杂文，而且很迫切。那可羞的'时代'不独没过去，而且还在猖狂"[03]。

萧军

可以说，左翼作家虽然在理性上认同革命，赞同在制度层面上进行弃旧图新的变革，并真诚、自觉地做出创作上的调整，但在情感和价值取向上却是秉持"五四"新文学的自由、民主、平等的人道主义精神。思想的信仰使他们一时难以颠覆长期形成的文化心理，去重建一套新的价值体系与文化心理结构。在种种的格格不入中，作家感受到了从未有过的心理落差和心灵的寂寞，这便是解放区作家最初游离于民间的一种生存状态。延安杂文的锋芒一开始是指向日本侵略者、汉奸和国民党的，这当然没有问题。但从1941年开起，延安文艺界似乎在逐渐倾向于就地取材、矛头向内了[04]。周扬在赵浩生对他的一次访谈中说："当时延安有两派，一派以'鲁艺'为代表，包括何其芳，当然是以我为首。一派是以'文抗'为代表，以丁玲为首。这两派本来在上海就有点闹宗派主义。大体上是这样：我们'鲁艺'这一派人主张歌颂光明，虽然不能和工农兵结合，和他们打成一片，但

[01] 周扬：《文学与生活漫谈》，《解放日报》1941年7月17—19日。

[02] 萧军：《〈文学与生活漫谈〉读后漫谈集录并商榷于周扬同志》，《萧军全集》第11卷，华夏出版社2010年版，第478页。

[03] 萧军：《杂文还废不得说》，《萧军全集》第11卷，华夏出版社2010年版，第551页。

[04] 李书磊：《1942：走向民间》，山东教育出版社1998年版，第193页。

还是主张歌颂光明。而'文抗'这一派主张暴露黑暗。"[01] 周扬用"宗派主义"概括作家创作倾向上的差异，虽然有他自己的道理，同时也值得商榷，但他的描述至少让我们窥见了解放区文坛当时的状况。从1940年到1942年春天，延安形成了一股批判现实和干预生活的启蒙新思潮。这一时期，陈企霞与何其芳关于"诗歌的新民主主义"问题的论争就是上述揭露与歌颂问题的反映。[02]

在文学界，丁玲最早倡导杂文运动，批判现实；在艺术界，举行了"讽刺画展"。许多批判性的"鲁迅风"杂文在副刊上比比皆是。从1942年3月9日到23日，延安《解放日报》文艺栏陆续发表了丁玲的《三八节有感》、艾青的《了解作家，尊重作家》、萧军的《杂文还废不得说》、罗烽的《还是杂文的时代》、王实味的《野百合花》等重在揭露延安生活中所谓"阴暗面"、"枪口对内"的系列杂文。显

丁玲

然，这些人的批判立场及文风颇有鲁迅遗风。这场运动提出"还是杂文时代，还是鲁迅笔法"的命题。丁玲认为自己"还是鲁迅先生忠实的学生"，并坦言"我便是吃鲁迅的奶长大的"。在《我们需要杂文》中，她指出："鲁迅先生因为要从医治人类的心灵下手，所以放弃了医学而从事文学。因为看准了这一时代的病症，需要最锋利的刀刺，所以从写小说而到写杂文。他的杂文所触及的物事是包括中国整个社会的。……现在这一时代仍不脱离鲁迅先生的时代，……我们这时代还需要杂文，我们不要放弃这一武器，举起它，杂文是不会死的。"[03]
王实味也曾认为，"鲁迅先生战斗了一生，但稍微深刻了解先生的人，一定能感觉到他在战斗中心里是颇为寂寞的。他战斗，是由于他认识了社会发展规律，相信未来一定比现在光明；他寂寞，是由于他看

---

[01] 赵浩生：《周扬笑谈历史功过》，《新文学史料》1979年第2期。
[02] 何其芳在文化俱乐部作了关于诗歌问题的报告《抗战以来的诗歌及其前途》，提出"现在我们的诗的主题就是新民主主义"的观点。陈企霞与何其芳就诗的问题展开争论。陈企霞在《文艺月报》3期以《旧故事的新感想》为题批评何其芳的观点，何其芳在《给陈企霞同志的一封信》中进行了反批评。5月，陈企霞又在《文艺月报》5期发表了《我射了冷箭吗？——答何其芳》，两人论争虽由诗歌而起，但实质上依然体现了在歌颂与批判问题的分歧。
[03] 丁玲：《我们需要杂文》，《解放日报》1941年10月23日。

到自己战侣底灵魂中，同样有着不少的肮脏和黑暗。他不会不懂这个真理：改造旧中国的任务，只有由这旧中国底儿女——带着肮脏和黑暗的——来执行；但它那颗伟大的心，总不能不有些寂寞，因为，他是多么渴望看到他底战侣是更可爱一点，更可爱一点呵！"[01]

然而，在解放区这个"新世界"，依然需要鲁迅的这种批判精神吗？"鲁迅风"杂文的合法性问题就成了延安文艺界热议的焦点。有人尖锐地指出："最近延安有些同志用鲁迅抗战前在极端不自由的外境里向帝国主义和军阀官僚作战的那种尖刻的讽刺文体来批评我们自己的革命队伍里边的同志，并且提出了现在还是同样的杂文时代作为口号。这里显然忘记了鲁迅写讽刺杂文是在什么时候，什么条件之下，处在如何的处境，对象又是什么人。"[02] 这与萧军、罗烽、张仃等人的意见不一，在后者看来，"事实常常是不如希望那末圆满的，尽管你的思想如太阳之光，经年阴湿的角落还是容易找到，而且从那里发现些垃圾之类的宝物，也并不是什么难事"[03]。

除了上述"歌颂"和"批判"的对立问题，这些杂文还涉及另一个问题：文学与政治的问题。萧军与雪苇关于"艺术标准"与"政治标准"关系的争论，牵连到的仍然是文学与政治的关系问题。艾青在《了解作家，尊重作家》里，否定了作家充当"百灵鸟"和"歌妓"的角色，而应是"一个民族或一个阶级的感觉器官，思想神经，或是智慧的瞳孔"，是"守卫他所属的民族或阶级的忠实的兵士"[04]。王实味在《政治家·艺术家》中将政治家和艺术家的社会分工进一步明确，"政治家，是革命的战略策略家，是革命力量底团结、组织、推动和领导者，他底任务偏重于改造社会制度。艺术家，是'灵魂底工程师'，他底任务偏重于改造人底灵魂（心、精神、思想、意识——在这里是一个东西）"[05]。当然，这股杂文潮流批判的内容"人性之爱与阶级之爱""作家的主体性""妇女问题"等方面，都显示出他们强烈的社会批判意识和启蒙色彩。在《野百合花》中，王实味对延安队伍中存在的问题进行了具体的有针对性的批评，引起了很大的

[01] 王实味：《政治家·艺术家》，《谷雨》1942 年 3 月 15 日第 1 卷第 4 期。

[02] 王子野：《没有抽象的真理，真理总是具体的》，《解放日报》1942 年 4 月 18 日。

[03] 罗烽：《还是杂文的时代》，《解放日报》1942 年 3 月 12 日。

[04] 艾青：《了解作家，尊重作家》，《解放日报》1942 年 3 月 12 日。

[05] 王实味：《政治家·艺术家》，《谷雨》1942 年 3 月 15 日第 1 卷第 4 期。

反响。这些言论引起了党的领导人的高度警觉，于是整风运动从党内扩展到文艺界，以延安文艺座谈会为标志的文艺整风，也就成了整个整风运动的组成部分。

第三节　**延安整风运动与作家的改造**

　　20 世纪 40 年代初，抗战已经进入相持阶段，局势相对平稳，特别是党中央所在地陕甘宁边区的形势比较稳定，这就为我们党集中时间进行整风提供了客观条件。这次整风是中国共产党历史上一次全党范围的普遍的马克思主义教育运动，也是一次伟大的思想解放运动。通过延安整风，中国共产党不仅初步确立了实事求是的思想路线，破除了将苏共经验和共产国际指示神圣化的教条主义，还将马克思主义中国化的第一个理论成果——毛泽东思想确定为党的指导思想，从而极大推动了马克思主义中国化的进程，对中国革命和建设事业产生了深远的影响。

　　整风运动原本是从思想上和理论上彻底清除以王明为首的左倾机会主义在党内的领导，解决马克思主义中国化的问题，所以主管意识形态的宣传部门责无旁贷。文艺整风运动就此在延安轰轰烈烈地开展起来了。通过整风，中共中央加强了对文化体制的建设和管理。这场文艺整风的起因是政治体制对文艺界缺乏思想和组织管理。如前所述，很多城市文化人汇集延安时，延安文艺政策相对宽松自由，主持中共中央文化宣传机构的洛甫（张闻天）、博古（秦邦宪）对延安艺术家也表现出很大的宽容。1940 年 10 月 10 日，中共中央宣传部和中共中央文化工作委员会发出了《关于各抗日根据地文化人和文化团体的指示》，全文共提出十三点指示，充分体现了中国共产党对文化人的支持和宽容，"党的领导机关，除一般的给予他们写作上的任务与方向外，力求避免对于他们写作上人工的限制与干涉。我们应该在实际上保证他们写作的充分自由。给文艺作家规定具体题目，规定政治内容，限时、限刻交卷的办法，是完全要不得的"[01]。在《欢迎科学艺术人才》的社论中，也表达了相通的主旨，"在抗日的共同原则下，思想的创作的自由获得了充分保障"。对于歌颂和批判的艺术立场问题，该文也明确地指出，"不用歌颂，只需忠实地写出来，就会是动人的，富于教育意义的。对于边区的缺点（即是任何新社会亦所不免的），也正需要从艺术方面得到反映和指摘。我们看重'自我批评'，尤其珍视真正的'艺术家的勇气'"[02]。基于此，延安作家才能保持一贯的创作习惯和思维，尤其是沿用以人道主义为中心的批判现实主义，无所顾忌地批评延安一些不合理的现象，如以上所述的杂文批判新潮的涌现。其实，文艺整风前张闻天等人的文艺主张与毛泽东的相关主张是存在着一定的距离的，我们可以通过1939年12月1日毛泽东为中共中央起草的决定《大量吸收知识分子》中所体现出的思想来洞窥两者的区别。他认为，"对于一切多少有用的比较忠实的知识分子"应该"加以教育"，"应该好好地教育他们，带领他们，在长期斗争中逐渐克服他们的弱点"，对"不忠实的分子"应该"坚决地有分别地洗刷出去"。在谈到知识分子与工农群众和党员干部的关系时，他强调要使知识分子"革命化和群众化，使他们同老党员老干部融洽起来，使他们同工农党员融洽起来"。毛泽东指出，知识分子应与革命实践相结合，认为应该让知识分子"在战争中在工作中去磨练，使他们为军队、为政府、为群众服务"，"把他们组织到抗日和民主的伟大斗争中去，组织到文化运动中去"[03]。可见，在对待知识分子问题上，双方的出发点、指导思想、实践方式等问题都不一样。这种区别也为延安文艺整风提供了可能，正是文艺整风需要解决的重要问题。

---

[01]《关于各抗日根据地文化人和文化团体的指示》，《共产党人》1940年12月1日第12期。

[02]《欢迎科学艺术人才（社论）》，《解放日报》1941年6月10日。

[03] 毛泽东：《大量吸收知识分子》，《毛泽东选集》第2卷，人民出版社1991年版，第619页。

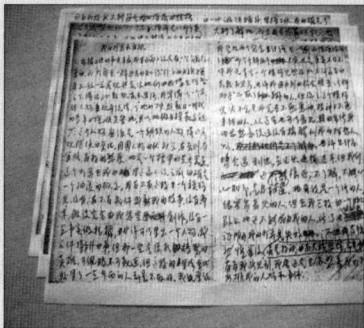

丁玲关于《在医院中时》的说明和检讨手稿

　　作为整风运动的一部分，文艺界整风既遵循全党整风的总思路——"从加强马列主义理论的学习入手，联系历史和现实，反对主观主义和宗派主义"，又有它特殊的内容，如知识分子的身份转变、思想改造、政治与艺术关系等。整风运动开始后，中央领导做了分工，康生、李富春负责中直机关的整风学习；王稼祥、陈云负责军委直属机关；任弼时、高岗负责陕甘宁边区系统；毛泽东亲自抓文艺界的整风运动。为了把文艺工作纳入党的事业体系，毛泽东在整顿学风阶段主要抓了两件事：一是5月2日至23日的文艺座谈会，二是5月27日至6月11日的王实味思想批判。如前所述，延安文艺界出现了一股批判现实、干预现实的文学新潮。小说方面，有批判官僚主义、讽刺工农干部阴暗心理的《在医院中时》（丁玲），表现知识分子与老干部在婚姻情感、生活习惯等方面矛盾冲突的《间隔》（刘白羽）等；杂文方面，有揭示延安男女不平等现象的《三八节有感》（丁玲），反对等级制度、主张平均主义的《野百合花》（王实味），主张暴露现实弊端的《杂文还废不得说》（萧军）、《还是杂文的时代》（罗烽）等。这股文艺潮流一旦与政治宣传、思想斗争、敌我矛盾联系在一起，性质就发生了变化。王实味事件的发生以及《轻骑队》《矢与的》《西北局》《驼铃》等墙报的出现，充分暴露了延安解放区思想界的混乱状态，迫切需要一场思想运动来改变这种现状。

　　在形形色色的文章中，影响最大、最有冲击力的还是王实味在《解放日报》上分两期发表的《野百合花》。他在文章中大胆揭露了延安生活中的阴影，反映了青年知识分子的失望情绪，并对革命队伍中逐步出现、不断强化的等级制度与特权腐败现象表示严重的忧虑。王实味急切地向中央与全党呼吁：重振共产主义的理想之光，以战

斗的布尔什维克能动性去防止黑暗的产生，削减黑暗的滋长，同志之间平等友爱互相尊重，使革命队伍充满永久性的动力。在文章中，王实味把某些机关在节假日举办的文艺晚会，说成是延安"歌啭玉堂春，舞回金莲步的升平现象"，与"当前的现实""不太和谐"；把干部待遇上的某些差别，夸大成"衣分三色，食分五等"，说成有个"干

王实味

部服小厨房阶层"；把在战争环境下偶尔发生的"青年学生一天只得两餐稀粥"，"害病的同志喝不到一口面汤"视为普遍现象；把个别干部的某些官僚主义，说成"到处乌鸦一般黑"。全党整风开始后，《解放日报》未做必要的评判和理性的导向，连载了王实味的《野百合花》等文章。在当时对王实味进行大批判运动中，有人曾指出，"实味的《野百合花》的形式，是完全模仿鲁迅先生的《无花的蔷薇》的。我们看，鲁迅先生的《无花的蔷薇》，是站在被压迫阶级的立场，抗议当时的压迫阶级的。而实味的《野百合花》呢，却是在号召青年，号召新干部，号召炊事员同志，向老干部，向领导机关进攻，这就是他所说的'针对着我们自己和我们底阵营进行工作'"[01]。毛泽东看了王实味的文章后，曾猛拍办公桌上的报纸，厉声问道："这是王实味挂帅，还是马克思挂帅？"他当即打电话，要求报社作出深刻检查。[02]后来又亲自到中央研究院去看《矢与的》墙报上的文章，边看边说："这些东西很有教育意义，是很好的反面教材"，"思想斗争有了目标了"。[03]毛泽东托胡乔木转告王实味：这篇文章是从不正确的立场说话的，这就是绝对平均主义的观点和冷嘲暗箭的方法。文章中充满了对领导者的敌意，并有挑起一般同志鸣鼓而攻之的情绪，只要是党员，这是不能容许的。更为严重的是，王实味的文章，被国民党特务弄了去，编成小册子《关于〈野百合花〉及其它》四处散发。在小册子的按语中说："中共……歌颂延安是革命的圣地……然而……

[01]　周文：《从鲁迅的杂文谈到实味》，《解放日报》1942年6月16日。

[02]　胡乔木：《胡乔木回忆毛泽东》，人民出版社1994年版，第449页。

[03]　黎辛：《〈野百合花〉·延安整风·〈再批判〉——捎带说点〈王实味冤案平反纪实〉读后感》，《新文学史料》1995年第4期。

空间分立与融通——20世纪三十年代中国文学研究

在陕北，贪污，腐化，首长路线，派系交哄，使为了抗日号召跑向陕北的青年大失所望，更使许多老共产党员感到前途没落的悲愁。"国民党的御用文人还出了专刊，标题为《从〈野百合花〉看延安之黑暗》。敌人利用王实味的文章，作为政治上"讨伐"中国共产党的檄文。对此，毛泽东召开高干会议进行研究。文艺界党员干部参加这次会议的只有周扬和丁玲二人。在会上，毛泽东将丁玲与王实味区别看待，"《三八节有感》同《野百合花》不一样。《三八节有感》虽然有批评，但还有建议。丁玲是同志，王实味是托派"[01]。

紧接着，一场急风暴雨式的反王实味斗争在延安展开。原来支持或同情王实味意见的知识分子纷纷转变立场，有的还强烈要求领导惩办王实味。在延安文艺界批判王实味座谈会上的发言，丁玲写了题为《文艺界对王实味应有的态度及反省》，十分尖锐地将矛头对准了王实味，"王实味的思想问题，从这个座谈会的结果来看，已经不是一个思想方法的问题，立场或态度的失当，而是一个动机的问题，是反党的思想和反党的行为，已经是政治的问题"；王实味"为人卑劣、小气、反复无常、复杂而阴暗，是'善于纵横捭阖'阴谋鬼计破坏革命的流氓"[02]。她甚至呼吁"打落水狗"。尽管丁玲来了个"脱胎换骨"，但内心仍掩藏着很深的痛苦，从此不敢随意为文。艾青在批判王实味时也表现出同样的偏激姿态，他指出，读王实味的文章充满了阴森气，当读它的时候，就像走进了城隍庙一样，"这样的'人'，实在够不上'人'这个称号，更不应该称他为'同志'"[03]。他指出，王实味的两篇文章"足足写了几十个'肮脏''黑暗'，随处散布着灰色的字句……对于延安，则更找尽了一切不好的形容词：'寂寞'，'单调'，'枯燥'，'污秽'，'丑恶'，'包脓裹血'，'冷淡'，'漠不关心'，'升平气象'，'自私自利'，甚而至于'陷于疯狂'，把作为中国革命根据地的延安，写成了'人间地狱'"[04]。在对王实味的斗争中，周扬曾以"延安文艺界"的名义在《解放日报》发表了洋洋万言的《王实味的文艺观与我们的文艺观》，该文中指责"王实味的每篇文章，每句

[01] 丁玲：《延安文艺座谈会的前前后后》，《新文学史料》1982 年第 2 期。

[02] 丁玲：《文艺界对王实味应有的态度及反省》，《解放日报》1942 年 6 月 16 日。

[03] 温济泽：《斗争日记——中央研究院座谈会日记》，《解放日报》1942 年 6 月 29 日。

[04] 艾青：《现实不容歪曲》，《解放日报》1942 年 6 月 24 日。

话，每个字的精神实质"都是"鼓动艺术的力量、青年的力量来反对党，反对无产阶级，反对革命"；"他是一个暗藏的托派，只是想将问题引到错误解决的途径上去，引到托洛茨基的方向去"[01]。1942年6月起展开了对托派王实味的批判并且不断升级扩大，最终，王实味被扣上"反革命托派奸细分子""暗藏国民党探子、特务""反党五人集团成员"三顶帽子。1947年3月延安保卫战开始，王实味被转移押往兴县城郊晋绥公安总局的一个看守所。不久此地遭到国民党轰炸，1947年3月他被中央社会部人员押送着撤离延安，1947年7月1日晚在山西兴县被秘密处死，终年41岁。

此后，整风发展为抢救运动。经历劫难的延安文人短时间难以把持方向，处于茫然中。与此同时，延安的作家们真诚地反省自我，努力挖掘、清除内心深处的小资毒素，接受工农兵大众的思想改造。何其芳不断对自己的缺点进行了全面反思和清算，他把自己的这种转换叫作"投降"。在《朱总司令的话》一文中，他阐释了自己在聆听了总司令的话后的这种思想转变，"朱总司令的话的确给了我以很大的认识和决心去甘愿向无产阶级缴械。这使我在以后的整风过程中减少了很多矛盾与苦恼"[02]。何其芳是在"鲁艺"教师中当时较早进行自我批评的，他在《论文学教育》一文中检讨了自己过去，"仅仅凭着主观热情，一知半解，和还附在身上的小资产阶级意识的鬼魂来工作"[03]。他的《杂记两则》和《改造自己，改造艺术》也带有自我清算的性质，"我是一个害欧化病很深的人"[04]，"整风以后，才猛然惊醒，才知道自己原来像那种外国神话里的半人半马的怪物，虽然参加了无产阶级的队伍，还有一半或一多半是小资产阶级"[05]。自此，在文学创作上，他逐渐也摆脱了以前颓废伤感的个人情调，代之而起的是热烈而又充满激情的口号式诗歌。丁玲真诚地表示，"既然是一个投降者，从那一个阶级投降到这一个阶级来，就必须信任、看重他们，而把自己的甲胄缴纳"[06]。周立波承认自己，"还拖着小资产阶级

[01] 周扬：《王实味的文艺观与我们的文艺观》，《解放日报》1942年7月28日。
[02] 何其芳：《朱总司令的话》，《何其芳全集》第2卷，河北人民出版社2000年版，第224页。
[03] 何其芳：《论文学教育》，《解放日报》1942年10月16日—17日。
[04] 何其芳：《杂记两则》，《解放日报》1942年9月14日。
[05] 何其芳：《改造自己，改造艺术》，《解放日报》1943年4月3日。
[06] 丁玲：《关于立场问题我见》，《谷雨》1942年6月15日第1卷第5期。

的尾巴，不愿意割掉，还爱惜知识分子的心情，不愿意抛除"，他愿意"脱胎换骨"，"成为群众一份子"[01]。他认为，只有"改造了我们的思想，站稳了立场，才能写出好文章"[02]。此外，舒群《必须改造自己》、陈学昭《一个个人主义者怎样认识了共产党》、刘白羽《读毛泽东同志〈在延安文艺座谈会上的讲话〉笔记》等等也都阐述了自己对"小资产阶级"的看法及准备进行思想改造的文章。相对于解放区培养出来的作家，他们自惭形秽，感到自己太复杂、不纯正，急欲根除根深蒂固的资产阶级或小资产阶级思想感情和艺术旨趣，诚心接受改造，向党和人民看齐。

　　值得注意的是，周扬在整风期间也经历了改造。1942 年，"鲁艺"普及提高的办学方针受到严厉批判，毛泽东亲自到"鲁艺"，对"鲁艺"全体师生发表讲话，号召"鲁艺"师生走出"小鲁艺"，到"大鲁艺"去，到更广阔的天地中去。周扬在《解放日报》发表了《艺术教育的改造——鲁艺学风总结报告之理论部分：对鲁艺教育的一个检讨与自我批评》。这是周扬代表鲁艺所作的一次"集体反省"。在这篇文章中，周扬承认"鲁艺"在教育中存在"主观主义、教条主义的严重毛病"，"关门提高"可以概括这一"根本方针上的错误"的全部内容。同时，周扬认为"鲁艺"的理论与实际、所学与所用的脱节主要表现在提高与普及、艺术性与革命性的分离上，是"专门化"与"正规化"的错误在作怪。为此，周扬着手改革"鲁艺"，将民间艺术的发展与普及当成重点来抓，发掘陕北民间资源，用革命意识形态对旧秧歌进行改造，"秧歌本来是农民固有的一种艺术，农村条件之下的产物。新的秧歌从形式上看是旧的秧歌的继续和发展，但在实际上已是和旧的秧歌完全不同的东西了。现在的秧歌虽仍然是农村的艺术，仍然是农村条件下的产物，但却是解放了的，而且开始集体化了的新的农民的艺术，是已经消灭了或至少削弱了封建剥削的新农村条件之下的产物；我们要保持农民的特色，但却是新的农民

周扬

[01] 立波：《后悔与前瞻》，《解放日报》1943 年 4 月 3 日。
[02] 立波：《思想，生活和形式》，《解放日报》1942 年 6 月 12 日。

的特色。新的秧歌必须表现'新的群众的时代'"[01]。正是在他的推动下，秧歌剧《兄妹开荒》和歌剧《白毛女》由"鲁艺"改造后推出、上演，深受延安各界的好评。新秧歌运动的普及不仅丰富了边区民众的生活，而且在动员民众方面发挥了应有的作用。

[01] 周扬：《表现新的群众时代——看了春节秧歌以后》，《解放日报》1944 年 3 月 21 日。

第六章

《讲话》与文学新体制的建立

1942 年延安文艺座谈会代表合影

　　在延安举行的文艺座谈会是延安整风运动的一个重要组成部分，其宗旨在于解决中国无产阶级文艺发展道路上遇到的理论和实践问题。《讲话》以马克思主义的辩证唯物史观和文艺学说深刻论述了文艺"为什么人"，以及"如何为"的问题，提出并解决了一系列带有根本性的理论问题和政策问题，明确提出了文艺为工农兵服务的方针，强调文艺工作者必须到群众中去、到火热的斗争中去，熟悉工农兵，转变立足点，为革命事业做出积极贡献。《讲话》总结了"五四"以后中国革命文艺运动的历史经验，发展了马列主义的文艺理论。围绕文艺为人民大众服务这个根本点，解放区文学对文艺的民族化或大众化、现代化或世界化，从理论到实践都进行了广泛而深入的探索，并取得了重大成就，积累了丰富的艺术经验，也留下了值得汲取的教训。

　　1942 年 5 月 2 日，文艺界座谈会以毛泽东和中宣部部长凯丰的名义在延安杨家岭召开。后又在 5 月 16 日、23 日集中开了两天。前后两次会，毛泽东到场做了"前言"和"结论"。毛泽东在《讲话》中明确地指出了由于空间位移带来的文化性质的变化："同志们很多是从上海亭子间来的；从亭子间到革命根据地，不但是经历了两种地区，而且是经历了两个历史时代。一个是大地主大资产阶级统治的半封建半殖民地的社会，一个是无产阶级领导的革命的新民主主义的社会。到了革命根据地，就是到了中国历史几千年来空前未有的人民大众当权的时代。我们周围的人物，我们宣传的对象，完全不同了。过去的时代，已经一去不复返了。"[01]《讲话》宣告了文学旧时代的终结和一个文学新时代的到来。在这个文学新时代中，旧有的文学观念和审美原则难以适应时代需要，伴随而来的则是一种前所未有的文学新体制。尽管学界对解放区大众化的文学路向的现代性意义也曾提出质疑[02]，然而，《讲话》是在新民主主义国家意识形态指导下的文化理论成果，根本目的是为新民主主义政治服务，其独特的现代性意义是不容忽视的。应该说，这种文学路向的确立主要经由话语的"认同"和"排斥"两种功能加以实现，并通过话语主体的身份定位与话语陈述的规范设置统筹完成。具体而言，一方面，《讲话》根据特定时期的政治时势需要，设置了一系列诸如"阶级""方向""人民""革命"等"规定性"命题，并将其上升为区分敌我的价值判断，成为话语实践中重要的参照话语，指导知识分子的文学创作与批评。这样一来，知识分子的文学实践被置于一个话语网络之中，对其评判的标准都与这些规定性命题息息相关。从而，对规定性命题的"认同"或"排斥"决定了每一个知识分子的文化水准和思想倾向。另一方面，《讲话》还设置了一系列的"话语禁区"，规约着知识分子的日常生活和文学实践。合理与不合理的行为一目了然，知识分子只有规避这些话语禁区，寻找适应解放区新世界的文学素材和主题，才能获得自我的价值认同。

---

[01] 毛泽东：《在延安文艺座谈会上的讲话》，《毛泽东选集》第 3 卷，人民出版社 1991 年版，第 876 页。（下文如果引用此文，均不再注明。）

[02] 关于这一点，倪婷婷指出，大众化不等于民族化，更不能代替现代化，延安文艺放松了中国文学的现代性追求，忽视了文学的现代化建设，偏离了"五四"的现代化方向。（《关于延安文学民族化、现代化问题的再思考》，《江苏社会科学》1998 年第 3 期。）程光炜等人则从"救亡压倒启蒙"的思路出发，指出抗战使中国文学现代化发生了中断。（《中国现代文学史》，中国人民大学出版社 2000 年版，第 12 页。）

第一节 "工农兵"方向：为什么人的问题

在《讲话》中，毛泽东将文艺"为什么人的问题"上升到政治原则的高度来认识，认为这是"一个根本的问题，原则的问题"。其目的是彻底转变人们对知识分子的价值定位与评价。《讲话》明确指出，文艺必须解决"为群众"和"如何为群众"的问题。"为群众"回答的是"文艺为什么人"的问题。这里的"群众"特指"人民大众"，是指"最广大的人民，占全人口百分之九十以上的人民，是工人、农民、兵士和城市小资产阶级"。英国学者埃德蒙·柏克曾谈到过政权组织的"多数"原则，"多数原则（如果它还存在的话）依然必须有两个假定前提：第一，存在基于一致同意而建立起来的团体；第二，存在一个一致同意的协议，即：多数派和其他人都同意将某个人数占单纯多数（也许只是一人之差）的多数派确认的行动当作整个团体的行动"[01]。"占全人口百分之九十"意味着绝对的"多数"，因而由这种"多数"组成的革命群体应成为置身于革命的个体向往及渴求皈依之所，并自觉服膺于旗帜之下。因此，我们也容易理解革命文艺为这种革命群体服务的意识："我们的文学艺术都是为人民大众的，

---

[01] 埃德蒙·柏克：《自由与传统》，蒋庆、王瑞昌、王天成译，商务印书馆 2001 年版，第 84—85 页。

首先是为工农兵的，为工农兵而创作，为工农兵所利用的。"其实，在《讲话》之前，毛泽东站在无产阶级的立场上，运用阶级分析的方法，依据在革命中依靠谁、团结谁、反对谁的思路，向知识分子提出了与工农兵结合的要求。早在 1939 年 5 月 1 日，毛泽东在《五四运动》中就提出过一个著名论断："知识分子如果不和工农民众相结合，则将一事无成。革命的或不革命的或反革命的知识分子的最后分界，看其是否愿意并且实行和工农民众相合。"在全文的最后，他对全国青年和文化界表明了自己的期望，"把自己的工作和工农民众结合起来，到工农民众中去，变为工农民众的宣传者和组织者" [01]。三天后，在《青年运动的方向》中，毛泽东重复了上述观念，接着提出了这样一个标准："看一个青年是不是革命的，拿什么做标准呢？拿什么去辨别他呢？只有一个标准，这就是看他愿意不愿意、并且实行不实行和广大的工农群众结合在一块。愿意并且实行和工农结合的，是革命的，否则就是不革命的，或者是反革命的。" [02] 1940 年 2 月发表的《新民主主义论》中，毛泽东总结了新民主主义时期文化的性质："民族的科学的大众的文化，就是人民大众反帝反封建的文化，就是新民主主义的文化，就是中华民族的新文化。" [03]

"为什么人"的问题即文艺为什么阶级服务的问题，也即文艺的阶级性问题，这成为我们分析文艺问题的根本前提。其实，毛泽东对意识形态阶级性观点的理解比较深入的原因是，他将这一理论运用于分析中国社会历史，与中国革命实践紧密结合起来。毛泽东从 20 世纪 20 年代开始，便在中国尝试进行政治领域里的阶级话语的分析工作。早在 1925 年，毛泽东在《革命》半月刊发表了著名文章《中国社会各阶级的分析》，毛泽东在篇首开宗明义地提出："谁是我们的敌人？谁是我们的朋友？这个问题是革命的首要问题。" [04] 这篇文章首次以"阶级"这一现代性概念，科学而精细地分析了中国现代社会，无论是在革命史、思想史还是文学史上都有独特的理论价值。在《新

[01] 毛泽东：《五四运动》，《毛泽东选集》第 2 卷，人民出版社 1991 年版，第 559—560 页。
[02] 毛泽东：《青年运动的方向》，《毛泽东选集》第 2 卷，人民出版社 1991 年版，第 566 页。
[03] 毛泽东：《新民主主义论》，《毛泽东选集》第 2 卷，人民出版社 1991 年版，第 708—709 页。
[04] 毛泽东：《中国社会各阶级的分析》，《毛泽东选集》第 1 卷，人民出版社 1991 年版，第 3 页。

空间分立与融通——20世纪40年代中国文学研究

民主主义论》中，他明确划分了新旧两种文化，提出了一种全新的社会意识形态构想。他指出，在中国存在着的帝国主义文化和半封建文化两种反动文化是阻碍新文化生长的重要因素，"这类反动文化是替帝国主义和封建阶级服务的，是应该被打倒的东西。不把这种东西打倒，什么新文化都是建立不起来的。不破不立，不塞不流，不止不行，它们之间的斗争是生死斗争"[01]。到《讲话》中，毛泽东意识形态的阶级性思想得到了更为充分的体现，他区分了剥削阶级文艺与无产阶级文艺，前者包括封建文艺、资产阶级文艺、特务文艺三种类型，是无产阶级文艺的对立形态。同时，他着重剖析了小资产阶级文艺的种种表现，如坚持个人主义的小资产阶级立场、脱离实际斗争、不善于描写工农兵、鄙弃工农兵文艺等等，将其归入非无产阶级的文艺予以严厉的批评。他指出，小资产阶级虽然是文学的服务对象之一，但文学的创作"必须站在无产阶级的立场上，而不能站在小资产阶级的立场上"，要求他们把"屁股移过来"，"一定要在深入工农兵、深入实际斗争的过程中，在学习马克思主义和学习社会的过程中，逐渐地移过来，移到工农兵这方面来，移到无产阶级这方面来。只有这样，我们才能有真正为工农兵的文艺，真正无产阶级的文艺"。从《讲话》的内容来看，毛泽东更加看重的显然是工农兵而非"第四种人"，在他看来，只有保证无产阶级的"文化领导权"，才能"依照无产阶级先锋队的面貌改造党，改造世界"，才能使革命文艺生产按照正确的方向运行，文艺也才能起到真正的历史作用。

毛泽东对小资产阶级知识分子并没有完全否定，他认为，"在文艺界统一战线的各种力量里面，小资产阶级文艺家在中国是一个重要的力量"，但是他们的思想和作品中还存在着很多的缺点，因此，"我们知识分子出身的文艺工作者，要使自己的作品为群众所欢迎，就得使自己的思想感情来一个变化，来一番改造"。具体而言，小资产阶级知识分子需要改造的地方主要有下述几个方面：

第一，脱离群众。知识分子由于一贯的精英意识，与人民大众之间始终存在着一定的距离。周立波曾经回忆他们在延安时的生活状态，每天除了政治学习和听时事报告，就是打饭、写作。"我们和农

[01] 毛泽东：《新民主主义论》，《毛泽东选集》第 2 卷，人民出版社 1991 年版，第 695 页。

民，可以说是比邻而居，喝的是同一井里的泉水，住的是同一格式的窑洞，但我们都'老死不相往来'。整整四年之久，我没有到农民的窑洞里去过一回。"[01] 在"鲁艺"的所在地，当地群众对鲁艺师生的文艺活动表达了他们的不满："戏剧系装疯卖傻，音乐系呼爹叫妈，美术系不知画啥，文学系写的'一满解不下'（不懂的意思）。"[02] 尤其是当时以鲁艺为代表的演"大戏"热潮，与工农兵大众的现实生活基本没有什么关系：专门讲究技术，脱离现实生活，脱离实际政治任务来谈技术。[03] 毛泽东将小资产阶级的这种行为归因于"他们灵魂深处还是一个小资产阶级知识分子的王国"，当然，这种脱离群众的文学创作的效果肯定是不如意的，"衣服是劳动人民，面孔却是小资产阶级知识分子"。

第二，抽象的"人性论"。《讲话》否定了"普遍人性"的存在，认为，"只有具体的人性，没有抽象的人性。在阶级社会里就是只有带着阶级性的人性，而没有什么超阶级的人性"。毛泽东用"阶级论"批驳了"人性论"和有关文艺的基本出发点是"人类之爱"的言论。基于此，他将爱的落脚点放在了人民大众身上，所谓的爱应该是爱人民大众、爱工农兵、爱无产阶级，而"不能爱敌人，不能爱社会的丑恶现象"。对于超阶级的爱、抽象的爱，以及抽象的自由、抽象的真理、抽象的人性等资产阶级的思想，应该进行"很彻底地清算"。由此，阶级论取代了人性论，"阶级的文学""人民的文学"替代了"人的文学"，这是解放区文学一个重要的特征。

第三，"暴露文学"。对于"从来的文艺作品都是写光明和黑暗并重，一半对一半""从来文艺的任务就在于暴露""还是杂文时代，还要鲁迅笔法""我是不歌功颂德的；歌颂光明者其作品未必伟大，刻画黑暗者其作品未必渺小"等创作观念，毛泽东持否定意见，认为"这里包含着许多糊涂观念"，"都是缺乏历史科学知识的见解"，"文艺作品并不是从来都这样"，"暴露"文艺产生的原因在于"许多小资产阶级作家并没有找到过光明"。对于革命的文艺家，"暴露的对象，

[01] 周立波：《纪念、回顾和展望》，《周立波选集》第 6 卷，湖南人民出版社 1984 年版，第 385 页。

[02] 朱鸿召：《延安日常生活中的历史》，广西师范大学出版社 2007 年版，第 35 页。

[03] 张庚：《论边区剧运和戏剧的技术教育》，《解放日报》1942 年 9 月 11 日。

只能是侵略者、剥削者、压迫者及其在人民中所遗留的恶劣影响，而不能是人民大众"。而对于人民大众的缺点，则应"进行批评和自我批评"。毛泽东进一步指出："只有真正革命的文艺家才能正确地解决歌颂和暴露的问题。一切危害人民群众的黑暗势力必须暴露之，一切人民群众的革命斗争必须歌颂之，这就是革命文艺家的基本任务。"

《讲话》的主旨尽管是文艺必须为工农兵服务，但是其最终的落脚点，却在知识分子的改造上。事实上，这是《讲话》理论推演的一个内在逻辑。在延安的作家群中，从大城市来的左翼作家占大多数，左翼文学作为中国现代革命文学的起源，呈示了那个时期革命和欲望相归并的激进现代性情绪，他们的思想和文学书写中都带有超越历史和时代的革命幻象因素。在 20 世纪 30 年代，这些左翼作家还有诸如"浪漫文人""跳舞场力的前进作家""咖啡店里阔谈的革命文学家" [01] 等。到了延安后，整风前宽松的环境、自由的创作空间让这些知识分子能继续最初的文学叙事，然而，适合解放区政治体制的革命文学还未真正地产生。[02] 在《讲话》中，所有的文化人都被命名为小资产阶级知识分子，他们身上存在着诸多问题，如唯心论、教条主义、空想、轻视实践、脱离群众等。这些都必须经过改造，目的是使其从一个阶级转向另一个阶级，真正站在无产阶级的立场上去为工农大众服务，去实践工农兵文艺。

其实，文艺大众化的呼声自"五四"就开启了，周作人的《平民的文学》的意义不可低估，它使得文艺开始关注普通人，扩大了文艺书写的对象。"左联"成立后，曾有过三次大规模的"文艺大众化"问题的讨论，开展了一系列"文艺大众化"运动，如工农兵通信运动、平民夜校、工厂小报、壁报、短小通俗的报告文学创作活动繁荣一时。周作人虽然将人类的大多数纳入文学书写的视野，予以重视，但他没有明确界定平民的内涵，只是泛泛而谈。同时，特别强调文学的创作是兼有平民与贵族两种精神，一种求生的意愿，一种超越的意

---

[01] 李永东：《租界文化与 30 年代文学》，上海三联书店 2006 年版，第 102—103 页。

[02] 陈晓明指出："直到 40 年代，左翼文学还不能算是理想的革命文学，但构成其起源和最初的主体力量。这也不难理解，1942 年毛泽东《在延安文艺座谈会上的讲话》会如此严重地强调作家的世界观改造问题，强调立场问题，以及确立革命文艺为工农兵服务的方向。"（温儒敏、陈晓明等：《现代文学新传统及其当代阐释》，北京大学出版社 2010 年版，第 158 页。）

愿，这无疑窄化了平民的精神化内涵。对此，毛泽东指出了这种"平民"的精神实质，"当时的所谓平民，实际上还只能限于城市小资产阶级和资产阶级的知识分子，即所谓市民阶级的知识分子"[01]。左联的大众化努力也是有局限的，不管是因为工农群众的知识能力，还是他们自身的经济条件，大众文艺的创作主体仍然只能是知识分子作家群体。因此，文艺大众化的问题没有得到根本性的解决。延安文艺界对文艺大众化问题的讨论一直持续到 20 世纪 40 年代末，讨论话题多集中在如何创造"民族形式"上。1942 年文艺整风后，毛泽东的《讲话》从根本上解决了文艺大众化的所有理论问题，对于"什么叫大众化"的问题，他从阶级立场出发指出："就是我们的文艺工作者自己的思想情绪应与工农兵大众的思想情绪打成一片。"这为文艺大众化的实践指明了道路，广大知识分子首先进行思想改造，然后深入农村，"成为农民的忠实代言人"。在"大众"上升为一种意识形态之后，"文艺大众化"最终也必然归结到"为工农兵服务"的工农兵文学上来。

---

[01] 毛泽东：《新民主主义论》，《毛泽东选集》第 2 卷，人民出版社 1991 年版，第 700 页。

第二节　文艺的实践性：如何为群众的问题

　　"文艺为群众的问题"在毛泽东之前的马列文论家那里已经解决，毛泽东系统解决的是"如何为群众的问题"，从而使这一问题达到了新的理论层次。正如茅盾指出的，在中国汗牛充栋的文学遗产中，几乎百分之九十九是维护上层阶级利益或者作者心中顶多有一个"曳尾泥中"的小我的文学，而只有百分之一的文学或多或少代表了极大多数人民大众的利益。[01] 可以说，中国传统文艺中的绝大多数，都是为士大夫阶层服务的，是流行于狭隘的文人官僚圈子的"小众"文艺。这种文艺表现出强烈的精英特征。在这样的情况下，《讲话》在提出了文艺"为什么人"的问题后，再次鲜明地提出"如何去服务"的问题，它要求文艺工作者走进民众，和工农兵相结合，做革命的"螺丝钉"，帮助民众开展文艺普及运动。那么，用什么为人民大众服务呢？"用工农兵自己所需要，所便于接受的东西。"由于当时工农兵的文化水平不高，将文艺普及作为重要的原则显然存在着一定的政治权宜因素。

　　"文艺为人民服务"要求作家积极改造自我，融入大众的生活之

---

[01] 茅盾：《论如何学习文学的民族形式》，《中国文化》1940 年第 5 期。

中。在评析艾青与柯仲平的诗歌时，冯雪峰肯定了两位诗人融入大众后诗歌的品格，认为这是他们突破诗人抒一己之私的狭窄境界，"改造自我"而获得新的诗歌境界的体现，"诗的精神，正是在觉醒着的大众的战斗、痛苦、创造与生活的精神之荟聚！"[01] 一旦厘清了"为什么人"的问题，文艺大众化的实践将更明确，这也成为解放区文学意识形态化的重要机体，而不断地融入"抗战"这一动态的文学机制之中。

"如何为群众"是在"为群众"的问题从理论和思想认识上解决之后如何在文艺实践中落实的问题。从毛泽东当时论述的内容和重点看，也主要放在"如何为群众"的问题上，它包括普及与提高、文艺的源与流、歌颂与暴露、党的文艺工作与党的事业、文艺界的统一战线、文艺批评、文艺界的整风运动等，几乎占了《讲话》的"结论"部分的五分之四。其中最核心、最关键的是要解决文艺工作者与新的时代新的群众相结合的问题。毛泽东说过，"中国历来只是地主有文化，农民没有文化"[02]。由于文艺活动限于文人和官僚的圈子，再加上底层民众文化水平极低，文艺欣赏和普及根本不可能，中国底层民众无法充分获得文艺实践的权利。针对这种现状，《讲话》指出："所谓普及，也就是向工农兵普及，所谓提高，也就是从工农兵提高。"只有边普及边提高，才有可能使人民大众具备参与文艺实践的能力，并保证他们参与文艺实践权利的实现。由于普及比较简单浅显，容易为大众接受，在当时抗战的条件下，普及工作的任务更为迫切，是应先于一切实践的。然而，普及与提高是不相分离的，人民要求普及，跟着也就要求提高。毛泽东将普及与提高分别比喻为"雪中送炭"和"锦上添花"。在他看来，提高应是在普及的基础上的提高，又可以指导普及。因此两者的关系是"我们的提高，是在普及基础上的提高；我们的普及，是在提高指导下的普及"。

在认识普及与提高的关系时，毛泽东将服务的对象分为两个不同的群体：一个是暂时还只能接受"下里巴人"的工农兵读者群，一个是喜欢"阳春白雪"的少数人的读者群。同时，他还区分了"直接

---

[01] 冯雪峰：《论两个诗人及诗的精神和形式》，《新华日报》1940年2月16日。

[02] 毛泽东：《湖南农民运动考察报告》，《毛泽东选集》第1卷，人民出版社1991年版，第39页。

为群众所需要的提高"（群众）和"间接为群众所需要的提高"（干部）。这种区分能很好地辨别服务对象的具体形态，在具体的服务过程中能有针对性地进行普及与提高。毛泽东还认为人民大众的接受过程可以理解为是一个由低向高的运动过程，应从动态发展中辩证地来认识：工农兵群众现在的接受水平还是"下里巴人"，还需"雪中送炭"，但这种情况正在改变，群众的文化水平、审美能力也正在提高，所以作家、艺术家拿出来的东西要适应群众期待视野的变化，不能老是一样的"小放牛"，一样的"人、手、口、刀、牛、羊"，也需要考虑提高的问题。毛泽东号召从事文艺工作的专门家要同在群众中做文艺普及工作的同志们有密切的联系，一方面帮助他们，引导他们，一方面又向他们学习，从他们那里吸收从群众中来的材料，以充实自己，丰富自己，使自己的专门知识不致成为脱离群众、脱离实际、毫无内容、毫无生气的"空中楼阁"。"我们应该尊重专门家，专门家对于我们的事业是很宝贵的。但是我们应该告诉他们说，一切革命的文学家艺术家只有联系群众，表现群众，把自己当作群众的忠实的代言人，他们的工作才有意义。只有代表群众才能教育群众，只有做群众的学生才能做群众的先生。如果把自己看作群众的主人，看作高踞于'下等人'头上的贵族，那么，不管他们有多大的才能，也是群众所不需要的，他们的工作是没有前途的。"毛泽东这里说的是文艺创作要实行专门家与群众相结合的原则。

应该说，"大众化"和"被大众化"的问题是作家很难弥合的矛盾。《讲话》将这一问题提出来，并试图予以解决。在文艺的"源"与"流"的问题上，毛泽东认为，"人民生活"是文学艺术取之不尽、用之不竭的唯一源泉。他从实践唯物论观点出发，认为这一主体也必然受实践制约，在实践过程中"实现主体与客体的辩证法的统一，改变外在，同时又改变自己"。据此他认为，新文艺家来到延安解放区必须"到工农兵中去，到火热的斗争中去，到惟一的最广大最丰富的源泉中去，观察、体验、研究、分析一切人，一切阶级，一切群众，一切生动的生活形式和斗争形式，一切文学和艺术的原始材料"。同时他指出古代文艺与外国文艺对于今天的文艺来说都是"流"而不是"源"，它们是彼时彼地的人民生活的产物，今天的文艺只能植根于今天人民的生活，对古代或外国文艺的借鉴虽十分必要，但都必须从表现今天人民生活的要求出发，对它进行选择批判，进行创造性的转换："我们的文艺工作者一定要完成这个任务，一定要把立足点移过来，一定要在深入工农兵群众、深入实际斗争的过程中，在学习马克思主义和学习社会的过程中，逐渐地移过来，移到工农兵这方面来，移到无产阶级这方面来。只有这样，我们才能有真正为工农兵的文艺，真正无产阶级的文艺。"于是，作家融入大众成为解放区文学生态的重要特色，作家成为大众的一员，不再称大众为"他们"，而是合称"我们"，"要周身浸透大众的情绪、情感、思想，以他们的悲痛为悲痛，以他们的欢乐为欢乐，以他们的呼吸为呼吸，以他们的希望为希望"[01]。严辰的话代表了解放区作家的普遍心声。只有这样，文艺大众化才不停留在理论的层面上，而是真正扎根于广阔的天地之间，有了更为夯实的基础。

那么，文艺为工农兵服务的好坏的标准是什么呢？毛泽东认为，这是不能"自封"的，这就要看能不能得到群众的"批准"。如果群众不"批准"，即读者不接受，你搞的那些"文本"曲高和寡，"只为少数人所偏爱，而为多数人所不需要，甚至对多数人有害，硬要拿出来上市，拿来向群众宣传"，群众不接受，可你"只顾骂人，那么怎么骂也是空的"。只有真正向群众靠拢，了解群众，和他们打成一片，"只有做群众的学生才能做群众的先生"，也才能创作出为广大读者所需要、能够进行对话及交流的作品。其实，要真正实现文艺大众化不是简单的几个口号或某些个人的实践行为就能达到的，关于这一点，鲁迅很早就清醒地意识到了：文艺大众化的"大规模的设施，就必须政治之力的帮助，一条腿是走不成路的"[02]。20 世纪 40 年代的延安，基本实现了政治理念与政权建构的结合，并成功运作，同时，一切其他的实践活动与精神活动均以政治活动为内核而形成高速有效的运转机制。毛泽东在《讲话》中强调了政治对文艺的主控作用，"一切文化或文学艺术都是属于一定的阶级，属于一定的政治路线的……文艺是从属于政治的"。可以说，在文艺的意识形态本质论中，毛泽东所要把握、论述并明确的是文艺的社会性、阶级性、政治性、人民性和党性等相关问题。在这一维度中，其基本观点既规定着毛泽东文

[01] 严辰：《关于诗歌大众化》，《解放日报》1942 年 2 月 11 日。
[02] 鲁迅：《文艺的大众化》，《鲁迅全集》第 7 卷，人民文学出版社 2005 年版，第 368 页。

艺思想的基本取向，也规定着其作为政治性文论的基本特质。

毛泽东把文艺批评当作文艺实践活动的重要组成部分，十分重视发挥文艺批评的实践功能，"文艺界的主要的斗争方式之一，是文艺批评"。突出文学批评的政治标准既是毛泽东文学批评的特色所在，也是屡遭非议之处。[01] 他指出，文艺批评有两个标准，其中"以政治标准放在第一位，以艺术标准放在第二位"。他结合当时文艺界的实际状况，有理有力地批驳了当时有人鼓吹的抽象的"人性论""人类之爱"等错误的文艺观点，并提出无论是创作还是批评都要坚持动机与效果相统一的原则，"必须使人民群众得到真实的利益，才是好的东西"。毛泽东坦言："世界上没有什么超功利主义，在阶级社会里，不是这一阶级的功利主义，就是那一阶级的功利主义。我们是无产阶级的革命的功利主义者，我们是以占全人口百分之九十以上的最广大群众的目前利益和将来利益的统一为出发点的，所以我们是以最广和最远为目标的革命的功利主义者，而不是只看到局部和目前的狭隘的功利主义者。"目前是要打倒日本帝国主义，将来则要建立共和国，实现社会主义和共产主义，这是当时革命者的使命。那么革命的文艺家把"远大的理想"或"革命功利主义"作为第一位的文学价值，也就在情理之中了。

---

[01] 对《讲话》提出的"文艺从属于政治"这一观点的批评很多，例如，刘锋杰指出，建立在革命合法性基础上的《讲话》，由于忽略了文化的合法性，或者说，由于不能将革命合法性有效地转化成文化的合法性，成为一个独特的革命文本，而非文化与美学的文本。(《从革命的合法性到文化的合法性——论回到原典的〈讲话〉》，《文艺理论研究》2002年第4期。)又如杜书瀛把毛泽东文艺思想界定成"'权力政治'美学（文艺思想）"，认为"毛泽东对列宁最主要的发展，是突出了共产党的执政者、当权者的地位，把权力加在了美学上，使列宁的'政党政治'美学（文艺思想），变成了毛泽东的'权力政治'美学（文艺思想）"，而这种"'权力政治'美学（文艺思想）又主要表现在中华人民共和国建国之后"。(《列宁美学与毛泽东美学的"血亲"关系》，《艺术百家》2009年第5期。)

空间分立与融通——20世纪30年代中国文学研究

第三节 《讲话》的传播与文学"经典化"实践

1943 年 10 月 19 日，《讲话》在《解放日报》全文发表，这标志着《讲话》在解放区乃至国统区、沦陷区的传播行为正式开启了。为配合对《讲话》的学习，中宣部、中组部、中央总学委以及《解放日报》或做指示，或发文件，或登文章，掀起了一股学习《讲话》的热潮。《讲话》发表的第二天，在《关于学习毛泽东〈在延安文艺座谈会上的讲话〉的通知》中，中央总学委不仅将《讲话》作为党的整风文件来加以宣传，将其规定为党员和干部的必修课，强调其作为文艺理论的性质，还将其提高到党的理论建设事业的高度，从方法论、阶级立场等诸方面揭示了《讲话》与毛泽东思想之间的内在逻辑关系："《解放日报》十月十九日发表的毛泽东同志在一九四二年五月延安文艺座谈会上的讲话，是中国共产党在思想建设理论建设的事业上最重要的文献之一，是毛泽东同志用通俗语言所写成的马列主义中国化的教科书。此文件决不是单纯的文艺理论问题，而是马列主义普遍真理的具体化，是每个共产党员对待任何事物应具有的阶级立场，与解决任何问题应具有的辩证

1943 年 10 月 19 日《解放日报》
全文发表毛泽东《在延安文艺
座谈会上的讲话》

唯物主义历史唯物主义思想的典型示范"[01]。11 月 7 日，中共中央宣传部向全党印发了《关于执行党的文艺政策的决定》，该文件强调《讲话》作为党的文艺政策的重要性——"规定了党对于现阶段中国文艺运动的基本方针"，重申了中央总学委的文件精神，再次从人生观和方法论的角度突出了《讲话》精神的普适性，"毛泽东同志《讲话》的全部精神，同样适用于一切文化部门，也同样适用于党的一切工作部门。全党应该认识这个文件不但是解决文艺观文化观问题的教育材料，并且也是一般的解决人生观与方法论问题的教育材料"[02]。

1944 年周扬主编的《马克思主义与文艺》一书便是周扬开始着手对毛泽东文艺思想进行宣扬与阐释的良好开端。该书选入了马克思、恩格斯、普列汉诺夫、列宁、斯大林、高尔基、鲁迅、毛泽东等人有关文学艺术的文章节选部分和相关言论，他在序言中写道，《讲话》"给革命文艺指示了新方向"，它是"中国革命文学史、思想史上的一个划时代的文献，是马克思主义文艺科学与文艺政策的最通俗化、具体化的一个概括，因此又是马克思主义文艺科学与文艺政策的最好的课本"，"贯彻全书的一个中心思想是：文艺从群众中来，必须到群众中去。这同时也就是毛泽东同志讲话的中心思想，而他的更大贡献是最正确地解决了文艺如何到群众中去的问题"。[03]周扬结合中国革命文艺运动的发展，从文艺的大众化、普及与提高、如何表现新的群众的时代三个方面对毛泽东《讲话》的理论贡献进行了具体分析。在周扬的阐释下，《讲话》实现了从文艺政策向文艺理论的品格提升，不仅作为毛泽东思想的经典作品得到空前的重视，而且在马克思主义文艺理论经典体系中也获得了一席之地，从而确立了其在政治思想领域和文艺理论领域的双重权威性。

总而言之，《讲话》的实践主要是通过三种途径来实现的：其一，工农兵是实践的主体，他们的创作是践行"工农兵"方向的重要体

---

[01] 中央档案馆编：《中共中央文件选集》第 14 册（1943—1944），中共中央党校出版社 1992 年版，第 102 页。

[02]《关于执行党的文艺政策的决定》，《解放日报》1943 年 11 月 8 日。

[03] 周扬：《〈马克思主义与文艺〉序言》，《解放日报》1944 年 4 月 8 日。

现；其二，广大知识分子走向工农兵，创作为广大主体喜闻乐见的文学作品；其三，确定赵树理为书写工农兵的"样板"和"方向"。

1942 年 10 月 4 日，康生在《解放日报》上发表《提倡工农同志写文章》的社论，文章指出，报社"应积极组织工农分子写文章"，以此"提高工农干部写文章的热情和信心，打破只有知识分子才能写文章的错误心理"，认为这样既能对工农群众进行有效的文化教育，又能使"文化课的'学与用'密切联系起来"。[01] 对此，陈企霞肯定了康生这一言论的文化意义，他指出：让劳动人民尤其是工农群众从封建文化的奴役和禁闭状态下解放出来，在新的文化学习和创造中，开始从先前默默枯死的无声状态学会发出自己的声音，获得现代阶级意识和民族国家意识，这无疑是具有"头等意义的事情"[02]。周扬的话基本代表了解放区文艺的主导声音："工农兵群众不但接受了新文艺，而且直接参加了新文艺创造的事业。"[03] 自 1942 年 10 月 5 日起，《解放日报》陆续组织刊发了一些出自工农兵作者之手的文章，后来还辟了一个名为"大众习作"的栏目。以原作和改作互相对照的方式，陆续刊载了一些工农兵创作的文章及其写作经验谈，并以副刊编者的名义发表了《请和我们携手》，在检讨了脱离群众的编辑方向之后，鼓励文化较低的工农兵同志大胆写作。为了更好地配合"工农兵方向"的实施，全国各地掀起了出版系列"工农兵丛书"的热潮，这主要包括冀南书店于 1947 年出版"工农兵丛书"，山东新华书店和太岳新华书店于 1947—1950 年联合出版"大众文库"，上海大众书店于 1949 年出版"大众文艺丛书"。然而，工农兵群众绝大多数都没有尝试过创作，那些临时赶任务"互相观摩研究"的急就章也只能勉为其难称为"习作"了。需要指出的是，这些工农兵作品的遴选重在导向创建当代新型民族国家体制，这既代表了一种道德力量，也代表了一种政治范畴，以极其简单的新旧、好坏、善恶、美丑等二元对立模式来表达一种普遍的民主诉求或专制批判。工农兵作品仰仗集体创作的快捷方式得以批量生产，打破了文学创作需要才能和修养的高门槛惯例，这与"五四"文学有着天壤之别。

[01] 康生：《提倡工农同志写文章》，《解放日报》1942 年 10 月 4 日。
[02] 陈企霞：《"理发员"和他的工作》，《解放日报》1942 年 10 月 8 日。
[03] 周扬：《新的人民的文艺》，《周扬文集》第 1 卷，人民文学出版社 1984 年版，第 525 页。

　　文艺工作者为什么要下乡？是为了践行《讲话》所提出的"文艺为工农兵服务"的主张。《讲话》结束后，很多文艺工作者都要求下乡，后因整风运动，滞留了将近一年。此后，文艺工作者纷纷走向民间，广泛借鉴民间文艺，吸纳民间文化营养。然而，正如陆定一所说，"'文化下乡'这句话，说起来不难，做起来却相当得难，不能一蹴而就，非经过一个过程不行，这个过程甚至是有些'痛苦'的，但其前程却是不可限量的"[01]。知识分子和民间的工农兵之间的距离是巨大的，要真正接近他们，书写他们，不是一件容易的事，"我不能同他们接近，我不知道应该同他们说什么，站在他们面前，我感到孤独，我觉得我是另外一种人，他们的陌生人，虽然我从头到尾参加了农民的会议，可是我不了解他们，他们也不了解我"[02]。因此，总结过去下乡的经验是为了更好地深入工农兵当中，扩大新文艺运动的圈子。在这方面，凯丰的建议是具有现实意义的，他认为有以下两方面的经验：第一，要打破做客的观念；第二，放下文化人的资格。[03]而民间文艺形态也以多种方式融入解放区主流文学的构建中。"新秧歌"是这一时期文艺工作者融入民间，对传统民间艺术进行改造的重要成果。周扬指出："它已经成了广泛而热烈的群众的艺术运动，已经在群众当中站定脚跟了。完全证明了毛主席在文艺座谈会讲话中所指示的文艺新方向的绝对正确。"[04]知识分子走向民间的成果，首先体现为对民间艺人的发现和改造。在上下一心的努力下，1943年之后，一批民间艺人登上了延安的文艺舞台，《解放日报》发表了推介这些民间艺人的文章，包括艾青的《吴满有》（1943年3月9日）、周扬的《一位不识字的劳动诗人——孙万福》（1943年12月26日）、艾青的《汪庭有和他的歌》（1944年11月8日）、丁玲的《民间艺人李卜》（1944年10月30日）、付克的《记说书人韩起祥》（1945年8月5日）等。

　　1943年新年期间，"鲁艺"师生在学校附近老百姓的麦场里开始尝试秧歌表演。以其编演秧歌剧《兄妹开荒》为发端，延安各文艺团

[01] 陆定一：《文化下乡》，《解放日报》1943年2月10日。

[02] 刘白羽：《读毛泽东同志〈在延安文艺座谈会上的讲话〉笔记》，《解放日报》1943年12月26日。

[03] 凯丰：《关于文艺工作者下乡的问题》，《解放日报》1943年3月28日。

[04] 周扬：《表现新的群众的时代——看了春节秧歌以后》，《解放日报》1944年3月21日。

秧歌剧《兄妹开荒》

体、各机关学校也普遍组织了秧歌队，"表现新的群众的时代"的新秧歌在鼓乐喧天之中走上广场，他们群体性地出现在街头，形成了延安城日常狂欢的文化景观。毛泽东看了后说："这才像个为工农兵服务的样子嘛。"并认为"这也是全党整风运动的伟大结果！"[01] 1943年4月25日，《解放日报》发表社论《从春节宣传看文艺的新方向》，将延安文艺界在春节文艺活动前后所表现出来的文艺与政治密切结合、面向群众、为工农兵服务等新方向、新特点，归结为是对中国共产党革命文艺传统的复归，是自延安文艺座谈会后"新运动发展成绩的一个检阅式。这一个检阅式的结果，证明我们的文艺界已经获得了第一步的成功"[02]。毛泽东曾将"老秧歌"与"新秧歌"做了明确的区分："今天我们边区有两种秧歌：一种是老秧歌，反映的是旧政治、旧经济；一种是新秧歌，反映的是新政治、新经济。"[03] 由此可见，新秧歌运动必然要担负起一个重任，即承担"表现新的群众的时代"的伟大使命。

在解放区，"新秧歌运动"的发生和发展有"革命功利性"的需要，同时，这一民间文体所承载的诸多文体特性（如广场性、狂欢性、群众性、宣传鼓动性等）也契合解放区特定的历史话语，因此具有强大的生命力。可以说，解放区中国共产党对未来的"新的群众的时代"也即"人民共和国"的文艺的想象，是新秧歌运动深层次的思想历史背景。毛泽东"马克思主义中国化"的理论与民族形式问题

[01] 艾克恩：《延安文艺运动纪盛》，文化艺术出版社1987年版，第419页。

[02] 艾思奇：《从文艺宣传看文艺的新方向》，《解放日报》1943年4月25日。

[03] 毛泽东：《关于陕甘宁边区的文化教育问题》，《毛泽东文集》第3卷，人民出版社1996年版，第109页。

讨论是其中重要的表现形式。这里涉及文学新形式产生的两种途径：外来资源与民间资源。这两种资源都需要经过转化才能成为解放区新的文学形态。秧歌作为一种"民间旧形式"与"地方形式"，它的转换既是文学本身的内在诉求，也是当时革命合法性的必然要求。既然转换是必然的，那么，如何转换？转换的标准是什么？显然，《讲话》对这些问题都做了回答，解放区的知识分子接受和认同了新的文艺路线，并以此开启了对新的人民的民族的文艺的想象。

新秧歌之"新"不管是内容还是形式都体现了革命政治的要求。改造陕北秧歌的背后潜藏了中国共产党的革命话语。从内容来看，剔除了秧歌中男女"骚情"的因素，劳动生产成为新秧歌最主要的内容，秧歌剧中登场的男女再也不相互扭秧歌调情。新秧歌主要涵括生产劳动、变工、妇纺、二流子转变、开荒、自卫除奸、拥军优抗等题材。同时，坚决扫除秧歌中丑角的胡闹，努力去发掘秧歌这种艺术中深藏着的被压迫的劳动人民反抗剥削和压迫的现实内容。在新的时代里，所有人民可以自由行动、自由说话，不必借着剧中丑角的戏谑和反话来批判上层人物和现存秩序。艾青在《论秧歌剧的形式》中说："我们已临到了一个群众的喜剧时代。过去的戏剧把群众当作小丑，悲剧的角色，牺牲品，群众是奴顺的，不会反抗的，没有语言的存在。现在不同了。现在群众在舞台上大笑，大叫大嚷，大声歌唱，扬眉吐气，昂首阔步地走来走去，洋溢着愉快，群众成了一切剧目的主人公。这真叫做'翻了身'！"[01] 从形式来看，新秧歌加进了"五四"以来新文艺形式的要素。现在的秧歌剧是"一种熔戏剧、音乐、舞蹈于一炉的综合艺术形式。它是一种新型的广场歌舞剧"[02]。新秧歌的道具已不用传统的彩色花扇、手帕等，许多动作方式被"破"掉。根据剧情的需要，新秧歌仿照现实生活用品进行道具的制作，如镰刀、斧头、枪支、算盘、书包等，构建新的话语符号。在新秧歌运动中，随着新的主题的出现，工农兵群众在秧歌剧中如同在实际生活中一样，他们取得了真正的主人公的地位。旧秧歌的一些扮相被淘汰了。取而代之的是俊扮的舞台形象，英武、俊美的工农兵形象成为演出的主体。由于女演员纷纷参加了秧歌队，所以男扮女装的现象也随之

---

[01] 艾青：《论秧歌剧的形式》，《解放日报》1944 年 6 月 28 日。
[02] 周扬：《表现新的群众的时代——看了春节秧歌以后》，《解放日报》1944 年 3 月 21 日。

消失。

　　从战争中的个体心理学角度看，革命战争其实就是一场极致的狂欢。"在狂欢节上，人们不是袖手旁观，而是生活在其中，而且是所有的人都生活在其中，因为从其观念上来说，它是全民的。在狂欢节进行当中，除了狂欢节的生活以外，谁也没有另一种生活。人们无从躲避它，因为狂欢节没有空间界限。在狂欢节期间，人们只能按照它的规律，即按照狂欢节自由的规律来生活。狂欢节具有宇宙的性质，这是整个世界的一种特殊状态，这是人人参与的时间的再生和更新。就其观念和本质而言，这就是狂欢节，其本质是所有参加者都能活生生地感觉到的。"[01] 集体表演、群体狂欢、平等对话、彼此接触，构成了"狂欢节"感受的重要方面。在狂欢节中，集体性的精神得到了充分体现。巴赫金关于狂欢节的这一分析完全适用于新秧歌运动的文学叙事。

　　由"鲁艺"师生集体创作，贺敬之、丁毅执笔的大型新歌剧《白毛女》的诞生，是我国民族新歌剧史上的里程碑。1945 年 4 月，在中国共产党第七次代表大会上首次演出，受到中国共产党中央委员会的高度评价，并获 1951 年度斯大林文学奖二等奖。《白毛女》的故事从 20 世纪 30 年代末开始在晋察冀一带流行。根据后人追述，这故事的一些情节出自土地改革中的一件实事，由当地一带村民口头相传，带有浓厚的传奇色彩，后来由边区的文艺家写成小说和报告文学。40 年代初，当时往来于延安和晋察冀共产党根据地的西北战地服务团的文艺工作者把这个故事带到了延安。"鲁艺"在进一步扩大了细节、主题和民歌曲调的基础上，改编出了情节和风格都更为复杂的歌剧《白毛女》。

歌剧《白毛女》剧照

　　1945 年初，张庚根据周扬的意见召集有关编导人员开会，进一步讨论剧本结构的大体框架，决定由贺敬之执笔重写，并成立新的创作剧组：编剧贺敬之、丁毅，作曲马可、张鲁、瞿维，导演王彬、

---

[01] 巴赫金：《拉伯雷研究》，李兆林、夏忠宪等译，河北教育出版社 1998 年版，第 8 页。

王大化、张水华、舒强（后来参加的），演员陈强、林白、王昆、张守维、李波、韩冰、王家乙、邸力等，阵容强大。同时剧组还成立了党支部，田方任书记，丁毅任组织委员，贺敬之任宣传委员。全剧通过喜儿被地主黄世仁污辱，逃进深山，最终被八路军救出山洞报仇雪恨的情节，表现出"旧社会把人变成鬼，新社会把鬼变成人"的主题思想，以鬼和人作为压迫与解放的隐喻，完成了对人间地狱和天堂的话语建构。而从神怪到破除迷信，再到阶级斗争，此种话语转换，恰恰反映了中国现代历史的风云变幻。有论者指出："在歌剧《白毛女》中是同时存在着政治的（革命意识形态的）与民间的两种话语，它们之间的统一，使《白毛女》获得了成功。"[01] 从两种话语的配置来看，《白毛女》的主题是颇有学术眼光的。《白毛女》结尾，按照民间的立场，应该书写喜儿与大春婚后的幸福生活，然而，编剧却将其安排为"开斗争会"，以此激发民众参与革命斗争的热情。首演成功后，很快就红遍了整个解放区根据地，并成为《讲话》发表后红色经典文艺作品的创作楷模。丁玲曾这样描述当时延安群众观看《白毛女》的情形，"每次演出都是满村空巷，扶老携幼，屋顶上是人，墙头上是人，树杈上是人，草垛上是人。凄凉的情节，悲壮的音乐激动着全场的观众，有的泪流满面，有的掩面呜咽，一团一团的怒火压在胸间"[02]。饰演黄世仁的陈强回忆道："最可怕的一次是冀中河间为部队演出那次，部队战士刚刚开过忆苦大会就来看戏，也是在演到最后一幕时，战士们在台下泣不成声，突然有一个翻身后新参军的战士'咔嚓'一声把子弹推上了枪膛，瞄准了舞台上的黄世仁，幸亏在紧要关头被班长发现了，把枪夺了过去。班长问他：'你要干什么？'他理直气壮地说：'我要打死他！'"[03] 可以说，新的政治话语以马列主义作为其合法性来源，同时又辅之以传统的民间话语，遂使得中国的政治文化成为彰显时代风尚和革命意识形态的标识。从戏剧创作过程我们可以看到，民间文化、五四新文化、革命文化三者有机融合在一起，不仅具有强烈的革命意识形态性，同时将"人的解放"的"五四"新文学主

---

[01] 钱理群等：《中国现代文学三十年》（修订本），北京大学出版社1998年版，第623页。

[02] 丁玲：《延安文艺丛书·总序》（文艺理论卷），湖南人民出版社1984年版，第7页。

[03] 陈强：《我是演歌剧起家的》，艾克恩编：《延安文艺回忆录》，中国社会科学出版社1992年版，第255—256页。

题延续下来，而这种主题的提升并未脱离民间传统文学的模式。《白毛女》中神鬼故事的基本叙事结构和阶级斗争的主题，都说明了在当时政治运作下这一趋势的生成。阶级斗争的新话语取代启蒙话语，成了新时代的文学典范。由于这样的主题异常"适合时宜"，并且在"内容与形式"两方面都增添了"新内容"，因此，在参与共产党人政权建构解放区的意识形态方面发挥了重要的政治宣传作用。

空间分立与融通——20世纪40年代中国文学研究

第七章

解放区文学"方向"的确立与话语实践

第一节　赵树理"方向"确立的文学史意义

赵树理的出名及其小说的畅销[01]，并不是偶然的。正如孙犁所说，"这一作家的陡然兴起，适应大时代的需要产生的。是应运而生，时势造英雄"[02]。这里所谓"时势"，显然与当时解放区的历史境域、文化秩序等密切相关。1942年毛泽东的《在延安文艺座谈会上的讲话》与赵树理既有的文学观念和文艺实践非常契合，对他的成名起到了决定性的作用。一般而论，赵树理的《小二黑结婚》被视为贯彻《讲话》精神的样板文本，"事实上是因为这部小说取得了巨大成功，才在事后被领导文化工作的周扬定性为毛泽东美学的生动

赵树理与他的《小二黑结婚》

---

[01] 1943 年 5 月赵树理的《小二黑结婚》完成之后，受到了太行山区根据地共产党高层领导的欣赏，彭德怀甚至亲自为这篇小说题词"像这样从群众调查研究中写出来的通俗故事还不多见"，并刊载在由华北新华书店初版的《小二黑结婚》单行本的扉页上。（董大中：《赵树理年谱》，山西人民出版社 1982 版，第 63 页。）小说出版后，周扬说过，"立刻在群众中获得了大量读者，仅在太行一个区就销行达三四万册，群众自动地将这个故事改编成剧本，搬上舞台"。（周扬：《论赵树理的创作》，《解放日报》1946 年 8 月 26 日。）

[02] 孙犁：《谈赵树理》，《天津日报》1979 年 1 月 4 日。

例子”[01]。对此王瑶佐证了这个事实：“赵树理说他写小说时根本没有看到毛主席的《讲话》，以后才看到。”[02] 可以说，赵树理的文学创作从一开始并不是一种简单的迎合或适应关系。赵树理的出现并不是在毛泽东的《讲话》以后，而是远在毛泽东的《讲话》发表之前。事实上，赵树理也不是延安自己培养的作家。值得注意的是，在“讲话”以前，赵树理的创作即使在解放区也是受到压抑的，甚至作品没有办法得到出版。随着《讲话》在解放区的影响与传播，赵树理更加确信自己所认定的文学理念，他说过，“毛主席的《讲话》传到太行山区之后，我像翻了身的农民一样感到高兴。我那时虽然还没有见过毛主席，可是我觉得毛主席是那么了解我，说出了我心里想说的话。十几年来，我和爱好文艺的熟人们争论的、但始终没有得到人们同意的问题，在《讲话》中成了提倡的、合法的东西。我心里有一种说不出的高兴”[03]。

　　《讲话》虽然系统论述了文艺的根本性政策问题，但是它归根到底还是纲领性文件，实践性创作领域仍处于真空状态。因此赵树理的应运而生与其说是时代的呼唤结果，不如说是时代的机遇使然。“在座谈会以后，周扬及其他文艺干部开始注意寻找能听从毛泽东文艺路线的新作家。最后他们找到了赵树理。”[04] 赵树理采取农民大众喜闻乐见的民间传统曲艺和评话本小说形式，以生动直白、来自民间的语言，讲述了一个个与当前革命斗争形势联系紧密的农村故事，这些都符合毛泽东文艺路线的要求。受助于周扬、茅盾、冯牧、陈荒煤、林默涵、邵荃麟等著名左翼人士的赞誉，赵树理成为解放区有口皆碑的人物。1946 年，时任中共晋察冀中央局宣传部长的周扬，对赵树理的创作进行了深入细致的分析，写下了《论赵树理的创作》一文，在文章结尾处这样说道：“‘文艺座谈会’以后，艺术各部门都达到了重要的收获，开创了新的局面。赵树理同志的作品是文学创作上的一个重要收获，是毛泽东文艺思想在创作上实践的一个胜利。”[05] 同时，

---

[01] 顾彬：《二十世纪中国文学史》，范劲等译，华东师范大学出版社 2008 年版，第 198 页。

[02] 王瑶：《赵树理的文学成就》，《赵树理研究文集》上卷，中国文联出版公司 1998 年版，第 46 页。

[03] 戴光中：《赵树理传》，十月文艺出版社 1987 年版，第 174 页。

[04] 夏志清：《中国现代小说史》，刘绍铭等编译，复旦大学出版社 2005 年版，第 300 页。

[05] 周扬：《论赵树理的创作》，《解放日报》1946 年 8 月 26 日。

周扬将赵树理的小说带到了国统区的郭沫若、茅盾等人手里。已经在党内被定为继鲁迅以后的文化旗帜的郭沫若自然领会周扬的深意，很快发表文章《读了〈李家庄的变迁〉》《〈板话〉及其他》，将赵树理的小说"推荐为抗战以来文艺作品的杰出者"，"这是一株在原野里成长起来的大树子，……它不受拘束地成长起来，确是一点也不矜持，一点儿也不炫异"。[01] "这儿有新的天地，新的人物，新的感情，新的作风，新的文化。"[02] 茅盾强调赵树理的作品"是生活在人民中，工作在人民中，而且是向人民学习"的结果，在正确理论指导下，在延安整风运动推动下才取得成功："《李家庄的变迁》不仅是表现解放区的一部成功的小说，并且也是'整风'以后文艺作品所达到的高度水准之一例证，这一部优秀的作品表示了'整风'运动对于一个文艺工作者在思想和技巧的修养上会有怎样深厚的影响。"[03] 1947年，在晋冀鲁豫边区文联召开的文艺座谈会上，决议一致认为"赵树理的创作精神及其成果，实为边区文艺工作者实践毛泽东文艺思想的具体方向"。稍后，《人民日报》发表陈荒煤的长文《向赵树理方向迈进》，正式提出了"赵树理方向"[04]。他将赵树理的创作特色概括为三点：第一，赵树理同志的作品政治性是很强的，他反映了地主阶级与农民的基本矛盾和复杂而尖锐的斗争。他是站在人民的立场上来写的，爱憎分明，有强烈的阶级感情，思想情绪是与人民打成一片。第二，赵树理同志选择了活在群众口头上的语言，创造了生动活泼的，为广大群众所欢迎的民族形式。第三，赵树理同志从事的文学创作，真正做到了全心全意为人民服务。他具有高度的革命功利主义，和长期埋头苦干、实事求是的精神。基于此，他认为赵树理的创作是"最朴素，最具体地实践了毛泽东的文艺方针，因此他获得如此光辉的成就"，这标志着赵树理的作品已成为毛泽东文艺思想的具体范本。

赵树理是个地地道道的农民作家，他本人的文化程度并不是很

《李家庄的变迁》

[01] 郭沫若：《读了〈李家庄的变迁〉》，山西大学中文系赵树理研究组编：《赵树理研究资料》，第185页。

[02] 郭沫若：《〈板话〉及其他》，《文汇报》1946年8月16日。

[03] 茅盾：《论赵树理的小说》，《文萃》1946年12月第2卷第10期。

[04] 陈荒煤：《向赵树理方向迈进》，《人民日报》1947年8月10日。

高，对外国文学作品更是"看起来总觉得别扭"[01]。他有关文学艺术方面的素养积累，差不多都是从民间戏曲和唱本故事中得来的。与其说赵树理的名气是由他的文学成就所造成的，毋宁说他本人是政治意识形态刻意培植工农兵作家的典型标本。好在赵树理有自知之明，他将自己定位为"文摊文学家"，"我不想上文坛，不想做文坛文学家。我只想上'文摊'，写些小本子夹在卖小唱本的摊子里去赶庙会，三两个铜板可以买一本，这样一步一步地去夺取那些封建小唱本的阵地。做这样一个文摊文学家，就是我的志愿"[02]。显然，这种身份定位决定了赵树理创作的目的、艺术形式和传达的效果。他的文学创作的意图很明显，"老百姓喜欢看，政治上起作用"[03]。赵树理这种大众化的文艺倾向走出了"五四"以来精英知识分子"文坛太高了，群众攀不上去"的缺憾，真正融入农民的生活中，他坚持记录农村真实的生活，目的是为农民代言和进言。他确曾向农民读过《阿Q正传》等"新小说"，但农民就是听不明白，摇头，不买账。无论碰到什么事情，赵树理都会首先站到农民的角度去思考问题，在创作上他始终把农民放在中心位置。赵树理认为，"中国现有的文学艺术有三个传统：一是中国古代士大夫阶级的传统，旧诗赋、文言文、国画、古琴等是。二是'五四'以来的文化界传统，新诗、新小说、话剧、油画、钢琴等是。三是民间传统，民歌、鼓词、评书、地方戏曲等是"[04]。在这三个传统中，他自己首先否定了第一个传统，因为在战乱频仍的年代下，"雅"在中国难以实现。"静中养出来的'镇定'，也往往经不起大炮轰击。""士大夫们的雅化境，只好让从前的士大夫独步了吧！……愧不能接受那种优美的文化遗产，让我们牺牲一点清福来应付一下时代的俗务。"[05]这里的时代俗务即指火热的战争生活。士大夫传统既已落伍于时代需求，作家对农民进行启蒙失败的经历也宣告了借助新文学传统这条路不通。对于赵树理而言，民间传统就成

---

[01] 赵树理：《决心到群众中去》，《赵树理文集》第4卷，人民文学出版社2005年版，第163页。

[02] 李普：《赵树理印象记》，《长江文艺》1949年6月第1卷第1期。

[03] 陈荒煤：《向赵树理方向迈进》，《人民日报》1947年8月10日。

[04] 赵树理：《回忆历史认识自己》，《赵树理文集》第4卷，人民文学出版社2000年版，第357页。

[05] 赵树理：《"雅"的末运》，《赵树理全集》第5卷，北岳文艺出版社2000年版，第22页。

了他唯一可以求诸的载体。他曾经把中国文学概括为"两个传统"："一个是'五四'胜利后进步知识分子的新文艺传统，另一个是未被新文艺界承认的民间传统。"[01] 赵树理的创作属于"未被新文艺界承认的民间传统"，而我们的文学史所尊崇的却是"新文艺传统"，赵树理的尴尬即源于此。从文学史的真实性而言，赵树理的尴尬并非来自其创作自身，而是来自"五四"以后以"新"为正统、唯"新"独尊的文学价值取向所形成的审美趣味和评价标准的狭仄化。

　　然而，在赵树理生活的时代，关注农村题材并倡导文艺"大众化"的作家不乏其人，但很少有人能取得像赵树理那样的成功。原因何在？很多研究者从作品的通俗形式、表现题材、作家的文艺见解或通俗文学创作对农村市场的忽视等方面进行了解释。这是毋庸置疑的。但是，事情远没有那么简单。孙犁的见解也许能说明一些问题，"创作上真正通俗化，真正为劳苦大众所喜见乐闻，并不取决于文字形式。如果只是那样，这一问题，早已解决了。也不单单取决于文学的题材。如果只是写什么的问题，那也很早就解决了。它也不取决于对文学艺术的见解，所学习的资料。在当时有见识，有修养的人才多得很，但并没有出现赵树理型的小说"[02]。孙犁的论述发人深省，文艺大众化的呼声和实践自"五四"新文化运动就开始了，然而，在实践过程中，一些作家把单纯地利用旧形式当作大众化，对他们所不熟悉的农村底层生活也没有足够的体验与感情。因此写出的革命文艺作品常常出现人物的"衣服是劳动人民，面孔却是小资产阶级知识分子"这种情况，写出来的东西总有点"隔"，在内容上又往往充斥着空洞的政治说教。作家的通病是怕通俗。看完赵树理的《李家庄的变迁》后，郭沫若总结了赵树理与过去所谓大众化作家的区别，"旧式的通俗文作者，虽然用白话在写，却要卖弄风雅，插进一些诗词文赞，以表明其本身不俗，和读者的老百姓究竟有距离，'五四'以来的文艺作家虽然推翻了文言，然而欧化到比文言还要难懂。特别是写理论文字的人，这种毛病尤其深沉，装腔作势，矫揉造作，瞎缠了半天，你竟可以不知道他在说些什么。这种毛病，有时候似乎明知故

----

[01] 赵树理：《"普及"工作旧话重提》，《赵树理文集》第 4 卷，人民文学出版社 2000 年版，第 357 页。

[02] 孙犁：《谈赵树理》，《天津日报》1979 年 1 月 4 日。

犯，似乎是'文化人'、'理论家'、'文艺家'、那些架子拿不下来，所以尽管口头在喊'为人民大众服务'，甚至文章的题目也是人民大众的什么什么，而所写出来的东西却和人民大众相隔得何止十万八千里！"[01] 赵树理忠实地反映农民的思想、情绪、意识、愿望及审美要求，并能让普通农民所接受，这是他在解放区能成为"方向"的重要原因。王春在《赵树理是怎样成为作家的？》中曾说赵树理的家庭和成长环境带给了他一辈子使用不完的三件宝：一是懂得农民的痛苦，二是熟悉农村各方面的知识、习惯和人情等，三是通晓农民的艺术。[02] 这些对赵树理的农村书写的意义是巨大的，他不需要像其他知识分子那样被要求改造世界观，他的世界观本来就属于农民，他从小就生活在农村，真正知道农民，知道农民的经济生活和农村各阶层的日子怎样过的，也熟悉农村各方面的知识、习惯、人情及其生活的欲望和理想。如此得天独厚的优势也唯有赵树理拥有了，"我和我写的那些旧人物（自然不是那些个别真人），到田地里做活儿在一起做，休息同在一株树下休息，吃饭同在一个广场吃饭；他们每个人的环境、思想和那思想所支配的生活方式、前途打算，我无所不晓。当他们一个人刚要开口说话，我大体上能推测出他要说什么——有时候和他开玩笑，能预先替他说出或接他的后半句话"[03]。在这样的环境里，民间文化天然地成为他思考社会、理解人生的基本出发点，民间的自在生活逻辑、生活欲望及自由渴求，及其与其他社会意识形态的关系，成为他文学表达的重要内容。

赵树理小说的审美目标是让农民喜闻乐见，他对"五四"新文学的欧化倾向以及从西方文学中养成的"门户之见"颇为反感。因此，在"写什么"和"怎么写"方面，他宣称："我写的东西，大部分是想写给农村中的识字人读，并且想通过他们介绍给不识字人听的。"[04] 赵树理和贝尔登谈自己的创作体会，强调读者是在"听"小说："我写一行字，就念给父母听，他们是农民，没有读过什么书。

---

[01] 郭沫若：《读了〈李家庄的变迁〉》，《北方杂志》1946 年 9 月第 1、2 期。

[02] 王春：《赵树理是怎样成为作家的？》，《人民日报》1949 年 1 月 16 日。

[03] 赵树理：《决心到群众中去》，《赵树理文集》第 4 卷，人民文学出版社 2005 年版，第 163 页。

[04] 赵树理：《〈三里湾〉写作前后》，《赵树理文集》第 4 卷，人民文学出版社 2005 年版，第 117 页。

他们要是听不懂，我就修改。"[01] 在他的意识中，不但有明确的拟想读者，还有明确的拟想听众。前者是农村中的识字人，后者是农村中的不识字者。他谈创作，特别强调"读者意识"，即写作者在每写一部作品之前，都要清楚地知道是写给哪一类人看的。他对"五四"语体文一度"深感兴趣"，只是后来对"五四"文学的"学生腔调""厌其做作太大，放弃了"。[02] 针对"五四"新文学与广大群众的需要"两下接不上头，互相结合不起来"的实际情况，赵树理把群众"听得懂，愿意听""看得懂，愿意看"作为自己创作的根本指向，他反复强调："我们的作品是否吸引住群众，受群众欢迎是最重要的。"[03] 在一次谈创作的场合，他专门讲过文学语言的具体运用："作品语言的选择，首先要看读者对象。写给农村干部看，用农村干部能懂的语言；写给一般农民看，用一般农民能懂的语言。如我在写《小二黑结婚》时，农民群众不识字的情况还很普遍，在笔下就不能不考虑他们能不能读懂、听懂。不知道你们留心没有，我在《小二黑结婚》里没有用过'然而'、'于是'这类词儿，为什么？因为这在知识分子虽然是习用语，写入作品，当时的农民群众却听不懂、读不惯。"[04] 在《也算经验》一文中，赵树理把这种语言追求说得更具体："'然而'听不惯，咱就写成'可是'；'所以'生一点，咱就写成'因此'，不给他们换成顺当的字眼儿，他们就不愿意看。"[05] 那么这些语言从哪里来呢？是从前人的经验中来，还是从教科书上来？是直接接收，还是间接习得？对于这些问题，赵树理有自己的心得，他认为："应该从广大的劳动人民群众中学。见的人多就听的话多。广大群众就是话海，其中有很多的天才和专业家（即以说话为业务的人），他们每天每时都说着能为我们所欣赏的话。我们只要每天在这些人群中生活，

[01] 杰克·贝尔登：《中国震撼世界》，中国赵树理研究会编：《赵树理研究文集·外国学者论赵树理》，中国文联出版公司 1998 年版，第 2 页。

[02] 赵树理：《回忆历史认识自己》，《赵树理文集》第 4 卷，人民文学出版社 2000 年版，第 352 页。

[03] 赵树理：《在大众文艺创作研究会成立大会上的讲话》，《赵树理文集》第 4 卷，人民文学出版社 2000 年版，第 147 页。

[04] 赵树理：《做生活的主人——在广西壮族自治区文艺创作座谈会上的发言》，《赵树理文集》第 4 卷，人民文学出版社 2005 年版，第 294 页。

[05] 赵树理：《也算经验》，《赵树理文集》第 4 卷，人民文学出版社 2005 年版，第 125 页。

那些好话和那些好的说话风度、气魄就会填满我们的记忆。"[01] 从以上可知，赵树理语言的追求有一种实用主义的成分在里面，赵树理写小说，力求"老妪能解"。因此，对于他来说，不是因为大众的语言中有着最高的美，所以要向大众学习语言，而是因为大众语言最能为大众理解，所以要在语言上向大众靠拢、看齐。

在故事结构、小说形式等方面，赵树理也顾及农民的欣赏趣味，"至于故事的结构，我也是尽量照顾群众的习惯：群众爱听故事，咱就增强故事性；爱听连贯的，咱就不要因为讲求剪裁而常把故事割断了"[02]。赵树理笔下的人物描写是绝对平面化的，往往寥寥数笔一带而过，很难给人留下深刻的直观印象；他的兴趣所在是"故事"自身的情节效应，"讲故事"才是他本人的写作特长，这种重"事"轻"人"的艺术风格，显然是对评书艺人的直接师承。赵树理在传统说唱文学的基础上创造了一种评书体的现代小说形式。对于民间评书体的喜爱，他毫不避讳，他说："我觉得我们的东西可以像评话那样，写在纸上和口头上说是统一的，这并不低级，拿到外国去绝不丢人。评话便是我们传统的小说，如果把它作为正统来发展，也一点不吃亏。它是广大群众都能接受的。"[03] 这种形式讲究情节的连贯性和完整性，开头总要设法介绍人物，故事连贯到底，最后交代人物的结局，在结构上保持有头有尾。在故事的讲述过程中，借鉴传统说书艺术中的"扣子"手法，做到大故事套小故事，制造悬念吸引读者，脉络清楚，时有波澜。为了提升主题，赵树理有时采用"大团圆"或"清官"模式，对"五四"悲剧审美的推崇和对大团圆及喜剧的否定，转变为对喜剧的重新欣赏和提倡。这当然是有时代背景作为支撑的，在新的天地中自然也就有新的感情、新的文化、新的作风。周扬就说过："我是甚至主张大团圆的结局的。'五四'时代反对过旧小说戏剧中的团圆主义，那是正确的，因为旧小说戏剧中的团圆不过是解脱不合理的，建立在封建制度和秩序之上的社会的一个幻想的出路，它是粉饰现实的。在新的社会制度下，团圆就是实际和可能的事情了，它

[01] 赵树理：《语言小谈》，《赵树理文集》第 4 卷，人民文学出版社 2005 年版，第 218—219 页。

[02] 赵树理：《也算经验》，《赵树理文集》第 4 卷，人民文学出版社 2005 年版，第 125 页。

[03] 赵树理：《从曲艺中吸取养料》，《赵树理文集》第 4 卷，人民文学出版社 2005 年版，第 37 页。

是生活中的矛盾的合理圆满的解决。"[01] 当然这样一种对社会生活的复杂性和对生活的悲剧性内容的忽视和省略也蕴藏了认识上的危机。

　　一般而论，我们认为赵树理之所以为大众认可，是因为他的文学通俗易懂，能够为农民看懂。其实事情并不如此简单，赵树理的作品尽管通俗，但也并不能完全为农民所接受，农民了解他的作品，还往往需要通过戏剧改编等方式，需要乡村知识分子的媒介："过去我写的小说都是农村题材，尽量写得通俗易懂，本意是让农民看的，可是我做了个调查，全国真正喜欢看我的小说的，主要是中学生和中小学教员，真正的农民并不多。这使我大失所望。"[02] 这里当然反映了普及与提高之间的矛盾，然而，赵树理的成功，最主要的原因不是对农民的屈就，而要归功于他的文学内容和创作态度，是因为农民感到赵树理理解他们、关注他们，写出了他们的现实生活状貌和精神欲求。赵树理站得比农民更高更远，在精神上关注农民，了解农民，最终赢得了农民的认可和喜爱。

---

[01] 周扬：《表现新的群众的时代》，《解放日报》1944 年 3 月 21 日。

[02] 戴光中：《赵树理传》，北京十月文艺出版社 1987 年版，第 438 页。

空间分立与融通——20世纪40年代中国文学研究

第二节 "人民文学"与"人的文学"的归并与冲突

"文革"前后,赵树理曾经因其农民立场而受到非常残酷的批判。20世纪80年代之后对赵树理的批判,更多的是把他当成权力话语的成功的执行者,一个被权力认同的作家,或者干脆把他当成一个甘做奴才的御用文人。另一种批评是指责赵树理缺乏现代思想,对社会主义的现代改造不支持,被认为是因为思想太落后,是未经过现代思想的洗礼,执着于落后的小农思想。对于这两种批评,有批评者认为,"实际都是陷入了另一种权力话语的暴力,即以资本主义的自由平等的权力话语取代极'左'时期的话语暴力,从而由一个极端转入另一个极端"[01]。需要明确的是,随着"赵树理方向"的提出,人们在接受赵树理观点的同时也接受了其实用主义和左倾思维,而其以农村为内容来书写的独特文学想象方式却被适时地淡忘。

在赵树理的作品中,人民不再是简单地被启蒙、被同情的对象,而是真正的主人公,成为了历史实践的主体。旷新年认为赵树理塑造出全新的既革命又受权力压迫的底层农民形象,一方面代表赵树理的启蒙意识,另一方面关注农民的生存更反映了他的现代人道主义精

---

[01] 刘旭:《当代三农文学与知识者的自我病态化》,《华东师范大学学报》(哲学社会科学版) 2009年第3期。

神。他在对鲁迅的批判中，认为鲁迅把农民描写成现代的对立面，正是"五四"精神对底层的压制，这种精英化的现代观也存在于当今绝大多数知识分子的意识之中。"鲁迅笔下的农民都是像闰土一样'沉默'和被动的。只有到了赵树理的小说里，农民才成为真正的主人公，成为具有历史创造性、要求掌握自己命运的人物。赵树理的小说反映了中国农村的觉醒和变化以及中国农民的解放、憧憬和欢乐。"[01]显然，赵树理所处的时代已经不像鲁迅时期了，农民、农村也发生了翻天覆地的变化，赵树理的成功只是顺应了那个时代对人民主体的诉求，因此顺理成章地被视为毛泽东文艺思想的实践和人民文艺的榜样。在这种背景下，创造新的农民形象成了"人民文学"一个最核心和关键的课题。毛泽东在给中共中央党校杨绍萱、齐燕铭的信中精辟地说明了这种历史主体性的转变："历史是人民创造的，但在旧戏舞台上（在一切离开人民的旧文学旧艺术上）人民却成了渣滓，由老爷太太少爷小姐们统治着舞台，这种历史的颠倒，现在由你们再颠倒过来，恢复了历史的面目，从此旧剧开了新生面，……你们这个开端将是旧剧革命的划时期的开端。"[02]赵树理着力表现中国农民在政治、经济翻身过程中所实现的思想上的转变，并且在这过程中显示农民改造的长期性、艰巨性。

从上述主题出发，赵树理塑造了几类典型的农民类型。第一类是深受封建思想毒害还未觉醒的老一代农民。这一批人肩负着历史传统的负荷，思想观念还跟不上历史发展的变化。如《小二黑结婚》中的二诸葛、三仙姑，《李有才板话》中的老秦，《传家宝》中的金桂婆婆等。如果说鲁迅笔下的农民面对现实压力时，要么在"现在"的时间境域中逃离，要么在静态的空间中停滞不前，主体人格的"内在"成长和自我主体意识淡薄，演绎着"非成长"的时间轨迹[03]，那么到了赵树理这里，这些人处在农村的大变革中，他们的思想和行动变得不合时宜，落入了"不变也得变"的

---

[01] 旷新年：《赵树理的文学史意义》，《文艺理论与批评》2004 年第 3 期。

[02] 毛泽东：《给杨绍萱、齐燕铭的信》，《毛泽东文集》第 2 卷，人民出版社 1996 年版，第 88 页。

[03] 吴翔宇：《鲁迅时间意识的文学建构与嬗变》，中国社会科学出版社 2010 年版，第 25 页。

尴尬局面。赵树理意识到，在如火如荼的社会变革和新社会里，封建思想的影响并未消失，仍然在农民的思想中驻扎，要使农民获得思想上的觉悟，还需要一个较漫长的过程。第二类是可能发生蜕变的年轻一代农民，甚至有些知识分子和干部。《李有才板话》中的小元当上干部就变了样，"架起胳膊当主任"，凭仗权势压迫他人。《邪不压正》中的小昌刚当上农会主任就专横跋扈起来，逼着阮英嫁给自己的儿子，分田地自己也要多分些。这一类人开始是认准了敌人的，但他们掌权、斗地主的目的是为自己谋私利，从这种意义上说，他们个人的"革命"与阿Q式的革命非常相似。尽管外在社会空间在发生着历史性的变革，但自我空间对外在空间渗透的抵制和消解作用，是造成以上两类人思想状态的重要原因。自我空间的自足状态对外在空间夹带的变革思想所持的观念是警惕和误解的，两重空间的互动和生成关系建构的纽带与其说是文化，还不如说是时代和社会的进程。自我文化对外来文化的接受显然是有选择性、有限度的接受。所以，即使外来空间的变革讯息卷席中国大地的各个角落，成为时代进程的重要内容，但自我文化对其的过滤作用是不容忽略的，自我文化根据自身一贯的观念和现实的需要来对待外来文化，这就形成了以上"变"与"不变"的思想现状。第三类是具有现代思想意识的农村新人形象。如《小二黑结婚》中的小二黑、小芹，他们的爱情建立在对新的民族社会的渴望基础之上，是带有更多社会变革色彩的爱情。通过农村一对新人的爱情，赵树理为我们呈现了在农村新人身上发生的变化，他们对自由爱情的执着，对封建传统思想的彻底反击，都体现了农村新的声音、新的讯息。《李有才板话》中的李有才尽管还受着严重的压抑，却迫切要求冲破封建牢笼，争取翻身解放。他了解农村的社会、历史状况，有一定的阅历和斗争经验，性格豪爽但又冷静深沉。因而在阶级力量对比不利时，只是用抛"冷话"，即冷嘲的方式来表示自己的不满与抗争。作为一个民间艺人，他卓越的艺术才干和黑暗环境对他的逼迫，使他用快板这一特殊武器进行斗争。作品中许多段快板既是情节的有机组成部分，又是塑造李有才形象的重要内容。这些快板所表现出来的鲜明的爱憎感情、风趣幽默的风格，正是李有才个性特征的重要方面。

"小字辈"人物是李有才快板的热心传播者，他们的政治积极性更高，斗争性更强；作为新一代的农民，在农村民主革命中发挥着重要的作用。《孟祥英翻身》里的孟祥英，从前是个孤苦的媳妇，后来她担任了村里的妇救会主任，不仅自己获得了解放，还带领村里的妇女们反对丈夫、婆婆的打骂，提倡放脚，并能和男人一样干活。她得到了村中妇女的爱戴，也获得了精神上的自信。可以说，是新制度的支持让她敢于反抗以夫权为代表的男权文化。《登记》里的艾艾和燕燕能认识到"父母之命、媒妁之言"式婚姻的不合理，并用自己的智慧争取到了美满的婚姻。当然，在这场斗争中，新中国《婚姻法》的颁布与实施起到了决定性作用。《传家宝》里的金桂是村里妇救会主席和劳动英雄，在家里她敢于与婆婆对抗，在村里她也可以自由活动。通过这些女性生活的变化，作者要表明的是，在解放区新天地里，广大农民开始掌握自己的命运，过一种前所未有的新生活。对此，周扬曾在《论赵树理的创作》中指出："创造积极人物的典型是我们文学创作上的一个伟大而困难的任务。首先，这是因为作为我们遗产的过去优秀的文学作品都只写了农民消极落后的方面，其次，因为现实中新的人物、新世界个性还处于萌芽的状态，还处在形成和生长之中。"[01]

以"文摊作家"自命的赵树理首先是从事革命的实践者，然后才是作家。赵树理明确地说明："我的作品，我自己常常叫它是'问题小说'。为什么叫这个名字，就是因为我写的小说，都是我下乡工作时在工作中所碰到的问题，感到那个问题不解决会妨碍我们工作的进展，应该把它提出来。"[02] 他说明其小说叙述的背景、动力的产生机制："如果你注意人与人的社会关系和当前的一些社会问题，以及人与这些问题的关系，故事就自然出来了。"[03] 应该说，赵树理的这种"问题小说观"有益于他去揭露社会变革中所出现的弊病，密切地配合了党的路线、方针、政策在农村的宣传。新型的政权引起所辖政区的社会变革，给农村带来新人物、新趋向、新矛盾时，这一切，经过一个长期生活在解放区的工作人员的视角，被发现了众多的"问题"。

[01] 周扬：《论赵树理的创作》，《解放日报》1946 年 8 月 26 日。
[02] 赵树理：《当前创作中的几个问题》，《赵树理文集》第 4 卷，人民文学出版社 2005 年版，第 25 页。
[03] 赵树理：《在长春电影制片厂电影剧作讲习班的讲话》，《赵树理文集》第 4 卷，人民文学出版社 2005 年版，第 249 页。

赵树理并不是一个民间艺人，也并不是一个土生土长的作家，更不是与"五四"新文学传统完全无关或者对立的作家："我虽出身农村，但究竟还不是农业生产者而是知识分子，我在文艺方面所学习和继承的也还是有非中国民间传统而属于世界进步文学影响的一面，而且使我能够成为职业写作者的条件主要还得自这一方面——中国民间传统文艺的缺陷是要靠这一面来补充的。"[01] 他认为，"通俗化"并不是指"通俗文艺"，而是"新启蒙运动"的一个组成部分："它应该是'文化'和'大众'中间的桥梁，是'文化大众化'的主要道路；从而也可以说是'新启蒙运动'的一个组成部分——新启蒙运动，一方面应该首先从事拆除文学对大众的障碍；另一方面是改造群众的旧的意识，使他们能够接受新的世界观。"[02] 赵树理的"问题小说"之"问题"，是农民现实生存中所遇到的"问题"，而并非一个时代的农村路线、政策在贯彻中所遇到的"问题"，其"问题"的指向与程度，是以农民的切身利益为标尺的，而并非以政策尺度为依据，他的价值尺度建筑在现实生活中既定的农民日常生存利益对时代社会种种变化的应对基础之上。一旦农民实际的生存问题与一个时代农村路线、政策在贯彻时所遇到的问题相重合之时，他的创作的最大效应就会被彰显。《小二黑结婚》表面看是写小二黑与小芹的恋爱故事，批判封建婚姻、倡导自由爱情。但"问题"的背后，揭示了根据地农村依然盘踞着封建恶霸势力，一些地痞流氓混入了新政权。阻碍青年婚姻自主的，不仅有旧式家庭的顽固父母，更有农村的封建恶霸势力，作品内涵远远超过了"问题"。《李有才板话》的写作目的很明显，"有些很热心的青年同事，不了解农村中的实际情况，为表面上的工作成绩所迷惑"[03]。为此，他要揭示出那些"模范村"的真相来，让年轻的工作干部有所警觉。于是，作家在展开阎家山的矛盾时，更深更广地揭开了村政权选举的内幕。权力依然在旧村长阎恒元家族之手，新选入的年轻干部也被一个个拉拢而变质。写作《富贵》的动因是："我们有些基层干部，尚有些残存的封建观念，对一些过去极端

---

[01] 赵树理：《〈三里湾〉写作前后》，《赵树理文集》第 4 卷，人民文学出版社 2005 年版，第 117—118 页。
[02] 赵树理：《通俗化引论》，《赵树理全集》第 4 卷，北岳文艺出版社 2000 年版，第 141 页。
[03] 赵树理：《也算经验》，《赵树理文集》第 4 卷，人民文学出版社 2005 年版，第 125 页。

贫穷、做过一些被地主阶级认为是下等事（如送过死孩子、当过吹鼓手、抬过轿等）的人，不但不尊重，而且有点怕玷污了自己的身份，所以写这一篇，以打通其思想。"[01] 至于《邪不压正》，他意在揭露农民面对新政治的两种基本态度：避让与钻营。他说："据我的经验，'土改'中最不易防范的是流氓钻空子；因为流氓是穷人，其身份很容易和贫农相混。在'土改'初期，忠厚的贫农早在封建压力之下折了锐气，不经过相当时期鼓励不敢出头；中农顾虑多端，往往要抱一个时期的观望态度；只有流氓毫无顾忌，只要眼前有点小利，向着哪一方面也可以……可惜那地方在初期'土改'中没有认清这一点，致使流氓混入干部和积极分子群中，仍在群众头上抖威风。其次是在群众未充分发动起来的时候少数当权的干部容易变坏：在运动中提拔起来的村级新干部，要是既没有经常的教育，又没有足够监督他的群众力量，品质稍差一点就容易往不正确的路上去，因为过去所有当权者尽是些坏榜样，稍学一点就有利可图。我以为这两件事是'土改'中最应该注意的两个重点。"[02] 小说从"婚姻问题"进入，真实而细腻地表现了抗战局势下"土改"运动的波折，特别是极"左"倾向，农村政权的不纯，流氓分子的捷足先登，中农的犹豫观望。这些都表明赵树理在创作中不回避农民的缺点和弱点，农村生活的"阴暗面"，甚至干部的错误，革命工作中的问题，等等。在《谈谈花鼓戏〈三里湾〉》一文中，他道出了产生这些社会问题的根源："人都是从旧社会来的嘛！从旧社会带来的旧思想的尾巴，有的长一点，有的短一点，有的占了他思想的控制地位，有的已退到不重要的地位，或者很小的地位。人就是这么纷繁复杂地组织起来的。这样来认识和处理人物，是符合客观的情况的。"[03]

处于解放区这一特殊时空体的赵树理切身感受到了隐藏其中的"异质性"矛盾，这种矛盾主要表现为某种根深蒂固的民族集体无意识与摧枯拉朽的社会变革在当时的语境内并非自由接合，有时甚至于相互拒斥。"政治话语"和"民间话语"是赵树理小说中并存的两大

[01] 赵树理：《回忆历史认识自己》，《赵树理文集》第 4 卷，人民文学出版社 2005 年版，第 344 页。

[02] 赵树理：《关于〈邪不压正〉》，《赵树理全集》第 4 卷，北岳文艺出版社 2000 年版，第 196 页。

[03] 赵树理：《谈谈花鼓戏〈三里湾〉》，《湖南文学》1962 年第 1 期。

话语体系，两套系统的关联和抵牾是不可避免的。赵树理站在民间立场来观照国家政治意识形态，力图实现两者的良性共存。当他的所见所闻与"政治内涵"相一致时，他就顺势将两者进行组合："现实中有多少符合党的政策的事，我就写多少符合党的政策的事。"[01] 当政治话语干预和配置民间话语时，他的心理天平就被迫倾向于政治话语。这种倾向自然导致其小说创作出现概念化的思维逻辑："对旧人旧事了解得深，对新人新事了解得浅，所以写旧人旧事容易生活化，而写新人新事有些免不了概念化。"[02] 这样一来，在写"新人"时，就将其写成了政治话语、人民话语的代言人，在他们的身上往往只有"新"的质素，"旧"的痕迹很少。反而是在一些"中间人物"身上较为集中体现了"新"与"旧"的双重痕迹，是政治话语和民间话语的凝聚体。同时，赵树理为了强化政治话语，会在小说中出现具有政治话语权的知识分子，如小常（《李家庄的变迁》）、王同志（《喜子》）。在这些小说中，他们共同的一个特征是知识分子的"知识"（精英）特征被忽略，取而代之的是革命的领导者或引导者特征，革命先行者的身份几乎成为他们唯一的符码特征，有关他们自己的个人化的或其他社会性的特征都被这个"革命者"符码所遮蔽。从文本的显性结构看，赵树理的"问题小说"，是以文学的形式紧紧配合现实的主流政策，提出问题，并给出解决方法，这与"五四"问题小说"只说脉案，只说病状，却不肯下药"[03] 有了区别；但是，其文本的潜在结构中渗透有对农民旧有国民劣根性的揭示与鞭笞，这又是对"五四"文学启蒙传统和直面现实的理性精神的承袭。

[01] 赵树理：《谈谈花鼓戏〈三里湾〉》，《湖南文学》1962年第1期。
[02] 赵树理：《〈三里湾〉写作前后》，《赵树理文集》第4卷，人民文学出版社2005年版，第122页。
[03] 胡适：《易卜生主义》，胡适编选：《中国新文学大系·建设理论集》，良友图书出版公司1935年版，第192页。

第三节 "土改"叙事与革命历史化确证

美国学者弗·杰姆逊认为有两种在时间观念上完全不同的诗歌样式：一种是荷马诗歌式的叙事型，一种则是《圣经》式的启示录型。前者在不露声色的冗长历史叙述中，展现历史事件本身的方方面面，而后者在叙述过程中暗示或预示着某种历史的基本线索和走向。丁玲的《太阳照在桑干河上》与周立波的《暴风骤雨》属于后者，它们史诗性地展现了在土地改革过程中农民的时间观念和精神风貌的转变历程。农民的时间意识深受其所处的乡土宗法空间的影响，也是"土改"过程中不容忽视的一个思想前因，通过一系列思想性较强的"成长仪式"，激活了被历史尘封和遮蔽了的民族精神和活力。"历史"不仅仅是已成为记忆的过去的事，它也能成为叙述的"主体"，被推到了前台，不单纯是"人在历史中成长"，同样也是"历史与人成长的同构"。这种"土改"想象是对"合法性"话语的体认和确证。

一、建构在乡土宗法空间上的农民时间观念

时间和空间是文本形象构成、显现与运动的基本阈限规定，是哲学中的一对基本范畴，时间和空间交织成人的此在。卡西尔曾经说过："空间和时间是一切实在与之相关联的构架。我们只有在空间和

周立波《暴风骤雨》

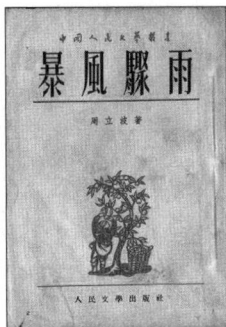

时间的条件下才能设想任何真实的事物。"[01] 主体时间的形成和发展与特定空间阈限的影响和作用不无关系，就《太阳照在桑干河上》与《暴风骤雨》而言，农民的时间观念与他们所处的乡土宗法空间的潜在作用是分不开的：

第一，这个乡土宗法空间厚积着浓郁的传统文化记忆，是农民时间观念转变的隐在障碍。在《多义的记忆》中，德里达将个人的主体记忆看作"对现在之所谓先前在场的引证"[02]，这道出了记忆的核心意义，其中的"引"和"证"可视为对习得知识和经验的重复和沉潜。在《太阳照在桑干河上》与《暴风骤雨》中，"暖水屯"和"元茂屯"作为一个独特的空间生态环境，有着自己的生活规律、风俗人情、思维习惯，这些都是当地人挥之不去的文化记忆。这种记忆具有社会性，是该社会群体的生活样式，并直接表现为社会心态，还具有继承性和朴素性：一方面蕴涵悠久的时间积淀，是当地人世代生存方式的淤积，另一方面又是一种近乎日常的朴素社会意识，在当地人的饮食、起居、生老、病死中反映这种意识。

暖水屯的当地人根深蒂固地存在着一种历史循环和因果宿命的时间观念，即"变天"思想。丁玲在《生活、思想与人物》中说："我在写作的时候，围绕着一个中心思想——那就是农民的变天思想。就是由这一个思想，才决定了材料，才决定了人物的。"[03] 因此，当

---

[01] 卡西尔：《人论》，甘阳译，上海译文出版社 1985 年版，第 54 页。

[02] 德里达：《多义的记忆》，蒋梓骅译，中央编译出版社 1999 年版，第 69 页。

[03] 丁玲：《生活、思想与人物》，袁良骏编：《丁玲研究资料》，天津人民出版社 1982 年版，第 142 页。

土地改革运动在暖水屯发动之初，农民无法割断对乡土空间的文化记忆，他们身上的"精神奴役创伤"就显露出来了。侯忠全就是其中的一个典型，他读过两年书，通过一些民间戏曲、故事等"小传统"渠道得到了一些历史知识，有限的历史知识加上自己遭遇的天灾人祸使他完全消除了反抗心，"他从他读过的听过的所有的书本上知道，没有穷人当家的。朱洪武是个穷人出身，还不是打的为穷人的旗子，可是他做了皇帝，头几年还好，后来也就变了，还不是为的他们自己一伙人，老百姓还是老百姓"。他与侯殿魁家本是有着血海深仇的，但在宗族的情面关系和对方虚假的仁慈面前，他"把一切的苛待都宽恕了，把一切苦难都归到自己的命上"，被称为"死也不肯翻身的人"，在他身上几乎很难"找出一点仇恨，或者一点记忆"。同时，他还一直禁止儿子参加村子里的"土改"活动，儿子被他锁在屋里。村干部逼着他去找侯殿魁算账，他没办法只好进去了，当侯殿魁躺在炕上问话时，侯忠全说是来看看二叔的，"说完话他找了一把扫帚，在院子里扫了起来"。后来他把农会分给他的地悄悄退还了侯殿魁，并振振有词地说："这房子也是侯殿魁叔爷的，几十年种着人家的地，又是一家子，如今人家也在走黑运，墙倒众人推，咱不来这样事。"同样，元茂屯的当地人也不例外。有的农民惧怕八路军待不长久，有的惧怕"中央军"卷土重来的时候会抹他们脖子，有的害怕韩老六跨到"中央军"那边去的儿子韩世元返乡报复。当斗争韩老六的时候，部分有土地的农民，害怕斗争完了韩老六，要轮到他们头上。

这种"变天"思想是暖水屯农民普遍的心理暗示和思维形态，也是历代农民在变化莫测的时势面前的一种自我保护意识的反映。这种底层人的生存策略是很真实可信的，它集中体现了中国传统农民求稳与保守的文化心理特征。在这些人物身上，阶级意识不强，他们只有对社会不公的认同与对农民真正翻身的怀疑，历史的惯性思维就是这样蚕食着农民身上宝贵的主体意识。

第二，这个乡土宗法空间纠集着复杂的关系网络和参差的阶级身份，是主体时间观念转变的显在障碍。农村宗法关系与阶级关系的交织纠缠，是"土改"叙事中不可忽略的问题，万直纯曾非常深刻地论述了暖水屯宗法关系的网络图，"这种由血缘构成的家族及至宗族关系，由地缘构成的邻里关系，以及由血缘、地缘共同构成的宗族关系，形成暖水屯地方共同社会宗法关系网络"[01]。他从文本中洞悉到了反宗法主题，以此发掘其更内在更深厚的历史底蕴。这种探究是很有意义的，这种人际关系构成的宗法空间是主体时间观念转变的显在的桎梏。在《暴风骤雨》中，当带着鲜明身份标识的工作队进入乡村时，农民惊疑的目光表明，对于以血缘、亲缘、地缘关系维系社会超稳结构的宗法制农村而言，革命只是异己的"他者"。在第一次村民会议上，工作队员刘胜热情解释"翻身""就是要大伙起来，打垮大肚子，咱们穷人自己掌上印把子、拿上枪杆子"时，农民以自己的方式拒绝了革命话语。"斗争"对于元茂屯的男女老少来说，只是感到惊奇，或乐意，或发愁，或犯疑，或观望。斗争会也就在这种未经充分"发动"的复杂的群体心态的影响下，在难以形成理想的"两个对立的阵营的紧张空气"中，最终以闹剧式的"情绪缓和"而结束。除了这种宗法人伦关系网络以外，我们也不能忽视暖水屯参差的阶级身份、土地的肥瘠程度、个人的家庭收入、个人的品德以及人际关系等，都会影响到成分的划分。因此，对于"土改"地主、富农、中农、贫农等不同身份的群体都有不同的理解。

首先地主是"土改"的主要对象，他们认为继承来的土地是合法的，以此质疑"土改"的合法性。如李子俊为自己辩护道："咱有几亩地么，又不是偷来的，又不是抢来的，还不是祖先留下的？……"地主钱文贵也用过去一贯的历史眼光和观念来质疑土地改革的合法性，他曾尖刻地说："'耕者有其田'，很好，很好，这多好听，你叫那些穷骨头听了还有个不上套的！"他认为土地改革"要把全村都闹成穷人，谁要有点，谁就倒霉，如今这世道，做穷人的大三辈"。韩老六在工作队进村后，秘密串联，转移浮财，安插耳目，造谣惑众，甚至向萧祥打冷枪。他一方面用女儿诱惑老杨头，派李振江拉拢腐蚀干部，一方面利用农民的善良和无知，骗取农民的同情心，一方面还不忘施展淫威，致使农民群众在斗争时迟疑不决、畏缩不前。

其次来看富农，他们简单地把"土改"看成是分土地，对"土改"充满恐惧，"他们怕的是打倒了地主打富农，打倒了富农打中农"。在富农胡泰出场前，丁玲借他儿媳妇的嘴道出了他们的心思：

---

[01] 万直纯：《〈太阳照在桑干河上〉中的农村宗法社会》，《中国现代文学研究丛刊》2000 年第 3 期。

"老叫穷人闹翻身，翻身总得靠自己受苦挣钱，共人家的产，就发得起财来吗？"险些被划为"金银地主"，最后被错划为富农的顾涌，也能毫无遮拦地倾述自己内心的委屈："像我这样的人，受了一辈子苦，为什么也要和李子俊他们一样？我就凭地多算了地主，我的地，是凭我的血汗，凭我的命换来的呀！"

再次来看占多数的贫、雇农，他们不反对私有，看不到建立在契约基础上的雇佣劳动背后的不公。一般来说，拥有自己的土地，过着自给自足、衣食无愁的日子是农民理想的生活模式。在他们的观念中，通过自己勤俭所得发财致富是一种光荣，这样的地主也无可厚非。农民对软弱的，有地无权，只靠收租过日子的地主李子俊也曾表现出一些同情，当佃户们在农会干部的"教育"下冲到李子俊家里要红契的时候，面对李子俊女人的哭诉，他们退却了，其中的郭柏仁还说什么"这都是农会叫咱们来的"。在他们内心深处，像李子俊这样的地主，靠收租子过活而又不作恶，正是他们理想的生活与做人法则。在长期的赶车生涯中，老孙头总结出自己的一套"生存哲学"："发财得靠命"，"车到山前必有路，老天爷饿不死没眼的家雀。咱如今是吃不大饱，也饿不大着，这不就得了呗"，"命里没财，捡回去也丢。钱没有好来，就没有好花"。同时，农民长期奴化的思想禁锢了他们的反抗。在斗争韩老六的时候，韩老六的几句陈情和检讨，就让"斗争的情绪，又往下降"，以致出现了"人家就是地多嘛，叫他献了地，别的就不用多问了"的议论。好不容易由老田头的血泪控诉所激起的群情愤慨，也被韩老六的几滴鼻血轻而易举地冲淡了。

"空间"并不是一个纯粹的客观现实，它同时还意味着文化的建构；不仅是一种方位参照体系，还是一种价值反映体系；不仅是人物活动的场所，而且还作为一种文化情境参与了叙事与叙述自身。在暖水屯这个具体的空间里，厚积的传统文化记忆、纠集的复杂的宗法网络和参差的阶级身份，成为笼罩在主体心中的隐在暗示和现实感受，只有冲破这种"乡里共同体"空间的束缚和影响，主体的时间观念才能真正确立，"土改"才能真正拥有广泛而坚定的精神保证。

二、"土改"的"仪式"想象与主体的成长叙事

在《太阳照在桑干河上》《暴风骤雨》的"土改"叙事中，农民

思想意识的转变（成长）是作家重点书写的。丁玲说过："我描写了土地改革是如何在一个村子里进行的，这个村子是如何成功地斗倒地主，村里的人们又是如何成长起来的。"[01] 从农民的思想观念的转变能窥见历史发展的一般状况，展现了历史、民族和人物"成长"的同构。丁玲将发生在暖水屯里的土地改革演绎成了一场农民的"成长仪式"，也是一场典型的"过渡仪式"。仪式（ritual），又译仪典或礼仪，一种较为简单而又普遍的定义是："受规则支配的象征性活动，它使参加者注意他们认为有特殊意义的思想和感情对象。"[02] 从这个定义中我们能看出仪式所包含的三方面内容：（一）仪式由一定程序、规则组成；（二）仪式是一种意义的展示，具有象征意味；（三）仪式是以"特殊意义的思想和感情对象"为内容的传播行为。英国学者埃德蒙·利奇认为宗教的"过渡仪式"的第一步是："正经历着身份变化的新加入者首先必须与他（她）最初的角色分离。"[03] 整个过程是由洗礼到升华的过程。农民的"成长仪式"中需要革命启蒙者和领路人，他们通过自己的言说魅力和实际行动打动和感染新加入者，使之到达"感染神圣"的接受阶段。

在《太阳照在桑干河上》中，工作队在暖水屯的两次群众大会，是对农民精神和思想洗礼的重要安排。在革命以前的乡村社会中，仪式化的大型场合是非常少的，宗族会议可能是最重要的，此外就是求神拜佛、红白喜事。暖水屯的第一次群众大会由年轻的农会主任程仁主持，工作队的文采同志做了长达六个钟头的报告，这次群众大会并没达到预期的效果，既说明宣讲革命道理要贴近群众语言，也表明群众思想转变需要一个长期的灌输、磨合和塑形。工作队的萧队长对这种困难认识也很清楚，他说："群众并不是黄蒿，划一根洋火就能点起漫天的大火，没有这样容易的事，至少在现在。我们来了几天呢？通起来才四天四宿，而农民却被地主阶级剥削和压迫了好几千年，好几千年呀，同志！"正因为如此，在暖水屯，才需要程仁、张

---

[01] 丁玲：《作者的话》，袁良骏编：《丁玲研究资料》，天津人民出版社 1982 年版，第 120 页。
[02] 保罗·康纳顿：《社会如何记忆》，纳日毕力戈译，上海人民出版社 2000 年版，第 49 页。
[03] 埃德蒙·利奇：《文化与交流》，郭凡、邹和译，中山大学出版社 2000 年版，第 80 页。

逸民等积极分子作为"土改"的翻译者和桥梁。农会、妇女联合会等革命骨干通过谈心、唠嗑、演说等方式做村民的思想工作，灌输土地政策和"土改"的好处等，抓好"翻心"工作，还是取得了一些成效。在"土改"工作队、暖水屯村干部和积极分子的带动下，人们的思想观念正在发生着变化，这其中包括侯忠全的儿子媳妇、顾顺、郭柏仁、黑妮等，他们逐渐看清了地主的真面目，嘴里有时也能随口出来几句"土改"口号。在《暴风骤雨》中，队长萧祥强调贫雇农与地主的对比教育，从而煽动农民反抗地主，夺回属于自己土地的意愿："咱们大伙过的日子能不能和韩老六家比？咱们吃的、住的、穿的、戴的、铺的、盖的，能和他比吗？"工作队注重贫雇农与地主的贫富差距和道德品质上的冲突，促使贫雇农意识到韩老六、杜善人等地主"不杀穷人不富""为富不仁"，因此仇恨富有者。作为革命启蒙者的工作队之所以在短时期能取得斗垮地主的胜利，在某种意义上正是利用和唤醒了他们内心的反抗意识。地主占有物质和贫雇农反占有的斗争便成为革命发生的前提。萧队长进而宣传一种道德色彩浓厚的经济挖根："斗争地主，是要回咱们自己的东西。"

同时，将情感因素很浓的"诉苦""清算"仪式也结合到了"成长工程"中，工作队通过一次次的"诉苦会"，激活深藏在人们心底的血的记忆和仇恨的意识。"某某某，你还记得吗……"成为诉苦运动的标准句式。诉苦的人们由胆怯而愤怒，最终打成一团。在那一次次痛苦不堪的回忆中，血淋淋的事实、死亡的阴影和痛苦的挣扎总是弥散四周，强化着集体的更广阔的血债记忆，为读者提供了一个充斥革命话语的"广场"。马林诺夫斯基曾说过："稠人广众中动人观听的礼，有影响处便对信仰有传染作用，共信共守的行为有庄严感人的作用，全体如一地举办真挚肃重的礼，足使没有关系的人大受感动，更不用说当事人在里面参加的了。"[01]"传染作用"和"感动机制"说明了这种说教能让周围的听众感受到一种心灵的沐浴和洗礼。同时，《太阳照在桑干河上》中的斗争会也是颇具观赏性的戏剧场面，是全民集体的节日，"人们像潮水一样涌进了许有武院子，先进去的便拣了一个好地方蹲着，后来的人又把他推开了"。对地主的斗争和地主

---

[01] 马林诺夫斯基：《巫术科学宗教与神话》，李安宅译，中国民间文艺出版社 1986 年版，第 133 页。

公开认罪的仪式成为热闹的"公共景观"和公开表演的"戏剧"。[01]这种郁积在内心几十年的不平终于有了可疏导的渠道。在这种仪式的表演中，农民的阶级意识被唤醒，从而获得历史主体意识。

文本的结尾这样写道："暖水屯已经不是昨天的暖水屯了，他们在闭会的时候欢呼。雷一样的声音充满了空间。这是一个结束，但也是开始。"我们欣喜地看到，这里的农民已不同于鲁迅所描写的那种活在"想做奴隶而不得"和"暂时做稳了奴隶"的轮回循环中的奴性农民，也不同于沈从文笔下的那种只能"感到四时交替的严肃"而"历史对于他们俨然毫无意义"[02]的依顺天命的蒙昧农民，他们已经成为一股推动历史前行、创造历史的重要力量。

三、"历史革命化"的合法性确证

海登·怀特将历史写作诠释为："一种以叙事散文形式呈现的文字话语结构，意图为过去的种种事件及过程提供一个模式或意象，经由这些结构我们得以重现过往事物，以达成解释它们的意义之目的。"[03]他的意思是历史写作必须书写过去的事件和过程，同时通过历史模式和意象结构，我们能正视和解释历史意义，这是一种严肃的历史眼光和观念，也透露了自觉的历史意识。从"土改"的时间谱系来看，《太阳照在桑干河上》《暴风骤雨》记载的是解放战争时期的"土改斗争"，具体来说，则是从 1946 年中共中央发表"五四指示"，到 1947 年 9 月全国土地会议公布《中国土地法大纲》以前一个时期华北地区的"土改斗争"。这两部长篇小说涵盖了作家的历史意识和观念，也展现了作为"土改"主体的农民的思想观念和精神风貌的转变。

《太阳照在桑干河上》的"土改叙事"相对过去的历史革命叙事有新的特点，有意识地对完整"土改"的历史过程进行讲述。小说以顾涌的胶皮大车带来外界"土改"的消息开始，以章品的出现作为转折，以分田地、庆翻身作为结束，以参军、出民夫作为延伸。最终呈

---

[01] 福柯：《规训与惩罚》，刘北成、杨远婴译，生活·读书·新知三联书店 1999 年版，第8—9页。

[02] 沈从文：《一九三四年一月十八》，《沈从文文集》第 9 卷，花城出版社 1984 年版，第254页。

[03] Hayden White：*Metahistory. Baltimore*，The Johns University Press, 1973：P2.

示出文学叙事与历史叙事的某种同一性。正如孟悦所说，《太阳照在桑干河上》为我们提供的是"一种政治意义上的历史形象，或曰，一种社会革命的历史—叙事模式"，"在新文学呈现的数种历史图景中，唯有这一种提供了能够从过去现在走向未来的途径"。[01] 且这些被讲述的革命历史无论是外在时间推衍或内在逻辑规律都基本一致，这种讲述的结果就意味着"历史革命化"了。"历史革命化"也就是在革命的意识形态的规限下，展现历史、民族和人物"成长"的同构，不等于将革命的历史进程按时间顺序的推衍来安排各个具体的革命历史细节片段，它不是某一场斗争或某一个人的革命行动的背景展示，而是历史直接从后台（背景）走向前台（主体），不是将"土改"放在历史的坐标系里加以认证和考察，而是历史被纳入"合法性"系统中予以论证和考察。

　　周扬曾经指出："文艺与当前党的实际政策相结合，是'文艺座谈会'后解放区文艺的一个显著特点。"[02] 这个特点，表现在解放区文艺的"生产"（作家创作）和"消费"（读者接受）的全过程，其理论来源便是毛泽东《在延安文艺座谈会上的讲话》。这一话语方式演变为一种知识形态而获得普遍的接受和认可，并在"合法性"的框架中被书写、生产、传播和繁衍，伴随其经典化的过程，在作家的创作中扮演了非常重要的作用。在文本的生产过程中，丁玲改变过去创作惯用的"五四"的话语系统，重新确立以《在延安文艺座谈会上的讲话》精神为指导的新的话语体系。她说过："《太阳照在桑干河上》，不过是我在毛主席的教导、在党和人民的指引下，在革命根据地生活的熏陶下，个人努力追求实践的一小点成果。"[03] 周立波指出："关于《暴风骤雨》的写作，在毛泽东延安文艺座谈会讲话以后，新文艺的方向确定了，文艺的源泉明确地给指出来了，我想写一点东西。"[04] 1945 年，中共在解放区颁布实行土地改革的"五四指示"后，丁玲立刻参加了"土改"工作队，到了河北怀来、涿鹿一带做了两个多月的工作。回来后，她又反复阅读了有关"土改"的文件和材

[01] 孟悦：《历史与叙述》，陕西人民教育出版社 1998 年版，第 23 页。
[02] 周扬：《关于政策与艺术》，《周扬文集》第 1 卷，人民文学出版社 1984 年版，第 476 页。
[03] 丁玲：《重印前言》，《丁玲研究资料》，袁良骏编，天津人民出版社 1982 年版，第 163 页。
[04] 周立波：《〈暴风骤雨〉是怎样写的》，《东北日报》1948 年 5 月 29 日。

料，然后才动笔写出这部长篇小说。在《太阳照在桑干河上》中，丁玲特意设置了"小册子"一节。所谓小册子，就是张裕民和程仁从区上拿回的一本石印的小书——县委宣传部印发的《土地改革问答》。她动情地写道：暖水屯的村干部们，"挤在一个麻油灯下逐行逐行地念"，"一道研究这本《土地改革问答》，却各有各的想法。总是容易接受新事物而又缺乏思考的李昌，他越念下去越觉得有兴趣。他常常联系村上的具体人物来说明谁是地主，谁是富农，谁是中农；应该打击谁，应该照顾谁，愉快的笑不离开他的脸。在他的心里不断地涌起对党、对毛主席的赞叹，他忍不住叫了起来：'这个办法好呀，这样才把有钱的人给治下去了，穷人真真的翻了身嘛！'"……这些生动形象的描写，实在是对"小册子"这个"文件符码"的审美展示和"解密"，这些整体精神观念成了丁玲创作文本的潜在的思想定势。周立波很注意作品的政策性内涵，在《暴风骤雨》第一部的创作过程中，他主动向当时松江省委的负责同志咨询了很多有关党的领导和思想策略的问题。在第二部下卷动笔之前，他又阅读了大量当时中共中央和东北局的文件，回想和研究了松江省委召开的县书联席会议和多次的区村干部会议，并依照这些文件和会议的内容，重新检验了收集的材料和自己的构思，"不当的删削，不够的添加"。同时，在文学表达上尽量与革命意识形态的话语相契合，他在谈到《暴风骤雨》下卷的创作时还说："北满的土改，好多地方曾经发生过偏向，但是这点不适宜在艺术上表现。我只顺便的（地）捎了几笔，没有着重地描写。没有发生大的偏向的地区也还是有的。我就省略了前者，选择了后者，作为表现的模型。关于题材，根据主题，作者是要有所取舍的。因为革命的现实主义的反映现实，不是自然主义式的单纯的对事实的模写。革命的现实主义的写作，应该是作者站在无产阶级立场上站在党性和阶级性的观点上所看到的一切真实之上的现实的再现。在这再现的过程里，对于现实中发生的一切，容许选择，而且必须集中，还要典型化，一般地说，典型化的程度越高，艺术的价值就越大。"[01]

　　同时，在《太阳照在桑干河上》的创作过程中，曾经历两次重要

[01] 周立波：《现在想到的几点——〈暴风骤雨〉下卷的创作情形》，李华盛、胡光凡编：《周立波研究资料》，湖南人民出版社 1983 年版，第 286—287 页。

的停顿，不断反复地修改，送交领导审阅把关，几经曲折才终得出版。通过这种文本生产，集体的历史记忆在民众中得到合法性的"种植"。我们从中可以看出主流话语在作家创作中的制约作用，同时也看到丁玲努力寻求与主流意识形态的身份认同。她努力调适自己与意识形态的关系，通过不断修改消弭这些裂隙，这就是《太阳照在桑干河上》不断修改的目的：使文学文本与政治文本之间的关系朝着某种"合法性"话语的方向趋近。

第八章

殖民话语控驭下的沦陷区文学的基本形态

　　所谓的"沦陷区"，就是通常所说的被占领区，即日本侵略者一方所谓的"和平地区"，亦即抗战一方所说的"敌伪地区"，中国人称之为"沦陷区"。沦陷区文学主要是指 1931 年"九一八"事变后的东北沦陷区文学，1937 年"七七"事变后以北京、天津为中心的华北沦陷区文学，1937 年"八一三"事变后华东、华中与华南沦陷区文学。太平洋战争爆发后，香港又于 1941 年被日本霸占，成为沦陷区的一部分。[01]

　　抗战爆发后，面对着危险的政局，很多作家都辗转到达了解放区或国统区。日本作家林房雄曾对照《中国新文学大系》史料卷提供的作家资料，认为中国第一次文学革命运动时期的 142 名作家中，仅有周作人、俞平伯、徐祖正、周毓英、张资平、陈大悲、陶晶孙、傅东华、樊仲云等 9 名留在沦陷区。[02] 日寇对中国各沦陷区实行分而治之的策略，不仅重视在政治、经济、军事等方面的打击与控制，更是在思想方面采取了强硬而严厉的统治手段。日寇先后在各沦陷区提倡"大东亚文学""决战文学"，妄图以日本战时文学同化中国沦陷区文

---

[01] 抗战初期的香港，曾是中国抗战文学的中心区域之一，随着抗战的全面爆发，大批作家纷纷南下到达香港，据不完全统计，先后到香港的作家有茅盾、萧红、戴望舒、蔡元培、陶行知、袁水拍、司马文森、邹韬奋等数百人。随着"文协"香港分会的成立，香港的抗日活动风起云涌，如火如荼。香港沦陷后，大批作家被迫离开，其抗战活动也随之滑至低谷。这一时期，留在香港的仅有萧红、戴望舒等几位。

[02] 张泉：《沦陷时期北京文学八年》，中国和平出版社 1994 年版，第 38 页。

学，使沦陷区文学为其所谓"大东亚圣战"服务。其文化政策的核心是要严禁一切"激发民族意识对立""对时局具有逆反倾向"的作品，同时千方百计将作家的创作纳入其"建设大东亚新秩序"的轨道，诱使作家为此而写作。日本侵略者控制沦陷区文坛的重要手段之一是强制推行"语言殖民"教育。在焚烧大量中国书籍的同时，在中小学实行日语教育，强制作家用日语写作。日本语作为日本殖民者文化价值观的载体，对中国民族文化的渗透和破坏力是显而易见的。

第一节　鲁迅精神传统的承继与"租界"的文学反抗

1937 年 11 月上海沦陷后，一部分文艺工作者利用上海租界的特殊环境，在日本侵略势力的四面包围中，坚持抗日文学活动。面对着残酷的现实，上海"孤岛"上的知识分子面临着一个突出的问题："孤岛上写些什么文章？"这个问题给知识分子留下了两难的困境：环境不允许，他们不能够写过于直露的抗日作品；同时，因为环境不允许，他们也不能写些消极颓废的无意义的作品。对于这种现状，金戈的话也许代表了当时很多人的想法。他援引了鲁迅关于什么是路的看法，指出："只要我们记得！我是一个中国人，死了仍是一个中国人。我们要做一个不变节的苏武，不要做中途屈志辱国的李陵。不要忘记本身的责任，尽环境允许我们的至极地步，为孤岛上的人们，写一些有意义的文章出来。"[01] 与国统区及解放区相似的是，面对日本侵略者的殖民统治，很多租界的作家表现出强烈的爱国热忱。他们用自己的笔在废墟中开垦，书写着知识分子该有的道德良知。正如柯灵所言，"在废墟之间，焦土之上，也就怒茁了文化的新芽"[02]。

---

[01] 金戈：《孤岛上写些什么文章？》，《文汇报》1938 年 1 月 30 日。

[02] 柯灵：《焦土上的新芽》，《上海"孤岛"文学作品选》，上海社会科学院出版社 1987 年版，第 447 页。

"民族魂"鲁迅

　　鲁迅精神传统的继承是文化界基于抗战语境集结各种势力共同呼吁起来的，并且成功地贯穿了整个抗战时期。上海"孤岛"的"鲁迅"回应的不是鲁迅本身，而是上海"孤岛"时期的整个历史语境。1946年，冯雪峰刊于上海《文汇报》的《鲁迅回忆录》代表了上海文学界的普遍心声，他认为鲁迅是矛盾的，然而也是时代的矛盾，"我觉得，是在他的矛盾总是反映着时代或社会本身的矛盾"[01]。这种矛盾既是鲁迅人生际遇的浓缩，也是当时上海孤岛知识分子心灵世界的写照。鲁迅逝世后，"鲁迅精神传统"在上海的传播和接受彰显了上海文化历史的丰富性和复杂性。对于"鲁迅精神"不同理解的碰撞折射出上海特殊文化语境的风貌，并且参与了上海孤岛文学的形成。循此思路，我们可以梳理出上海"孤岛"时期知识分子的精神脉络，探究他们是如何利用鲁迅资源去回应现实境遇的，同时廓清他们在援引鲁迅资源时是如何言说自我的，了解这种鲁迅形象的建构是如何参与上海孤岛文学的形成的，这些问题的提出，可以让我们对上海孤岛文学有更加深刻的理解和认识。

　　一种精神资源的确立是需要诸多条件的，它得益于这种精神资源本体放射出的思想光芒在当下的选择、变异及传承。这其中，精神资源的思想内核含量决定了其延传的辐射力。鲁迅思想本体是一个丰富的存在，鲁迅文学观的显在表现是其主体及其心灵世界在当下的生存状态，而基本结构却是人与历史、社会、文化等要素的深刻关联。他对历史的审视和通晓是完全个人化的，却包含着深刻沉厚的历史性和现实性内容。鲁迅的杰出性在于，他在自己的世界里，创造了现代

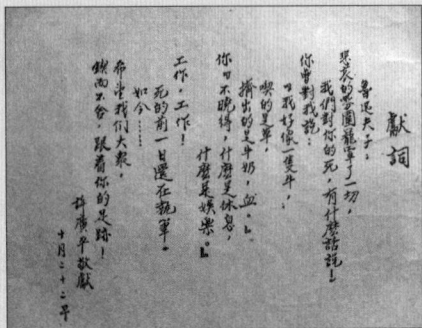

中国人的"精神话题"。这个话题的核心，便是如何在西方夹击下的"被现代化"过程中，确立中国人的生存意义。鲁迅逝世后，社会各界举行了各种形式的悼念活动，人们坚信"鲁迅精神不死"，并呼吁社会各界继承鲁迅的这种精神。其中，"爱国主义"及"不妥协精神"是鲁迅精神遗产中最为重要的品格。[01] 这种精神是中华民族抵御日本侵略的有效武器。可以说，在抗战的背景下，鲁迅成了一个象征性的文化抗争符码。而文艺界诸多知识分子都在强调鲁迅作为"民族战士""青年导师"的形象意义。[02] 事实上，鲁迅精神传统之所以能在上海得以更大的延传，应归功于《鲁迅全集》的出版和发行。1938年，由鲁迅先生纪念委员会编辑，上海复社出版了《鲁迅全集》，蔡元培作序，许广平题跋，内有许寿裳先生写的"鲁迅年谱"。全集共20卷，600万字。编印《鲁迅全集》的意义在于，"扩大鲁迅精神的影响，以唤醒国魂，争取光明"[03]。它的出版为上海文化界提供了精神食粮。正如胡仲持所说，"在所谓'孤岛'上人们的精神生活中间，《鲁迅全集》的出现，真好比沙漠上涌现了水源"[04]。可以说，《鲁迅全集》的出版既适应了抗战的特殊语境，又为知识分子的文化反抗提供了有效的文学范本。最为重要的是，它极大地彰显了鲁迅思想资源的经典价值和扩散力。

　　与此同时，精神传统也应是一个能经得起批评和评定的思想体

---

[01]《鲁迅逝世纪念会宣传大纲》，《救亡日报》1937年10月18日。

[02] 例如冯雪峰认为"惟有秉着对于民族的伟大的爱而为中国民族战斗着的鲁迅先生，才能拥有着中国民族的战斗传统"，他将鲁迅看成是"中国战斗的知识青年和文艺青年的马首"。（冯雪峰：《鲁迅论》，《雪峰文集》第4卷，人民文学出版社1985年版，第10页。）

[03] 许广平：《〈鲁迅全集〉编校后记》，《上海妇女》1938年8月5日第1卷第8期。

[04] 胡仲持：《回忆一九三八》，《人民日报》1956年10月11日。

系。它既能在不同的时代语境中被赋予常说常新的精神内涵，又能容纳不同立场、不同观念的冲击与碰撞，无论从正面加以肯定还是从负面予以否定，它都是一个绕不过的言说对象，一种不断被阐释的象征性符码。就在鲁迅血脉在上海"孤岛"延续和推广的时候，也产生了一些人对鲁迅的非议和负面的评判。在鲁迅逝世二周年之际，巴人在《申报·自由谈》上发表《超越鲁迅——为鲁迅逝世二周年纪念作》，他指出，学习鲁迅，并不是为了"追随"或"并驾"，而是为了"战胜鲁迅"。在该文中，他阐释了鲁迅精神的两个重要内涵："克苦"及"战斗"。而继承鲁迅的这种精神恰恰是"将鲁迅作了踏台，超过了他，进到高而远的地方去"。同日，阿英以鹰隼为笔名在《译报·大家谈》"纪念鲁迅先生逝世二周年特辑"内发表名为《守成与发展——为鲁迅先生逝世二周忌作》的文章，批判上海"孤岛"作家对鲁迅杂文的模仿，认为鲁迅的时代已经过去了。他将鲁迅的杂文风格概括为"六朝的苍凉气概""禁例森严的迂回曲折""缺乏韧性战斗精神和胜利的信念""不够明快直接"。在他看来，鲁迅杂文的风格不能适应抗日战争形势的需要，模仿鲁迅杂文也就意味着守成，是不求发展的表现。进而他提出符合时代发展的杂文风格：要战斗的，不要讽刺的；要明快直接的，不要迂回曲折的；要深入浅出的，不要隐约而晦涩的。针对鲁迅风杂文的这种笔法，很多人从抗战的显效性及文艺大众化的考虑出发予以批判，杨晋豪就曾指出，鲁迅风杂文内容粗浅平凡，而文笔"诡奇""晦涩""咬文嚼字""转弯抹角"，以致劳动大众看不懂，而对知识分子小群体而言则"味同嚼蜡"，又指出，抗战后的国内政治形势开明了，因此要求杂文创作也应直截了当，"多多教育大众，多写些给中国大众看的文章，而把'大众化'这一口号尽力实践起来"[01]。庞朴在《华美晨报·镀金城》等刊物上连连发表文章诬蔑、攻击鲁迅杂文以及鲁迅风杂文作者，"我们在现阶段，一个文化人倘若因恐惧敌奸的嫉视与伤害，写文章故意将字句绕弯子，一片迷离扑朔，印成了铅字却叫别人读不懂，且造成一种恶劣倾向，那么，还是干脆不要提笔"[02] 了。对此，鲁迅风杂文作家予以回驳，"使文章迂回曲折的缘由，固然决定于一个作者'先天'的作风上面，但

[01] 杨晋豪：《写给谁看？》，《文汇报·世纪风》1938 年 11 月 22 日。
[02] 庞朴：《风雨杂奏》，《华美晨报·镀金城》1938 年 10 月 24 日。

也不无与客观的现实环境有关"[01]，认为其过于"简单、机械的偏面"地理解文艺大众化了。此后，巴人和阿英就此问题继续论争，有一大批文人和报刊卷入其中。巴人就阿英的批评进行回应，在《申报·自由谈》发表了《"有人"在这里！》，阐明自己的文章并不是袭取了鲁迅。阿英在《大家谈》上又发表《题外的文章——答巴人先生》继续撰文批评，他告诫巴人"进一步的反省，自己近倾的文章，是否有意识地模仿鲁迅的所在，如果我的抗议是应该的，巴人先生不妨'有则改之，无则加勉'"。对此，巴人发表了《题内话》，坚持说"鲁迅的精神，还没有到应该被扬弃的阶段"，并坚定地表示，"我以后还要'鲁迅'下去，这是我的问题的中心"。随着论争的发展，一大批文人和报刊卷入其中，直到月初，许多人对持续了一个多月的论争表示"相当的失望""大部分精力都花在意气争论上去了"[02]。

这场关于鲁迅风杂文的论争是在抗战的背景下发生的，鲁迅风杂文家在很大程度上成为"不在场"的鲁迅的言说者，他们的立场及观念与鲁迅精神传统是始终联系在一起的。这场论争的实质不是简单的鲁迅精神传统的赓续问题，而且基于抗战语境所展开的关于文艺大众化等问题。应该说，鲁迅杂文的"曲笔"及"晦涩"有出于社会现实的考虑，是他对社会历史进行反思后的结果。针对别人批评其杂文表达过于"弯曲""不通"时，鲁迅曾回敬道："说话弯曲不得，也是十足的官话。植物被压在石头底下，只好弯曲地生长，这时俨然自傲的是石头。"[03] 由于这种"弯弯曲曲"的文字背后的深层意蕴并非是通过言说表象来直观体现的，这使得作家的真实意图得以隐蔽，在读者那里心照不宣地实现其政治功能。对此，鲁迅是深谙此道的。因此，如果我们不能领悟到鲁迅杂文笔法的独特意义，就轻易认定鲁迅不关心现实，置身事外的话，显然是曲解了鲁迅的。阿英等人对鲁迅杂文"迂回曲折"的批评实际上是未能理解其借这种杂文手法进行针砭时弊的良苦用心。

后经《译报》主笔钱纳水出面，邀集巴人、阿英等四五十位文艺

---

[01] 文载道：《窗下谈文》，《译报周刊》1938年12月14日第1卷第10期。

[02] 孙一湘（孙冶方）：《向上海文艺界呼吁》，《文汇报·世纪风》1938年11月28日。

[03] 鲁迅：《通论的拆通：官话而已》，《鲁迅全集》第6卷，人民文学出版社2005年版，第26页。

工作者，召开了一次文艺界的座谈会，讨论鲁迅风杂文问题。大家辩论一通并无结果，最终还是言归于好。旋即，《世纪风》《镀金城》《大家谈》等报同时刊载了由三十多位"孤岛"作家和报刊编者署名的《我们对于"鲁迅风"杂文问题的意见》，文章有这样的结论：一是鲁迅是伟大的，鲁迅的杂文在革命斗争的社会仍然具有很伟大的价值；二是号召上海文艺界同仁发挥自我批判精神；三是希望上海文艺界更亲密地联合起来，不做无谓的"意气用事"的论争，负起文艺界反日反汉奸的任务，创作出更多更有力量的文艺作品。这标志着论争的结束，同时也创生了鲁迅风杂文群体。金性尧、王任叔等于1939 年 1 月 11 日创刊了《鲁迅风》周刊。在《鲁迅风》发刊词中，

巴人引用毛泽东对鲁迅的评价："他是中国的第一等圣人，而且是新中国的圣人。"随后又肯定鲁迅是"文坛的宗匠，处处值得我们取法"。他认为应该学习鲁迅的斗争精神，"生在斗争的时代，是无法逃避斗争的。探取鲁迅先生使用武器的秘奥，使用我们可能使用的武器，袭击当前的大敌"[01]。刊物发表后，各种杂文都有，但不论"道古"与"说今"，大家都愿为抗战发出些声音来，锋芒所指向的多是一些汉奸文人。据金性尧所说，在创刊之前，是想把《鲁迅风》编成《语丝》那样的"同人杂志"[02]。确实，《鲁迅风》颇有《语丝》"任意而谈，无所顾忌"的遗风。

在《鲁迅风》中有一系列颇为引人注意的关于鲁迅研究的文章，如唐弢的《鲁迅的杂文》、萧军的《鲁迅杂文中底"典型人物"》、王任叔的《鲁迅与高尔基》等。此外还有诸多缅怀鲁迅的纪念文章，如许广平的《鲁迅先生的日记》《"鲁迅风"与鲁迅》《鲁迅先生与海婴》，无名的《鲁迅的故乡》都相继发表在该刊上。当然，《鲁迅风》也并非只有以上纪念鲁迅和研究鲁迅的文章，它的出发点还是抨击政治黑暗，或揭露社会矛盾，或针砭时弊，或漫谈文艺。正如许广平在《"鲁迅风"与鲁迅》中所说的那样，"这刊物我想更非专为研究鲁迅而作的。因为目前的需要，不是注重个人，而是全世界，以及社会的多方

[01] 王任叔：《〈鲁迅风〉发刊词》，《鲁迅风》1939 年 1 月 11 日创刊号。
[02] 金性尧：《〈鲁迅风〉掇忆》，《新文学史料》1980 年第 4 期。

面的描写。不妨或庄或谐，或长或短，而总多少不离现实的改进，否则成天在死人身上兜圈子，怕会令人想起'骸骨迷恋'者之感，这是我想决不至于的"。上海"孤岛"时期，杂文兴盛一时，它以短小犀利的笔锋直指日本侵略者的黑暗统治，激发国人重振民族精神，抵御外来侵略者的意志。作为战斗性的鲁迅风杂文承继鲁迅的"斗士"精神，显性地向日本侵略者表达了中国人的反抗精神。

空间分立与融通——20世纪七〇年代中国文学研究

第二节 沦陷区显性文学生态

　　面对日本侵略者的文化控制，沦陷区的知识分子置身于生存与道德的两难选择中，也显示出知识分子复杂的心理状态。有论者认为这种选择不应被理解为"历史的倒退"或"传统的复活"，沦陷区知识分子做出了三种反应：消极抵抗、积极反抗和附逆合作。[01] 确实，这三种类型概括了作家在特定"灰色地带"的生存方式，也表征了三种不同的文学样式。

　　在沦陷区时空中，什么样的文学是被允许存在的？除了赤裸裸的汉奸文学能横行于世外，其他文学形式都遭受了严格的管控。日本派出"笔部队"到中国，他们制作的侵华文学完全是配合日本军国主义行动的，为日本侵华起到了推波助澜的作用。日伪在其统治区所推行的日语教育，其目的是在中国人民中培养亲日分子与亲日情愫，为日本更好地奴役中国人民服务。同时，在伪满一些报刊上，有以颂扬日伪为目的的"悬赏征文"，出题目，定调子，企图拉拢作家为日伪统治歌功颂德。抗战爆发不久，上海《中华日报》的《文艺周刊》《华风》等副刊即积极配合汪精卫卖国求荣的"和平运动"，鼓吹"和平

---

[01] 傅葆石：《灰色上海，1937—1945：中国文人的隐退、反抗与合作》，张霖译，刘辉校，生活·读书·新知三联书店 2012 年版，第 5 页。

文学"，污蔑抗战文学，此举成为汉奸文艺运动的先声。在日本侵略者的直接扶植下，先后出现了《新光》《中和》《艺文》等"文学"杂志，特别是综合性文艺月刊《中国文艺》最先公开赞美侵略者刺刀维持下的"安乐"生活，鼓吹在这种"新秩序"下建设"新的文化"，它标志着沦陷区汉奸文学正式开张。周作人成为较早附逆的一个，他于 1938 年公开出席由日本大阪每日新闻社出面召开的"更生中国文化建设座谈会"，与日伪军政文化机构要员共聚一堂，开始走上与殖民者合作的道路，跌入附逆的深渊。在他的参与下，汉奸文艺组织"华北文艺协会""华北作家协会"先后于 20 世纪 40 年代初宣告成立，这些组织的文艺活动配合日本侵略者声称的"大东亚共荣"的进展，成为文学史上的一股逆流。此举令国统区、解放区文化界为之震惊。武汉文化界抗敌协会通电声讨周作人，短评指出"周的晚节不忠实非偶然"，正是他"把自己的生活和现社会脱离得远远的"的必然结果。[01]《抗战文艺》发表茅盾等十八人的公开声讨信，认为周作人此举是"背叛民族屈膝事仇"[02] 的行为。在上海沦陷区，文载道的《周案余议》、屈轶的《余议之余议》、王任叔的《周作人先生的悲哀》、鹰隼的《周作人诗纪》、曹聚仁的《论李陵与苏武——与周作人先生的一封公开信》等文章均以民族大义来评判周作人的附逆一事，言之凿凿。共产党陕甘宁边区的文化界救国协会也向全国发出声讨周作人的通电，可谓声势浩大。1942 年，毛泽东在"文艺座谈会"上为周作人定了性："文艺是为帝国主义者的，周作人、张资平这批人就是这样，这叫做汉奸文艺。"[03]

周作人在出任伪职后，先后出版了《秉烛谈》《药堂语录》《药味集》《立春以前》等多种散文集，这些作品的思想内容主要是鼓吹所谓"儒家人本主义"，为日本侵略者献计献策，同时又处处为自己辩白。他在《日本

周作人

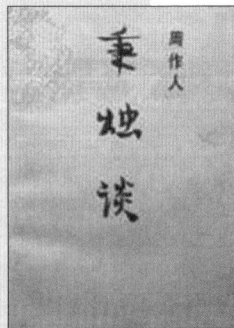

[01]《文化界驱逐周作人》，《新华日报》1938 年 5 月 6 日。
[02]《给周作人的一封公开信》，《抗战文艺》1938 年 5 月 14 日第 1 卷第 4 期。
[03] 毛泽东：《在延安文艺座谈会上的讲话》，《毛泽东选集》第 3 卷，人民出版社 1991 年版，第 855 页。

管窥》《日本的衣食住》《日本之再认识》等散文中，鼓吹日本文化的"舒适"与"有趣"，称东京是"自己的第二故乡"，对它"颇多留恋之意"。此外，《留学的回忆》《中国的思想问题》《关于祭神迎会》《草囤与茅屋》《苏州的回忆》等文很直露地为日本侵略政策做了宣传。在《大东亚战争中华北文化人之使命如何？》一文中，周作人更是直言不讳地表达了他对日本侵略战争的理解："现在要紧的是养成青年学生以及一般知识阶级的中心思想以协力于大东亚战争。所谓中心思想，即是大东亚主义的思想。……在此时，文化人的使命，就在从事于这个工作，等到大东亚战争完全胜利，东亚已经整个的（地）解放了，再进行文化建设的步骤。"[01] 不过，在沦陷区文学中，纯粹的汉奸并不多，北方以周作人为代表，南方主要以陈彬和、胡兰成为代表。他们办报纸、出杂志、开书店、写文章，为日伪政权服务，麻痹人民的抗日斗志。

在日人的殖民统治下，以救亡图存为目的的抗战文学难以显性地展开，一种宣称与政治无关的"软性文学"[02] 找到了适合自己生长的气候和土壤，曾一度泛滥。一位评论家描绘了当时文坛的存在生态："试观几年来的中国文坛，由于憧憬的'麻醉'与'苟安'，'世纪末'的'恐怖'和'顾乐'，于是迎合读者口味的低级文学也随之应运而生。'香艳细腻'的捧伶文字，'风流旖旎'的爱情文章，'沉沦颓废'的'花鼓'情调，'鸳鸯蝴蝶派'的胡闹文学，便成了这时代的文化的主流，打情骂俏，骚情丑态，耳朵所听的，眼睛所看到的，脑海里盘旋的，笔下所写的，纸上所印出来的，满是些温馨的怀抱，咪咪的声调，泥人的醇醪，滞人而甜蜜，文化，神圣的文化，满满堕入'肉，色，香'的魔窟。"[03] 这一时期，以色欲为中心的文学作品充斥了沦陷区文坛，如《我的初恋》《少妇》《流线型的嘴》《性欲生活》等色情作品到处流行，耿小的、公孙嬿等色情小说家成了京津一带的风云人物、最受欢迎的作家。尤其是公孙嬿，他以《海和口哨》《真珠鸟》《红樱桃》《镜里的昙花》等一系列色情短篇小说甚嚣尘上，堂而皇之地占据了当时文坛的显眼位置。《国民杂志》从第二卷、《中国文艺》从第三卷起都进行了一次影响刊物整体面貌的革新，在这场声势浩大的色情文学泛滥的大潮中起到了推波助澜的作用。

其实，早在上海"孤岛"时期，就曾出现过这类色情文学，它们的传播对民众的危害是不言而喻的，特别是在国难当头的情境下。当时也有人认为这是万不得已的，因为，作家在提笔的时候，冷酷和苦闷的语境就会警戒你"当心点"。对此圣旦撰文《略论"色情文学"》指出，为"色情文学"辩护者往往以苦闷语境中"当心点"和"刺激"为掩护理由，实质却传播毁灭社会的毒素。进而提出，如果说"清谈足以误国"，那么，"色情文学"何尝不会灭族！[01]针对这股潮流，沦陷区一些批评家多从伦理道德的立场进行批判。署名某某的批评家率先发难，其《文艺家与毒品贩卖者》（《吾友》第108期）称王朱和公孙嬿是"淫虐狂""色情狂"，穆穆的《答公孙嬿》（《艺术与生活》第25期）、谢溥谦的《漫骂与批评》（《艺术与生活》第25期）、刘温和的《一封论色情文学的信》（《文艺与生活》第26期）、夏虫之流的《论色情描写》（《国民杂志》第2卷第2期）等紧随其后。这些批评引出了公孙嬿撰文《有感于〈文艺家与毒品贩卖者〉》进行反击，导致了关于"色情的文学"的讨论。此后，《国民杂志》开辟了"关于色情的文学"的"聚谈"专栏，在"前言"里，主持者开篇即表示，这里所讲的"色情文学"实际上是"关于人生实有的性爱现象"的文学，他们关注的问题已经超越了赞同或反对的层面，而是如何去描写性爱。耿小的、阿翦、楚天阔、公孙嬿等人活跃于其中。这些批评的文章中有一个现象值得我们注意，即对色情文学对人性舒展的肯定，对传统卫道者的贬斥。夏虫之流就指出，从"性爱是生命延续的必要手段"这个角度入手，认为其中一些作品如《北海渲染的梦》以其对人性中的那些被压抑成分的表达，对"色情文学"的创作具有开拓之功。[02]林慧文从中外文学史的广泛场域中替色情文学寻找根据，从反对禁欲的角度出发，认定色情文学也绝对不是不道德

---

[01] 圣旦：《略论"色情文学"》，《申报·自由谈》1939年11月21日。

[02] 夏虫之流：《论色情描写——读公孙嬿作〈北海渲染的梦〉后有感》，《国民杂志》第2卷第2期，1942年2月1日。

的文学。[01] 显然，这给反对色情文学者带来了很大的困难。于是有一个问题值得我们关注：这种对色情文学的维护和宽容的目的是什么？如果是从纯文学的角度对"性""色"的本质界定，那当然无可厚非，问题是对此类文学的类似批评早就存在，因此沦陷区批评界的言说的出发点应不止于步前人后尘。如果将其完全理解为是日伪当局文化政策的帮腔附和，显然也有些绝对，当然也不排除有一些人想借助色情文学的形式麻醉和腐蚀国民抗日之心的情况。但大多数有志之士对色情文学的维护就是一种与日伪当局"顺向"对抗的巧妙而危险的策略[02]，恐怕只有在沦陷区那样特殊的文化政治语境中才会产生这样的策略。

从实质上说，这次关于色情文学的论争是由代表官方的"和平文学"的提倡者策动的，原因是公孙嬿等人主张用大胆的色情描写反对政治干涉文学。于是他们借助于当时很多人不赞成性描写过多而挑起了争论。沦陷区乡土文学的崛起在一定程度上反拨了当时色情文学的泛滥，上官筝就曾尖锐批评了华北沦陷区"如螺旋菌般的牢固蕃殖在我们的文坛之上"的"色情的，堕落的世纪末的思想"[03]，提出"新英雄主义的新浪漫主义"的理念。他们建立乡土与民族、国家的想象之间的关联，塑造刚毅性格的英雄群体，展示乡土人物的强劲生命力，反映沦陷区民众普遍的审美情趣，也是沦陷区作家对日趋堕落的文坛进行切实而坚实的文学拯救。在这种思潮的推动和影响下，色情文学在一定的程度上受到了冲击，然而也无法完全扼杀其盛行的土壤，难以兼顾不同接受者的需求，因此也不可能完全抵制和超越它。

[01]　林慧文：《关于色情文艺》，《中国文艺》1942年3月5日第6卷第1期。
[02]　许江：《1942年北京文坛的"色情文学"讨论》，《粤海风》2010年第1期。
[03]　上官筝：《新英雄主义、新浪漫主义和新文学之健康的要求》，《中国公论》1943年2月1日第8卷第5期。

第三节　沦陷区隐性文学形态

　　如前所述，沦陷区的色情文学、汉奸文学容易为日伪政权所接受，成为沦陷区文坛显性的形态。日本占领东北后，在文化上加紧了殖民统治，将日文定为国语，中文称为满文，大肆逮捕进步文人，焚烧爱国书籍，扶持文化汉奸，企图切断中国人的文化和民族传统。1941年3月伪满国务院弘报处颁布了《艺术指导要纲》，勒令作家必须以"八纮一宇"的所谓"建国精神"去制作"圣战文学"，残酷推行以奴化沦陷区人民思想为目的的法西斯文化法规。然而正如茅盾所说的那样，"在抗日战争时期，沦陷区的各大都市中，地下的进步文艺工作者大都能坚持岗位，以各种方式，和敌伪斗争"[01]。东北沦陷区一些进步作家，如萧军、萧红、罗峰、舒群等人大胆揭露了沦陷区的黑暗现实，讴歌中华民族的抗日精神。他们中的一部分人先后撤入关内，形成了20世纪30年代崛起于上海文坛的"东北作家群"。留在沦陷区的作家也没有停止斗争，他们依托《明明》《文丛》《新青年》等刊物发表大量的文章，比较活跃的有山丁、袁犀、梅娘、秋萤等。

　　在上海、北京、武汉等沦陷区，日伪的控制是极其严厉的。作家

---

[01] 茅盾：《在反动派压迫下斗争和发展的革命文艺》，《中华全国文学艺术工作者代表大会纪念文集》，新华书店1950年版，第39页。

在"言"与"不言"中艰难地徘徊。对此，季疯的话可谓意味深长："一个人，应该说的话，一定要说，能够说的话，一定要说；可是应该说的话，有时却不能够说，这其中的甘苦，决非'无言'之士所能贪图其万一。"[01] 作家"不能够说"是日伪强大的控制导致的，如果一味认同这种体制的重压，就会丧失言说的可能。如何握好策略与尺度，保证"说话"的权利，同时又不失文学审美特性和自我个性，是当时作家需要面对的重要问题。对此，王秋萤也颇有感触："我们自己的文学活动和敌伪统治者在政治、文学上采取的各种措施，有时也搅合在一起，想出淤泥而不染，是不可能的事。"[02] 与国统区、解放区作家对日本的侵华行动表示出的激烈民族愤慨不同，沦陷区作家受到的控制要远远大于前者，在言说过程中，作家往往抑制自我愤激的情绪，采用相对隐晦曲折的艺术手法，传达自己的看法和观念。避开政治成了沦陷区作家得以自保的一种重要手段，于是出现了这样的言说："我们愿意在政治和风月之外，谈一点适合于永久人性的东西，谈一点有益于日常生活中的东西。"[03] 当然，这并不意味着沦陷区作家盲视当下的现实境域，战乱频仍、民族危亡带来的人生感伤和世事沧桑也弥漫于沦陷区文学中。以师陀为例，在沦陷时期他也写有不少作品，但内容大部分都"与抗战无关"。他自述其沦陷区生涯"如梦如魇，如釜底游魂"，而使他"在极大的苦痛中还抱无限耐性"写下去的，便是要借他当时所要写的"果园小城"写出"中国一切小城"的生命、性格、思想、情感。[04] 借咀嚼中国城乡普通人生的命运意味，借反省中国民族的社会文化性格，来寄托自己在异族统治下的激愤怨恨。

无论哪一个沦陷区，由于日本的殖民统治，原有的民族文学遭受极大的破坏。然而，民族文学没有消亡，多数作家用曲笔的方式表达了一个文人该有的责任和担当。有人将这种隐性的抗争文学称为"迁

---

[01] 季疯：《言与不言》，钱理群主编：《中国沦陷区文学大系·散文卷》，广西教育出版社 1999年版，第 24 页。

[02] 秋萤：《我所知道的东北沦陷期沈阳文学》，梁山丁主编：《东北文学研究史料》第 6 辑，哈尔滨文学院出版社 1987 年版，第 144 页。

[03] 《发刊献辞》，《大众》1942 年 11 月创刊号。

[04] 师陀：《果园城记·序》，《师陀全集》第 2 卷，河南大学出版社 2004 年版，第 453 页。

回文学"[01]。也有论者指出，沦陷区作家"同敌伪统治直接对抗的逆鳞之作并不多见，而大多数采取曲折的抗争方式。……较多的作品致力于'心理的抵抗'的开掘或描写，种种蕴含着民族复苏生机的传统民风，其中潜行着某种民族正气。……'隐忍'、'深藏'也成为相当多作品的特色，表面似乎对现实统治采取冷眼旁观的态度，实际上深藏着对日本帝国主义的不满、反抗，对现实的愤愤不平"[02]。这种迂回文学主要有"乡土文学""大众文学"，翻译"苏俄文学"，吸收以日本为中介的西方"现代主义文学"，等等。"乡土文学"盛行于东北、华北沦陷区，1937 年在东北曾有关于"乡土文学"的论争。在这些作家的倡导下，沦陷区文学中出现了大量揭示沦陷区人民真实的生存困境和民族生存意志的乡土文学作品，如山丁的《绿色的谷》、秋萤的《河流的底层》、疑迟的《雪岭之祭》、袁犀的《森林的寂寞》、师陀的《果园城记》等，这些都是沦陷区乡土文学的重要成果。此外，一些滞留在沦陷区的进步作家，如李健吾、许广平、夏丏尊、柯灵等，坚持文艺斗争，坚持现实主义创作，其文学成就也不容忽视。陆蠡于 1940 年出版了其代表作散文集《囚绿记》，作者由于恋绿，将常春藤从窗外牵进阴暗潮湿的房间，囚系住它，引为"绿友"，来"装饰我过于抑郁的心情"。他发现，这"绿友"，"永远向着阳光生长"，"永不屈服于黑暗"。通过"恋绿""囚绿""释绿""念绿"等行文线索，表达了作家不屈服于黑暗，追求光明的信念。张爱玲的《金锁记》《倾城之恋》等小说，杨绛的剧作《称心如意》，袁俊的《富贵浮云》等，或保持了严峻的现实主义特色，或在表现特定生活方面别具魅力。同时，上海的《万象》《文艺春秋》等杂志还刊登或转载了不少著名进步作家如郭沫若、茅盾、巴金、何其芳等人在大后方的作品，为沦陷区的文学输入了光明和生机。

沦陷区女性作家的写作体现出远离政治、远离时局背景的倾向。女性长期处于政治之外，使得女性作家在选材与立意时较少带有政治色彩。而注重个体情感体验的女性写作特点，也使沦陷区女性作家容

---

[01] 吴福辉认为沦陷区"迂回文学"坚忍曲折地隐藏着、表现着民族的意识，将其潜入、化解到各种文学主张中去实行，是迂回后为求得生存，作家和读者们依靠自救来保留民族文化血脉的主要形态。（参见吴福辉：《中国现代文学发展史》，北京大学出版社 2010 年版，第420 页。）

[02] 徐迺翔、黄万华：《中国抗战时期沦陷区文学史》，福建教育出版社 1995 年版，第 24 页。

易被当时不轻易谈"国事"的文坛所接纳。在此情况下，很多批评家提倡"女性写作"。陶亢德指出："我觉得男子们的文章也快写完了，什么文化武化，政治经济，外交内务，给他们已说了这么多年，姑不说他们之技已穷，他们之舌已疲，何况今之文事武备，政治经济，说来说去就不过这么一套，是则何苦不让娘儿们来写作数年或数十年，给读者换换口味，让男人们息息仔肩呢。"[01]谭惟翰也发表了类似的看法："写什么？描写社会的黑暗方面，说是'暴露明显'，要不得！那么，就是讽刺一条路吧，可是有人疑神疑鬼，以为你是故意骂他的，要同你交涉。……爽快地写点'饮食男女'之事吧！作风不妨大胆一些。但这最好让给女作家去做，男人写来非但不新奇，恐怕别人还要咒你下流哩！"[02]上海的张爱玲、苏青等在进行日常生活写作；华北梅娘创作了都市风情和爱情婚姻小说等；杨绛在沦陷区以话剧创作为主，她的《弄假成真》《称心如意》等剧作在上海公演后曾赢得好评。无论其写作是否关注人生感悟、人性，抑或关注女性苦难，总体上都体现了女性写作对政治疏远的特征。她曾毫不隐讳自己对世态人情的偏爱："世态人情，比明月清风更饶有滋味；可作书读，可当戏看。书上的描摹，戏里的扮演，即使栩栩如生，究竟只是文艺作品；人情世态，都是天真自然的流露，往往超出情理之外，新奇得

杨绛《称心如意》

令人震惊，令人骇怪，给人以更深刻的效益，更奇妙的娱乐。"[03]张爱玲也曾指出："时代的纪念碑那样的作品，我是写不出来的，也不打算尝试，因为现在似乎还没有这样集中的客观题材。我甚至只是写些男女间的小事情，我的作品里没有战争，也没有革命。"[04]苏青认为其成名作《结婚十年》是一本"抗战意识也参加不进去"的小说，"我没有高喊打倒什么帝国主义，那是我怕进宪兵队受苦刑，而且即

---

[01] 陶亢德：《东篱寄语》，《天地》第 2 期，1943 年 11 月 10 日。

[02] 诸家：《我们该写什么》，《杂志》第 13 卷第 5 期，1944 年 8 月 10 日。

[03] 杨绛：《将饮茶·隐身衣》，《杨绛散文戏剧集》，南海出版公司 2001 年版，第 149 页。

[04] 张爱玲：《自己的文章》，《张爱玲文集》第 4 卷，安徽文艺出版社 1992 年版，第 178 页。

便无甚危险，我也向来不大高兴喊口号的"[01]。她同时指出："我对于一个女作家写的什么'男女平等呀，一齐上疆场呀'就没有好感，要是她们肯老实谈谈月经期内行军的苦处，听来倒是入情入理的。"[02]这种取向与20世纪30年代主动远离政治的周作人，新月派、论语派、京派等作家的文学选择颇为相似。他们肯定日常生活的凡俗性，重新关注被遗忘和忽略的身边的东西，发现了日常生活中的一些不那么引人关注的细节。在文学批评中，这种文化边缘性和日常细节的话语表达通常被认定为具有消解主导意识形态和男权政治的话语功能，是一种非政治化的文学表达。然而这种私密空间所蕴含的内涵与公共话语的关联始终密切关联着，两者之间的话语僭越难以避免，这使得他们的文学创作不耽于日常叙述本身，并不是完全逃避现实，消极面对乱世的文学实践，而具有潜在参与当前社会人生对话的社会功用。

沦陷区文学还有一个鲜明的特点是通俗文学的盛行。在政治高压体制中，作家要生存必须要迎合市民的口味和兴趣，在乱世中，市民更愿意接受文学对人生的轻松安慰，而日伪当局也希望大众能沉湎于通俗文学的迷醉中而遗忘现实的反抗。同时，上海、北平等地的商业文化流行也为通俗文学的繁荣提供了有利的条件。1942年10月、11月，《万象》月刊连续编发了两辑"通俗文学运动"专号，比较新文学和旧文学各自的优点和短处，设定"通俗文学兼有新旧文学的优点，而又具备明白晓畅的特质，不但为人所看得懂，而且足以沟通新旧文学双方的壁垒"，在肯定了通俗文学"合乎时代需要，而且是广大的读者群众的要求"的正面作用的同时，众多批评家还对其内容、

形式的改进和提高提出了具体建议。陈蝶衣指出："不过所谓通俗文学，并不只是要求作者把作品写得通俗一些就算，还要作者更进一步

---

[01] 苏青：《关于我——续〈结婚十年〉代序》，《苏青文集》下册，上海书店出版社1994年版，第441页。

[02] 苏青：《〈浣锦集〉后记》，《苏青文集》下册，上海书店出版社1994年版，第451页。

地和大众在一起生活，向大众学习，学习大众的语言，接受大众的精神遗产，移入大众的感情、趣味，而艺术地表现在他们的作品里。"[01] 危月燕认为："我们目前所需要的'通俗文学'，却绝不单是懂得生活就算，最要紧的还是具有代表大众的前进意识……绝对不容许色情和封建意识神怪毒素等类的存在。"[02] 胡山源认为通俗文学如果能在形式和内容上注重其教育性，就是"遵守自然法则并充满时代精神的，那它就是理想上的正统文学，也是思想上的纯文学"[03]。予且从通俗文学的写作出发，总结了通俗文学大众化的四个要求："大众化是要接近大众的生活。大众化是要增强大众的兴趣。大众化是要培养大众的温情。大众化是要诱导大众去写作。"[04] 沦陷区评论家确定了"通俗文学"的定义，并详细地区分了新文艺与通俗文学、通俗文学与俗文学、通俗与庸俗、继承与发展、普及与提高等的辩证关系，对通俗文学的起源、历史发展和社会作用都做了透彻的梳理，最终改变了作为一种文学类型的"通俗文学"在整个文学结构中的地位。[05] 显然，这种关于通俗文学的讨论廓清了其与纯文学、虚伪文学、色情文学、精英文学等的区别，在内容、形式、思想、理论等维度推动了这一时期通俗文学创作的发展。这一时期，各家通俗杂志也大放异彩，如《紫罗兰》《大众》《小说月报》《春秋》等，推动了沦陷区通俗文学的发展。具体而言，这一时期的通俗文学大致有如下几种文学样式：宫白羽、还珠楼主、郑证因、王度庐等人的武侠小说，程小青、孙了红等人的侦探小说，秦瘦鸥、包天笑、刘云若、予且等人的社会言情小说，耿小的、徐卓呆等人的滑稽小说。此外，张爱玲、徐訏、无名氏等人的小说做到了雅俗共赏，深受广大市民的欢

---

[01] 陈蝶衣：《通俗文学运动》，《万象》1942 年 10 月 1 日第 2 卷第 4 期。
[02] 危月燕：《从大众语说到通俗文学》，《万象》1942 年 10 月 1 日第 2 卷第 4 期。
[03] 胡山源：《通俗文学的教育性》，《万象》1942 年 11 月 1 日第 2 卷第 5 期。
[04] 予且：《通俗文学的写作》，《万象》1942 年 11 月 1 日第 2 卷第 5 期。
[05] 丁谛：《通俗文学的定义》，《万象》1942 年 10 月 1 日第 2 卷第 4 期。

迎。在戏剧方面，沦陷区戏剧创作向市民倾斜，如姚克的《清宫怨》、周贻白的《天外天》、顾仲彝的《八仙外传》等向市民所习惯的戏曲借鉴，在市民中深受喜爱。

由上可知，沦陷区文学在日本侵略者的控制下生长出了独特的文学生态。乡土文学、女性文学、通俗文学以其边缘者的文学主张和文化姿态在此绽放光彩。相对于政治中心话语而言，乡土文学往往取边缘性姿态；相对于男权传统而言，女性文学更被长期放逐于边缘地带；而"五四"新文学以来，通俗文学一直被视为是游离于新文学以外的文学形态。然而，"正是这种边缘结构、边缘状态、边缘体验的同一指向性使乡土文学、通俗文学、女性文学等都成为日战区中国作家的创作和生存方式"[01]。在殖民权力话语结构中，边缘者的"以弱自处"的方式获得了生存的可能。这些作品利用似乎是无关政治的文学表象，在被允许存在的实际情况下发出自己的声音。同时，这些作品由于摆脱了苍白的政治束缚，可以在一定程度上发挥文学本身的特点。当然这其中也不能避免一部分三流文人趁"大好机会"写出大量不入流的色情、消遣文学大捞一笔。还有一些作家则主动地选择了这种文学表达方式来展示自己的才华，也取得了成功。

---

[01] 彭放主编：《中国沦陷区文学研究资料总汇》，黑龙江人民出版社2007年版，第3页。

空间分立与融通——20世纪40年代中国文学研究

第四节　沦陷区乡土文学的繁荣

在 20 世纪中国文学中，乡土文学的写作主题最主要有两种方式，一是以启蒙的视野烛照乡土，发掘乡土所存在的陋习和弊病，将乡土和人统摄于一域，这是一种认同的断裂和难以皈依的反思型乡土文学模态；二是从生命的意义上追忆乡土，探寻乡土所包孕的人性的精神品格，在城与乡互鉴的框架中，书写理想家园的生命模态。前者以鲁迅为代表，后者以沈从文为代表。这两种方式开启了 20 世纪中国乡土文学两种不同的形态。

沦陷区文坛于 1937 年发起了关于"乡土文学"与"写印主义"的论争。当时沦陷区文学有乡土文学、国民文学和世界文学三阶段之说，国民文学即伪满洲国文学，而世界文学史是带有殖民气息的"移植文学"，山丁、王秋萤等人提倡最基础的乡土文学。山丁在《乡土文学与〈山丁花〉》中指出，"满洲需要的是乡土文艺，乡土文艺是现实的"[01]，将"乡土文学"归结于"描写真实"与"暴露真实"。他在《山风·后记》中说："如今正是粉饰堆砌的氛围笼罩文坛的季节。堆砌几只小故事，则自命为长篇，粉饰几块小风景，则誉扬为写实；

---

[01]　山丁：《乡土文艺与〈山丁花〉》，《明明》1937 年 7 月 1 日第 1 卷第 5 期。

使少爷小姐们在做着傻化迷梦的文运，与我个人是不相干的。"古丁以"史之子"的笔名发表了《偶感偶记并余谈》《自欺篇——应和文薮之一》等文章，嘲讽乡土文学者乱提"主义"，认为东北文坛的萎靡是因为文学题材的偏（褊）狭，"文学该不是那么褊狭的东西，我不主张文学局限在一个小天地里。'乡土文艺'倘若是有所谓'论据'的话，也无非是'大豆高粱'的唾余装在玉壶里，好看一些而已。'松梅竹菊'，又何妨写呢？只要是文艺的话"[01]。古丁发表了《论文坛的性格》《满洲作家随笔》等文章，认为在伪满洲国文学还不具备自己的理论的情况下，"首先要从无到有"，"努力写出作品"，作家首要任务"只是'写'与'印'而已"，这就是满洲文艺"没有方向的方向"。对此，山丁、秋萤等人在《文选》《大同报》上批评"没有方向"的"写印主义"是"盲目的写印主义"，提出要用"热和力"在"描写真实和暴露真实"中建设满洲文学。到 1942 年这场论争真正形成潮流，延续的时间也很长，一些刊物如《中国文艺》《中国公论》《艺术与生活》也都参与其中。其实，乡土文学倡导者的初衷是以乡土的民族性来对抗日寇的文化同化，而写印主义的倡导者也希冀用写与印的快捷性迅速占领文坛以保持民族文学的血脉，两者的主张并不是完全冲突的，可以说是殊途同归。这次论争，增强了东北沦陷区对日本同化中国文化的警惕性，批判了逃避现实的思想倾向，促进了沦陷区现实主义文学的进一步发展。

1942 年 10 月，上官筝在《中国文艺》上撰文认为，乡土文学是"解救文学堕落的唯一途径"[02]，引发了华北文坛关于乡土文学的讨论。起初的讨论主要停留在乡土文学的含义上，有人理解为"农民文学"，有人理解为"乡土色香的作品"[03]，有人理解为"民族""国民""现实""时代"这些意义[04]。此后，上官筝与林榕逐渐成为当时乡土文学理论的总结者。上官筝提出："此处之所谓'乡土'，并非单

---

[01] 史之子：《偶感偶记并余谈》，《沦陷区文学大系评论卷》，封世辉选编，广西教育出版社 1998 年版，第 392 页。

[02] 上官筝：《读"满洲作家特辑"兼论华北文坛》，《中国文艺》1942 年 11 月 5 日第 7 卷第 3 期。

[03] 徐迺翔、黄万华：《中国抗战时期沦陷区文学史》，福建教育出版社 1995 年版，第 75 页。

[04] 转引自钱理群：《"言"与"不言"之间——〈中国沦陷区文学大系〉总序》，《中国现代文学研究丛刊》1996 年第 1 期。

纯的农村之谓，乃是说的'我乡我土'。"[01] "'乡土文学'是克服今日
文坛堕落倾向的唯一武器。……'乡土文学'是要正确地认识现实、
把握现实，而且在形式和内容上，要彻头彻尾的现实主义和具备民族
的和国民的性格。"[02] 他倡导乡土文学描写真实、暴露真实，无疑是
对五四新文学传统的继承，是呼唤民族意识的一种表露。林榕认为
"乡土文学内涵中最重要的是国民性与民族性两点"[03]。两人的用意在
于抵抗日本人的"移植文学"理论，以及批判官方"民族文学"和
"国民文学"的口号，保存中国文学的民族血脉。实际上，乡土的母
题，正深深地融贯在民族的气韵和爱国主义的血脉之中。

从以上论者所述可以看到，沦陷区作家将乡土文学中的"乡土"
概念的内涵与民族国家的相关性强化了。林榕指出："乡土文学并没
有题材范畴的意义。"这即是说，乡土的意义远非以题材来限定，它
的真正意义在于扩容乡土的边界，使乡土成为国家的隐喻。对此，上
官筝持相同的看法：乡土并不是专指取材于农村的乡村景物，而是
泛指整个中国的"乡土"，此"乡土"的领域，乃是中国整个的国土。
基于此，乡土文学成为作家释放爱国主义焦虑的重要形式。正如山丁
所说，"在俄文里，'乡土'与'祖国'是一个词，我们乡土文学，也
可以说是爱国主义文学"[04]。然而，这种将乡土文学与爱国主义紧密
相联的方式落实到创作中又得考虑现实的处境了，暴露黑暗是不允许
的，伪满洲国的《艺术指导要纲》明确规约着作家的具体实践。因
此，"写乡土对于'人'，'地'，须有精确的把握"[05]。沦陷区乡土文
学是一种殖民地背景下民族主义意识的曲晦表达。在乡土文学倡导者
的理论中，"国民性""民族性"和"现实主义"等是出现频率很高的
关键词。林榕试图将沦陷区乡土文学与汉文学民间传统和"五四"以
来新文学传统相接续，但是他强调"民间为人"和"以人间本位"这
一层面，并将其作为"树立国民文学的根基"的东西，"以个人为出

[01] 上官筝：《再补充一点意见——答巴人先生的一封公开信》，《中国公论》1943 年 6 月 1 日第
9 卷第 3 期。
[02] 上官筝：《乡土文学问题》，《中国文艺》1943 年 6 月 5 日第 8 卷第 4 期。
[03] 林榕：《新文学的传统与将来——兼论乡土文学问题》，《中国公论》1943 年 12 月 1 日第 10
卷第 3 期。
[04] 梁山丁：《我与东北的乡土文学》，冯为群等编：《东北沦陷时期文学国际学术研讨会论文
集》，沈阳出版社 1992 年版，第 371 页。
[05] 袁啸星：《由"呐喊"谈到乡土文学之兴起》，《艺术与生活》1943 年 1 月 15 日第 22 期。

发，以国民性及民族性为基础，发展为广大的世界性，以消除人间的界限与距离"[01]。应该说，沦陷区乡土文学理论家重提"国民性"，其实质依然是民族主义的思维，在民族危急的紧要关头，重振民族精神需要从民族血脉和民族土壤中寻找可以照亮当下生存困境的精神资源。乡土中潜存着民族国家想象的可能性资源，因此，沦陷区乡土文学家的这种诉求实质上隐含着民族身份自我确认的重大意图。对此，上官筝提出乡土文学"是正确的认识现实，把握现实，而且在形式和内容上，要彻头彻尾的现实主义和具备民族的与国民的性格，这样的'乡土文学'，才是历史所期待的"[02]。

在沦陷区乡土文学叙事中，对乡土滋润的民族的伟力颂扬是其重要的主题之一。疑迟的《山丁花》塑造了一群原始古朴的农民形象，虽然处在动荡的岁月，但他们依然顽强地存活着，其血性义气都透过残酷的社会和自然背景得以彰显。梁山丁的《绿色的谷》用史诗般的笔触深厚地描绘了狼沟农民命运的历史轨迹，着力书写了"大熊掌"这个有着古朴淳厚的性格和粗犷的生命活力的强力形象。毕基初的《盈甲山》被称为"现代梁山泊故事"，风格雄健强悍，描绘了山野中具有神秘色彩的行侠仗义之士。关永吉的《风网船》善于发掘潜藏于农民身上的原始强悍的生命力，尽管带有某些朴素古朴的气息，但在他们身上分明洞见了与黑暗自然抗争的生命意志。其他如疑迟的《雪岭之祭》、谷正櫆的《大草原》、郭朋的《高原上》、秋萤的《血债》、柯炬的《野实》以及袁犀的《风雪》等小说，都充满对农民野性生命力的迷恋。在这些深置于乡土的"地之子""海之子"身上，寄予了沦陷区乡土作家强烈的人文情怀，同时，将浪漫主义与英雄主义结合起来，旨在挖掘"代表着我们民族性格的灵魂"[03]。

在颂扬乡土人士的顽强品格的同时，沦陷区作家以启蒙的眼光观照乡土，批判乡土的陋习及人性的某些阴暗面。这种书写是有感于异族入侵国土沦陷的疼痛经验的本能反思，体现了沦陷区作家面对现实勇于批判苦难的现实主义精神。沈寂的《大荒天》描写"易子而食"

---

[01] 林榕：《新文学的传统与将来——兼论乡土文学问题》，《中国公论》1943 年 12 月 1 日第 10 卷第 3 期。

[02] 上官筝：《乡土文学的问题》，《中国文艺》1943 年 6 月 5 日第 8 卷第 4 期。

[03] 楚天阔：《谈现在的文学的内容和形式》，《中国公论》1941 年 4 月 1 日第 5 卷第 1 期。

的陋习恶俗，沙里的《土》批判了那些在无计可施的情况下只有烧香许愿的农民，黄军的《山雾》塑造了老桂这样一个讲忍耐、讲吃亏的奴性十足的人物。此外，小松的《部落民》、马骊的《生死路》、疑迟的《梨花落》等小说集中批判了以"逃死"的方式来苟活的乡民。小松的《铁槛》中的村政助理员利用"通敌"的诬陷来整顿对手和农民。在《果园城记》中，师陀说："我有意把这小城写成中国一切小城的代表。"[01] 果园城呈现出无时间流动的内在精神气质，"放在妆台上的老座钟，——原是像一个老人样咯咯咯咯响着——不知几时候停了"。生存于斯的人和物更是表现出静态的生命姿态，"在任何一条街岸上你总能看见狗正卧着打鼾，它们是决不会叫唤的，即使用脚去踢也不；你总能看见猪横过大路，即使在衙门前面也不会例外，它们低了头，哼哼唧唧地吟哦着，悠然摇动尾巴"。于是，贺文龙始终逃不过"四周是无际的平沙"的宿命，在养蟋蟀和弄花草中消磨着生命。

以城乡文化的冲突和并置来确立民间的精神价值也是沦陷区乡土文学的重要主题。"乡土"与"都市""传统"与"现代""西方话语"与"本土语言"构成了 20 世纪的中国文学中始终存在着一组悖反的两难命题。一方面，社会的前进发展需要现代物质极大的丰富和充裕，另一方面，人的精神更需要人性和自然的庇护。在不同的时期和场合，人的价值判断和立场是不同的，常常是一个矛盾掩盖另一个矛盾。沦陷区乡土文学对此命题也有深入的探寻。恰如关永吉的《牛》中的赵钟弟，如此对比乡村人和城市人的生活："庄稼人和牛一样，一定和牛一样，老老实实地种田，什么也不想，可是城里的人却和狗一样，他们白天睡觉夜里打牌。"在城乡不同质的比较中，他们倾向于对乡土的歌颂，"都市里一切罪恶的试探和诱惑……一到田野里，他们便都到魔鬼那里去了，他们就都被人遗忘了。没有人不会在这田地里健康起来精神和肉体。——太阳和田地的水汽会给人们消毒，一切堕落、颓废、虚妄、空想，都可以被这大地给洗去，给荡去，一点儿也不再存留"。王秋萤的《底层的河流》将批判的焦点放置于民族危机的时刻"沈（沉）迷于酒色的中产阶级精英的生活方式"。他们

[01] 师陀：《〈果园城记〉序》，《师陀全集》第 1 卷，河南大学出版社 2004 年版，第 453 页。

空间分立与融通——20 世纪 40 年代中国文学研究

放荡的生活与那些为贫穷所困扰的有品德的乡下人的生活形成鲜明对比。小说详述了男主人公林梦吉从乡下到奉天求学的经历。林不顾他父母"回避都市亲戚避免受到污染"的警告去到都市中，最后以求学失败告终。山丁的《绿色的谷》中设计了两种不同文化特质的地域，一是古朴而粗犷的狼沟，一是带有都市习气的南满站。两者的文化内涵通过生存于其中的人物来呈现，前者是"大熊掌"，后者是林小彪。"大熊掌"进山又回来隐喻了民间乡土的古朴自然属性和他率真、果敢、有担当等精神品格。林小彪到南满站寄养读书后，沾染了"都市习气"，回到家乡后，小莲的美净化了他的心灵，冲掉了他身上沾染的懦弱、犹豫、萎缩，当他经历了种种磨难后，终于意识到农民是这片土地的主人。袁犀的《森林的寂寞》同样通过对都市文明的批判来确立民间价值，"我"在森林里体会到力量、意志与美的精魂，"那完全与大自然和谐的而又斗争着的筏上的人"，特别是让"我"痴迷的"美的女人"更是民间魅力的化身。

第九章

"乱世"之中的"平常"取向

第一节　张爱玲：建筑于日常凡俗生活之上的人性苍凉

近代以来，中国的现代性危机使得中国文学负载了沉重的社会功用色彩，有关民族、国家、解放、救亡、英雄等主题的文学成为中国现代文学的主流，而这种史诗性的民族寓言常见的呈现方式是"宏大叙事"[01]。张爱玲主动疏离政治，细心描摹上海和香港洋场社会里市民阶层男女的日常生活，无疑是对"宏大叙事"的一种极大的反叛。"日常叙事"原本就是与"宏大叙事"并立而论的，它又称为"小叙事"，是对重集体的、宏大的、彼岸的"大叙事"的颠覆。这种叙事方式契合了 20 世纪中国文学的发展趋势：从反抗专制、打破偶像的动机出发，是伴随着个体意识觉醒、私人生活空间扩大、个体得到较大程度发展而出场的，是与"个体"从"群体"中解放出来的进程紧密联系在一起的。它有力地反拨了以写"大

张爱玲（1920—1995）

---

[01]　"宏大叙事"，又译为"堂皇叙事""伟大叙事""宏伟叙事"等，亦即利奥塔所说的"启蒙叙事"，是指由"诸如精神辩证法、意义解释学、理性或劳动主体解放或财富创造的理论"等主题构成的叙事，"在这类叙事中，知识精英总是朝着理想的伦理——政治终端——宇宙的和谐迈进"。（参见马克·柯里：《后现代叙事理论》，宁一中译，北京大学出版社 2003 年版，第 119 页。）

事""奇事"为主的中国古代的"史传"传统。这种叙事的好处是，"当文学转向日常生活，就打破了文学与当下生活的隔膜，文学与现实有了真正的联系；文学不再是传道说教的工具，或者单纯作为消闲手段，而成为人与人心灵沟通的渠道、社会批评的利器、美的传播者以及认识社会、人生的有效途径"[01]。

　　1944年，傅雷以"迅雨"的笔名在《万象》上发表《论张爱玲的小说》，对张爱玲小说予以肯定的同时进行了善意的劝进。他指出，张爱玲的小说"没有悲剧的严肃、崇高和宿命性，光暗的对照也不强烈"，"几乎占到二分之一篇幅的调情，尽是些玩世不恭的享乐主义者的精神游戏……内里却空空洞洞，既没有真正的欢畅，也没有刻骨的悲哀"。[02] 对此，张爱玲撰文《自己的文章》进行反驳，表达了她对于日常凡俗生活的独特认知，"我发现弄文学的人向来只注重人生飞扬的一面，而忽视人生安稳的一面。其实，后者才是前者的底子。又如，他们多是注重人生的斗争，而忽略和谐的一面。其实，人是为了求和谐的一面才斗争的"[03]。张爱玲声称自己是个通俗作家，把自己自贬为一个卖文为生的匠人，她的这一姿态和立场，实则是对远离人间烟火的传统知识分子清高孤傲形象的否定和改写。"有时候我疑心我的俗不过是避嫌疑，怕沾上了名士派；有时候又觉得是天生的俗。"[04] 显然，张爱玲在这里已经表明了自己书写日常生活的决心，没有志在"救人民，救世界，推动历史前进"的超人式英雄，也没有喜剧性的"善与恶，灵与肉的斩钉截铁的冲突"。在这里，不是刻画"彻底的英雄"，而是用不集中的生活小事来描写"不彻底的凡人"。由此，张爱玲执着于书写人生安稳的一面，以及为追逐安稳、保有安稳而展开的小人物间的"认真而未有名目的斗争"，这也正吻合了她在《传奇》初版扉页上所说"书名叫《传奇》，目的是在传奇里面寻找普通人，在普通人里寻找传奇"。在谈到写什么的时候，张爱玲说："只要题材不太专门性，像恋爱结婚、生老病死，这一类颇为普

[01] 张卫中：《从"史传"模式到现代叙事——"文"、"史"观念的分离与中国现代小说的成熟》，《天津社会科学》2007年第1期。
[02] 迅雨：《论张爱玲的小说》，《万象》1944年5月1日第3年第11期。
[03] 张爱玲：《自己的文章》，《张爱玲文集》第4卷，安徽文艺出版社1992年版，第173页。
[04] 张爱玲：《我看苏青》，《张爱玲文集》第4卷，安徽文艺出版社1992年版，第232页。

遍的现象，都可以从无数各各不同的观点来写，一辈子也写不完。"[01] 张爱玲从无"意义"的纯粹女性日常生活经验中去体验生活，以透彻的世俗情怀去对抗男性知识分子热衷于社会政治历史和文化道德的宏大话语，她没有关于民族国家的史诗建构，而是以彻底的世俗精神，关注乱世中的男女，如何在乱世和仓促的时代里度过须臾的一生，如何取现世的态度，关注人性欲望的沉浮。

张爱玲从日常生活中找到了创作的灵感，这些日常生活与政治无关，只有一些属于她的上海记忆，她写道：

> 有个朋友问我："无产阶级的故事你会写么？"我想了一想，说："不会。要末只有阿妈她们的事，我稍微知道一点。"后来从别处打听到，原来阿妈不能算无产阶级。幸而我没有改变作风的计划，否则要大为失望了。[02]

在这里，"稍微知道一点"是写作的身体界限，表明她不写自己不太了解的事情，而如果真要写"无产阶级的故事"，那么肯定会丧失其创作的本真自我，只能按照观念来创作，这对于张爱玲来说是不可想象的。她的经典意义在于将那点"阿妈她们的事情"写入了文学史之中，成为别具一格的文学风景。显然，张爱玲对于乱世并不是熟视无睹的，她曾坦言："出名要趁早呀！来得太晚的话，快乐也不那么痛快。……个人即使等得及，时间是仓促的，已经在破坏中，还有更大的破坏要来。"[03] 那么，乱世给人的高压是如何融入张爱玲女性书写和市民叙事的呢？《封锁》营构了一个"切断了时间与空间"的小世界，在街道封锁、电车停开的战争境域中，两个陌生人在停驶的电车上竟然相爱了，压抑已久的生命激情被激活，他们上演了一场场

---

[01] 张爱玲：《写什么》，《张爱玲文集》第 4 卷，安徽文艺出版社 1992 年版，第 133 页。

[02] 张爱玲：《写什么》，《张爱玲文集》第 4 卷，安徽文艺出版社 1992 年版，第 133 页。

[03] 张爱玲：《〈传奇〉再版序》，《张爱玲文集》第 4 卷，安徽文艺出版社 1992 年版，第 135 页。

悲喜剧，不久"封锁开放了"，"封锁期间的一切，等于没有发生"，其中的人物均回到原来枯燥乏味的生活中。这其中，"封锁"的现实语境与男女爱情之间的微妙关系始终存在，是可以作为时代寓言来读的。张爱玲没有去写战争如何瓦解日常生活，正如《谈音乐》和《我看苏青》中战争情境下始终飘扬的通俗歌女的嗓音和管弦乐声，生活依然在继续。反而，在这种特殊的语境中，人物对于社会和人生的体验会更加深刻。《倾城之恋》书写了白流苏和范柳原在香港、上海的洋场生活中真真假假、虚虚实实的试探、调情，最终"香港的陷落成全了她"，残酷的战争让彼此认清了人性的真实、爱情的真谛，回复到平凡生活中来，成了一对平凡普通的夫妻。国破家亡的痛苦对于他们两个人来说反而成了幸事，日常生活摆脱了宏大政治叙事的笼罩，反而显现出其独特的风姿。

张爱玲处处标榜自己是个俗人，酷爱俗物，坦承自己对金钱名利的欲望。"世上有用的人往往是俗人。我愿意保留我的俗不可耐的名字，向我自己作为一种警告，设法除去一般知书识字的人咬文嚼字的积习，从柴米油盐，肥皂，水与太阳之中去找寻实际的人生。"[01] 这在其小说中有深刻而细致的表现：《十八春》中的顾曼桢与沈世钧相识相爱，但姐姐为了笼络姐夫，设计陷害妹妹，顾曼桢被姐夫强暴后错过了与沈世钧的婚约，并在姐姐死后与姐夫结婚，守着自己的儿子过日子。18 年后顾曼桢见到沈世钧，他们只能感慨：我们是回不去了。《沉香屑 第一炉香》中的葛薇龙到香港投奔自己的姑妈，想继续读书，可结果是只能充当姑妈的诱饵，后与调情高手乔琪乔厮混、结婚，葛薇龙明白自己的处境，她与妓女的区别仅仅是："她们是不得已，我是自愿的。"《红玫瑰与白玫瑰》中的佟振保在国外求学期间就与妓女有染，回国后工作努力，先与红玫瑰相恋，红玫瑰为此离婚，但佟振保为了保住自己的好名声，却另娶白玫瑰为妻，可夫妻感情不睦，但也一直维持着。《多少恨》中的虞家茵在担任家庭女教师的日子里，爱上了学生的父亲，学生的母亲则一直生病，但因听到学生母亲关于自己死后孩子将会在后母的监管下艰难生活的言语，虞家茵毅然决然地放弃了自己的爱，悄然离去。可以说，张爱玲表现的不是旧

---

[01] 张爱玲：《必也正名乎》，《张爱玲文集》第 4 卷，安徽文艺出版社 1992 年版，第 51 页。

世界的问题，也不是时代现实的问题，更不是政治与战争的问题，而是聚焦于男女两性问题的书写，尤其是对女性命运的关怀上。这些"不彻底的人物"在一个"沉没"的时代里，深刻地感受到了被时代抛弃的恐怖："这时代，旧的东西在崩塌，新的东西在滋长中。但是时代的高潮来到之前，斩钉截铁的事物不过是例外。人们只是感觉日常的一切都有点不对，不对到恐怖的程度。人是生活于一个时代里的，可是这时代却像在影子似地（的）沉没下去，人觉得自己是被抛弃了。"[01] 人物在与时代、社会冲突的时候，并没有内化为决绝的反抗或无声的控诉，而只有一声叹息，既不过于伤痛，也不过于激烈的哀叹。

需要注意的是，张爱玲对其小说中人物服饰的描写可谓精细，从世俗的穿着，透露出她对生活本身的用心。张爱玲的服饰描写很有特色，也提供给读者很多隐藏信息。她曾说过，衣服是一种语言，是表达人生的一种袖珍戏剧。在她的笔下，人物的面部表情往往是模糊的，而衣装饰品却是完整的、鲜明的。她正是以服装来展现人性，来展现"葱绿配桃红"的艺术对照。

正因为张爱玲集中书写男女的日常生活，远离政治，使得很多人认为这是一种罔顾当前沦陷区现实的"反现实主义"行为。其实，张爱玲这种对于日常生活的书写避趋了政治的干扰，然而无法回避现世的影响。对眼前的时代她不认可但也不否定，她认为"时代是那么地沉重"。张爱玲的故事多写普遍存在的家庭婚姻和男女之情，写他们的情欲、虚荣、嫉妒、疯狂，这一切都是以最平常的日常生活面目出现的。可以说，对普通人生的叙述，对爱情童话的演绎和家族想象的建构，生成了张爱玲世俗生活的基本内涵。但是她不耽于此，而是跳出日常生活中饮食男女的境界，以一种现代理性的精神来考量，看出它的荒诞与苍凉，这种苍凉和荒诞是基于宏大价值体系轰塌之后人面对世界的虚无感，"如果我最常用的字是'荒凉'，那是因为思想背景里有这惘惘的威胁"[02]。在这方面，《金锁记》是其最具代表性的作品。麻油店主的女儿曹七巧被嫁给了患有骨痨的姜家二少爷，郁积的情欲

---

[01] 张爱玲：《自己的文章》，《张爱玲文集》第 4 卷，安徽文艺出版社 1992 年版，第 174 页。

[02] 张爱玲：《〈传奇〉再版序》，《张爱玲文集》第 4 卷，安徽文艺出版社 1992 年版，第 184 页。

和封建大家庭的相互倾轧使她的性格发生了畸变。当媳妇熬成婆后，为了护住"黄金枷锁"，她折磨死儿子长白的两个媳妇，赶走了女儿长安的未婚夫，最终绝望地死去。"三十年来她戴着黄金的枷。她用那沉重的枷角劈杀了几个人，没死的也送了半条命。"曹七巧既是受害者，也是迫害者，她对子女生活的干预和摧残，使其成为中国现代文学画廊上具有"反母性"色彩的人物。《心经》书写了一个年轻女孩和她的父亲相爱的故事。很显然，这个故事注定了是悲剧。在张爱玲的笔下，这荒谬的爱情缓缓地在读者眼前上演，天真而偏执的少女小寒肆意地勾引她的父亲，慢慢地离间及至扼杀她父母之间的爱情，最后，她的父亲许峰仪借着小寒的同学绫卿逃开了这段畸恋。《留情》中的敦凤则干脆利落地声称自己与年长的丈夫之间"还不都是为了钱我照应他，也是为我自己打算"。这些时时刻刻为利益计较的人物和故事充满了张爱玲的小说，她彻底站在"世俗化""自私"的立场，为各种理想涂上真实的现实色彩，为各种虚幻的价值拉去遮羞的面纱。

张爱玲书写的人物对于狂热的时代、政治没有轰轰烈烈的创举，在人性的纠缠和撕咬中挣扎，这些男女都是不彻底的人，他们无法从昂贵情感的缺失中找回自己，既不能得到别人的爱，更不能爱别人；人物的游移前行是美的毁灭，而不是力的张扬。在她们那里，我们首先感受到的是庸庸碌碌、世俗琐碎、残缺病态。"极端病态与极端觉悟的人究竟不多。……所以我的小说里，除了《金锁记》里的曹七巧，全是些不彻底的人物。他们不是英雄，他们可是这时代的广大的负荷者。因为他们虽然不彻底，但究竟是认真的。他们没有悲壮，只有苍凉。悲壮是一种完成，而苍凉则是一种启示。"[01] 这些在都市中讨生活的男男女女所演绎的"传奇"是没有多大救赎意义的，而张爱玲却在她习以为常并且驾轻就熟的世俗中藏身，从中洞悉到了人情的苍凉和世间的虚无。于是，世俗与虚无的组合构成了她文学世界互为主体、充满张力的关键要素。王安忆说得好，张爱玲自身的悲观虚无和她身处的"俗"的世界是彼此拯救的，俗充实了虚无，使虚无这只氢气球不会脱离牵引，像脱缰的野马无影无踪、自取灭亡、粉身碎

---

[01] 张爱玲：《自己的文章》，《张爱玲文集》第 4 卷，安徽文艺出版社 1992 年版，第 172 页。

骨，而她的虚无同时使她的俗不至于滑向真正的俗气庸碌无聊浅薄，不至于下沉到另一个虚无的地界。[01] 正是对于真的追求，导致了张爱玲向悲观和俗这两个相反方向都走到了极致。

张爱玲用自己喜欢的"参差对照"写法将上述艺术张力很好地呈现出来。她说过，"我不喜欢壮烈，我是喜欢悲壮，更喜欢苍凉，壮烈只有力，没有美，似乎缺乏人性。悲壮则如大红大绿的配色，是一种强烈的对照。但它的刺激性还是大于启发性。苍凉之所以有更深长的回味，就因为它像葱绿配桃红，是一种参差的对照"[02]。这里的"参差的对照"不是一种平衡的对照。在这里，张爱玲强调目的是向事实"靠拢"，她指的是保留自己的个体，脱离群居或集体状态的属性。因此，表面看来是张爱玲自己作品内部的指涉互渗，实则是作家对于大一统的文坛现状的反抗，以突出极为自由的市民表达和书写。张爱玲在其文章中津津乐道地谈论都市男女的日常生活情状，展示光怪陆离的民间文化场景，捡拾都市民间文化形态的碎片，这与"五四"新文学所崇尚的崇高精神保持了距离，也走出了"五四"精英作家面对世俗生活的心理怪圈。同时，在其中加入了作家独特的人性思考和关怀，使得都市日常生活不流于简单的鸡零狗碎，而有了内在的诗意。正如陈思和总结张爱玲之于现代都市文学的贡献时所说，"她把虚拟的都市民间场景——衰败的旧家族、没落的贵族女人、小奸小坏的小市民日常生活，与新文学传统中作家对人性的深切关注和对时代变动中道德精神的准确把握成功地结合起来，再现出都市民间文化精神"[03]。

---

[01] 王安忆：《世俗的张爱玲》，《文汇报》2000 年 11 月 7 日第 11 版。
[02] 张爱玲：《自己的文章》，《张爱玲文集》第 4 卷，安徽文艺出版社 1992 年版，第 173 页。
[03] 陈思和：《张爱玲现象与现代都市文学》，《文汇报》1995 年 9 月 24 日。

空间分立与融通——20世纪40年代中国文学研究

第二节 苏青：乱世中的俗人哲学

苏青作品笔法通俗平实，甚至力避新文艺腔，所写内容亦非民族、国家这类宏大叙事而多限于日常生活，这些特点都迎合了沦陷区上海的文化市场。在乱世中，苏青思考最多的是如何活下来，"我要活！""生活下去！——米卖四万多一石，煤球八万左右一吨，油盐小菜件件都贵，就说我一个人吧，带着三个孩子，加上佣人之类，每月至少也得花去十几万元钱，做衣服生病等项费用，还不在内。"[01]这种迥然所异于左派作家的逻辑推理，却与普通市民的心理状态不谋而合。于是，写作也成了作家维持生活的重要手段，她一向提倡为个人经济原因、世俗人生写作，将写作作为谋求生活出路的方式之一，"近年来，我是常常为了生活而写作"[02]。正因为是朝不保夕的时代，谁也不知道明天会发生什么，死亡让人厌倦，生存也让人厌倦，却还要生存下去，于是仿佛连生存也不是自愿的，只是被选择的。而生与死的界限也似乎有些模糊，面对随处可见的让人麻木了的死亡，要怎样来证明自己还活

苏青（1914—1982）

---

[01] 苏青：《如何生活下去》，《天地》1945 年 2 月号。
[02] 苏青：《自己的文章》，《风雨谈》1943 年 10 月第 6 期。

着呢，要抓住些什么呢？除了自己还有什么可以依靠？要感受自己还活着，要在忍耐中享受生活，漠然自私地抓住一切可能的生的机会吃喝嫖赌，看风景，谈恋爱——因为只有自我的感观能够证明自己还活在世上，还是一个活生生的肉体。正如张爱玲所说，"我们这一代对于物质生活，生命的本身，能够多一点明了与爱悦，也是应当的。而对于我，苏青就象征了物质生活"[01]。

苏青认为在乱世中人是很渺小的，也是无助的。她在《饮食男女》中将其描述成："这里已变成疯狂的世界，人心焦灼，烦躁，终日戚戚，或莫名其妙的（地）兴奋着，像在大山上跳舞。"既不能将自己托付于他人，也难让自己去实现崇高的事业。于是，对短暂世俗生活的享用与体悟变得越发重要了。人可以忽略外界的困境来求取片刻的安稳，这是乱世中的生存之道，"明明知道这可是转瞬间便要倒坍的，然而还得争取这一刹那——一刹那的安慰与派遣哪！否则这几分钟活着的工夫又将干什么呢？"于是，她借助出版事业和写作来排遣这短期的时光，写作和出版既是其安身立命的生存手段，也是其安置内心的重要途径。在《〈饮食男女〉后记》中，她曾言道："两年来，生活可真是'到处潜酸辛'的，但我还是咬牙关过下去了，因为有它在作为安慰，供我发泄苦闷，它便是文章呀！"

《天地》创刊号

她主编《天地》杂志提倡"大众"文学和女性写作，内容博杂，趣味向新兴市民靠拢，疏离政治，关注日常生活，力求幽默、风趣。在《天地》发刊词上，苏青明确地表示了对女性写作的愿望："最后，我还要申述一个愿望，便是提倡女子写作，盖写文章以情感为主，而女子最重感情，此其宜于写作理由一；写文章无时间及地点之限制，不妨碍女子的家庭工作，此理由二；写文章最忌虚伪，而女子因为社会地位不高，不必多所顾忌，写来较率真，此理由三；文章乃是笔谈，而女子顶爱道东家长，西家短的，正可在此大谈特谈，此理由四；还有最后也是最大的一个理由，便是女子的负担较轻，著书非为稻粱

---

[01] 张爱玲：《我看苏青》，《张爱玲文集》第 4 卷，安徽文艺出版社 1992 年版，第 233 页。

谋，因此可以有感便写，无话拉倒，固不必如职业文人般，有勉强为之痛苦也。"[01] 苏青认为女性写作的理由可谓充分，用一种女性的私人视角，回避了当时那个特殊的公共政治，成为一个能够被各方接受的文学创作内容。私人空间的"个人性""自传性""私密性"在乱世中迅速成为读者关注的焦点，为女性作家的走红提供了便利。

1945 年 3 月，《杂志》月刊刊载了一篇《苏青张爱玲对谈记》，在"前言"中，记者认为"由女人来写女人，自然最适当"。就妇女、家庭、婚姻诸问题，张爱玲与苏青发表了许多独特的见解。[02] 两人的对谈并不像"五四"时期所关注的妇女解放等现代性问题，其目的也不是破除或瓦解男权秩序，而只是体现了处于危险境地的女性对于日常生活的体验及见解。自此之后，《杂志》月刊在 3 月至 5 月之间发表了一系列特辑，参与的群体越来越多，受关注也越来越大，使妇女问题和妇女话语再一次受到公众的注意和审视。这种背景无疑对苏青妇女写作的理解和推广有着重要的作用。

苏青创作了两篇"俗人哲学"：《道德论》和《牺牲论》。两篇散文都放弃了精英知识分子身份的优越感，站在日常的位置言说世俗大道。在前文中，她自认为是"一个彻头彻尾的俗人，素不爱听深奥玄妙的理论，也没什么神圣高尚的感觉"，"我相信人类也与其他动物一样，乃是有着求生避死，求乐避苦的天然欲望的。这正如功利派诸人所说，幸福乃吾人之唯一要求"。对于道德本身，她的定义也具有很直接的市民性，"我觉得讲道德，守道德，总也得到相当好处。这样才能符合'道德'两字的本来意义"。在后文中，她指出："牺牲乃不得已的结果；非在万不得已，不可轻言牺牲；对人如此，对己亦然。"在这里，牺牲壮举的意义被消解。她从世俗的功利等价来评判牺牲本身，她指出"人类都有经商的天才"，"牺牲小而代价大，或不牺牲而获得好处，才是顶顶值得赞美的行动。不得已而求其次，则牺牲也要牺牲得上算"。于是，她得出结论："真正的牺牲都是不得已的；所以我们不该赞美牺牲，而该赞美避免牺牲。"她以俗人的生活需要作为出发点，重新构建了是非观念，切合沦陷区人民对文学的需要，而"一切从实际出发"也是典型的市民意识。此外，如《烫头发》写

[01] 苏青：《发刊词》，《天地》1943 年 10 月 10 日创刊号。
[02]《苏青张爱玲对谈记》，《杂志》1945 年 3 月 10 日第 14 卷第 6 期。

"我"对时尚和美的追求，《王妈走了以后》是年轻夫妇面对家务劳动的烦恼，《论夫妻吵架》是夫妻相处的技巧，《牌桌旁的感想》写一家人的赌德，《吃与睡》纯写作者的日常作息，这其中不乏"炒菜烧鱼必须火旺，煮汤烧肉必须文火不可"的日常经验，其他如《送礼》《做媳妇的经验》《户长的苦处》等等大概也不过是日常生活感想。这些文章与读者没有距离，所说无不是普通市民所面临的日常琐事，简单明快，略有幽默，如两人促膝闲聊，消遣的目的大于教化的功能。正如王安忆所说，"苏青就是和你讨论这个的。这种生计不能说是精致，因它不是那么雅的，而是有些俗，是精打细算，为一个铜板也要和鱼贩子讨价还价。有着一些节制的乐趣，一点不挥霍的。它把角角落落里的乐趣都积攒起来，慢慢地享用，外头世界的风云变幻，于它都是抽象的，它只承认那些贴肤可感的"[01]。

苏青以一个现代女性的实际经验，检视启蒙理性及妇女运动的实绩。较之于丁玲、冰心、庐隐等女性作家关注于女性自我解放等的启蒙思维不同，她更加注重从女性自身寻找问题，剖析女性自己，袒露自我本能欲望，打破了女性神话。从她的小说中，我们能洞悉小资产阶级女性在职业、婚姻、生育等问题上所面临的困境。《两条鱼》的故事发生在相对女性化的日常生活空间——菜场，作家不厌其烦地将母女俩在菜场遭受的欺凌娓娓道来，她们先被鱼贩将菜篮扯破，并遭到他的辱骂，而周围无人对她们施以援手，好不容易买好了两条鱼又在众目睽睽之下被人抢走。这里没有道德评判的成分，没有社会价值观念的流露，有的是日常生活体系中细节的呈表。苏青不是拒绝爱情、不谈爱情，而是把它世俗化了，把它的神圣与理想消解了。《蛾》中涉及的空间只有两处：一为女主角明珠的闺房，一为明珠做人流手术时的手术室。两处均为封闭的女性私密空间。作者刻画了一个性欲被压抑而苦闷至极的女性——明珠，她"我要！我要！我要呀！"的呼唤，体现了女性性心理的本能表达。在空袭的夜晚寂寞又空虚，好不容易盼来一个客人，他却在满足了自己的情欲之后匆匆离去，不仅未解决明珠的问题，反导致她怀孕且其后独自承受流产的痛苦。手术结束后，明珠回到自己的房间感受到的仍然是无尽的空虚和寂寞。

---

[01] 王安忆：《寻找苏青》，《上海文学》1995 年第 9 期。

苏青在《结婚十年》中没有对上海大都会声光电化摩登世界的描绘，女主人公苏怀青逃避战乱进入租界，全身心焦虑的是米、面、煤炉等生存基本所需，上海到底有什么令人惊奇的物事根本未放在她的心里。结婚次日，丈夫徐崇贤就与他人有不正当的关系，由于生了个女孩，婆家的轻视让她倍感痛苦，到上海后，夫妻关系不断恶化，丈夫失业后仍与朋友之妻私通，最终导致离婚。《续结婚十年》中苏怀青离婚后潜心创作，获得较大成功，但在她的心目中，情感上的成功比事业上的有成就重要得多，似仍未能摆脱传统社会衡量女性的价值观。前夫又结新欢，将子女统统交由她来抚养，身处窘境的她依然决心培养下一代。在这里，"婚姻"与其说表示着"爱情"还不如说是"事情"，"家庭"也不是"爱情"而是一系列"事情"发展的结果。[01] 总之，苏青笔下的新女性是"出走了的娜拉"，处于新旧价值观的夹缝中，如果不能在追求自我价值的过程中发展自己、壮大自己，就容易回归到传统女性的依附心理上去，被异化的命运就不可避免了。在苏青的笔下，上海都市以及都市人生是既无趣又繁忙、既单调又嘈杂的世俗生活，她是在"按照常人、俗人在日常生活中所避免不了的经济的逻辑、思维和行为范式去反映上海的城市生活和市民的精神风貌"[02]。

不管是张爱玲，还是苏青，都沉醉于对女性感觉和女性生活细节的描写。在丰富的日常经验和充盈的生命感觉的基础上，以自己独特的语言，建构了一种非男性中心、非主流的话语方式。同时，也突破了女性解放的启蒙神话，直面女性对于性生理、性心理、性伦理等的本能欲求，立足于走出家庭的娜拉的身份定位，去反思女性解放本身的局限。这些都让苏青的女性书写具有了现代品格和特殊意义，其文学史地位不容忽视。

---

[01] 范智红：《抗战时期沦陷区小说探索》，《文学评论》1995 年第 3 期。
[02] 李今：《海派小说与现代都市文化》，安徽教育出版社 2000 年版，第 291 页。

第三节　钱锺书：乱世中知识分子的流亡之旅

　　钱锺书是典型的学院派学者，他的博学多闻是其最重要的品质。无锡钱家是世代以教书为业的书香人家，浓郁的读书氛围给钱锺书创造了一个有利的成长环境，"余童时从先伯父与先君读书，经、史、'古文'而外，有《唐诗三百首》，心焉好之。独索冥行，渐解声律对偶，又发家藏清代名家诗集泛览焉。及毕业中学，居然自信成章，实则如鹦鹉猩猩之学人语，所谓'不离鸟兽'者也"[01]。他读书不局限于古典文学，中与西、雅与俗、古与今、理论与创作等各种书籍均有涉猎，兴趣极广，"他读书还是出于喜好，只似馋嘴佬贪吃美食：食肠很大，不择精粗，甜咸杂进。极俗的书他也能看得哈哈大笑。戏曲里的插科打诨，他不仅且看且笑，还一再搬演，笑得打跌。精微深奥的哲学、美学、文艺理论等大部著作，他像小儿吃零食那样吃了又吃，厚厚的书一本本渐次吃完。诗歌更是他喜好的读物。重得拿不动的大字典、辞典、百科全书等，他不仅挨着字母逐条细读，见了

钱锺书

[01] 钱锺书：《槐聚诗存》，生活·读书·新知三联书店 2002 年版，第 1 页。

新版本，还不嫌其烦地把新条目增补在旧书上"[01]。正是这一种对书籍的嗜好，使钱锺书具有了渊博丰赡的学识见闻、深邃睿智的哲学思辨、现代先进的学术理念以及高远宏阔的研究视域。

《围城》是钱锺书的代表作，作者采用了西方"流浪汉"小说那样的叙事模式，叙述主人公方鸿渐的恋爱悲喜剧，并通过方鸿渐的一系列行迹，来透视社会的病态和知识分子本身存在的弱点。在该书出版序中，他写道："我想写现代中国某一部分社会、某一类人物。写这类人，我没忘记他们是人类，还是人类，具有无毛两足动物的基本根性。"[02] 在方鸿渐身上，集中体现了钱锺书对于乱世中知识分子的生存状态和命运的关注。方鸿渐是一个从中国走向世界，又从世界走回中国的知识分子，这一出一进，空间的位移带来的是思想情感立场的转变，有了中西文化汇合的游学经历，使其对待人和事的时候有了更为复杂的行为态势和价值判断。然而，一次次的"走"，其结果只是没有出路的"围城"人生。小说写了方鸿渐先后和四个女人发生过的恋爱或婚姻关系。和妖冶风流的鲍小姐鬼混，结果受骗而终，和谙于情场斗法的留法文学博士苏文纨"恋爱"，却搞得身败名裂，爱上了苏小姐的表妹唐晓芙，但苏小姐却对表妹抖落了方鸿渐的一切，害得唐晓芙大骂方鸿渐懦弱不争而分手。无奈情急之下，与赵辛楣等人接受三闾大学的邀请去当教授，同行者还有"吝啬的老色鬼"李梅亭、狡猾卑鄙的"教授"顾尔谦和年轻助教孙柔嘉小姐，一路上"饱经沧桑"，但彼此又钩心斗角。到了应聘学校后，方鸿渐却成为派系斗争旋涡中的牺牲品，落得个郁郁寡欢的境地，并由此与孙柔嘉的孤独思乡之情相投合，同病相怜中，开始恋爱结婚，走入"围城"。当二人的面纱揭去，露出真实的自我后，夫妻间的感情便日趋恶化。孙不满方家的人与事，而方却优柔寡断、懦弱无能，孙小姐的姑母又从中作梗，于是二人的婚姻随之走向破裂，造成了悲剧性的结局。所谓"围城"，如书中人物所说，脱胎于两句欧洲成语，英国人说"结婚仿佛金漆的鸟笼，笼子外面的鸟想住

---

[01] 杨绛：《记钱锺书与〈围城〉》，《杨绛作品选》第 2 卷，中国社会科学出版社 1993 年版，第 149 页。

[02] 钱锺书：《围城·序》，《文艺复兴》1947 年 1 月第 2 卷第 6 期。

进去，笼内的鸟想飞出来，所以结而离、离而结，没有了局"，法国人则说，结婚犹如"被围困的城堡，城外的人想冲进去，城里的人想逃出来"。方鸿渐在经历了求职、爱情、婚姻的坎坷后，有"人生万事都是围城"的感叹，这是知识分子在现实社会里的一次很不平稳的降落，理想腾空后重回现实的平地，有跌落的失重感、破碎感。《围城》的整体布局恰似一张行走的地图，作者以留法回国的留学生方鸿渐为中心，从法国邮轮开始，经过数十日的海上航行，到达上海孤岛，然后是内地的移动，从上海途经宁波、金华、鹰潭、吉安到湖南的三闾大学再从三闾大学到桂林、香港、上海。这张地图上的每一个点都是人生的一座"围城"。

钱锺书意识到，在乱世中知识"贵族"向世俗转化的趋势已成现实。大量的伪知识者戴着知识分子清高的面具，混迹于名利和官场之

苏青的《结婚十年》与《续结婚十年》

中，日趋腐化堕落。而对于那些还不肯放弃精神信仰和操守的知识分子而言，他们的处境和命运是极其凄凉的。他们难以在那个世俗的世界中生存，这种格格不入的文化差异，加之自身性格的一些弱点，导致他们一味地流亡，一再地败逃，从乡村到城市，从东方到西方，从传统到现代，最终只能听命于世俗的安排。方鸿渐归国是怀着宏图大志的，"谈到外患内乱的祖国，都恨不得立刻回去为它服务"。但是战时的上海宛如围城，时局的动荡和社会的动乱使他在社会中找不到自己的归宿。在三闾大学，我们还看到了抗战初期国统区高等教育的黑暗腐败：以高松年、韩学愈、赵辛楣、方鸿渐等人为代表的留洋派"精英"，固然是些不学无术的"假洋货"，而以李梅亭、汪处厚、陆子潇、刘东方等人为代表的本土派"精英"，同样也是些坑蒙拐骗的"假道学"。还有什么"粤派""少壮派""留日派"等帮派势力。这些人物同类组合、沆瀣一气，把一所国立大学搞得乌烟瘴气，关键就在于他们都与官场政治有着极为复杂的人事关系。作者如此去描写，看似有点玩世不恭，但在其轻松幽默的文字背后，我们更可以感受到作者深沉压抑的忧患意识。正如巴人所言，《围城》"和旧《儒林

外史》颠倒于学而优则仕的闱墨中人的描写，划出了新旧时代的两个风貌"[01]。

方鸿渐在两性的游戏间始终处于一种依附性的位置，他在"围城"中的不断逃离不仅暗示传统男性文化的溃散，更隐含着在这种溃散后面一个失败者无法把握命运的悲剧感。人生一如《围城》文章最后一刻所描写的那台大钟，总是错后地打满钟点，当它正常打点的时候，方鸿渐才发现生活是现实的，是理智的，而在这之前所存在的一切都是非理性的、无法预料的，人生是无序的、杂乱的，也是错位的。方鸿渐逐渐意识到，"天生人是教他们孤独的，一个个该各归各，老死不相往来。……好像一只只刺猬，只好保持着彼此间的距离，要亲密团结，不是你刺痛我的肉，就是我擦破你的皮"。这种"刺猬"的生存方式是《围城》对于特殊语境中人的生存处境的形象隐喻，"围城"象征了人生处境，因而是"一部探讨人的鼓励和彼此间无法沟通的小说"[02]。钱锺书对于这种形而上的人生困境的书写采用幽默讽刺的笔触娓娓道来，而讽刺中蕴含着人道的悲悯，使人们在打量那些形形色色的"无毛两足动物"时，能洞见其可笑的嘴脸和真实的人性，对于"没有梦，没有感觉"的人生状态投射出更多的关注及反思。钱锺书一开始就让方鸿渐从异国他乡漂洋过海留学归来，以一个远行后归来者的视角，重新审视他过去的生活，在一个更客观的距离之外，不仅是对外部环境的打量，也是对自我的一次全方位的检视，一切似乎都没有改变，然而一切又都不同了。方鸿渐这一"浪子"形象有着丰富的社会心理文化蕴涵，是荒谬的人在荒诞的现实处境中对"意义"的寻找，特别能兼容知识分子本质上的躁动、多血质和精神追求的多向度，以及和环境之间的异质性、对抗性。然而包围方鸿渐的，却是那偌大的虚假的世界，来自家庭、社会的整个庞大的造假机器在挤压他，逼迫他不得不说假话，做违心的事，时时懊悔，违心地恭维和奉承，不自觉地陷入自己并不愿意扮演而是他人希望的种种角色。要保持完整的内心生活，保持自我的自由独立，不受各种有形无形的干扰侵犯，决非易事。如果说《围城》的前半部分方鸿渐的人生之旅还有点知识分子纸上谈兵的味道，那么后半部分陷入婚姻家庭泥

[01] 无咎（王任叔）：《读〈围城〉》，《小说月刊》创刊号，1948 年 7 月 1 日。

[02] 夏志清：《中国现代小说史》，生活·读书·新知三联书店 2002 年版，第 223 页。

潭的方鸿渐已经和地面上的生活现实展开了全方位近距离的肉搏战，已经有了实际的切肤之痛了。

事实上，《围城》后半部分那些鸡零狗碎的家庭悲剧才是真正的悲剧。因为对于安居乐业的传统文化熏陶出来的中国人来，家庭是个人退避的最后一块阵地，家庭后面再无可居留之地。而家庭生活又是深入每个毛发的，是每天必须要面对，无法躲避的。方鸿渐不希望失去这个家，不管这个家里有多少矛盾和分歧，失去这个形式上的阵地，那将是彻底的流亡。而柔嘉也希望和鸿渐把这个小日子经营下去，希望鸿渐放弃他那一身知识分子的臭脾气，能够屈尊俯就世俗。然而局势没有按他们希望的方向发展，而是控制不住地恶化。鸿渐和柔嘉两人婚后很快地失和，表面上看是因为些不足挂齿的小事，其实各自牵连着一个无法沟通的"诗"与"俗"的世界，一个代表知识分子的精神追求，一个代表世俗社会的物质现实，他们是两套不同的价值体系，彼此都鄙弃对方所固守的那个世界。他们婚后的小摩擦，其实也就是这两套相背离的价值体系在互相诋毁、争吵、谩骂。因此，方鸿渐的婚姻危机，从根本上说，还是知识分子自身的精神危机，是他们与世俗社会的根本隔阂。

1948 年，一些文艺期刊对《围城》群起而攻之。《横眉小辑》第 1 期发表的《论香粉铺之类》，用偏激的笔调说："这部小说里看不到人生，看到的只是像万牲园里野兽般的那种盲目骚动着的低级的欲望。"[01] 更有甚者诬蔑"《围城》是一幅有美皆臻、无美不备的春宫图，是一剂外包糖衣内含毒素的滋阴补肾丸"[02]，"只看到一切生存竞争的动物性，忽略了一切生存竞争的社会阶级斗争"[03]。确实，在《围城》中，我们似乎难以找到与 20 世纪 40 年代密切相关的社会背景及人情世态，所述形象和主题也与当时社会情境不甚紧密，但是钱锺书并非完全抛却社会历史背景，逃避到纯粹的个人世界，他的《围城》更多的是再现了"人"的基本生存困境，在对人的形而上的思考中不回避对民族及国家的幽深关切。只有战火纷飞、黑暗统治的特殊年代，知识分子才会滋生一种人生虚幻、生活俗命和无所适从的"世

[01] 方典（王元化）：《论香粉铺之类》，《横眉小辑》1948 年 2 月 25 日第 1 辑。
[02] 张羽：《从〈围城〉看钱锺书》，《同代人文艺丛刊》1948 年 4 月 20 日创刊号。
[03] 无咎（王任叔）：《读〈围城〉》，《小说月刊》1948 年 7 月 1 日创刊号。

纪末情绪"。文本的主人公方鸿渐与俄国"十月革命"前夜的奥涅金、毕巧林和罗亭等人一样，是知识分子中的"多余人"形象。他们的生存轨迹和现实遭遇恰恰表征了这个特殊历史年代的人生际遇，显然，钱锺书并未脱离其所在的社会语境。

与此同时，上述批评家还批评钱锺书对于中西典故的频繁引用，指责其"耍小聪明，把小说当做骈体文来做"。巴人认为钱锺书"用中英德法世界上所有古典名著堆砌了城墙"[01]，沈立人也认为这是"不相干的引典"[02]，陈炜谟则认为其"堆砌过火，雕琢太甚"[03]。虽然钱锺书学识渊博，时有"掉书袋"的创作倾向，但《围城》所援引的中西典故均是化用于人物关系之中，沉积于故事的机体内部，这种信手拈来的功夫是颇为精到的。事实上，这些中西的典故已脱离了原有的意义范畴和文化语境，与这部小说真正融为一体。书中内容涉及到诸如文学、历史、哲学、生物学等许多学科门类，也谈到古典诗词、新诗、书画、中外典故以及许许多多三教九流的东西。深而广的知识容量，不仅增强了作品的兴味，而且加强了讽刺的效果，开掘了作品题材的意义，使这部小说有着发人深省的思想力量。

结　语

中国新文学在其发展的过程中，有其可把握的内在"常性"。这些"常性"是中国新文学传统建构的重要标志，它使人们在审视 20 世纪中国文学的过程中有了可讨论、可言说的稳定的价值尺度和标准。这些价值尺度和标准体现了中国现代文学与中国古代文学在性质上的分野，因此也确定了中国现代文学的"合法性"和核心价值。学界很多人认为中国新文学中有"左翼一体化"的问题，即将 20 年代革命文学、30 年代左翼文学、40 年代延安文艺、1949 年后的十七年文学以及"文革"文学统称为左翼文学。沿此思路，文学史的论述似乎简化了，左翼文学的发生、发展、演变和终结的完整过程成了 20 年代到 70 年代中国文学最为显见的文学形态，文学史被"缝合"成一个整体的稳固结构。而王富仁认为 40 年代解放区文学非但不能称为左翼文学，而且正是它导致了 30 年代左翼文学的消亡，在解放区文艺里，左翼文学受到了一种压制，除了少数人成了毛泽东思想的阐释者，像萧军、丁玲、王实味这些左翼文学的人物直接受到了整改，不是说消灭，是改造，改造成适合毛泽东文艺思想。[01] 然而，这

---

[01] 王富仁：《关于左翼文学的几个问题》，《中国现代文学研究丛刊》2002 年第 1 期。

种"一体化"论述中留下了太多的"缺口"与"缝隙"，忽视了不同时期中国文学的特殊性及变异性，"一体化"之外的诸多文学活动被宏大文学史叙事所遮蔽。

40 年代文学的重要性是不言而喻的，它是一个过渡性的文学场域，承接了"五四"新文学和共和国文学，因此，研究 20 世纪中国文学，从 40 年代文学切入，就可以起到"拎起中间，带动两头"的作用。[01] 立于 40 年代文学现场，我们可以从"断裂"和"生成"两方面探究其与"五四"文学及新中国文学的复杂关联。自"五四"开创中国新文学传统到 40 年代，新文学在彰显"人"的主体精神，对现代民族国家的思考等方面有了深化和新变；同时，40 年代文学所建构的文学形态也预示着文学的某种流变和走向，到新中国文学中可以找到相应的应证。从文学的整体性观照，如果不能阐释 40 年代文学"中间状态"的这种过渡性，很难将这一时期的文学现象理顺和归位，不容易梳理其内在的逻辑理路，会阻碍我们对这一时期文学的基本认识。

前述 40 年代文学贯穿于国统区、解放区、沦陷区，各区域的政治氛围、社会语境、作家风格都有很大差异，这种空间分立为我们研究这一时期文学的基本特征、美学风格、思维走向造成了难度。这三个区域并非完全封闭和孤立的，书刊的交流，艺术家的往来，文稿的互投，文艺问题的讨论及论争等，都制造了其彼此的文化交流。基于此，要将三个区域的文学勾联起来也并非完全没有办法，一个可行的方法也许是找到能联结各区域的一些文学事件，剖析这些事件背后潜藏的，构成不同区域都彼此关心的内在原因。这些事件是如何推进各区域互动的？对 40 年代文学产生了何种影响？通过对这些问题的思考，可以从一些文学事件的"点"中窥测整个 40 年代文学"面"的演进历程。

在这些文学事件中，《讲话》在解放区和国统区的传播应该是值得研究的重要命题。1944 年 1 月 1 日，国统区的《新华日报》以《毛泽东同志对文艺问题的意见》为题，以"文艺上的为群众和如何为群众""文艺的普及和提高""文艺和政治"三个标题摘要发表了

[01] 钱理群：《一个亟待开发的"生荒地"》，《中国现代文学研究丛刊》2004 年第 2 期。

《讲话》的主要内容，不久又转载了周扬等人阐释《讲话》的系列文章。这是《讲话》在国统区第一次公开和广大读者见面。1944 年 4月，党中央派参加过延安文艺座谈会的何其芳和刘白羽到重庆，向国统区文艺工作者传达《讲话》精神，并调查重庆的文艺运动情况。周恩来等人也积极地向重庆文艺界宣传延安"知识分子下乡""文艺下乡运动"等文学经验，并将其视为一种方向，在国统区文艺界造成的影响较大。1944 年 11 月，重庆文艺座谈会适时召开，在前后举行的三次会议上，与会者以学习《讲话》为中心，结合国统区文艺工作的实际，回顾总结抗战文艺乃至新文学运动的得失经验，用毛泽东文艺思想开展理论探讨和文艺批评。在这一过程中，郭沫若和茅盾高度评价《讲话》的精神，认为"人民"地位的提升对文学的意义是巨大的。《讲话》在国统区的传播，对当时一些作家的文学创作，影响是很大的，如巴金的《第四病室》和《寒夜》，老舍的《火葬》和《四世同堂》，沙汀的《还乡记》，艾芜的《落花时节》，路翎的《财主底儿女们》，夏衍的《法西斯细菌》《离离草》，宋之的《祖国在呼唤》，陈白尘的《岁寒图》《升官图》，茅盾的《清明前后》，吴祖光的《风雪夜归人》等作品，作者将笔触深入现实生活之中，充分肯定"人民"的伟大力量，对当局的压迫进行了决绝的反抗，展示了现实主义的力量。当然，《讲话》所确立的精神不可能完全适用于国统区，曾引起过一些论争，如胡风的"主观战斗精神"和《讲话》的"工农兵方向"存在着一定的分歧，等等。

与此同时，鲁迅精神传统的确认与传播勾联各区域的文学界。任何一个民族在推进其文学实践的进程中都会有精神资源的滋养，精神资源集中代表了特定时代民族文化的精神，并对后续历史演进产生深远影响，引领时代风尚的潮流。在 20 世纪中国文学史中，无论是历史的文化积淀还是理性的批评精神，鲁迅在 20 世纪的中国都是独一无二的存在。他不仅引领了特定历史文化语境中民族文学的现代化潮流，而且成为中国现代思想文化中无可争议的重要精神资源，并辐射至其他领域之中。可以这样理解，鲁迅不是一般意义上的文化传播者、社会现实的记录者，而是具有民族思想源泉性的文学家和思想家。与中国现代文学史上的其他作家为现代学术展现的精神现象不同，鲁迅为现代学术乃至现代文化提供的是丰富的精神资源。[01]

鲁迅以其非凡的思维方式，规约着中国新文学的走向，那超脱常规的认知触觉，将人类的智性表达提升到了一个难以企及的标高。然而，鲁迅又是一个复杂的存在，其复杂的精神实体所包孕的不确定性和复杂性，使鲁迅成为学界无法绕开却令人困惑的话题。事实上，我们难以回避鲁迅直面的精神命题和价值难题，在不断变动的历史语境中，鲁迅的精神遗响从未停休。鲁迅逝世后，当时文艺界在评判鲁迅时主要突出其"民族战士"和"青年导师"的伟大功绩。无论是国统区、沦陷区还是解放区，对鲁迅精神的传承和践行始终没有停止过。一些以鲁迅传人自居的知识分子，如胡风、萧军、萧红、冯雪峰、路翎等人分散于 40 年代各区域，他们或自觉走近，或率先师法，以鲁迅为师，通过文学创作延续和传承鲁迅的精神传统，用文学之笔来书写时代、言说自我、批判社会。与此同时，文艺界"悼念鲁迅"的活动也定期在各区域展开，借助这个事件，40 年代各区域文艺界有了可以相互交流、勾联的可能性，起到了整合当时文学界的作用。真正对鲁迅精神资源进行认定的人是毛泽东，他对"鲁迅方向"[02]的阐释和确认，使得鲁迅这一精神资源从纯粹的思想史、文学史的层面抽象为一种政治规定，从而确认了"鲁迅的政治学"或"政治化的鲁迅"传统，同时也为中国共产党执政的合法性提供了依据。这种政治规定简化了鲁迅思想资源的评定规则，中国现代文学的复杂性因此也明确了。

1949 年 7 月，第一次"文代会"在北京的召开，标志着 40 年代三个分立的区域文学的结束，新中国文学正式开启。这次会议是解放区与国统区文艺工作者的大会师，在新中国文艺史上具有里程碑的意义。茅盾和周扬分别代表国统区和解放区文学界做了报告，大会将解放区所代表的方向确定为当代文学的方向。这也标志着文学体制的"一体化"将在全国范围里推行和实践，"以延安文学作为主要构成的左翼文学，进入 50 年代，成为唯一的文学事实"[03]。40 年代文学与十七年文学是历时层面先后延传的关系，从这种意义上说，40 年代

[01] 朱寿桐：《鲁迅精神资源的确认》，《鲁迅研究月刊》2002 年第 6 期。

[02] 毛泽东：《新民主主义论》，《毛泽东选集》第 2 卷，人民出版社 1966 年版，第 698 页。

[03] 洪子诚：《中国当代文学史》，北京大学出版社 2009 年版，第 5 页。

文学蕴含了走向十七年文学的诸多可能性的要素，应该说，十七年文学的开篇与 40 年代文学有着密切的关联。特别是抗战结束后，不同文学思想的作家纷纷对抗战文学进行了总结，对未来文学的发展进行展望。在"中国文艺往哪里走"的问题上，一度在抗战文学中处于边缘地位的"自由主义"作家主张结束"五四"以来文艺界论争与冲突不断的状况，创造出具有世界声望和水准的文学时代，"使文坛由一片战场而变为花圃；在那里，平民化的向日葵与贵族化的芝兰可以并肩而立。"[01] 而左翼作家则主张通过制度化的舆论、组织等方式，进行达到"一体化"目标的选择，有力地推动了 40 年代文学的"转折"。

---

[01] 萧乾：《中国文艺往哪里走？》，《大公报》1946 年 5 月 5 日。

参考文献

一、专著类

[1] 刘禾:《跨语际实践:文学,民族文化与被译介的现代性(中国: 1900—1937)》,宋伟杰等译,生活·读书·新知三联书店 2008 年版

[2] 安敏成:《现实主义的限制:革命时代的中国小说》,姜涛译,江苏人 民出版社 2011 年版

[3] 陈思和:《中国新文学整体观》,上海文艺出版社 2001 年版

[4] 黄万华:《史述和史论:战时中国文学研究》,山东大学出版社 2005 年版

[5] 埃里·凯杜里:《民族主义》,张明明译,中央编译出版社,2002 年版

[6] 王德威:《想象中国的方法——历史·小说·叙事》,上海三联书店 1998 年版

[7] 施蛰存:《沙上的脚印》,辽宁教育出版社 1995 年版

[8] 古斯塔夫·勒庞:《乌合之众——大众心理研究》,冯克利译,中央编 译出版社 2000 年版

[9] 阿尔弗雷德·格罗塞:《身份认同的困境》,王鲲译,社会科学文献出 版社 2010 年版

[10] 苏光文:《文学理论史料选》,四川教育出版社 1988 年版

[11] 徐逎翔:《中国新文艺大系(1937—1949):理论史料集》,中国文联 出版社 1998 年版

[12] 陈永国:《文化的政治阐释学》,中国社会科学出版社 2000 年版

[13] 拉曼·塞尔登:《文学批评理论——从柏拉图到现在》,刘象愚、陈永国等译,北京大学出版社 2000 年版

[14] 陈乃欣等:《徐讦二三事》,台湾尔雅出版社 1980 年版

[15] 阿多诺:《否定的辩证法》,张峰译,重庆出版社 1993 年版

[16] 季红真:《萧红传》,十月文艺出版社 2000 年版

[17] 杨春时,俞兆平:《现代性与 20 世纪中国文学思潮》广西师范大学出版社 2005 年版

[18] 王一川:《中国现代卡里斯马典型:二十世纪小说人物的修辞论阐释》,云南人民出版社 1994 年版

[19] 巴赫金:《拉伯雷研究》,李兆林、夏忠宪等译,河北教育出版社 1998 年版

[20] 伊恩·瓦特:《小说的兴起:笛福、理查逊、菲尔丁研究》,高原、董红均译,生活·读书·新知三联书店 1992 年版

[21] 米兰·昆德拉:《被背叛的遗嘱》,孟湄译,上海人民出版社 1995 年版

[22] 王一川:《中国形象诗学》,上海三联书店 1998 年版

[23] 沙尔·费勒克:《家族进化论》,许楚生译,上海文艺出版社 1990 年版

[24] 赵园:《艰难的选择》,上海文艺出版社 1986 年版

[25] 爱德华·W.萨义德:《知识分子论》,单德兴译,生活·读书·新知三联书店 2002 年版

[26] 舒允中:《内线号手:七月派的战时文学活动》,上海三联书店 2010 年版

[27] 齐格蒙·鲍曼:《立法者与阐释者》,上海人民出版社 2000 年版

[28] 杜运燮、张同道:《西南联大现代诗钞》,中国文学出版社 1997 年版

[29] 钱理群:《丰富的痛苦》,北京大学出版社 2007 年版

[30] 谭桂林:《本土语境与西方资源——现代中西诗学关系研究》,人民文学出版社 2008 年版

[31] 郑敏:《诗歌与哲学是近邻:结构—解构诗论》,北京大学出版社 1999 年版

[32] 伊夫·瓦岱:《文学与现代性》,田庆生译,北京大学出版社 2001 年版

[33] 赵毅衡:《"新批评"文集》,中国社会科学出版社1988年版

[34] 杜运燮等:《一个民族已经起来:怀念诗人、翻译家穆旦》,江苏人民出版社1987年版

[35] 李向平:《信仰、革命与权力秩序——中国宗教社会学研究》,上海人民出版社2006年版

[36] 刘铁芳:《生命与教化——现代性道德教化问题审理》,湖南大学出版社2004年版

[37] 古斯塔夫·勒庞:《革命心理学》,佟德志、刘训练译,吉林人民出版社2004年版

[38] 尼古拉·别尔嘉耶夫《论人的使命》,张百春译,学林出版社2000年版

[39] 费正清:《伟大的中国革命》,刘尊棋译,世界知识出版社2000年版

[40] 王培元:《抗战时期的延安鲁艺》,广西师范大学出版社1999年版

[41] 朱鸿召:《延安文人》,广东人民出版社2001年版

[42] 胡乔木:《胡乔木回忆毛泽东》,人民出版社1994年版

[43] 李书磊:《1942:走向民间》,山东教育出版社1998年版

[44] 埃德蒙·柏克:《自由与传统》,蒋庆、王瑞昌、王天成译,商务印书馆2001年版

[45] 李永东:《租界文化与30年代文学》,上海三联书店2006年版

[46] 朱鸿召:《延安日常生活中的历史》,广西师范大学出版社2007年版

[47] 艾克恩:《延安文艺运动纪盛》,文化艺术出版社1987年版

[48] 艾克恩:《延安文艺回忆录》,中国社会科学出版社1992年版

[49] 戴光中:《赵树理传》,十月文艺出版社1987年版

[50] 袁良骏:《丁玲研究资料》,天津人民出版社1982年版

[51] 保罗·康纳顿:《社会如何记忆》,纳日毕力戈译,上海人民出版社2000年版

[52] 马林诺夫斯基:《巫术科学宗教与神话》,李安宅译,中国民间文艺出版社1986年版

[53] 埃德蒙·利奇:《文化与交流》,郭凡、邹和译,中山大学出版社2000年版

[54] 福柯:《规训与惩罚》,刘北成译,生活·读书·新知三联书店1999年版

[55] 孟悦:《历史与叙述》,陕西人民教育出版社 1998 年版
[56] 张泉:《沦陷时期北京文学八年》,中国和平出版社 1994 年版
[57] 徐迺翔、黄万华:《中国抗战时期沦陷区文学史》,福建教育出版社 1995 年版
[58] 彭放主编《中国沦陷区文学研究资料总汇》,黑龙江人民出版社 2007 年版
[59] 封世辉:《沦陷区文学大系评论卷》,广西教育出版社 1998 年版
[60] 李今:《海派小说与现代都市文化》,安徽教育出版社 2000 年版
[61] 阿垅:《人·诗·现实》,三联书店 1986 年版
[62] 洪子诚:《中国当代文学史》,北京大学出版社 2009 年版

二、论文类

[1] 高玉:《论中国现代文学的民族性》,《广东社会科学》2004 年第 3 期。
[2] 李新宇:《中国现代文学主题的三重变奏》,《学术月刊》1999 年第 10 期。
[3] 周宪:《文学与认同》,《文学评论》,2006 年第 6 期。
[4] 贺仲明:《论 20 世纪 40 年代中国文学中的传统主题》,《江海学刊》2002 年第 1 期。
[5] 朱德发:《论四十年代中国文学的世界化与民族化》,《中国社会科学》2002 年第 6 期。
[6] 季红真:《民族危难时刻的集体记忆——漫谈抗战文学》,《南方文坛》2006 年第 2 期。
[7] 李新宇:《硝烟中的迷失——抗战时期的知识分子话语》,《中国现代文学研究丛刊》1999 年第 2 期。
[8] 晓风:《胡风、阿垅来往书信选》,载《新文学史料》1991 年第 1 期。
[9] 徐光霄:《〈新华日报〉在文艺战线的斗争》,载《抗战文艺研究》1982 年第 1 期。
[10] 王晓明:《现代中国的民族主义》,《当代作家评论》2003 年第 2 期。
[11] 王一川:《现代性文学:中国文学的新传统——兼谈中国现代文学与文学研究》,《文学评论》1998 年第 2 期。
[12] 王兆胜:《少者形象与中国旧文化的老化——兼论〈寒夜〉中的小宣形象》,《山东社会科学》,1990 年第 4 期。

[13] 老舍:《我怎样写〈火葬〉》,载《收获》1979 年第 2 期。

[14] 钱理群:《展示知识分子心灵历程的史诗》,《抗战文艺研究》,1983 年第 4 期。

[15] 秦弓:《〈财主底儿女们〉:苦吟知识分子的心灵史》,《中国现代文学研究丛刊》2001 年第 2 期。

[16] 朱华阳、陈国恩:《还原历史的真相——关于舒芜与七月派的几个问题》,《西南师范大学学报》(人文社会科学版) 2005 年第 5 期。

[17] 邓腾克:《路翎笔下的蒋纯祖与浪漫个人主义话语》,《南京师范大学文学院学报》2010 年第 4 期。

[18] 钱理群:《关于 20 世纪 40 年代大文学史研究的断想》,《中国现代文学研究丛刊》,2005 年第 1 期。

[19] 陈思和:《民间的沉浮——对抗战到文革文学史的一个尝试性解释》,《上海文学》1994 年第 1 期。

[20] 赵浩生:《周扬笑谈历史功过》,《新文学史料》1979 年第 2 期。

[21] 倪婷婷:《关于延安文学民族化、现代化问题的再思考》,《江苏社会科学》1998 年第 3 期。

[22] 黎辛:《〈野百合花〉·延安整风·〈再批判〉——捎带说点〈王实味冤案平反纪实〉读后感》,《新文学史料》1995 年第 4 期。

[23] 刘锋杰:《从革命的合法性到文化的合法性——论回到原典的〈讲话〉》,《文艺理论研究》2002 年第 4 期。

[24] 刘旭:《当代三农文学与知识者的自我病态化》,《华东师范大学学报》(哲学社会科学版) 2009 年第 3 期。

[25] 旷新年:《赵树理的文学史意义》,《文艺理论与批评》2004 年第 3 期。

[26] 万直纯:《〈太阳照在桑干河上〉中的农村宗法社会》,《中国现代文学研究丛刊》2000 年第 3 期。

[27] 陈言:《抗战时期沦陷区"色情文学"新探》,《抗日战争研究》2002 年第 1 期。

[28] 许江:《1942 年北京文坛的"色情文学"讨论》,《粤海风》2010 年第 1 期。

[29] 陈思和:《张爱玲现象与现代都市文学》,《文汇报》1995 年 9 月 24 日。

[30] 范智红：《抗战时期沦陷区小说探索》,《文学评论》1995 年第 3 期。

[31] 王富仁：《关于左翼文学的几个问题》,《中国现代文学研究丛刊》2002 年第 1 期。

[32] 钱理群：《一个亟待开发的"生荒地"》,《中国现代文学研究丛刊》2004 年第 2 期。

[33] 朱寿桐：《鲁迅精神资源的确认》,《鲁迅研究月刊》2002 年第 6 期。

后　记

　　中国现代文学的发展与中国的命运密不可分，现代中国的文化语境对于中国现代文学的塑造力是巨大的，作家用自己的笔显隐地书写了中国社会历史的印记。文学与时代的相互关联在四十年代抗战语境下表现得尤为引人关注。

　　本著是四十年代中国文学的全景式展现，考虑到四十年代中国文学在整个中国现代文学发展过程中的过渡性特点，笔者采用了前联后承的写法，即将文学发展的内在机理置身中国文学"民族化"与"现代性"的双重语境下，考虑到了三十年代中国文学的诸多特质，尤其关注这一时段之于四十年代中国文学生成与发展的文学前缘；同时，对于四十年代中国文学经由历史化、时代化后的整合形态进行勾勒，力图为下一阶段的文学发展提供带有预见性的讯息。这种写法是断代史的一般做法，在看似孤立的阶段性的概括和总结中，寻绎和提取整个中国文学发展的脉息。基于此，本著所呈现出的四十年代中国文学的状貌就不是静态的文学研究，而是在文学与社会、历史的互涉的动态研究。文学的审美性、历史的现场感并未因这种历史语境的置入而遮蔽其本有的光彩，相反，这种面对历史、审思文学的纵深感却更加多元多

空间分立与融通——20世纪40年代中国文学研究

维地表现出来了。

　　由于工作的需要，本人主要的研究方向转向儿童文学。儿童文学与中国现代文学之间依然有很多可以融合和一体化研究的空间。在今后的研究生涯里，这将是我研究的重心，尽管前路茫茫，但只能往前探索。感谢家人和各位师友的支持、帮助，使我能在面对困难的时候仍对未来充满信心，这是我前行的动力源。

　　本著是整个百年中国文学史丛书的一本，该丛书获得浙江省高校重大人文社科攻关项目的支持。感谢丛书主编高玉教授的提携，使得拙著能与其他同行的成果集中地推出。需要说明的是，本著中插入了诸多图片资料，其中有的来自网络，未一一注明出处，在此对那些提供图片资料的作者表示感谢。浙江工商大学出版社编辑细致的工作也为本书增色不少，感谢未曾谋面的编辑老师默默的付出。

吴翔宇

2019 年 10 月 28 日